KB253380

旅夜書懷
나그네가 밤에 쓰는 감회

언덕의 가녀린 풀 미풍에 나부낄 새
높이 솟은 돛단배에서 홀로 밤을 지샌다
별 드리운 평야 광활하고
달 솟아오른 큰 강물 출렁이누나

細草微風岸
危檣獨夜舟
星垂平野闊
月湧大江流

爭天求霸

쟁천구패 7

임준욱 新무협 판타지 소설

초판 1쇄 찍은 날 § 2006년 5월 20일
초판 1쇄 펴낸 날 § 2006년 5월 30일

지은이 § 임준욱
펴낸이 § 서경석

편집장 § 문혜영
편집책임 § 장상수
편집 § 이재권 · 서지현

펴낸곳 § 도서출판 청어람
등록번호 § 제1081-1-89호
등록일자 § 1999. 5. 31
어람번호 § 제2-0917호

주소 § 경기도 부천시 원미구 심곡1동 350-1 남성B/D 3F (우) 420-011
전화 § 032-656-4452 팩스 § 032-656-4453
http://www.chungeoram.com
E-mail § eoram99@chollian.net

ⓒ 임준욱, 2005

ISBN 89-251-0135-1 04810
ISBN 89-5831-408-7 (세트)

쟁천구패
爭天求覇
구일 붉은 꽃의 향기를 지키기 위해
7
Fantastic Oriental Heroes
임준욱 新무협 판타지 소설

도서출판
청어람

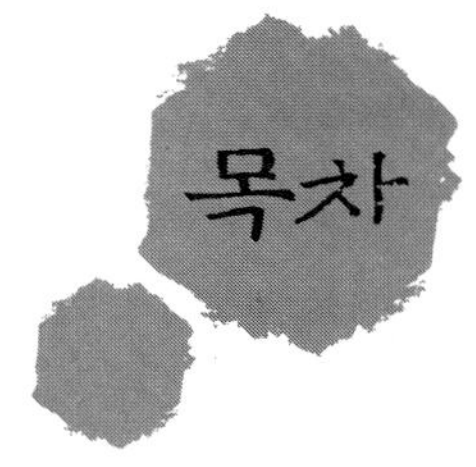

목차

■1장■
마음속 복사꽃은 여전히 싱싱하건만

마음속 복사꽃은
여전히 싱싱하건만

"군사 사마공과 서창제독 왕직이 뵙
기를 청하옵니다."

정자에서 좌정한 채 눈을 감고 있던 만검혼은 단전 앞에 모으고 있던
두 손을 풀고 오른손을 허공으로 내뻗었다. 그 순간 정자 주변을 휘돌고
있던 검 한 자루가 빛살처럼 날아들었다. 시리도록 차가운 은광을 머금
고 있던 검은 한순간에 살기를 죽인 채 다소곳이 만검혼의 손 안으로 빨
려 들어갔다. 만검혼은 검을 두 무릎 위에 얹어두고 차분히 눈을 떴다.

"들여라."

대전의 문이 열리고 사마공과 왕직이 조심스럽게 안으로 들어섰다. 두
사람은 제세전 바닥에 조성되어 있는 입체형 천하전도를 밟으며 정자 앞
으로 다가왔다.

만검혼이 고개를 끄덕이자 두 사람은 조심스럽게 정자에 올라 무릎을
꿇고 절했다. 사마공은 그렇다 쳐도, 대명제국에서 다섯 손가락 안에 드

는 권력자인 서창제독 왕직마저 극상의 예를 취했다. 비록 만 귀비의 아비라 해도 여전히 야인에 불과한 만검혼이니, 상식적으로는 있을 수 없는 일이었다. 하지만 만검혼도 아무런 거부감 없이 왕직의 예를 받아들였다.

만검혼은 입꼬리를 살짝 치켜 올리며 부드러운 목소리로 말했다.

"직아, 오랜만이구나."

왕직은 다시 고개를 숙이고 경건한 태도로 말했다.

"바쁘다는 핑계로 오랫동안 찾아뵙지 못하여 송구하옵니다."

만검혼은 보기 드문 미소를 머금고 다시 말했다.

"자휘(自輝)는 잘 있고?"

자휘! 스스로 빛나다. 의미는 좋다 하나 여인에게는 지나치게 강한 느낌이 드는 이름이다. 하지만 그것이 대명을 손아귀에 쥐고 흔드는 여걸 만 귀비의 이름이었다.

만검혼은 아무런 거리낌 없이 만 귀비의 이름을 불렀다. 아무리 아비라고 하나 일단 황제의 여인이 된 이상, 천륜보다 신분이 앞서는 것이 당연한 일이다. 그러나 왕직 또한 아무런 거부감을 드러내지 않았다.

"건녕하시나, 요즘 들어 심기가 조금 불편해지신 듯하옵니다."

만검혼은 사마공에게 슬쩍 눈길을 주며 말했다.

"공이까지 대동하고 온 것은 자휘의 불편한 심기와 연관된 것이겠지?"

왕직은 사마공과 눈짓을 주고받은 후 자신이 직접 말해야 함을 깨닫고 황자의 귀환에 대해 간략하게 설명했다. 그의 말이 끝나자 만검혼은 살짝 미간을 찌푸리며 사마공을 바라보았다.

"쯧! 그랬지. 그 동네에서는 열흘 붉은 꽃 없다는 말이 통한다 하더니, 힘도 갖추지 못한 명분 따위에 흔들리는 것이 자휘의 권력이었어."

사마공은 만검혼의 못마땅한 심정을 즉시 이해했다. 무력이 바탕인 권좌는 더 강한 무력이 나타나지 않는 한 위협받지 않는다. 하지만 만 귀비는 아무런 힘도 없는 어린 소년의 존재 그 자체만으로도 권력이 흔들리고 있었다. 만 귀비가 쥐고 있는 그 권력의 불완전함이 못마땅한 것이리라.

사마공이 조심스럽게 말했다.

"당금의 천하를 다스리시는 분은 귀비 마마이오나 그분의 권력 또한 황제에게서 비롯된 것이오니 어쩔 도리가 없는 일입니다."

만검혼은 따로 반응을 보이지 않고 눈을 감았다.

'내가 명정이라는 네 본디의 이름 대신 자휘라는 이름을 지은 것은, 부족할 것이 뻔한 이 가짜 아비의 정에 의지하지 말고 스스로의 힘으로 살아가라는 뜻이었다. 이 아비의 세상에 머물지 말라는 뜻으로, 너와의 연을 끊는다는 의미로, 부당함을 알면서도 너를 황궁에 밀어 넣었다. 그래, 부당했지. 성년이 된 너를 코흘리개의 첩실, 아니, 유모로 들여보낸 것은 누가 보아도 부당한 일이었다. 그런데 넌 그 부당함을 극복하고 스스로 네 자리를 찾았지, 네 이름처럼 말이다. 그렇게 홀로 쟁취했으면 네 스스로를 위해 살지 그랬느냐?'

눈을 뜬 만검혼은 왕직과 사마공을 번갈아 바라본 후에 말했다.

"내게 오기에 앞서 너희 둘이 대강의 결정을 하였을 테지만 그것을 듣기 전에 직이 네게 묻고픈 것이 있구나."

왕직은 하문하라는 듯이 고개를 숙였다.

"순리대로 흘러가도록 놓아둔다면 자휘의 남은 삶이 불행할 것 같으냐?"

만검혼과 감히 눈을 마주치지 못하던 왕직이 고개를 번쩍 들고 눈을 부릅떴다. 순리를 따른다 하면 만 귀비는 물론이고 그 자신도 권력을 잃을 테지만, 애초부터 권력은 그가 지향하는 바가 아니었다. 다만 만 귀비, 아니, 만자휘를 위해 살아왔던 그의 삶의 부산물일 따름이었다. 어쩌면 순리대로 따르는 것이 그가 진심으로 바라는 일인지도 모른다.

몰락한 권력 뒤에는 반드시라고 할 만큼 피가 따르거나 그에 준하는 비참함이 따르지만, 지금부터 준비한다면 꼭 그렇게 될 일도 아니었다. 황제가 죽을 때까지, 혹은 황자가 성년에 이를 때까지 사심없이 황자를 받들어 아무런 탈 없이 권력을 이양하면, 적어도 노년의 비참함은 면할 수 있을 것이다.

지금부터 준비한다면 만자휘 한 사람이 남은 삶을 평안하게 보낼 기반 정도는 어렵지 않게 만들 수 있을 것이다. 하지만 그것은 왕직 그가 마음 깊은 곳에서 원하는 바이지 만 귀비의 의향이 아닌지라, 만검혼의 질문은 그가 대답할 수 있는 것이 아니었다.

또 다른 문제도 있었다. 황실이 드러나게 제검전에 도움을 준 것이 없다 해도 만 귀비의 존재 그 자체로 거대한 배경이 되고 있다. 만 귀비가 없다면 제검전이 아무리 천하제일세를 자랑한다 하여도 경사의 가까운 곳에 근간을 두지 못할 것이다. 오히려 황실의 위협 세력으로 치부되어 견제를 받았으리라.

제검전의 입장에서는 만 귀비의 실권(失權)을 어떻게 하든 막아야 한다. 그런 이유로 지금 왕직의 곁에 있는 사마공도 만검혼의 말에 놀라서 눈을 부릅뜨고 있었다.

어떻게든 대답을 해야 할 입장인 왕직은 생각을 정리하여 조심스럽게 입을 열었다.

"마마에 대한 황제의 믿음은 아직도 철석같으나, 그 같은 믿음이 남녀 간의 애정에서 기인한 것은 아니라 보옵니다. 병약한 황상에게 의지할 수 없는 처지인지라, 마마께옵서 기댈 수 있는 것은 오직……."

왕직이 낯빛을 흐리며 말을 얼버무리자 만검혼은 무겁게 고개를 끄덕였다. 대충의 상황은 인지하고 있었다. 미신에 빠진 황제는 불노불사를 추구함으로 인해 오히려 병약해졌고, 황음한 생활로 그 병약함을 가속화시키고 있다 들었다. 더구나 열아홉의 나이 차이. 만 귀비가 아무리 노력한다 해도 젊음을 붙잡아둘 수는 없는 일이니, 여인으로서 황제의 황음한 생활 속에 끼어들 수도 없는 일이었다.

황제가 만 귀비를 믿는 것은 총애하는 여인이라서가 아니라, 어릴 때부터 자신을 든든하게 지켜주었던 만 귀비의 모정에 기대는 바가 더 컸기 때문이다.

"이제는 권력만이 그 아이를 지탱시켜 줄 만큼 불행하단 말인가……?"

낮게 중얼거린 만검혼은 왕직을 바라보며 차분히 말문을 열었다.

"그 녀석이 원하는데 사람 몇 보내는 것이야 무슨 문제가 되겠느냐? 하지만 신중하게 생각해야 할 것이다. 어느 쪽을 선택해도 상관없다 전하여라. 나와 전을 생각하지 말고 그 녀석 자신의 삶만을 고려하여 선택하라 하여라."

왕직은 재차 놀람에 가득 찬 눈으로 만검혼을 직시했다. 하지만 만검혼의 두 눈 깊숙한 곳에서 지금껏 보지 못했던 아픔, 왕직 그 자신이 만 자휘를 몰래 바라볼 때 느끼는 감정들 가운데 하나를 발견하고는 깊숙이 고개를 숙였다. 다시 고개를 든 왕직은 흐릿한 미소로써 아득한 슬픔을 가리는 만검혼에게 다시 한 번 절했다.

"소인은 이만 물러가겠나이다. 건녕하소서."

왕직은 사마공에게 가볍게 목례하고 자리를 떴다.

사마공은 우려에 찬 눈빛으로 만검혼을 바라보았다. 만검혼은 빙긋 웃으며 자리를 털고 일어나 뒤짐을 쥔 채 사마공에게 등을 보였다.

“걱정되느냐?”

늘 최악을 떠올려 보아야 하는 사마공의 입장에서는 걱정되는 것이 한두 가지가 아니었다. 특히 앞으로 몇 년은 강호를 피로 물들여야 하는 제검전이 황실의 암묵적인 지지를 잃을 가능성은 생각도 하기 싫었다. 제검전 뿐만이 아니었다. 철혈금상회로서도 순리 따위는 반기지 않을 것이다. 만 귀비가 실권하면 그동안 구축해 두었던 황실과의 연결고리들을 대대적으로 교체해야 한다. 그 외에도 하루 종일 말할 수 있을 만큼 많은 생각들이 떠올랐고, 지금도 떠오르는 중이었다. 하지만 긴 말이 필요없는 사람임을 알기에 사마공은 간단히 대답했다.

“현무와 주작이 마마 곁에 있습니다. 전주께서 말씀하신 순리, 그 순리대로 흘러가기는 어려울 테지요.”

“하! 그래, 내가 그 아이들을 잊고 있었구나. 불러들여야 할까?”

등을 보고 있었지만 사마공은 만검혼이 웃고 있다는 것을 느꼈다.

“그들마저 불러들이면 귀비 마마는 정녕 위로받기 힘드실 겁니다. 그것이 진정한 위로가 되지 못한다 하여도 말입니다.”

“흠……!”

만검혼은 한동안 말을 끊었다가 천천히 말문을 열었다.

“애초부터 자휘에게는 기대하는 바가 없었다. 그 아이가 지금의 그 자리를 차지할 것이라고는 생각지도 못 했어. 전의 입장에서도 운이 좋았다고나 할까? 잡스러운 귀찮음을 많이 줄여주었지. 하지만 충분히 강해진 우리 입장에서는 권력에 가까운 것이 오히려 짐이 돼. 지금까지는 자휘가 잘 막아왔지만, 병약한 황제가 죽는 순간 자휘는 막후로 물러나야 해. 그때부터는 우리에 대한 황실의 입장도 달라지겠지. 견제를 줄이기 위해 무언가를 주기 시작하면 지금까지 받은 것을 모두 토해내도 모자랄 거야. 과거의 팽가를 생각해 보면 능히 짐작할 수 있지 않느냐.”

사마공 또한 만검혼이 만자휘를 황실로 보냈을 때 깜짝 놀랐었다. 감히 반발하지는 못했지만 이해할 수 없는 처사라고 생각했었다. 당시의 황자였던 현 황제가 적당한 나이였다면 어떻게든 수긍했으리라. 하지만 당시로서는 하잘것없는 궁녀로 들여보낸 것이나 마찬가지였다. 만자휘 정도의 인물에 그 능력이라면 강호에서도 무시하지 못할 존재로 성장했을 것인데, 그런 그녀를 황궁으로 들여보낸 것은 그녀를 버린 것이나 다름없는 처사였다. 그럼에도 불구하고 만자휘는 자력으로 지금의 자리에 올라 제검전에 음양으로 도움을 주고 있다.

문제는 지금부터였다. 어떤 권력이 코앞의 강성한 힘을 용납할 것인가. 당장은 만 귀비가 억누르고 있다지만, 만검혼의 제검천하에 대한 야망이 현실화되면 될수록 만 귀비의 억지력은 힘을 잃을 수밖에 없으리라.

과거 팽가가 하북무림을 영도할 당시, 팽가에게는 만 귀비와 같은 존재가 없었기에 정치적 압박에 굴복하여 가솔들을 군으로 내몰아야 했고, 그들을 일러 팽가병이라고 불렀다. 그들은 나라의 안녕에 이바지한 존재이면서 동시에 일종의 볼모 역할을 했다.

"하나 지금 이 시기에 마마께서 실권하시면 황실은 더욱더 제검전의 존재를 부담스럽게 여길 것이고, 결국 본 전은 강호의 공적이 될 것입니다."

만검혼은 사마공의 심려 가득한 목소리에 반응하여 돌아섰다. 사마공이 올려다본 만검혼의 두 눈에서 줄기줄기 철혈의 기운이 흘러나왔다.

"귀찮음이 더해질 따름이다. 강호에, 아니, 이 천하에 내가 두려워해야 할 존재가 있더냐?"

사마공은 급히 고개를 숙였다. 그 순간 만검혼의 부드러운 목소리가 그의 뒷머리를 따라왔다.

"그들이 오판해 주면 좋지 않겠느냐? 하찮은 개구리도 멀리 뛰기 위해 잠시 몸을 움츠린다. 자휘가 물러나고, 내가 움직이지 않으면 오판할 근거는 충분히 제공하는 셈일 터. 어찌 생각하느냐?"

"아!"

사마공은 자신도 모르게 탄성을 터뜨렸다. 천하는 지금 잔뜩 긴장한 상태였다. 언제 태풍으로 변할지 모를 제검전에 촉각을 곤두세운 채 태풍에 맞서기 위해 내실을 다지는 중이었다. 이 같은 시기에 만 귀비가 물러나고 제검전이 꼼짝도 하지 않는다면, 상황이 여의치 않아 제검전이 야망을 꺾었다고 생각할 수밖에 없다.

'긴장을 오래 유지한다는 것은 피곤한 일이지. 그렇다고 이렇게까지 하셔야 하나? 적의 긴장을 늦추는 대가가 마마의 실권이라면, 대가가 너무 큰 것 아닌가? 아니야. 뒤집어엎지 않을 바에야 마마의 실권은 기정사실이다. 다만 기간이 조금 연장되는 것뿐이지. 좋아. 그렇게 되면 움직일 시기를 늦춰야 되는군.'

만검혼이 다시 입을 열어 사마공의 상념을 깨놓았다.

"철금회주에게는 이미 말해놓았다. 이곳은 제검천하의 중심이 되기에는 너무 북쪽으로 치우쳐 있다. 노주 근동이면 천하를 아우르기에 적당하지 않겠느냐?"

노주는 회하와 장강 사이에 자리한 교통의 요지다. 동쪽으로는 남경이 자리해 있고 서쪽으로는 하남과 호광의 경계다. 사천, 귀주, 운남 일대의 서쪽을 오지로 치부하던 과거의 중원을 생각해 보면 지리적으로 천하의 중심에 위치해 있다고 해도 과언이 아니어서, 진대에 이미 합비현이 되었고 지금도 번창일로에 있다.

사마공은 고개를 숙인 채 눈을 찡그려 지끈거리는 머리를 다스렸다. 춘추련의 영역을 병합한 이상 근거지를 노주로 옮기는 것은 어쩌면 당연한 일일 수도 있다. 권력과 거리를 두기 위한 방편으로서도 쉽게 수긍할 수 있는 조치이리라. 하지만 노주는 혼원당과 너무 가까웠다. 천하독패의 의지를 노골적으로 드러내는 행보일 뿐만이 아니라, 북도련과의 거리가 멀어짐으로서 전략적으로 단순함을 취할 수밖에 없는 입장이 된다.

'철금회로서는 그다지 반길 일이 아니건만, 미리 오간 말이 있다 하시니 그나마 다행이로군. 하지만 그렇게 되면 저들의 긴장감을 해소시켜 놓는 일 자체가 수포로 돌아가는 것 아닌가.'

사마공이 반박하려는 눈빛을 드러내자 만검혼이 고개를 저으며 말했다.

"무슨 말을 하려는지 안다. 하지만 우리가 새집을 짓는 것도 아니고, 새집 지었다고 당장 들어가서 살 필요가 있다더냐? 집이란 쉬어야 할 때 필요한 것. 난 아직 쉬고 싶은 생각이 없다."

제검전의 새 터전을 짓는 것은 제검전의 일이 아니라 철금회의 일이 될 것이라는 뜻이었다. 그곳에 들어가기 전에 대계를 시작할 것이라는 뜻이었다.

"내일 철금회에 들렀다가 노주로 떠나겠습니다."

만검혼은 미소를 지으며 두말할 필요가 없는 믿음직한 수하, 사마공의 차분한 얼굴을 바라보았다.

"이모저모 다 따져서 정리해 두었을 텐데, 헛수고가 되었구나. 미안하다."

만검혼에게 미안하다는 소리를 들으리라고는 생각도 못해본 터라, 사마공은 깜짝 놀라 고개를 숙였다.

"어인 말씀이십니까? 다시 충분한 시간을 주셨으니 만전을 기할 따름입니다."

"그렇게 말해주면 고맙고. 아! 그리고 이번에는 현무의 제천회도 함께 쓸 생각을 하고 있거라.”

“현무에게 힘을 실어줄 생각이십니까?”

만검혼은 제세전 바닥에 조성된 입체전도 상의 황하를 지나고 회하를 건너 노주를 밟은 후 걸음을 멈추었다. 그리고 하남 땅을 바라보며 말했다.

“쉽게 쓸 수 있는 힘을 남겨 무엇 하느냐? 그런데 공이 너는 현무가 탐탁지 않은가 보구나.”

사마공이 만검혼 뒤에 시립한 후 대답했다.

“권모술수에 능하고 야심이 지나칩니다.”

“그것을 나쁘다고 생각하느냐?”

“너무 가까이 있어서 마음이 편치 않습니다.”

만검혼이 웃으며 돌아섰다.

“그래. 공이 너처럼 내 등 뒤에 세우기에는 부담스러운 면이 있지. 하지만 내 등 뒤에 설 수 있을 때까지는 최선을 다할 아이야. 나쁘지 않아. 그 아이가 경지에 들어설 수 있다면 천하를 경영하는 데에는 기린보다 나아. 그런 면을 높이 사서 염이 녀석도 현무 그 녀석과 뜻을 같이한 것 아닐까?”

사마공은 놀란 눈으로 만검혼을 바라보았다.

“염이가 천상과 뜻을 같이하기로 했다 하십니까?”

“네가 염이를 몰라? 그 녀석은 단지 강한 제검전을 생각할 뿐이야. 스스로의 부족함을 알고서 기린보다는 현무가 낫다고 판단한 것이겠지. 내 생각도 그래. 지난 이 년간 기린과 현무의 대내 활동을 생각해 보면 알 거야. 기린 그 아이는 자기 성취에 전념한 반면 현무 그 녀석은 사람에게 공을 들였지. 전의 젊은 녀석들은 모두 현무 그 아이에게 호감을 가지고 있어. 그러니 자네는 현무 그 아이를 너무 경계할 필요 없어.”

사마공은 놀란 마음을 추스르는 한편 만검혼의 말을 다시 한 번 되새겼다. 그 자신을 비롯한 전의 원로들은 기린에게 기대하는 반면, 전의 젊은이들은 현무에게 호감을 가지고 있다. 그 말은 신구(新舊)가 뜻이 다르다는 것이고, 신예들이 전 내에서 영향력을 행사할 수 있을 때까지는 현무도 충실한 제검전의 검일 수밖에 없다는 뜻이었다.

'어느 시기까지는 현무에 대한 걱정은 접어두어도 된다는 말씀이시군. 허! 한데 염이 녀석의 그릇이 그 정도밖에 안 되는 것인가?'

만정산이 존재했을 때에는 아들 사마염이 그 자리를 넘보지 않기를 원했다. 다행히 사마염은 무공에 대한 성취욕은 강할지 몰라도 권력욕을 드러낸 적은 없었다. 하지만 만정산이 없는 지금 사마공은 사마염이 두각을 나타내기를 기대했다. 담철운보다는 세속적이고 화천상보다는 담백해서 욕심을 내볼 만도 했기 때문이다. 그가 아들에게 바라지 않은 것이 하나 있다면 현무 아래서 이인자로 사는 것이었다. 현무같이 귀계가 출중한 자의 이인자로 사는 것은 위험한 일이었다.

"내가 이리 말한다고 해서 괜히 염이를 잡을 필요 없다. 그 아이의 별명이 제무곡의 은둔자 아닌가? 그러니 나 또한 그 아이의 심중을 잘 몰라. 다 큰 녀석이니 나름대로 생각하는 게 있겠지."

정신을 차린 사마공은 만검혼이 다시 고개를 돌려 멀리 사천을 바라보는 것을 확인하고 조용히 목례한 후 자리를 떴다.

낮은 목소리가 들렸다.

"주군, 담령입니다."

"빨리 돌아왔구나."

만검혼의 말이 끝나는 순간 천장에서 검은 인영이 툭 떨어졌다.

담령은 만검혼의 등에 대고 장읍을 취했다.

만검혼은 사천에서 눈길을 돌려 섬서를 바라보며 말했다.

“직접 보니 어떻더냐?”

“우선 눈으로 확인한 것부터 말씀드리겠습니다. 독괴를 제외한 나머지 삼괴가 홍락방에 의탁했습니다. 그리고 전사한 것으로 알았던 본 전백검당의 수석검사 손정목이 홍락방에 있었습니다.”

“손정목?”

만검혼이 눈살을 찌푸리자 담령이 무감정하게 책을 읽듯 말했다.

“을급 상으로 분류하던 자입니다. 실력으로 따지면 갑급 하로 구분해도 무방하나, 심성이 유약하여 급수를 내려 평가한 자입니다. 산동 악가와의 싸움에서 전사한 것으로 보고 되었는데 살아 있어서 저도 놀랐습니다.”

“음… 이제 기억나는군. 기린과 인연이 많았던 아이지?”

“그렇습니다. 심성은 물론이고 추구하는 바도 비슷하여 잘 어울렸다고 합니다. 그가 홍락방에 있는 것도 상승지로에 대한 욕구와 고승도와의 인연 때문인 듯합니다. 어찌 처리하오리까?”

만검혼은 찡그린 얼굴에 미소를 덧씌우며 말했다.

“그런 이유라면 승도에게 귀찮은 제자 하나 넘긴 셈치지. 놔둬. 그리고?”

“젊은이들 가운데도 상승지재들이 몇 보였고, 방도들 또한 이제 시작하는 문파의 방도라고 하기에는 상당한 실력을 갖추었습니다. 하지만 방도의 수가 일백에 불과하여 큰 힘을 발휘할 정도는 아닙니다. 하지만 우쟁천이라는 아이가 지금쯤 혼원당주를 만나고 있을 테니 앞으로의 행보는 주시할 필요가 있습니다.”

담령은 목례로써 보고가 끝났음을 알렸다.

만검혼은 담령을 직시하며 미소 띤 얼굴로 말했다.

“승도에 대한 말이 없는 것을 보니 무탈하게 지내나 보군. 좋아! 그럼

한 번 말해봐. 네 생각은 어떠하냐? 네 눈으로 직접 본 우쟁천, 홍락방이 어떻게 될 것 같으냐?"

"몽상가라고 생각했습니다만, 뜻을 이루는 수단이 현실적이고 젊은이답지 않게 서두르는 기색이 없습니다. 게다가 산서무림에는 그 젊은이를 방해할 만한 뚜렷한 세력이나 인물이 없어, 적어도 산서 내에서는 그 홍락이라는 것이 어떻게든 실현될 것 같습니다. 그 젊은이가 권력에 취하여 생각을 바꾸지 않는다는 전제가 필요하나, 어쨌든 당장은 통하리라고 생각합니다. 언제까지 통할 것인가가 문제로 남겠습니다만."

"하! 재미있어. 승도가 아주 재미있는 녀석을 만들어놨군. 알았다. 간섭은 하지 말고 계속 지켜보게 하도록!"

담령은 장읍을 취한 후 허공으로 솟구쳐 올라 한순간에 사라졌다.

홀로 남은 만검혼은 산서를 바라보며 미소를 지었다.

"홍락이라고? 그게 도대체 어떤 형태로 이루어질지 궁금하군. 허허허! 승도 자네하고는 전혀 다른 녀석을 만들어놨군. 역시! 사람 가르치는 건 자네가 나은가 보이. 그런데 승도! 자네 자휘는 어떻게 할 건가? 정말 그대로 살다가 죽으려는가?"

＊　　　　＊　　　　＊

"천하를 제패할 생각입니다."

여곤은 어처구니없다는 표정으로 맞은편에 앉은 우쟁천이라는 젊은이를 빤히 바라보았다.

'허! 이 젊은 친구가 나에게 농을 거는 것인가?'

먼저 실례를 하긴 했다. 찾아오라 해놓고 배첩을 받고 하루가 지나서야 그를 만나기는 했다. 하지만 여곤 그를 찾아오는 사람은 하루에 기십이 넘었다. 그들 대부분은 그의 그림자조차 보지 못하고 그의 아랫사람들과 상담을 한 후 종이 한 장의 간략한 보고서에 올려진 채 다녀갔음을 알릴 뿐이다. 이렇게 직접 얼굴을 맞대는 경우, 그것도 독대를 하는 경우는 거의 없다.

예의가 아닌 것은 알지만 신분과 나이를 고려해 볼 때 하루 정도 기다려 준 것은 여곤 그에 대한 예우로 치부할 수도 있을 것이다. 그런데 청년은 '자네가 추구하는 바가 무엇인가' 라는 그의 진지한 질문을 농으로 받아넘기고 있었다.

여곤은 다시 우쟁천의 얼굴을 뜯어먹을 듯이 살폈다. 한 점 웃음기도 없는 얼굴이었다. 정기와 확신이 뚜렷하게 드러나는 눈빛이었다.

'이 녀석! 농이 아니구나.'

처음 보았을 때 참으로 놀라웠고 또한 기꺼웠다. 스스로 유치하다고 생각하면서도 젊은이의 성취를 시험해 보고 싶은 욕구를 강렬하게 느꼈다. 그래서 내심 쓴웃음을 지으면서도 무형지기를 흘려내었고, 젊은이는 당황하지도, 충격을 받지도 않고 담담하게 받아내었다. 나이를 생각해 볼 때 놀라운 경지였다. 혼원당의 젊은이들 가운데 그만한 성취를 이룬 이가 또 있나 생각해 보고 없음을 한탄할 정도로 놀라웠고, 바른 정신을 가진 후배가 그만한 성취를 이루었다는 것에 기꺼워했다.

하지만 천하를 제패하겠다는 그 말 한마디에 여곤은 노안을 구길 수밖에 없었다.

"정녕 자네가 바라는 것이 천하제패인가? 제이의 제검전주가 되고자 하는가?"

우쟁천은 여곤의 얼굴을 잠시 외면하고 미지근한 철관음으로 입술을 축였다. 그리고 다시 여곤의 두 눈을 직시했다.

"저는 제검전주의 뜻이 천하제패에 있음을 알지 못합니다. 하지만 소생의 목표가 천하제패에 있음은 분명합니다."

"젊은이답게 패기가 있어 좋기는 하나, 자네의 평판과는 그 목표가 사뭇 다르구먼. 실망했네. 서로 긴말을 나눌 필요가 없겠구먼."

명백한 축객령이었다.

우쟁천은 딱딱하게 굳은 여곤의 노안을 바라보며 미소를 지었다.

"소생에 대한 평판이 개파식 때 들었던 말들과 다르지 않다면 소생의 목표와 일맥상통한다 할 수 있습니다. 우선은 산서를 산서인인 제 손으로 안정시키고, 다시 천하를 손으로 쥐겠다는 것은 제 어릴 적부터의 꿈입니다. 소생은 지금껏 단 한 번도 그 꿈과 어긋난 행동을 한 적이 없습니다. 평판과 목표가 다르다는 어르신의 말씀은 인정할 수 없습니다."

못마땅함이 그대로 드러나 있던 여곤의 눈에 곤혹스러움이 어렸다.

"지금껏 자네가 해왔던 일은 겸손한 협사의 미덕이 그대로 드러나는 일이라 할 수 있네. 공을 숨기고 이익을 취하지 않았어. 하지만 자네의 목표가 천하제패라면 그 같은 미덕은 모두 위선이 아닌가?"

우쟁천은 한숨 지체하지도 않고 거침없이 대답했다.

"위험하지도 않은 상황에서 칼질 몇 번 한 것을 공이라 할 수 없고, 이득을 취하지 않은 것 역시 미덕이라기보다는 천하제패를 위한 소생의 신념에 따른 몸가짐일 따름입니다. 소생이 천하제패를 통하여 궁극적으로 바라는 것은 협사가 필요하지 않은 세상을 만드는 것입니다."

여곤은 의아함을 가득 담은 눈으로 우쟁천을 바라보았다.

"협사가 필요하지 않은 세상? 내가 성급했구먼. 좋네, 들을 마음이 생겼어. 어디 한 번 자네의 궤변을 들어보세."

우쟁천은 빙긋 웃으며 말했다.

"어르신은 평생 대협으로 추앙받으며 사셨습니다. 소생이 말씀드리는 순간 꽤 아프실 겁니다. 괜찮으시겠습니까?"

우쟁천의 미소에 동화된 듯 여곤도 못마땅한 표정을 지워 버리고 살며시 미소 지었다.

"으응? 아픈 말을 하려는가? 내 비록 하늘에 한 점 부끄러움 없이 살지는 못했으나 그런대로 사심없는 삶을 살았다고 자부하네. 그런 내게 아픈 말이라… 좋네. 직언에 기분 나빠할 소인배는 아닐세. 귀를 씻고 들을 테니 어디 한 번 뱉어보게."

"어르신은 대협으로 사셨지만 하남의 대협일 뿐, 산서의 대협은 아니십니다. 강남의 대협도 아니시고, 호광의 대협도 아니십니다. 대협이시되 게으른 대협이십니다."

편안하던 여곤의 얼굴이 다시 찌푸려졌다. 하지만 우쟁천의 말이 남은 것을 알기에 묵묵히 기다렸다.

우쟁천은 여곤의 표정이 변하는 것을 확인하고도 거침없이 말을 이었다.

"어르신께서는 천하에 영향력을 행사할 수 있는 무공과 지위를 갖고 계십니다. 그럼에도 불구하고 오직 혼원당, 그것도 하남혼원당의 영역 안에서만 그 힘과 영향력을 행사하셨습니다. 하남 밖의 많은 이들이 어려운 상황에 처해 있음에도 불구하고 그리하셨습니다. 도와줄 힘이 있는데, 조금만 더 수고하면 더 많은 사람들을 도와줄 수 있는데 하지 않으셨습니다. 왜 그러셨습니까? 압니다. 춘추련이 있고 북도련이 있으며, 남천맹이 있고 제검전이 있으니 쉽지 않은 일이었을 겁니다. 하지만 쉽게 할 수 있는 일만 하는 것은 게으른 겁니다. 혼원당이 소림에서 난 가지이니, 소림의 영역을 지키는 것은 가장이 자신의 집을 지키는 것과 같이 당연한 일입니다. 그것을 했다고 대협이라 불릴 수는 없는 겁니다. 소생이 천하를 제패하고자 하는 뜻은 소생의 힘으로 억누를 수 있는 모든 억압과 횡포를 제거하고자 하는 것입니다. 대협이 따로 나서지 않아도, 힘없는 자들이 두려워하지 않고 억압과 횡포에 맞설 수 있는 세상을 만들려는 것입니다."

여곤은 쓸쓸한 미소를 지으며 머릿속으로 전에 읽었던 우쟁천에 대한 보고서의 내용을 더듬었다. 그가 겪었던 어린 시절과 할머니의 죽음을 어렵지 않게 떠올린 여곤은 우쟁천의 목표가 어디에서 기인했는지 쉽게 짐작하며 고개를 끄덕였다.

"자네 말대로 아프구먼. 뼈가 시릴 정도로 많이 아파. 제 집을 지킨 것뿐인데 대협이라고 불렀다? 아프네."

정말 아팠다. 대협이 아니라는 말을 듣는 순간 복건 용가의 가주 용향도의 절박한 얼굴이 다시 떠오를 만큼 아팠다. 스스로를 보호하기 위해 우쟁천의 주장을 반박할 만큼 아팠다.

"그런데 너무 이상에 치우쳤다고 생각지 않나? 홀로 바르게 사는 것은 어렵지 않으나, 뜻과 생각이 다른 많은 이들을 하나의 이상 아래서 이끌고 가는 것은 정말이지 어려운 일이네. 생각해 보게. 고금의 많은 성현들이 도덕을 외치고 왕도를 주장하였건만, 그 같은 세상은 아직도 우리에게 너무 멀리 있네. 자넨 지금 패도로써 왕도를 이루겠다고 말하는 것이야. 일단 이룬다 하더라도 자칫 잘못하면 독선이 될 것이고, 또 다른 횡포와 억압이 될 수 있네."

"신념에 따라 오늘을 살뿐, 내일을 미리 고민하는 성격은 아닙니다. 잘못될 것을 미리 고민하게 되면 아무것도 하지 못할 겁니다."

"젊을 때야 무엇이든 할 수 있을 것 같지. 하지만 욕망이란 나이가 드는 만큼 늘기 쉽지. 쉽지 않아."

"전 이미 과하게 가진 놈입니다. 더 가진다고 해서 더 행복하리라고 생각지 않습니다. 다만, 제 친구와 이웃들의 불행으로 인하여 제 행복이 반감되는 것을 원치 않으니 적극적으로 나아가려는 것입니다. 물론 제

꿈을 이루는 과정이 그다지 유쾌하지 않을 것이라는 사실은 압니다. 하지만 옳다는 것을 안다면 해야 하지 않겠습니까? 어르신! 저는 반드시 이 세상이 두려워하는 자들에게 공포로서 군림할 것입니다. 하지만 약한 자, 떳떳한 자들에게는 공기와 같은 존재가 될 것입니다."

여곤은 우쟁천의 말을 곱씹으며 한숨을 내쉬었다. 어떤 면에서는 시원한 한숨이었고, 어떤 의미에서는 늙음을 아쉬워하는 한탄에 가까운 한숨이었다.

"떳떳한 자, 바르게 사는 자, 상식이 통하는 자는 자네와 칼질할 이유가 없다? 허! 그것 참 거침없고 무서운 말이군. 결국 약간의 칼질과 대의명분만으로 세상을 굴복시키겠다는 뜻인가? 알겠네. 일단은 지켜봄세. 하지만 분명히 기억해야 할 걸세. 자네가 대의명분에 어긋나는 행위를 하는 순간 그 대의명분이 자네의 목줄을 죌 걸세."

우쟁천은 환하게 웃으며 고개를 끄덕였다.

"소생의 이상을 위해 헌신한 모든 이들이 명예롭게 대우받을 수 있는, 그런 결과를 만들도록 최선을 다할 것입니다."

여곤은 다시 한 번 눈앞의 젊은이에게 감탄했다. 뿌리부터 그 바탕이 달랐다. 소위 명문정파에서 체계적인 교육을 받았다는 자들은 결코 할 수 없는 생각이었다. 그들에게는 가문의 영광과 문파의 명예가 있을 뿐, 이미 만들어진 틀을 깨고 새로운 틀을 만들겠다는 의지는 없다.

새 술은 새 부대에 담아야 하듯이, 개혁과 격변은 언제나 새로운 사람의 새로운 사고에서 시작된다. 기대하지 않을 수 없었다. 젊은이다운 거침없는 행보가 과연 어디까지 이어질지 보고 싶었다.

'하! 이거 정말 오래 살아야겠군. 그나저나 나를 대협이 아니라고 몰아칠 정도로 신념이 확고하니 말도 꺼내지 못하겠어. 자신의 갈 길을 확실히 한 친구에게 내 길로 가자 할 수는 없는 노릇이지. 대기인데 내가

쓸 대기는 아니군. 아까워.'

여곤은 가슴을 들끓게 만드는 간만의 소유욕을 억지로 가라앉히고 우쟁천을 향해 두 손을 내뻗었다.

"어디 보세, 천하를 제패할지도 모를 사람의 손 한 번 잡아보세."

우쟁천은 지금까지의 거침없던 언행과는 달리 쑥스럽게 미소를 지으며 손을 내밀었다. 여곤은 우쟁천의 거친 두 손을 쓰다듬으며 고개를 끄덕였다.

"좋군, 좋아! 무인의 손이라면 당연히 이래야지. 암! 젊은 나이인데, 그만한 성취를 자질만으로 이룬다는 건 말도 안 되지. 이 손이 말해주는구먼. 좋아! 젊은 사람들이 하도 어려워하여 젊은이들과의 술자리는 되도록 삼가하네만, 오늘은 마시고 싶구먼. 고역일 테지만 상대해 주게."

우쟁천은 벌써부터 울렁거리는 속내를 드러내지 않고 어색하게 미소 지었다.

*   *   *

만 귀비는 왕직의 말을 듣고 침중한 표정으로 눈을 감았다. 그때 중년 여인의 목소리가 들렸다.

"마마, 영성왕 전하와 화천상과 만소설이 뵈옵기를 청하옵니다."

만 귀비가 눈을 뜨자 그 눈빛을 읽은 왕직이 대신 말했다.

"뫼시어라."

왕직은 문 열리는 소리를 들으며 천장으로 고개를 들었다.

"호금대는 주변 경계를 엄중히 하라!"

그때 화천상과 함께 날카로운 눈빛을 드러내는 삼십대 중반의 화복 사내와 고고하면서도 차갑게 생긴 아름다운 여인이 들어섰다.

"천세! 천……."

화천상과 만소설은 몰라도 대명의 왕이 귀비에게 할 인사는 아니었다. 하지만 인사를 받는 만 귀비가 당연하다는 듯 인사를 받다가 귀찮은 듯 손을 내저었다.

"되었다. 언제부터 그렇게 예의를 따졌느냐? 그만두고 앉아라."

그 순간 만소설의 차갑던 얼굴에 애교 어린 미소가 감돌았다. 그녀는 곧바로 만 귀비에게로 달려가 그녀의 품에 안겼다.

"고모! 보고 싶었어요."

만 귀비는 쓴웃음을 지으며 여인을 떼어냈다.

"혼기까지 놓친 늙은 처자가 언제까지 아이처럼 아양을 떨 셈이냐?"

"흥! 고모는 저 안 보고 싶었나 봐요?"

그녀는 짐짓 화가 난 표정으로 만 귀비의 옆자리에 털썩 주저앉았다. 만 귀비는 피식 웃으며 화천상에게로 고개를 돌리고 눈짓으로 자리를 권했다. 화천상이 그녀의 맞은편에 조심스러운 태도로 앉자 그녀는 다시 왕직에게로 고개를 돌렸다.

"직이, 너도 앉아라."

왕직도 목례한 후 화천상의 옆자리에 앉았다. 기이한 일이었다. 중년인의 신분은 틀림없는 영성왕일진대 오직 그 한 사람만이 서 있었다. 그럼에도 불구하고 다른 네 사람은 아무도 그에게 앉으란 말을 하지 않았다. 그 뿐만이 아니었다. 영성왕 본인도 당연하다는 듯이 화천상의 뒤에 시립했다.

만 귀비는 영성왕에게 일별도 주지 않고 화천상에게 물었다.

"네 녀석은 이 말괄량이를 언제 데려갈 생각이냐? 이 녀석 나이 벌써 스물다섯이야. 늘 주변에서 얼쩡거리니 보통 신경 쓰이는 게 아니다."

"죄송하옵니다, 마마! 작년에 이미 운을 떼었으나 마마께옵서 심신이 안돈되시기 전에는 어림도 없다 하옵니다. 그러니 소생인들 어찌 전주께 청을 올릴 수 있겠나이가? 소생의 무능을 질책하시고 마마께옵서 도움을 주시옵소서.”

만 귀비는 혀를 쏙 내미는 만소설을 흘겨보며 고개를 내저었다.

“이런! 또 내 핑계를 대었던 말이더냐? 아설! 너 혹시 천상이 탐탁지 않은 것 아니냐? 그렇다면 내 천하를 뒤져서라도 새로운 짝을 찾아주마. 말만 하여라.”

“어이쿠! 마마! 아니 되옵니다. 소생은 소설 없이는 살아도 산 놈이 아니옵니다. 그 말씀만은 거두어주십시오.”

만 귀비는 남자같이 너털웃음을 터뜨리며 만소설의 머리를 쓰다듬었다.

“마음이 편치 않았는데, 그나마 너희들을 보고 나니 조금은 낫구나.”

만소설이 동그랗게 눈을 뜨고 만 귀비를 바라보았다.

“누가 고모의 심기를 어지럽혔나요?”

만소설의 눈이 차갑게 변하여 왕직에게로 옮겨갔다.

“직이를 탓할 것 없다. 아버지 말씀이 나를 혼란스럽게 하는구나.”

“할아버지요?”

만소설과 화천상의 눈길이 동시에 만 귀비에게로 집중되었다.

만 귀비가 쓴웃음을 지으며 말했다.

“순리를 따르면 내 남은 삶이 불행하겠느냐고 물으셨다 한다. 그분이나 전의 입장은 고려하지 말고 내 자신을 위한 선택을 하라고 하셨다 한다. 나를 생각해서 하신 말씀이겠으나, 그분과 전, 그리고 나의 삶을 떼어놓고 생각을 해본 적이 없으니 한편으로는 섭섭하기도 하구나.”

화천상은 보기 드물게 긴장한 눈빛으로 만 귀비의 입술을 바라보았다. 잠시 후 그 입술이 벌어져 흘러나오는 말이 그의 대계에 치명타를 안길 수도 있는 탓이었다. 하지만 만 귀비는 쉽게 입을 벌리지 않았다.

만소설이 화천상의 답답함을 대변하여 물었다.

"어찌하시려구요?"

만 귀비는 즉시 대답하지 않았다. 한동안 허공을 바라보는 듯 멍한 눈빛으로 있다가 눈길을 돌려 처음으로 영성왕을 직시했다. 영성왕이 고개를 숙이자 그녀의 눈길은 다시 화천상에게로 내려갔다.

"명목상 황상이 내 남편일 뿐, 내게는 믿고 의지할 남편이 없다. 결국 기호지세인 것이지. 황상이 붕어하시면 나의 처지 역시 죽은 것이나 마찬가지가 된다. 내가 뒤로 물러나더라도 직이가 지금의 자리에 남아 있어야 하고, 우리 사람이 직이의 뒤를 받쳐 주어야 한다. 그래야 내가 살고 전이 무탈하다. 해야지. 어떻게든 해야지."

화천상이 내심 안도의 한숨을 내쉬는 순간 왕직의 눈빛에는 씁쓸함이 감돌았다. 그때 만 귀비의 공허한 눈빛에 강렬한 생기가 들어찼다.

"아직 황자의 거처를 찾지 못했다지만 그것이야 곧 밝혀질 것이고, 정작 문제는 직이가 움직이기 어렵다는 것이야."

만에 하나 황자를 제거하는 데 동서창의 힘이 개입되었다는 것이 알려진다면 직접적으로 만 귀비 본인이 타격을 입을 수밖에 없다.

"아버지가 사람을 보낸다 하셨으니 쓸 만한 자가 오겠지만, 손도옥과 계효가 벌써부터 난리라 하니 십 할 확신을 할 수도 없지 않느냐?"

화천상은 만 귀비의 설명만으로 분명치 않음을 느끼고 왕직에게로 고개를 돌렸다.

왕직이 말했다.

"이신충이 닦달하여 손도옥이 화산에, 계효가 소림에 연통을 넣은 모양이네. 북도련과 혼원당, 혹은 소림과 화산이 움직일 공산이 커. 황상의 총애에 힘입어 진인, 법사라 불리는 그들이 황자의 귀환에까지 일조한다면 그들은 국사에까지 간섭할 힘을 얻을 거야."

화천상이 고개를 끄덕이려는 순간, 만소설이 아미를 찌푸리며 물었다.

"종파가 다르잖아요? 두 인간 모두 화산과 소림의 정통무맥과는 상관이 없는 법술사와 학승이 아니던가요?"

화천상이 답변했다.

"종파가 무슨 문제겠소? 지금 제검전과 황실의 관계는 제검전이 외부로부터 황실을 보호하고 황실이 강호로부터 제검전을 보호하는 상생의 관계지만, 마마께서 실권하시면 당장 제검전은 황실에 부담스러운 존재가 되어버리오. 그렇게 되면 손도옥과 계효는 지위를 유지할 수 있을 뿐만 아니라 영향력도 늘일 수 있게 되고, 강호 또한 전을 좀 더 쉽게 상대할 수 있게 되오. 그러니 무언들 못 하겠소?"

만소설은 미간에 잔뜩 주름을 잡았다. 천하에 거칠 것이 없는 그녀였다. 강호제일방파인 제검전의 후계자요, 철혈의 여제라 불리는 만 귀비의 하나밖에 없는 조카였다. 하고자 해서 못 할 게 없는 그녀의 뜻에 거슬리는 일이 생긴 것이니 기분이 좋을 까닭이 없었다.

그때 화천상이 미소를 지으며 만 귀비를 바라보았다.

"마마! 사람 걱정은 하지 마옵소서. 소생이 비록 무능하다 하나 부리는 사람들만큼은 꽤 능력이 있사옵니다. 소생이 직접 제검전과 소통하여 제 사람들과 손발이 맞는 이들로 뽑아보겠습니다. 그러니 걱정하지 마시고 그때가 올 때까지 편히 지내소서."

만 귀비가 강렬한 눈빛으로 화천상을 바라보았다. 마치 노려보는 듯한 눈빛이었지만 화천상은 미소를 잃지 않았다.

"도락! 보이게!"

그 순간 화천상의 뒤에 시립해 있던 영성왕이 만 귀비에게 목례해 보이고 눈을 감았다. 화천상을 제외한 세 사람의 눈길이 영성왕에게로 모었다.

영성왕의 전신에서 뼈 마디마디가 부러지는 듯한 소리가 들리더니 그의 몸이 조금씩 줄어들었다. 그와 동시에 얼굴마저도 조금씩 변해 어느 순간 십오륙 세 정도의 소년의 모습으로 변해 있었다.

만 귀비가 눈을 치뜨며 말했다.

"기씨 소생의 모습이더냐?"

화천상이 미안함이 깃든 표정으로 살짝 목례했다.

"아니옵니다. 왕부에서 심부름하는 아이의 모습이옵니다. 하나 도락이 일단 황자의 모습을 확인하면 그 순간 한 치의 오차도 없이 변모할 수 있사옵니다. 그러니 만에 하나 일이 틀어진다 해도 황실 안에서 또다시 도모를 해볼 수 있지 않겠사옵니까?"

만 귀비는 헐렁한 화복을 입은 소년에게서 눈을 떼지 않고 물었다.

"골격까지 바꾸어야 하니 제법 힘이 들 텐데, 발각될 염려는 없느냐?"

화천상이 웃으며 고개를 저었다.

"도락은 축골변용공(縮骨變容功) 하나로 강호구마의 하나가 되었습니다. 그의 무공은 평범하나 일단 변용을 하고 나면 천하의 고수들도 그 정체를 알아볼 수 없나이다. 그러니 아무런 걱정 하지 마시옵소서."

무면유마(無面儒魔) 유도락!

얼굴이 너무 많아 무면이라고 하고 제법 학문을 익혀 변설에도 능하다 하여 유마로도 불리는 무면유마는 천면협도를 능가하는 변용공 덕분에 단 한 번 꼬리도 잡히지 않고 온갖 악행을 저지르며 강호를 주유했다. 화천상의 말대로 무면유마의 무공은 평범하기 그지없으나, 익숙한 얼굴로 다가가 어렵지 않게 고수를 살해한 전력이 있는 탓에, 혈마인과 요마인보다 더 두렵고 강한 인물로 평가받고 있다. 그런 그가 지금껏 영성왕의 얼굴로 왕부의 주인 행세를 하고 있었던 것이다.

만 귀비는 유도락의 얼굴에서 눈을 떼고 고개를 끄덕였다.

"한 번 실패해도 또 다른 기회가 있다는 말이지? 그래, 천상이 네 말대로 이제 조금은 안심이 되는구나. 알았다. 맡길 테니 소신껏 해보아라."

화천상은 공손하게 고개를 숙였다.

"최선을 다하겠습니다."

그 순간 만 귀비의 두 눈에서 차가운 한광이 발해졌다.

"최선을 다한다? 그것은 지금 네 입장에서 쓸 만한 말이 못 된다. 마음씨 좋은 윗사람이 아랫사람 격려할 때나 최선을 다하라 하지. 천상! 네 야망을 안다. 야망에 합당한 능력을 보여라."

화천상은 만 귀비의 눈길이 닿은 두 어깨에서 차가운 한기를 느꼈다. 검 한 번 휘두르면 베어질 여인이었다. 그럼에도 불구하고 그는 억센 두 손에 어깨를 짓눌리는 듯한 위압감을 느꼈다.

'과연! 유모에서 오늘날 제국을 쥐고 흔드는 여제가 된 여인답다. 소설이 나이가 들면 저리 될 것이라고 생각했건만, 그릇이 달라.'

"명심 또 명심하겠사옵니다. 최상의 결과를 바치겠사옵니다."

그때서야 만 귀비는 차갑던 눈길을 거두고 고고한 미소를 지었다.

"그래야지. 그렇게 되어야 너나 소설, 그리고 나와 전이 모두 편안해질 수 있다."

만 귀비는 차갑게 웃고 있는 만소설의 뒷머리를 쓰다듬었다.

*　　　　*　　　　*

"조직이 곧 사람이라는 것은 알지? 사람을 믿을 줄 알아야 하네. 할 일은 많은데 그것은 혼자 다 결정하고 혼자 다 실행하려면 어렵지. 금세 지친다네. 또 어떤 일은 내가 최선을 다한다 해도 그 일을 잘 하는 사람이 잠깐 신경 쓰는 것만 못 하더군. 그러니 조직의 수장은 사람을 믿고 의지할 줄 알아야 하네. 그래야 마음 편히 일을 맡길 수 있지. 그런데 믿고 맡길 만한 사람을 구하는 건 어려운 일이야. 자네도 이제 작으나마 방파를 일으켰네. 하지만 아직 다방면으로 믿고 맡길 사람을 구하지는 못했을 테지? 그럴 때는 실패를 각오하고 믿을 만한 사람에게 능력을 배양시킬 기회를 주어야지. 일단 맡기게. 결과가 나올 때까지 회의하지 말게. 처음에는 실수할 수도 있겠지만 경험이 쌓이면 대개는 홀로 그 일을 감당할 수 있게 돼."

우쟁천은 사흘 전 여곤과의 술자리에서 들었던 말을 떠올리며 좌우를 둘러보았다. 적무경 등이 아무런 생각 없는 사람처럼 말에게 의지를 맡겨 버린 채 그의 좌우에서 따라 오고 있을 따름이었다.

'저들이야말로 내가 철석같이 믿는 사람들이다. 하지만 저들에게 판단하고 결정 내릴 기회는 단 한 번도 주지 않았다. 나를 따라오게만 만들었지. 확실히 잘못했군. 내가 지시하지 않으면 아무것도 하지 않을 거야, 저놈들은.'

옥유산이 자신의 얼굴에 꽂힌 우쟁천의 시선을 느끼고 고개를 돌렸다.

"여자도 아니면서 뭘 그렇게 빤히 보슈? 나 참! 내 얼굴을 그렇게 뚫어지게 바라보는 사람은 대형밖에 없을 거요."

우쟁천이 쓴웃음을 지으며 고개를 저었다.

"크! 널 어떻게 장가보내나 고민 중이다."

옥유산이 작은 눈을 찢어져라 치떴다.

"정말?"

우쟁천은 대답하는 대신 눈살을 찌푸리며 텅 빈 관도의 먼 곳을 바라보았다. 모기 앵앵거리는 소리처럼 신경을 건드리는 웃음소리가 귓속을 파고든 때문이었다. 옥유산 등도 우쟁천의 시선을 따랐다. 하지만 우쟁천이 듣는 것을 그들은 듣지 못하는 듯 의아한 표정을 지을 따름이었다.

"왜 그러슈?"

"웃음소리다. 웃음소리는 웃음소리인데, 너무 처절하게 들려서 듣기 괴로운 웃음소리다."

옥유산이 다시 앞을 바라보며 눈살을 찌푸렸다. 눈에 보이는 것은 좁은 관도와 그 옆에 펼쳐진 푸른 평원 그리고 관도의 옆에서 흐르는 강물 뿐이었다.

"아무것도 없구만, 앞에 뭐가 있다고 그러우?"

우쟁천은 또다시 옥유산의 물음을 무시하고 대신 말을 재촉하여 빠른 속도로 앞으로 나아갔다. 이백여 장을 치달렸다. 강물의 굽이 따라 왼쪽으로 휘어진 관도 멀리에 손톱만 하게 보이는 두 사람이 있었다. 그때서야 웃음소리가 확연하게 들려왔는데 분명히 그 두 사람 가운데 한 사람에게서 터져 나오는 소리였다.

"이상하군. 싸우는 것 같지는 않은데."

억지로 웃는 것처럼 쥐어짜는 듯한 웃음소리와는 달리, 두 인영은 마주 앉은 채 특별히 눈에 뜨일 만한 움직임을 보이지 않았다. 하지만 무림인은 무림인의 시각으로 만사를 먼저 생각한다.

우쟁천은 혹시 무림인들이 내공 대결이라도 벌리는 것은 아닌지 고려해 보았으나 곧 그 가능성을 지워 버렸다. 내공 대결을 하는 가운데 웃음을 흘리는 것 자체가 자살 행위인 탓이었다.

우쟁천이 계속 두 사람에게 신경을 쓰자 방도렴이 퉁명스럽게 말했다.

"저마다의 사정이라는 게 있는 거 아니오? 상관 말고 빨리 갑시다. 배고파요. 전에 그 자라탕 맛있던데. 생각만으로 벌써 침이 고이네. 쩝쩝!"

밥 먹고 객잔을 떠난 지 겨우 한 시진 반 정도 흐른 때였다. 우쟁천은 방도렴을 째려보다가 고개를 저으며 발뒤축으로 말의 옆구리를 찍었다.

다시 백여 장을 더 나아가니 관도에서 이 장 정도 벗어나 있는 두 사람의 모습이 확연하게 보였다. 예순은 족히 넘었을 듯한 노인들이었다. 후덕한 인상에 잘 어울리는 녹의 비단 단삼을 입은 노인은 가부좌를 튼 채 가만히 앉아 있었고, 수염과 머리카락이 모두 회백발인 날카로운 인상의 흑의노인은 전신을 떨며 쉬지 않고 광소를 터뜨리고 있었다.

"역시 자의로 웃는 게 아냐. 혈이라도 제압당한 건가?"

우쟁천은 의아한 표정으로 조금 더 다가갔다. 그러나 두 노인으로부터 십여 장 떨어진 곳에 이른 순간 급히 말고삐를 잡아챈 후 두 손을 좌우로 벌리며 소리쳤다.

"멈춰! 독이다!"

자세히 보니 두 노인들 주위 오 장이 시커멓게 죽어 있었다. 다행히 우쟁천 일행에게까지 그 여파가 미치지는 않았지만 두 노인 주변의 관도마저도 온전하지 않았다.

우쟁천은 옥유산 등을 뒤로 물리고 말에서 내려섰다. 그 순간 상대를 가만히 바라보고 있던 녹의노인이 우쟁천에게로 고개를 돌렸다가 한숨을 내쉬었다.

노인은 자리에서 일어나 엉덩이를 툭툭 털고 나서 흑의노인에게 손을 뻗었다. 눈물을 흘리면서까지 광소를 터뜨리던 흑의노인의 몸 떨림이 단번에 사라졌다. 노인은 기진한 듯 드러누워 거친 숨을 토해냈다.

녹의노인은 흑의노인을 빤히 내려다보다가 혀를 찼다.

"쯧쯧쯧! 기소탈정산(起笑奪精散) 정도도 해독시키지 못하면서 왜 고집을 피우누? 당가야, 이번 비독전(比毒戰)은 내가 이긴 거다. 약속대로 이건 내가 챙기마."

녹의노인은 흑의노인의 대답을 기다리지도 않고 쪼그리고 앉아 바닥에 놓여 있던 두 권의 책자를 집어 들었다.

“자, 잠깐!”

흑의노인이 혼비백산하여 언제 탈진했냐는 듯 벌떡 일어나 앉았다.

“뭐?”

녹의노인이 심드렁한 표정으로 흑의노인을 바라보았다. 흑의노인은 말을 하지 못하고 안타까운 눈빛으로 오직 한 가지, 녹의노인의 손에 들린 책자만을 바라보았다.

“뭐? 말을 해라, 말을!”

“이, 이보게. 그거 말고 다, 다른 거 주면 아, 안 되겠나?”

녹의노인이 눈살을 찌푸리며 흑의노인을 노려보았다.

“내가 분명히 안 한다고, 안 한다고 피해 다녔지? 그런 걸 자네가 오천 리를 쫓아다니며 하자고, 하자고 졸랐지? 이제 와서 한 입으로 두말할 건가? 이제 늙어서 쓸 일 없다고, 평생 동안 봉사해 온 고추를 무시할 생각인가? 잘라 버린다? 소변은 눌 수 있게 해주지.”

흑의노인은 차가운 얼굴과는 전혀 어울리지 않는 울상을 지으며 말했다.

“자, 자네도 알다시피 그건 본 가의 가보일세. 그거 잃어버리면 난 가문에서 쫓겨나. 그동안의 정리를 생각해서 하, 한 번만 봐주게.”

“흥! 웃기는 소리하고 있네. 그럼 뭐야? 순전히 날로 먹으려고 했다는 소리 아냐? 질 거라고는 생각도 안 했단 말이지? 그리고 또 뭐? 집에서 쫓겨나? 자네가 집주인인데 누가 자넬 쫓아내? 화골산으로 목욕하는 소리하지 말고, 이제 그만 찢어지세.”

녹의노인이 벌떡 일어서자 흑의노인은 몸을 날려 녹의노인의 바짓가랑이를 잡았다.

“이보게, 나 좀 살려주게. 그거 강호에 퍼지면 우리 가문은 망해. 자네에겐 필요없는 거 아닌가? 나 좀 살려줘.”

녹의노인은 고개를 들어 하늘을 올려다보며 한숨을 내쉬었다.

"하! 자네 선친께서 자네의 이런 모습을 보시면 통탄하실 거야. 도대체 자네의 뭘 보고 가주 자릴 넘기셨는지 알 길이 없어."

"뭐, 뭐라 해도 좋네. 그러니 그것만은 도, 돌려주게."

녹의노인은 자신의 다리를 붙잡은 채 처연한 표정으로 올려다보는 흑의노인을 내려보다가 고개를 저었다.

"남 보기 창피하지도 않아? 바로 좀 앉게."

흑의노인은 그때서야 급히 주위를 둘러보고 우쟁천 일행이 보고 있음을 확인했다. 녹의노인을 대하는 눈빛과는 달리 그의 두 눈에서 무서운 한광이 치솟았다.

"죽기 싫으면 꺼져라!"

가만히 지켜보고 있던 우쟁천의 얼굴이 찌푸려졌다. 그가 막 입을 열려는 순간 녹의노인이 말했다.

"자네 바쁜가? 나 간다?"

흑의노인은 언제 살기를 띠었느냐는 듯 순한 눈빛으로 녹의노인을 바라보며 고개를 저었다. 녹의노인은 흑의노인을 흘겨보다가 두 권의 책자 가운데 세 치 두께의 두꺼운 책자를 품속에 갈무리하고 조금 얇은 다른 책자를 펼쳐 훑듯이 책장을 넘겼다. 그리고 곧이어 책자의 처음 삼분지 일 정도를 쥐어 가차없이 뜯어냈다.

"헉!"

흑의노인이 눈을 부릅뜨는 순간 책자는 이미 두 쪽으로 나뉘어져 있었다.

녹의노인은 무심한 눈으로 흑의노인을 바라보며 말했다.

"약속은 약속이잖아? 그렇지?"

녹의노인은 흑의노인의 대답 같은 것은 관심도 없다는 듯 두 권으로 나눠진 책자 가운데 얇은 것을 품속에 넣고 두꺼운 것을 빤히 내려다보며 한동안 침묵을 지켰다.

흑의노인은 아무런 말도 못하고 그 찢어진 책자만 빤히 바라보았다.

녹의노인이 마침내 입을 열었다.

"다시는 귀찮게 하지 말 것. 여기 자네가 뿌린 독들 해독해 놓고 갈 것. 가다가 저 젊은이들에게 해코지하지 말 것. 동의하면 이건 돌려줌세."

흑의노인은 아무런 갈등 없이 고개를 연신 끄덕였다.

녹의노인은 흑의노인은 잠깐 동안 노려보다가 책자를 건넸다. 흑의노인은 금방이라도 눈물을 쏟을 것만 같은 표정으로 책자를 받았다.

녹의노인이 다시 일어서며 말했다.

"이제 됐지? 나 가네?"

흑의노인은 눈을 치뜨며 일어섰다.

"자네 그 기소탈정산 말일세. 왜 본 가의 해독단으로 해독이 안 되는 건가? 이해가 안 되네."

녹의노인은 근처의 나무 아래 놓여 있던 커다란 대나무 상자를 등에 지면서 대답했다.

"왜긴 왜야, 독이면서 독이 아니니까 그렇지. 그거 용도는 약이야."

"약? 이보게, 그, 그거 조금만 주면 안 될까?"

녹의노인은 어이없다는 표정을 지으며 고개를 저었다.

"세월이 아무리 흘러도 자네의 그 뻔뻔함은 사라지지 않는구면."

녹의노인은 대나무 상자를 내려 뚜껑을 열고 그 안에서 작은 병 하나를 꺼냈다.

"이 정도면 됐지?"

흑의노인이 어색한 미소를 지으며 빼앗듯이 병을 챙겼다.

“이왕이면 제조법도……."

녹의노인이 소리쳤다.

“그만 좀 해! 집에 가서 연구해 보면 알 거 아냐? 당가가 그 정도 능력도 안 돼?"

“그, 그래도 시간이 걸리니까. 제조법하고 같이 가져가면 천기비전(天器秘典) 앞부분 날아간 것에 대한 변명도 되고. 어떻게 안 되겠나?"

녹의노인은 말을 잃고 고개를 젓다가 대나무 상자를 다시 등에 진 후 걸어가 버렸다.

“어떻게 안 되겠나?"

우쟁천 일행은 흑의노인의 애절한 목소리를 뒤로 한 채 말고삐를 잡고 걸어서 관도를 크게 우회하여 녹의노인의 뒤를 따랐다. 낮은 구릉을 넘어 흑의노인의 모습이 안 보이는 곳에 이르자 노인이 갑자기 돌아서서 우쟁천을 빤히 바라보았다.

“자네 어디 아픈데 없나? 말해보게, 내가 다 고쳐줌세."

우쟁천은 기겁을 하며 고개를 저었다.

“전혀 없습니다."

녹의노인이 다가와 우쟁천의 얼굴 앞에 자신의 얼굴을 들이밀고 다시 물었다.

“정말인가? 아주 사소한 증상도 없나? 요즘 들어 갑자기 아랫도리에 힘이 없다든지, 무좀이 거슬린다든지 하는 것도 괜찮네."

“없다니까요."

“잘 생각해 보면 뭔가 있을 거야. 아파야 하는데……."

우쟁천이 연신 고개를 흔들자 녹의노인은 아쉬운 듯 입맛을 다시다가 다시 물었다.

“혹시 다칠 예정은 없는가?"

“당분간은 없습니다. 아니요, 평생 그럴 일 없을 겁니다.”

노인은 우쟁천의 전신을 탐내듯이 훑어보다가 아쉬운 표정으로 고개를 돌렸다. 두 사람의 기묘한 대화를 듣고 있던 옥유산 등은 노인의 눈길이 자신들에게 향하자 본능적으로 그 눈길을 외면했다.

“저 젊은이들도 나름대로 훌륭한 몸을 가지고 있구먼. 잘 견디겠어. 이보게들! 자네들이라도 혹시 어디 아픈데 없나?”

세 사람은 그저 고개를 저을 뿐이었다. 우쟁천이 지나치게 몸을 사리는 것을 보면서 틀림없이 그럴 만한 이유가 있을 거라 생각한 탓이었다.

녹의노인의 눈길이 옥유산과 방도렴의 전신을 훑은 후에 적무경의 얼굴에 꽂혔다.

“어허! 그 얼굴 좋다. 이보게, 얼굴 검은 친구! 혹시 사부 필요하지 않은가? 나한테 한 이십 년 만 배우면 강호에서 자네를 무시할 수 있는 사람은 아무도 없을 걸세.”

적무경은 고개를 돌려 아예 먼 산을 바라보았다.

“에휴! 인연이 아닌가 보구먼. 어쩔 수 없지.”

스스로를 소개하려고 기회를 노리고 있던 우쟁천이 막 입을 열려는 순간 노인이 다시 물었다.

“그런데 자네들 어디로 가는 중인가?”

“태원 가는 중입니다.”

“태원? 그거 잘 됐구먼. 나도 거기 가는 중일세. 심심한데 같이 가지.”

우쟁천은 의외로 순순히 고개를 끄덕이고 노인에게 말을 양보했다. 그리고 옥유산을 적무경에게 쫓아내고 북상하기 시작했다. 우쟁천이 보조를 맞추자 녹의노인이 갑자기 미간을 찌푸린 채 고개를 돌려 물었다.

“자네 혹시 나 아는가?”

우쟁천은 질문의 요지를 알아차리고 빙그레 웃으며 고개를 저었다.

“하지만 아는 분들은 압니다.”

“누구?”

“막 씨, 양 씨, 황 씨 성을 쓰시는 분들이지요.”

노인은 눈가에 주름을 잡으며 고개를 끄덕였다.

“아하! 자네가 바로…….”

우쟁천은 고삐를 쥔 채로 포권을 취하고 읍했다.

“소 어르신, 후배 우쟁천이 인사 올립니다. 너희들도 인사 올려라. 독협(毒俠) 소유산 어르신이시다.”

“파하하하하! 독협이라고? 이런 간사스러운 놈이 있나?”

옥유산 등은 파안대소를 흘리는 녹의노인 소유산을 바라보며 눈을 부릅떴다. 우쟁천이 하도 조심스럽게 행동해서 영문도 모르고 조심하기는 했지만, 녹의노인이 설마 강호의 자유인들을 대표하는 강호사괴의 대형이며 천하십대고수의 하나인 독괴 소유산이라고는 생각지도 못했던 것이다.

활독괴의(活毒怪醫) 소유산은 사천당가와 달리 일인전승으로 이어져 내려온 활독문의 당대 문주다. 그는 오랜 행협으로 독에 대한 편견과 혐오감을 희석시킨 당대의 명의이면서, 동시에 천하십대고수의 일좌를 차지하고 있는 독공의 달인이다. 욕망에 담백하고 측은지심이 많은 성정에 따라 그동안 독협의라고 불려도 손색이 없는 적덕을 쌓아왔으나, 강호인들에게는 유독 고통스러운 대가를 요구하여 협의 대신 괴의라고 불린다.

옥유산 등은 분분히 인사한 후 면모를 잊지 않겠다는 듯 조심스럽게 소유산을 살폈다.

‘참 편안하게 생기셨구나. 좀 전에 그 광경을 보지 못했다면 저 양반이 활독괴의라고 믿지 못했을 것이다. 그렇다면 조금 전 그 양반이 암절(暗絕) 당수명?’

옥유산 등이 거의 같은 의문을 품었으면서도 묻지 못할 때, 우쟁천이 나섰다.

"어르신! 조금 전 그 어른이 그런 당가의 당대 가주십니까?"

소유산이 웃으며 고개를 끄덕였다.

강호인들은 늘 소유산과 당수명이 친구라는 사실에 의아해한다. 오랜 세월 동안 독의 종가로 군림해 온 당가가 천하제일독의 자리를 소유산에게 넘겨주고도 묵묵히 있다는 게 이상한 것이다.

우쟁천은 조금 전 그 광경을 떠올리며 고개를 끄덕이다가 전에 막유수가 한 말을 상기했다.

"형님과 당 가주 말이냐? 세간에서는 십대고수에 형님을 올려두고 당 가주를 예우상 칠절의 하나로 두어 형님이 더 강하다고 평가하지만, 의미가 없지. 형님이 십대고수의 한자리를 차지하고 있는 것은 칠절의 대부분이 그러하듯이 당 가주가 좀처럼 사천의 근거지를 벗어나지 않기 때문일 뿐이다. 어디 보자… 두 사람이 생사결을 벌인다? 오 장 정도? 그 거리 안이라면 형님이 필승이고 그 거리를 벗어나면 당 가주가 필승일 게다. 하지만 두 사람이 싸울 일이 있겠느냐? 천하제일고수가 따로 있는 천하제일독 정도의 명성 따위에 신경 쓸 사람들이 아니야. 두 사람에게는 서로에게 배워 지금보다 더 나아지는 게 중요할 뿐이다. 친구면서 평생을 같이할 호적수? 그래, 훨씬 낫지. 그런데 말이다. 너, 만에 하나라도 아픈 상태로 그 양반 만나지 마라. 알지? 약 주고 고통 주는 양반이다. 나? 나도 싫어. 호형호제 하지만 내가 아프기라도 하면 옳다구나 기회다 하면서 별의별 실험을 다해볼 양반이야."

막유수의 진저리치는 모습을 떠올리던 우쟁천은 소유산의 물음에 정신을 차렸다.

“설하와 구동은 잘 지내? 결국 그렇게 될 거면서 뭐 하러 세월을 낭비했는지 몰라.”

“양 어르신이 완전히 잡혀서 삽니다. 꼼짝도 못하시던데요.”

“에잉! 살 섞고 살면 달라질 줄 알았더니만, 옛날 그대로군. 재미없어.”

“그런데 어르신! 태원에는 무슨 일로 가시는 겁니까?”

“응? 그걸 몰라? 네 집 간다. 간만에 자비원 아이들 몸 상태나 확인해 보려 했더니, 네 집으로 이사 갔다 하지 않느냐. 아! 그런데 유수도 지금 네 집에 있느냐?”

우쟁천이 고개를 끄덕이자 소유산이 눈살을 찌푸렸다.

“에잉! 그것들도 늙었구나. 벌써부터 뭉쳐 살 생각들을 하고 말이야.”

우쟁천이 싱글거렸다.

“전 호가호위할 수 있어서 좋은데요. 어르신도 언제나 환영입니다.”

“응?”

우쟁천은 문득 옥유산 등을 바라보며 미소 지었다.

“요즘 들어 수하 녀석들의 기강이 해이해지고 있어, 한동안 혹독하게 수련시킬 생각입니다. 그리되면 어르신의 무료함도 달래 드릴 수 있을 듯합니다. 많이 이용해 주십시오.”

옥유산 등의 얼굴이 일그러지는 순간 소유산이 벙긋 웃었다.

“그래? 파하하하! 나야 환자가 있는 곳이면 어디라도 머물지. 좋아! 좋아! 네 녀석 정말 악독하구나. 아주 마음에 들어.”

‘크크크! 지들이 안 다치려면 어쩔 거야. 강해져야지.’

우쟁천의 미소에 옥유산 등은 진저리칠 수밖에 없었다.

“저기냐? 좋구나.”

소유산은 멀리 전경이 다 드러나 보이는 홍락방의 수수함에 고개를 끄덕였다.

“어? 벌써 다 지었네?”

우쟁천은 우쟁천대로 달라진 홍락방의 모습에 미소 지었다. 홍락방 좌측에만 지은 서당 때문에 전체적으로 균형이 맞지 않았는데 이제 자비원이 오른쪽에 들어서서 그런대로 모양이 나왔다. 급하게 지었건만 급조한 태가 드러나지 않는 것을 보니 황설하와 양구동이 방도들을 어지간히 못 살게 군 모양이었다.

“그런데 어찌 된 일인지, 강호방파라기보다는 무슨 서원 같구나. 글 읽는 소리 낭랑해서 좋다만 여기가 홍락방이 맞기는 맞아?”

소유산이 물어볼 만했다. 경사진 산기슭에 지은 터라 안마당이 훤히 드러나 보이는 홍락방이다. 그런데 좌측의 서당에서 아이들의 글 읽는 소리가 음악 소리처럼 들리건만 강호방파 답지 않게 연무장은 텅 비어 있었다.

우쟁천이 미소 지으며 말했다.

“저기 산 뒤쪽에 따로 연무장이 마련되어 있습니다. 저기 연무장은 낮 동안 아이들의 놀이터 겸 수련장으로 쓰고, 저녁에 방도들이 사용하고 있지요. 아! 그리고 저 오른쪽에 있는 건물이 자비원입니다. 지금 가보시겠습니까?”

소유산은 우쟁천의 설명에 고개를 끄덕이다가 고삐를 흔들어 앞으로 나아갔다.

“일단은 네 집안 어른들께 인사부터 올려야 도리지.”

우쟁천이 고개를 끄덕이고는 말에서 내린 후 옥유산에게 고삐를 넘겼다.

“어르신 뫼시고 먼저 들어가. 난 작은 할아버지 뵙고 올라갈 테니까.”

우쟁천은 소유산 등이 문안으로 들어서는 것을 보다가 서당 안으로 들어갔다. 뒤쪽에서 문을 여니 각자의 책상 앞에 책을 펼쳐 놓고 읽고 있는 아이들의 자그마한 뒷머리들이 보이고 그 앞으로 고일도가 아이들의 독송 소리에 맞춰 앞뒤로 몸을 흔들고 있었다.

우쟁천은 빙그레 웃으며 고일도에게 손짓했다. 고일도가 눈가에 주름을 잡았다. 우쟁천이 손짓으로 먼저 올라간다는 표시를 하자 고일도가 미소 지으며 고개를 끄덕였다.

서당을 나선 우쟁천이 막 문 앞에 이르렀을 때 좌구산이 밖으로 나섰다.

"방주! 편히 다녀오셨습니까?"

우쟁천이 벙긋 웃으며 좌구산의 어깨를 두드렸다.

"오! 좌 당주, 별일없었지?"

개파 당시 전격적으로 발표된 홍락방의 조직체계는 그 구성원이 소수인 만큼 간단했다. 고승도 형제와 독괴를 제외한 삼괴, 그리고 염우빙은 번거로운 것을 싫어하는 사람들이니 그저 원로라는 칭호로 홍락방에 묶어두었고, 싫다는 손정목은 억지로 호법에 앉혀두었다. 그 외 오당을 두어 옥유산 등을 당주로 삼은 것이 전부인데, 각 당의 명칭과 역할은 다음과 같다.

홍락방의 선봉대 격인 참마당(斬魔堂)에는 방도들 가운데 무공이 뛰어나고 성격이 외향적인 서른 명을 배치하고 그 책임을 방도렴에게 맡겼다. 호위대 격인 천왕당(天王堂)에는 성격이 꼼꼼하고 진중한 방도 스무 명을 배치하고 적무경에게 맡겼다. 옥유산에게는 서른 명으로 구성된 호무당(護武堂)을 맡겨 참마당을 지원하고 한편으로는 훈련관으로서의 책임을 지웠다. 수하 두기를 싫어하는 사도성에게는 밖으로 나돌기를 좋아하는 열두 명의 방도를 특별히 뽑아 백족당(百足堂)을 맡겼다. 남은 하나가 바로 좌구산이 맡은 만물당(萬物堂)이다.

말이 좋아 만물당주이지, 실제로 만물당에서 하는 일은 홍락방의 온갖 잡무라고 할 수 있다. 개파 이전부터 좌구산이 맡아온 금전출납에 관계된 모든 잡무와 접객 업무는 물론 방 내 대소사를 처리하는 집사 업무까지 다해야 하는 자리였다.

애초에 좌구산이 희망한 자리는 고상락, 소기진처럼 참마당이나 천왕당의 부당주가 되든지, 그것도 안 된다면 두 당의 십인대장이 되는 것이었다. 아직 무인의 뜨거운 피를 식히지 못한 까닭이었다. 그럼에도 그가 만물당주의 자리를 거절하지 못한 이유는 서서히 임신 사실이 밖으로 드러나고 있는 아내 고서인의 이름이 만물당의 부당주 자리에 적혀 있기 때문이었고, 그 외에 파성채 출신의 젊은 아낙들 십여 명의 이름들 또한 고서인의 아래 줄줄이 적혀 있는 탓이었다.

좌구산은 좀처럼 익숙해지지 않는 당주 소리를 듣고 쓴웃음을 지었다.

"별일이야 있었겠습니까? 하지만 귀찮은 일은 있습니다."

"있습니다? 아직 해결이 안 됐나 보지?"

좌구산은 빙그레 웃으며 문안으로 손을 뻗었다. 가보면 안다는 뜻이었다.

우쟁천은 좌구산에 앞서 문을 지났다. 막 연무장 입구에 이른 순간 좌구산이 좌측으로 손을 뻗었다. 고개를 돌려보니 십여 명의 사내가 좌측 건물의 그늘 아래 띄엄띄엄 앉아 있었다. 홀로 앉아 있는 이도 있고, 서너 명이 함께 앉아 있는 이들도 있는데, 하나같이 전에 본 적이 없는 사람들이었다.

우쟁천이 의아한 눈빛으로 물었다.

"도사들도 있네? 뭐야?"

좌구산은 대답 대신 품속에서 네 장의 배첩을 꺼내어 내밀었다.

우쟁천은 겉봉의 이름부터 확인했다.

"산동 덕주의 수라도(修羅刀) 봉태성, 소림 속가 사자도(獅子刀) 이치, 종남 고운(孤雲), 하북 팽가 비호도(飛虎刀) 팽요문? 고운이라면 북도련 부련주의 말썽쟁이 막내제자라지, 아마? 저 종남 도사 말고는 들어본 적이 없는 걸? 쟤들 저기서 뭐 하는 거래?"

좌구산이 의미심장한 미소를 지으며 대답했다.

"한마디로 유명세지요. 사자패도라는 별호를 얻으신 대가 말입니다."

우쟁천이 눈살을 찌푸리며 말했다.

"비무 신청자들?"

좌구산이 고개를 끄덕이자 우쟁천은 눈을 감고 고개를 젓다가 비무 신청자들을 다시 훑어보며 좌구산의 얼굴 앞에서 배첩을 흔들었다.

"이딴 게 왜 나한테까지 올라오는데? 알아서 대충 해결 못해? 고상락, 소기진은 어디 갔어?"

좌구산은 우쟁천과는 달리 흥미진진하다는 듯 미소를 잃지 않았다.

"두 사람이 나서보기도 했는데 꼭 방주께 한 수 배우겠다는 자도 있고, 무명소졸들과는 비무할 수 없다는 자도 있습니다."

"허! 저자들은 무명소졸 아니야?"

우쟁천이 기가 막힌다는 듯 헛웃음을 터뜨리는 순간, 기다리던 자들도 자신들을 접대했던 좌구산과 배첩을 받아들고 있는 우쟁천을 확인하고 자리에서 일어섰다. 우쟁천은 어쩔 수 없이 그들을 향해 걸어갔다. 좌구산이 먼저 나서려 했는데 우쟁천은 손을 흔들어 만류하고 억지로 미소를 지으며 마주 다가오는 사람들을 향해 포권을 취했다.

"본의 아니게 결례를 범했소이다. 소생이 우쟁천이오."

열두 명의 사내들이 일제히 포권을 취하며 인사했다. 우쟁천은 그들 가운데 한 발씩 앞서 있는 네 사내를 유심히 살폈다. 눈빛이 칼날 같은 청년 도사 고운을 가장 먼저 알아보았고, 부잣집 한량 같은 차림에도 불구하고 기도만큼은 고운 못지않은 팽요문 또한 쉽게 알아보았다. 그 다음에 눈에 띈 사람은 부리부리한 눈과 얼굴 전체를 덮은 수염으로 능히 짐작할 수 있는 사자도 이치였는데, 단 한 사람 수라도라는 별호를 가진 삼십대 후반의 중년인만큼은 비무 신청자답지 않게 기도가 너무 떨어졌다.

'일단 고운, 팽요문, 이치, 봉태성 순인가? 하지만 그 누구도 도렴이나 유산을 넘을 수 없을 것 같은데, 뭘 믿고 온 거야? 비무니까?'

각자가 풍기는 기도로 우열을 가늠해 본 우쟁천은 쓴웃음을 지으며 봉태성에게 먼저 말을 걸었다.

"홀로 먼 길을 오셨소이다. 굳이 예까지 찾아와서 소생에게 비무를 청하시는 이유가 무엇이오?"

봉태성은 비무를 청하는 사람답지 않게 비굴한 미소를 지으며 대답했다.

"이 봉모가 도를 잡은 지도 올해로 이십일 년째가 되었소. 나름대로 꾸준히 진전을 보아왔으나 지난 수삼 년간 별다른 소득을 얻지 못했소. 해서 최근에 이 강호에 혜성처럼 등장한 우 방주에게 한 수 가르침을 얻고자 찾아오게 된 것이오. 멀리서 찾아온 성의를 봐서 소생의 꽉 막힌 무로를 뚫어주시기 바라오."

우쟁천은 봉태성에게 한 발 더 다가가 얼굴을 뚫어지게 바라보았다. 그 순간 봉태성은 우쟁천의 두 눈에서 쏟아질 듯 흘러나오는 강렬한 기세를 감당하지 못하고 고개를 숙였다.

"진정 소생의 가르침을 받겠소?"

"그, 그렇소."

봉태성은 슬며시 고개를 들어 우쟁천의 얼굴을 올려다보았다. 우쟁천은 그의 두 눈이 자신의 눈이 아닌 이마에 닿아 있음을 느끼고 미소를 지었다.

'가르침? 개뿔! 내가 착하다고 소문난 건가? 이건 한마디로 묻어가겠다는 소리 아냐? 이 우쟁천과 비무해서 석패했다고 천하 방방곡곡에 떠들고 다니겠다는 심보구만.'

우쟁천은 내심 코웃음을 치고서 한 발 물러선 후 부드럽게 말했다.

"그것이 정녕 봉 대협의 뜻이라면 좋소이다. 하지만 내 가르침은 비싼데, 여유가 되시나 모르겠소?"

"아니, 비무해 주는 것을 빌미로 돈을 받겠다는 소리요?"

봉태성은 말이 되느냐는 듯 과장된 언동으로 주위를 둘러보았다. 주변 사람들이 눈살을 찌푸리며 우쟁천을 바라보았다. 우쟁천은 주변 분위기에 아랑곳하지 않고 봉태성을 직시했다.

"봉 대협이 본 방 사람이오? 소생이 무슨 이득이 있다고 봉 대협에게 가르침을 내린단 말이오? 소생은 과거 무명일 때부터 대가없는 비무를 해본 적이 없소. 등룡관이라고 들어는 보셨소? 소생이 바로 그 등룡관 출신이오. 그 당시 오성방의 진두수와 비무할 때도 은자 백 냥은 받았으니 지금 봉 대협과의 비무는 이백 냥 정도 받아야 하지 않겠소?"

'진두수?'

강호의 절정고수들 앞이라면 명함도 못 내밀 이름이 진두수지만, 자칭 수라도 봉태성에게는 큰 무게를 지니는 이름이 또한 진두수였다. 봉태성은 아무 말도 못하고 입을 벌린 채 우쟁천을 올려다보았다.

우쟁천은 피식 웃으며 봉태성에게 포권을 취했다.

"여유 되시면 다시 오시오. 다음!"

우쟁천은 옆으로 걸음을 옮겨 사자도 이치 앞에 섰다.

"비무를 청하는 특별한 이유가 있소?"

이치는 이를 악물고 한광이 번득이는 우쟁천의 두 눈을 직시하다가 쥐어짜듯 말했다.

"이 사람의 별호가 사자도요. 한데 우 방주의 별호가 사자패도이니 사람들이 혼동하지 않겠소? 이 사람이 먼저 쓴 별호이니 우 방주께서는 별호를 바꿔주시구려."

우쟁천은 터져 나오려는 웃음을 억지로 참고 물었다.

"소생의 별호는 동도들이 붙여준 것. 별호에 미련은 없으나 바꾸고 싶다고 바꿀 수 있는 게 아닌 듯하오. 이 대협, 소생이 천하를 돌아다니며 동도들에게 별호를 바꾸어달라고 청할까요? 아! 호기심으로 묻는 건데, 이 대협의 별호도 동도들이 붙여준 것이오?"

이치는 얼굴을 붉히며 한 발 물러섰다. 소문이 과장된 것이라고 생각했건만 눈빛만으로도 승산이 없음을 깨달은 것이었다.

"다음!"

우쟁천은 다시 걸음을 옮겨 두 명의 도사와 함께 있는 고운자 앞에 섰다. 그러나 금세 한 걸음 더 옮겨 고운자와 팽요문 사이에 서서 두 사람을 번갈아 보았다. 그 순간, 우쟁천의 전신에서 강맹한 기세가 폭풍처럼 일어났고 그를 바라보고 있던 사람들은 일제히 눈을 부릅뜨고 뒤로 물러섰다. 그때 이치와 봉태성을 상대하던 어조와는 판이하게 다른 살벌한 목소리가 그의 입에서 흘러나왔다.

"두 사람! 죽을 각오는 하고 왔나?"

갑작스런 기세 변화에 당황한 고운자가 떨리는 목소리로 대답했다.

"생사결을 벌이자는 것이 아니오이다. 기량을 비교하고 승패를 가리자는 것뿐이오."

고운자를 노려보던 우쟁천이 팽요문에게로 시선을 돌렸다.

'저 정도면 기문 형님에 못지않다. 내 상대가 아니야.'

　오랜 세월 동안 도 하나에 매진한 팽가였다. 아직도 쇠락의 길에서 벗어나지 못하고 있지만 팽기문이 있는 이상 당대에 과거의 영화를 되찾을 수 있을 거라 생각하고 있었다. 그 팽기문의 지도 아래 혹독한 수련을 쌓던 차에, 약골로 소문난 산서무림에서 사자패도라는 강자가 나왔다는 소문을 들었다. 코웃음을 치지 않을 수 없었다. 팽가 앞에서 도로 명성을 얻는다는 것은 용납할 수 없는 일이었다. 그래서 달려왔건만 소문은 과장된 것이 아니었다. 팽요문은 자신도 모르게 고개를 끄덕여 고운자의 말에 동의할 수밖에 없었다.

　우쟁천이 다시 두 사람을 번갈아 노려보며 목소리에 으스스한 한기를 담아 말했다.

　"분명히 말했다, 대가없는 비무는 하지 않는다고. 그대들이 나를 이기면 명성을 얻을 것이나, 나는 이겨도 이익이 없다. 그대들에게 요구하는 대가는 목숨. 죽을 각오가 서면 사문의 어르신들께 하직 인사 올리고 다시 오라. 언제든지 상대해 준다. 그럴 용기가 없다면 멀지 않은 등룡관이나 찾아가 보든지."

　기세에 억눌려 두 다리가 후들거리는 상황이니, 종남의 위세, 팽가의 명성을 떠올릴 정신이 아니었다. 고운자와 팽요문은 대답도 하지 못하고 얼굴을 붉혔다.

　우쟁천은 기세를 거두고 뒤로 두 걸음 물러나며 고개를 저으며 한숨을 내쉬었다. 다시 사람들을 두루 살펴보니 단 한 사람도 그와 눈을 마주치려 하지 않았다.

　"아직도 소생에게 남은 용건이 있소?"

　그 말 한마디에 사람들은 두 발을 속박하고 있던 족쇄가 풀린 것처럼 급히 연무장을 빠져나갔다. 그들이 모두 사라지자 우쟁천은 좌구산을 돌아보며 벙긋 웃음 지었다. 좌구산도 피식 웃으며 고개를 저었다.

우쟁천은 좌구산의 어깨에 팔을 걸치며 장난스럽게 말했다.

"자식들이 말이야, 실력이 모자라면 기백이라도 있어야지 말이야."

"병아리 눈물만큼도 안 되지요?"

우쟁천은 픽 웃으며 좌구산과 어깨동무를 한 채 걸음을 옮겼다.

"칼을 뽑으러 왔으면 죽어도 해본다는 기백을 보여야지. 그런 마음가짐조차 없다면 강호에서 살 생각을 말라 그래. 안 그래?"

좌구산은 못 말린다는 듯 고개를 저었다.

"그래도 종남과 팽가의 사람들입니다. 너무 심하게 윽박질렀습니다."

"걱정도 팔자다. 자네 같으면 네게 그런 수모를 당했다고 대놓고 떠들겠어? 그리고 난 나름대로 호의를 베푼 거야. 자신들이 온실 속 화초나 다를 바 없다는 사실을 깨닫게 되었으니 칼 놓고 장수하든가, 용맹정진하지 않겠어?"

"생각 참 편하게 하시네요. 그걸 깨달을 그릇이 이 세상에 얼마나 되겠습니까? 세상 사람들이 다 그 정도 그릇이 되면 홍락방이 존재할 이유가 없겠지요. 마음, 마음, 마음이여, 알 수 없구나. 너그러울 때는 온 세상을 받아들이다가도 한 번 옹졸해지면 바늘 하나 꽂을 자리조차 없도다."

우쟁천이 이채를 발하며 물었다.

"응? 그건 또 무슨 소리야? 왠지 유식하게 들리는데?"

"제가 삐치면 제 마누라가 종종 하는 말입니다. 달마 조사께서 하신 말씀이라네요. 생각해 보세요. 삐치면 아는 사람한테도 너그러울 수 없는데, 모르는 인간한테 너그러운 마음으로 대하기 쉬운가요?"

"그런 뜻으로 한 말이야? 에에! 몰라. 지나갔잖아. 가자, 가자! 자네 아직 독괴 소 어르신 못 뵀지?"

좌구산이 깜짝 놀라 눈을 치떴다.

"예? 그럼 조금 전에 무경이 하고 같이 올라간 그 어르신이 소유산 그분이십니까?"

"웅. 열심히 꼬셔두었으니까 당분간 여기 계실 거야. 남은 평생 쭈욱 계시도록 힘써보자구."

좌구산은 문득 홍락방의 세를 가늠해 보며 고개를 저었다.

'신생이건만, 지금 정도로도 천하십대세력에 꼽힐 만하지 않은가? 천하십대고수가 둘에, 강호삼괴에, 염 대협, 방주…… 허! 강호 사람들이 이 사실을 안다면 놀라 자빠지겠군. 좋아! 우리 홍락방 만세다. 하여튼 방주는 묘한 사람이야.'

좌구산은 어느새 앞서 걷고 있는 우쟁천의 넓은 등을 바라보며 고개를 저었다.

소유산으로 인하여 방 안이 떠들썩했다. 늘 분위기를 주도하는 막유수 등 삼괴는 당연히 한 술 더 떴고, 홀로 무인이 아닌지라 늘 한 걸음 물러서 있던 고일도마저도 간만에 동도라 할 만한 사람을 만나 유쾌한 모양이었다. 하지만 한 사람 고승도만은 왠지 평소보다 더 가라앉아 있었다.

한동안 자리를 지키던 고승도는 그가 빠져도 될 만큼 술자리가 고조되자 남들 눈에 띄지 않게 방을 빠져나갔다. 단 한 사람 우쟁천만이 그의 움직임을 발견했지만 고승도는 억지로 미소를 지으며 우쟁천의 의아한 눈빛으로부터 벗어났다.

고승도는 아무도 없는 뒷마당에 나와 어슴푸레한 달을 올려다보며 한숨을 내쉬었다.

"후우! 어찌해야 하나? 내가 뭘 어떻게 해야 하나? 과연 내가 할 수 있는 일이 있기는 한가?"

흐린 하늘에 어설프게 몸을 숨긴 달은 고승도의 답답한 가슴을 풀어주기는커녕 더욱더 무겁게 내리눌렀다. 혈기라도 남아 있다면 말술이라도 퍼부어 잠시 잠깐 답답함을 모면해 볼 테지만, 고승도는 술이 도움이 되지 않는다는 것을 너무나 잘 알고 있었다.

싱싱한 복숭아나무
복사꽃이 활짝 피었네.
이 아이가 시집가면
한 집안을 화락하게 하리.

싱싱한 복숭아나무
탐스러운 열매 맺었네.
이 아이가 시집가면
시집의 복덩이 되리.

싱싱한 복숭아나무
그 잎도 무성하네.
이 아이가 시집가면
그 가정이 즐거우리.

고승도의 입에서 흘러나오는 노래는 원래 시경에서 연유한 밝은 곡이었다. 그러나 고승도의 노랫소리는 달을 올려다보는 서글픈 그의 눈빛처럼 조용하고 느리며, 처연했다.

"하아! 형님, 또 그 노래 부르시는구려."

고승도는 목소리의 주인공이 누구인지 깨닫고 억지로 웃음을 지으며 돌아섰다.

고일도가 안타까운 눈빛으로 물었다.

"명정이 보고 싶으시지요?"

고승도는 가슴속 울화를 더 이상 감출 수 없었다. 평생 동안 홀로 삭이고 또 삭여도 끝내 다 삭이지 못한 채 가슴 가득 채워두었던 슬픔이 봇물처럼 흘러나왔다.

고일도는 고승도의 붉은 두 눈을 차마 직시하지 못하고 하늘을 올려다보았다.

"하아!"

아무것도 모르는 우쟁천은 송인홍의 부탁에 대해 귀찮다는 어조로 주절거렸었다. 아무것도 말하지 못하고 듣기만 해야 했던 고승도로서는 우쟁천의 한 마디 한 마디가 비수와 같았으리라.

"하아!"

아무리 생각해도 위로할 말을 찾지 못한 고일도는 다시 한 번 한숨을 내쉴 따름이었다.

"내가, 이 우형이 어찌해야 하는가? 지금에서야 뒤늦게 내가 해줄 수 있는 일이 있기는 한가?"

답답함을 넘어 처절하게 들리는 목소리였다. 하지만 고일도가 할 수 있는 일은 두 눈에 미안함을 담아 그 슬픔에 동조하는 것뿐이었다. 얼마나 몰아쳤던가. 명정이의 존재를 모르고 있었기에, 복수할 생각조차 못하는 겁쟁이라고 얼마나 매몰차게 대했던가. 안 그래도 천륜의 무게에 짓눌려 멍든 가슴에 사정없이 못질을 한 격이었다. 그것도 수십 년 동안 박고 또 박은 셈이었다.

미움은 삭일 수 있어도 자식에 대한 사랑만큼은 버릴 수 없는 고승도의 처지를 알고서야 겨우 끓어오르던 복수심을 삭일 수 있었다. 하지만 고일도는 아직도 고승도가 품고 있는 사랑과 슬픔의 무게만큼은 저울질할 수 없었다. 그저 나름대로 이해할 따름이었다. 그런 그이기에 조언은 커녕 위로조차 할 수 없는 것이다.

"무엇이 그렇게 할아버지를 괴롭게 합니까? 무엇이 그렇게 할아버지를 슬프게 합니까? 제가 알아서는 안 됩니까? 제가 조금의 도움도 되지 못합니까?"

고승도는 우쟁천의 목소리를 듣고 눈을 감았다. 조금 전 방을 나설 때 의아하게 바라보더니 결국 참지 못하고 따라온 모양이었다.

고승도가 붉어진 눈을 감아버리자 우쟁천의 시선은 고일도에게로 옮겨왔다. 고일도는 잠시 그 눈을 마주했다가 고개를 저으며 하늘을 올려다보았다.

말할 수 없었다. 과거로 인해 공허함 속에서 살 수밖에 없는 두 사람에게 단 한 줄기 위로가 되어주는 아이였다. 확고한 신념을 가지고 미래를 개척해 나가고 있는 아이였다. 말을 한다면 가던 길을 포기할지도 모를 아이였다. 그러니 할 수 있는 일이라고는 외면하는 것뿐이었다.

우쟁천은 자신을 외면하는 두 사람을 노려보았다. 화를 내고 싶었다. 자신을 소외시켜서가 아니라 두 사람에게 의지가 될 수 없다는 것이 화가 났다.

"두 분 입장에서는 제가 아직 어린아이로 보이실 테지요. 하지만 저 다 컸습니다. 두 분 할아버지에게서 자양분을 쭉쭉 빨아먹고서 이제 홀로 바람을 맞아도 흔들리지 않을 만큼 튼실하게 컸습니다. 말해주세요. 아직 부족하여 의지가 되지는 못한다 해도, 두 분의 슬픔 앞에서 재롱은 떨 수 있게 해주세요."

말하지 않으면 그럴 만한 이유가 있을 거라면서 굳이 묻지 않던 녀석이었다. 그런 그가 전에 본 적이 없는 간절한 눈빛으로 묻고 있었다. 고승도 형제는 난감한 심정으로 서로 눈빛을 교환했다. 그리고 두 사람의 입에서 동시에 한숨이 새어 나왔다. 고승도는 자포자기한 듯 고개를 끄덕였고, 고일도는 씁쓸한 미소로 고승도의 허락에 응답했다.

"너도 느끼고 있었을 거다. 그래, 지금까지 네게 말 못한 비밀이 있다."

우쟁천은 고일도가 말을 끊고 다시 그의 눈을 빤히 바라보자 혹시라도 그냥 입을 닫아버릴까 봐 두려워 급히 물었다.

"혹시 제검전주와 관련된 것입니까?"

"그래. 그래서 말해줄 수 없었다. 혹시라도 우리의 과거가 네 발목까지 잡을까 두려워서 말하지 않으려 했다. 하지만 앞으로 네가 해야 할지도 모를 일 역시 제검전과 밀접하게 관련된 일이니 이제는 어쩔 수 없구나. 모르고 당하지는 않아야 할 테니까 말이다."

'내가 해야 할지도 모를 일?'

고승도의 분위기가 확연하게 가라앉은 것은 오늘 우쟁천이 돌아온 이후의 일이었다. 우쟁천은 그 길지 않은 시간 사이에 그의 마음을 슬프게 한 무언가가 있었음을 확신하고 기억을 더듬었다. 제검전과 관련될 만한 일이라면 단 한 가지 황자의 귀환, 그것뿐이었다.

우쟁천이 막 입을 열려는 순간 고일도가 먼저 말했다.

"모든 사실을 알려줄 것이다. 그러니 내 말이 끝날 때까지 중간에서 말 끊지 마라."

우쟁천이 고개를 끄덕이자 고일도는 긴 한숨을 내쉬고 천천히 입을 열었다. 그 이후 그의 입에서 흘러나온 말들은 하나같이 우쟁천을 놀라게 했다. 우쟁천은 고일도의 말대로 중간에서 말을 끊지는 않았지만, 순간순간마다 고승도 형제를 번갈아 보며 눈을 부릅뜨고, 한숨을 쉬고, 울분을 참아내야만 했다.

"우후! 이제 너도 다 알게 되었구나. 그게 전부다."

우쟁천은 자신도 모르게 고승도에게 다가가 그의 손을 꾹 쥐었다. 고승도는 쓴웃음을 지으며 한 손을 빼내어 우쟁천의 손등을 두드렸다. 그 미소가 너무나 안쓰러웠다. 늘 그랬다. 고승도의 미소 속에는 언제나 정체를 알 수 없는 슬픔과 아련함이 있었다. 뭔가 말 못할 사연이 있음은 알고 있었지만 설마 그 정도일 줄은 몰랐다.

'내가 가슴속에 그 정도의 그리움과 분노를 할아버지만큼 오랜 세월 동안 품고 있었다면 난 이미 미친 사람일 것이다.'

차라리 힘이 없다면 포기할 수도 있으리라. 세상 많은 사람들이 분노를 슬픔으로 대신하고 살아간다, 힘이 없다는 이유로. 하지만 고승도는 아니었다. 만검혼이 강자인 것은 틀림이 없는 사실이나 고승도 역시 강자다. 검환지경에 이르고 호신강기를 실전에서 사용할 만큼 강자인 우쟁천이 아득하게 올려다보아야 할 정도로 강자다. 그럼에도 불구하고 복수를 하지 못하고 있는 것은 분노보다 그리움이 더 큰 까닭이리라. 그 그리움의 대상이 혼란과 슬픔에 빠지지 않기를 바라는 마음 때문이리라.

우쟁천은 온갖 생각을 다 품었다. 분노, 사랑, 대의가 한순간에 교차했고, 그것에서부터 야기된 행동의 결과마저도 모두 떠올려 보았다. 그리고 마침내 입을 열었다.

"두 분이 무엇을 걱정하셔서 제게 말씀을 하지 않으셨는지 알겠습니다. 하지만 걱정하실 필요 없었는데요. 제가 얼마나 약삭빠른 놈인지 아시지 않습니까? 계란 들고 바위 깨겠다고 나설 놈은 아니지 않습니까?"

고승도 형제는 말로 설명할 수 없는 묘한 눈빛으로 우쟁천을 바라보았다. 무모하게 나서지 않겠다 하니 일단 안심은 되었지만, 한편으로는 너무 냉정하게 들려 섭섭한 마음이 인 까닭이었다.

그때 우쟁천이 말을 이었다.

"일단 제검전은 지금 당장 어찌해 볼 도리가 없습니다. 큰할아버지와
더불어 천하제일을 다투는 사람이고 천하제일의 세력을 가진 사람입니
다. 때도 아니거니와 복수를 위해 움직인다면 홍락의 취지 아래 모인 방
도들에게도 미안한 일입니다. 하지만 제검전과 홍락방의 가는 길이 다르
니까 언젠가는 부딪칠 겁니다. 그러니 그 일은 뒤로 미루어두고, 일단은
할아버지의 아픈 마음부터 달래 드려야겠는데……."

고일도가 의아한 눈빛으로 물었다.

"어떻게? 방도가 있겠느냐?"

우쟁천은 푸근한 미소를 지으며 고승도를 바라보았다. 고승도는 지푸
라기라도 잡는 심정으로 우쟁천의 입 벌어지기만 기다렸다.

"일단 저와 함께 황자에게로 가시지요."

고승도가 눈살을 찌푸렸다.

"무어라? 그것을 막고자 하는 것이 내 딸인데, 나에게 그 아이의 반대
편에 서라는 것이냐?"

우쟁천은 표정 변화 없이 말했다.

"그렇게 되면 일단 황궁에 들어가실 수는 있지 않습니까? 얼굴을 마
주할 기회도 있을 겁니다. 할아버지의 존재를 고모님에게 밝힐 수는
없다 하여도, 근처에서 보실 수는 있지 않습니까? 그 다음 일은 다음
에 생각하시지요. 할아버지 마음을 더 괴롭게 만들 수도 있는 일입니
다만, 가까이서 지켜보다 보면 어떻게든 결정을 하실 수 있을 겁니다.
기억나세요? 제 어머니 말입니다. 그대로 행복하신 것 같아서 말 한마
디 못 건네봤습니다만, 일단 뵙고 나니 마음속 갈증이 모두 사라졌습
니다."

고승도는 우쟁천의 미소 띤 얼굴을 빤히 바라보다가 한숨을 내쉬었다.

"내가 그 아이 때문에 황자를 해하면 어찌하려고?"

우쟁천은 빙그레 미소 지었다.

"할아버지가 그렇게 결정하신다면 누가 말리겠습니까? 그 아이 운명이거니 생각해야지요."

고승도가 눈을 치뜨고 낮게 소리쳤다.

"뭐라고, 이놈아?"

우쟁천이 과장되게 몸을 움츠리고 한 발 물러서자 고승도 형제는 어이없다는 표정으로 마주 보다가 끝내 고개를 저었다. 하지만 두 사람의 얼굴에는 미약하나마 미소가 드리워졌다.

우쟁천은 두 사람의 표정이 약간이나마 밝아진 것을 확인하고 슬며시 물러났다.

"떠날 때까지 두어 달 시간이 있으니 잘 생각해 보세요. 가현이 손톱에 독기 오르기 전에 소손은 이만 물러가겠습니다."

우쟁천이 완전히 사라질 때까지 눈을 떼지 못하던 고승도가 고일도에게로 고개를 돌렸다.

"가야겠지?"

고일도가 웃으며 고개를 끄덕였다.

"고민만 한다고 해서 될 일이 아니니 쟁천이 놈 말대로 일단 부딪쳐 보고 그 다음에 할 수 있는 일을 해야겠지요. 왜요? 겁나십니까?"

"음! 아우가 죽는 것보다 더 겁나네."

고일도가 쓴웃음을 지으며 물었다.

"왜 거기서 소제가 죽습니까?"

고승도도 빙그레 웃었다.

“내가 죽는 건 겁이 안 나거든.”

고승도는 말끝에 고일도의 시선을 외면하고 먹구름 사이에서 막 드러나려는 달을 올려다보았다. 고일도는 묵묵히 서서 그 침묵을 지켜주었다.

■2장■
평소에는 서생같이
싸울 때는 맹호같이

소유산이 막유수를 향해 눈살을 찌푸리며 말했다.

"그래서? 너 여기 아예 눌러 앉으려고?"

막유수는 뺨을 긁적이며 대답했다.

"당분간이오. 하! 나도 이제 늙었나 보오. 인간들의 치부를 들여다보는 것도 넌더리가 나오. 지쳤소. 그리고 더 늙기 전에 제자 한 놈 정도는 남겨야 하지 않겠소. 사문에 할 도리는 해야지요."

말끝에 막유수의 눈길이 황설하에게 옮겨갔다.

황설하가 미간에 내천자를 그리며 노려봤다.

"우리 아이들은 안 돼!"

막유수가 울상을 지었다.

"설하야, 그래도 강호사괴의 하나다. 내가 나쁜 놈은 아니잖아?"

"싫어. 잘 키우려고 거둔 거지, 도둑놈 만들려고 키우는 거 아냐."

"이런 젠장 할! 그냥 도둑 아니잖아? 협도라니까, 협도! 도둑질도 나처럼 존경받으면 해볼 만하다니까."

"흥!"

황설하는 아예 몸을 틀어 막유수를 외면했다. 그때 방문이 열리면서 우쟁천이 들어오고 그 뒤를 따라서 백가현이 들어섰다. 우쟁천은 벙긋 웃으며 십여 권의 책을 탁자 위에 올려놓았고, 백가현은 강호사괴들 앞에 찻잔을 내려놓았다.

백가현이 환하게 웃으며 소유산에게 물었다.

"어르신! 음식은 입에 맞으셨는지요?"

소유산도 미소 지으며 고개를 끄덕였다.

"오냐, 아가! 아주 맛있었다. 너도 앉거라."

백가현이 자리에 앉자 소유산은 우쟁천을 바라보며 짓궂게 웃었다.

"허! 그놈 재주도 좋지. 무슨 용빼는 재주가 있어서 이렇게 참한 아이를 꼬드겼을꼬? 얼굴 어여쁘지, 손맛 좋지, 똑똑하지, 거기다가 참하기까지 하니 어디 하나 빠지는 데가 없는데 어떻게 너 같은 놈에게 걸렸을꼬?"

대답은 우쟁천이 아닌 양구동에게서 나왔다.

"형님! 그 일에 대해선 말도 마시오. 저놈, 가현이 어떻게 해보겠다고 지랄발광을 한 걸 생각하면 내 머리가 다 아프오. 유수와 내가 한밤중에 끌려가 저놈 보증까지 섰다는 거 아니오."

우쟁천이 손사래를 치며 웃었다.

"에이! 제가 무슨 지랄발광을 했다고 그러십니까? 천하절색에 현모양처를 꼬드기려면 그 정도는 기본이지요. 그걸로 안 통하면 큰할아버지 모시고 가서 장인어른을 협박할 생각이었습니다."

소유산이 포복절도하며 우쟁천의 어깨를 두드렸다.

"네 말이 맞다. 이 정도 되는 아이를 안사람으로 맞으려면 수단 방법 가려서는 안 되지. 암! 안 되고말고. 평생 천하를 떠돌다 보니 미인이라고 불리는 여인네들을 많이 보아왔다. 하지만 대부분이 네 안사람과는 달리 겉만 예쁘더구나. 아느냐? 얼굴이 예쁘기만 한 여자의 전성기는 한 사람과 혼인하기 전의 몇 년뿐이더구나. 미모로 모든 것이 용납되지 않으니 불만이 쌓이고, 그것이 화가 되고 결국 병이 된다. 옆에서 보는 입장에서도 화나기는 마찬가지지. 왜 그런 말 있지 않느냐? 세상 모든 남자들이 탐하는 미인 곁에는 그 여인과 등 돌리고 자는 남자가 있다고. 아가, 가현이라고 했지?"

과한 칭찬에 몸 둘 바를 모르고 얼굴을 붉히던 백가현이 다소곳하게 고개를 숙였다.

소유산이 웃으며 우쟁천을 바라보았다.

"이 능구렁이 같은 놈은 야망이 너무 커. 그러니 이놈에게만 너무 의지하지 마라. 네 행복은 네가 스스로, 적극적으로 찾아라."

"노력하고 있습니다."

백가현이 과장되게 울상 짓는 우쟁천에게 보란듯이 웃음 지으며 대답했다. 그때 막유수가 끼어들었다.

"형님! 오늘 좀 이상하시구려. 말씀이야 옳소만, 사설이 긴 걸 보니 뭔가 다른 뜻이 있는 것 같은데?"

"역시 네놈이 나를 아는구나. 밥값 그냥 주기가 쑥스러워서 그랬다."

소유산은 품속에서 뜯어진 책자 하나를 꺼냈다. 우쟁천이 눈을 치떴다. 그 책자를 알아본 것이다.

"옛다, 받아라. 당분간 내 밥값이다. 운도장이 지금 네 책임 하에 있다 하니 쓸모가 있을 것이다."

백가현이 영문을 모르고 책자를 받아드는 순간, 우쟁천이 입술을 삐죽 내밀었다.

"여긴 운도장이 아니라 홍락당입니다. 그 밥값 제 돈에서 나간다구요. 그러니 제게 주셔야 하는 거 아닙니까?"

"가현이를 주나 너를 주나 똑같은 것 아니냐?"

"제가 가현이에게 건네주면 생색낼 수 있지 않습니까?"

소유산이 우쟁천의 아쉬움 가득한 얼굴을 바라보면서 눈을 뚱그렇게 떴다가 대소를 터뜨렸다.

"그런데 어르신! 저거 그냥 써도 되는 겁니까? 나중에 당가에서 난리 치는 거 아닙니까?"

"그럴 일 없다. 너도 보았지 않느냐? 정당하게 얻은 것이고, 덤까지 건넸다. 게다가 저 책 안에는 당가의 암기비전이 없다. 다만 환강의 제조방법이 있을 따름이지."

백가현이 깜짝 놀라며 조심스럽게 책자를 펼쳤다.

우쟁천이 의아한 얼굴로 물었다.

"환강? 그게 대단한 거야?"

백가현은 대충 책자를 훑어보고 우쟁천에게 고개를 끄덕여 보인 후에 소유산에게 물었다.

"어르신! 정녕 제가 이걸 받아도 될는지요?"

"내겐 필요없는 것이다. 여기 올 생각이 없었다면 귀찮아서라도 받아 오지 않았을 게다. 유용하게 썼으면 좋겠구나."

"감사합니다, 감사합니다."

백가현이 감격한 얼굴로 몇 번이나 인사를 하자 우쟁천은 영문을 몰라 고개를 갸웃거렸다.

"환강이 도대체 뭔데 저러나?"

백가현이 설명했다.

"환강을 만들 수 있는 곳은 천하에 두 곳뿐입니다. 백금련 소속의 대류철장과 사천당가지요. 이 환강을 생산할 수 있다면 연검, 연도는 물론이고 얇고 가벼운 보호구 생산 또한 가능하며 용수철 생산 역시 가능합니다. 철을 다루는 저희 운도장의 입장에서는 천고의 보물과도 같은 것입니다, 상공!"

그때서야 책자의 가치를 이해한 우쟁천은 실실 웃으며 소유산의 오른손을 잡았다.

"어르신! 감사합니다. 제가 성심성의껏 우리 아이들을 작살내 놓도록 하겠습니다."

고개를 치켜든 우쟁천은 소유산을 제외한 나머지 삼괴를 둘러보며 말했다.

"자! 소 어르신은 밥값을 주셨으니 세 분도 주셔야지요. 먼저 숙모님!"

황설하가 눈을 뚱그렇게 뜨고 우쟁천을 바라보았다. 그 순간 우쟁천이 탁자 위에 놓인 십여 권의 책자들을 황설하 앞으로 밀었다.

"이걸로 뭐 하라고?"

"잘 하시는 거 있지 않습니까? 제가 가진 무공서 전부니까 잘 검토하셔서 제 방도들과 아이들에게 체계적으로 가르칠 수 있는 무공으로 만들어주세요. 재밌겠지요?"

황설하는 우선 책자들부터 살폈다. 홍락방도들의 기본무공이라는 홍락심법과 도법은 물론이고 비마의 비급과 천수불영도법도 있었으며 우쟁천 자신이 나름대로 적어둔 무공의 묘리에 관한 책자들도 포함되어 있었다.

황설하는 대충 내용을 확인한 후 고개를 끄덕였다. 원래 그녀가 좋아하는 일이었다. 더 나은 것을 만들어낼 자신은 없었지만 쉽게 익힐 수 있는 무공들을 체계화하는 정도는 기꺼이 할 생각이 있었다. 게다가 파성

채 출신의 아낙들이 자발적으로 자비원 아이들을 돌보아주고 있어 시간적인 여유도 있었다.

"세상에! 이런 걸 이렇게 아무렇게나 내돌려도 되는 거냐?"

"숙모님께 맡기는 건데 '아무렇게나' 는 아니지요."

"흠! 알았다. 한 번 해보지. 이참에 아예 내가 잡스럽게 알고 있는 것들을 정리하는 셈치지. 밥값이라고? 이런 걸로 밥값할 수 있다면 얼마든지 해주마."

우쟁천은 환하게 웃으며 양구동을 바라보았다.

"뭐? 이놈아?"

양구동은 지레 겁먹고 몸을 뒤로 뺐다. 우쟁천은 앞으로 몸을 숙이며 의미심장하게 웃었다.

"갑갑하시죠? 도렴이하고 도성이 데리고 산서 한 바퀴 돌다 오지 않으실래요?"

순간 양구동의 눈에 이채가 어렸다. 그는 가자미눈을 한 채 은근슬쩍 황설하의 눈치를 살폈다. 평생을 떠돌아다니던 사람이 한 군데 묶여 있다 보니 갑갑한 것이 사실이었다.

"내 눈치 볼 것 없소. 이제는 도와줄 사람들 많으니 뜻대로 하시구려."

황설하의 허락이 떨어지는 순간 양구동의 얼굴이 환해졌다. 모두가 그 얼굴을 보고 빙긋 웃자 양구동은 헛기침을 하며 말했다.

"데리고 나가서 뭐?"

"방도들 실전 훈련 겸해서 산적, 마적들 토벌 좀 시키려구요."

"그놈들 정도면 내가 굳이 따라갈 필요가 없을 텐데?"

"그놈들만 가면 피에 흠뻑 젖어서 돌아올 게 뻔하잖습니까. 자제시켜 주서야지요. 관상 봐서 병신 안 만들어도 뉘우칠 만한 놈들은 봐주세요.”

“그런 뜻이라면 알았다. 외곽부터 슬슬 정리하겠다 이 말이지?”

양구동이 흔쾌히 승낙하자 우쟁천은 다시 막유수에게로 시선을 옮겼다.

“뭐, 인석아?”

우쟁천은 막유수를 빤히 보다가 고개를 저었다. 막유수가 눈살을 찌푸리며 물었다.

“그게 무슨 뜻이야?”

“아무것도 아니에요. 어르신은 아까 말씀하신 대로 제자나 키우며 그냥 노세요. 생각해 보니 받을 것보다 드릴 게 더 많네요.”

“크! 그런 뜻이었냐? 징그러운 놈!”

인상을 쓰면서도 싫지는 않은 표정이었다. 막유수뿐만이 아니었다. 양구동이나 황설하, 그리고 소유산도 은근히 재미있다는 표정이었다. 모두가 오랫동안 홀로 천하를 떠돌다가 한데 뭉쳐 사는 것도 나름대로 재미있다는 것을 느끼고 있었다. 부담스럽지 않을 정도로 구속당하는 것, 재미있게 지켜보고 있는 우쟁천에게 약간의 도움을 준다는 것이 싫지 않은 것이리라.

“어휴! 그 양반 정말 고집 세네.”

문제는 손정목이었다. 홍락방에 들어온 이후 단 한 번 패검문을 칠 때를 제외하고는 문밖 출입을 하지 않는 손정목을 보고 있으면 갑갑하기 그지없었다. 결국 우쟁천은 고승도까지 동원하여 손정목을 꼬드겼고, 결국 그도 곧 떠나게 될 양구동 등을 따라나서게 되었다.

한 건 해결했다는 심정으로 한숨을 내쉰 우쟁천의 귓가에 백가현과 좌구산의 목소리가 들렸다.

"안 됩니다!"

"돼요. 방주가 허락한 사항이라니까요."

고서인의 목소리까지 들려왔다.

"방주께서 방 내 사정을 정확히 알지 못하셔서 그리 말씀하셨을 겁니다. 방 당주와 사 당주는 곧 출방할 것이고, 적 당주는 남양표국의 요청에 따라 모레 사천으로 가게 될 것입니다. 뺄 사람이 없지 않습니까?"

"옥 당주가 남아 있잖아요?"

"이미 맡은 일이 있습니다."

우쟁천은 어쩔 수 없이 방 안으로 들어갔다.

"무슨 일인데 그래?"

우쟁천이 자리를 잡자 좌구산은 백가현의 눈치를 살폈다. 그녀가 고개를 끄덕이자 좌구산이 말문을 열었다.

태원의 핵심 상가인 금보가에서 취급하는 많은 품목들 대부분이 경사에서 온 것이다. 지금껏 그 물품들은 금보가를 지탱하는 상두(商頭)인 운도장이 물목을 모아 사해표국에 건네면 사해표국이 경사의 거래처에서 거두어 한꺼번에 들여오는 방식에 따랐다. 사실 이 같은 방식의 거래는 사해표국이 해야 할 일도 아니고, 그렇다고 금보가의 상인들이 만족할 만한 것도 아니었다. 다만 사해표국은 번거롭기만 하고 별 이문이 남지 않는 일임에도 불구하고 운도장과의 친분 때문에 호의를 베푸는 것이고, 금보가의 상인들은 먼 길을 오가는 동안에 벌어질지도 모를 위험을 피하면서 중간 비용이나마 최소화하기 위해 어쩔 수 없이 행하는 일이었다.

그러나 홍락방이 정식으로 개파한 이상 상황이 달라졌다. 특히 모든 일을 주관하면서도 금보가 상인들로부터 만족스러운 반응을 얻지 못하고 있는 운도장의 입장에서는 호기였다. 홍락방이 호위를 맡아주면 금보가의 연합상단을 구성하여 직접 경사를 오갈 수 있다. 협상을 통하여 구

입 단가를 낮출 수도 있을 것이고 건네주는 물품이 아닌 직접 고른 물품들을 가져올 수 있을 것이다.

지금 백가현이 요구하는 것이 바로 홍락방의 호위대였다. 하지만 현재 홍락방의 모든 대소사를 처리하고 있는 만물당주 좌구산의 입장에서는 백가현의 요구에 부응할 수 없었다. 무엇보다도 먼저 사람이 부족했고, 두 번째로 돈이 안되기 때문이었다.

좌구산이 핵심 정리를 해주자마자 백가현은 우쟁천을 노려보며 말했다.

"당신이 약속한 일이에요, 맞죠?"

우쟁천은 백가현의 차가운 얼굴을 보면서 울상을 지었다.

"그, 그건 당신이 침대에서 소곤대니까 어쩔 수 없이……."

우쟁천은 말을 끝맺지 못하고 붉어진 얼굴로 자신을 외면하는 고서인의 눈치를 살폈다. 하지만 백가현은 한 치의 부끄러움도 없이 단호히 말했다.

"그래서 없었던 일로 하자구요?"

"그, 그건 아니지. 생각 좀 더 해보자는 거지."

백가현은 우쟁천의 당황한 얼굴을 노려보다가 한숨을 내쉬었다.

"하! 이 백가현이 이제 청상과부 신세가 되었건만 시아버지 제사는 두 번씩이나 지내게 되었구나."

우쟁천이 깜짝 놀라서 눈을 부릅떴다.

"그, 그게 무슨 소리야?"

백가현은 차갑게 가라앉는 눈으로 우쟁천을 지그시 바라보다가 다시 한숨을 쉬며 말했다.

"하아! 당당하던 내 남편 한 입으로 두말하니 고추가 떨어진 건 물론이요, 아버지는 두 분이 되지 않았습니까?"

“풋!”

안 그래도 우쟁천의 당혹스러운 입장에 몸 둘 바를 모르던 고서인이 결국 참지 못하고 웃음을 흘렸다. 좌구산의 입가에도 가는 미소가 걸렸다. 그 순간 마냥 움츠러들 것만 같던 우쟁천이 백가현을 빤히 바라보다가 자세를 바로 했다.

우쟁천은 좌구산과 고서인에게 싱긋 미소를 지으며 말했다.

“하아! 이거 안 되겠군. 대충 넘어가려 했는데 분명히 할 건 분명히 해둬야 할 것 같아.”

우쟁천의 목소리가 한순간에 차분하게 가라앉자 백가현이 이채를 띠며 눈길을 돌렸다.

“약속한 건 기억해. 하지만 약속 전에 내가 물었지, 언제 할 거냐고? 당신 뭐라고 했지? 상단 조직이 거의 끝났으니 수일 내로 떠나야 한다고 했지? 그래서 내가 ‘그렇다면 그리 하마’ 약조하면서 말했어. 어차피 남양표국과 함께 일을 해야 하니 그전에 경험 삼아 먼저 한 번 해보는 것도 좋을 거라고. 그때로부터 얼마나 지났지?”

기세등등하게 우쟁천과 마주 보고 있던 백가현의 얼굴에 당혹감이 어렸다. 그리하겠다는 약조만 기억하고 있었는데, 듣고 보니 우쟁천의 말에 한 치의 어긋남도 없었다. 수일이면 출발할 수 있을 거라 생각했건만, 이번 일에 기대가 큰 만큼 금보가 전체가 필요로 하는 물목 작성은 생각처럼 쉽게 끝나지 않았고 어느새 한 달이 다 되어버렸다. 결국 덧없이 시간이 흐른 바람에 그 일을 하기로 했던 적무경은 남양표국과 떠날 수밖에 없는 입장이 되어버렸다.

백가현은 자신이 먼저 일을 그르쳤다는 것을 깨달았다. 인정할 건 인정해야 했다. 하지만 갑자기 싸늘해진 분위기를 느끼는 순간 가슴 한구석에서 서러움이 피어올랐다.

백가현은 대답하지 못하고 우선 좌구산과 고서인을 훔쳐봤다. 피식거리던 두 사람도 조용히 눈을 내리깔고 있었다. 다시 우쟁천을 바라보았다. 차분한 얼굴로 마주 보는 그의 얼굴은 평소와 달랐다. 화가 나지 않았다는 표시로 부드러운 미소를 담고 있었지만, 조금 전의 그 차분한 표정과 차분한 목소리가 여운이 되어 너무 시리게 다가왔다. 자신을 대할 때면 늘 바보같이 웃고, 자신이 억지를 부려도 웃으면서 들어주던 그 사람이 아니었다.

'여기서 화를 내면 어떻게 될까? 그냥 받아줄까? 아니야. 저 얼굴, 처음 보는 저 얼굴 왠지 무서워. 하지만 저이가 어떻게 내게, 내게 이럴 수가 있어? 그것도 다른 사람 앞에서.'

화낼 입장이 아님을 알면서도 서운함이 분노로 변했다. 백가현은 좌구산 부부를 의식하여 소리를 치지는 못했지만 결국 우쟁천을 하얗게 노려보고 말았다. 하지만 우쟁천의 표정은 조금도 변하지 않았다.

'무섭다, 이 사람.'

분노가 한풀 꺾였다. 그러나 백가현은 끝내 서운함을 참지 못하고 입을 떼고 말았다.

"사람이 없는 게 아니잖아요? 그리고 이 일은 장기적으로 홍락방에도 도움이 될 일이에요. 그런데 그렇게 꼭 잘잘못을 따져야 되겠어요?"

시비를 가리려 했던 사람은 백가현이 먼저였다. 하지만 그녀는 말을 하면서도 자신이 무슨 말을 하고 있는지 자각하지 못했다. 이성적으로 하고 있다고 생각하면서도 그렇지 못했고, 그 말과 말투 속에 서운한 감정이 그대로 드러나고 있었고, 급기야는 두 눈에 점점 습기가 차 오르고 있었다.

우쟁천은 백가현을 지그시 바라보다가 확연하게 미소를 드리우고 좌구산 부부를 향해 나가라고 눈짓했다. 안 그래도 좌불안석이었던 두 사람은 살았다는 표정으로 급히 방을 나갔다.

우쟁천은 자리에서 일어나 백가현의 등 뒤로 돌아갔다. 그리고 의자째로 들어 백가현의 왼쪽 팔꿈치가 탁자에 닿도록 돌려놓았다. 그런 후에 백가현과 나란히 있던 자신의 의자 또한 돌려놓고 앉았다.

우쟁천은 서러움에 북받쳐 바르르 떨리는 백가현의 두 무릎에 자신의 무릎을 대고 두 손으로 그녀의 허벅지를 지그시 눌렀다. 그 순간 백가현의 두 눈에 차 오른 물기가 그렁그렁 일렁이다가 결국 두 뺨을 타고 흘러내렸다. 백가현은 왠지 창피해서 고개를 숙였다.

우쟁천은 그녀의 허벅지를 꾹 쥐었다가 풀어주며 두 검지로 그녀의 뺨을 타고 흐르는 눈물을 아래쪽에서 눈 쪽으로 훑어 올렸다. 그리고 두 엄지로 천천히 두 눈에 고인 눈물을 닦았다.

백가현이 참았던 숨을 토해내고 눈을 감았다. 우쟁천은 오른손으로 그녀의 턱을 잡아 들어올렸다. 백가현이 눈을 떴다. 우쟁천은 백가현에게 환한 미소를 보이며 말했다.

"백가현! 누가 네게 빙옥도라는 별호를 붙여줬을까? 그 사람들은 네가 이렇게 어리광쟁이에, 억지가 심한 울보라는 걸 알고나 있을까?"

백가현은 울듯이 아랫입술을 삐죽이다가 마침내 우쟁천의 가슴을 주먹으로 치면서 코맹맹이 소리로 말했다.

"내가 뭐? 그냥 무서웠단 말이야. 왜 나한테 그런 표정 짓는 거야?"

"어쭈! 이것 봐라? 하늘 같은 남편한테 반말까지 한다?"

백가현은 울음을 참으려는 듯 억지로 눈을 흘기며 말했다.

"뭐 어때서? 또 그런 표정 지어봐. 악처가 뭔지 보여줄 테니까."

우쟁천은 벙긋 웃으며 백가현의 두 뺨을 감싸 쥐었다. 그리고 두 엄지로 그녀의 두 눈에 또다시 차 오른 물기를 닦아냈다.

"마누라! 조금 전의 그건 운도장주 대리 백가현과 홍락방주 우쟁천의 협상 자리 아니었어? 그러니 앞으로도 또 그런 표정 지을 것 같은데, 어쩌지?"

백가현은 자신의 뺨을 부드럽게 쓰다듬는 우쟁천의 거친 손길을 음미하며 마음을 가라앉혔다. 이성적으로 생각했을 때 그른 점이 없는 말이었지만, 솔직히 우쟁천을 남편이 아닌 다른 존재로 인식할 수는 없었다. 그때 우쟁천이 쐐기를 박듯 말했다.

"백가현의 남편 우쟁천은 영원한 팔불출일 테지만 홍락방주 우쟁천은 그래서는 안 될 것 같은데, 홍락방주 어부인께서는 어찌 생각하시는지?"

백가현은 마침내 씁쓸하게라도 미소를 짓지 않을 수 없었다.

"제 입장만 생각했네요. 잘못한 일이에요."

우쟁천은 백가현의 얼굴을 잡아당겨 이마에 입술 도장을 찍고서 말했다.

"운도장주 대리 백가현! 요즘 너무 조급한 거 아냐? 운도장을 통째로 떠맡았으니 그 책임이 무겁게 느껴지는 건 당연해. 하지만 너무 서두르지 마. 너무 빨리 나아가려고만 하면 옆으로 뒤로 흘리는 게 많기 마련이야. 당신 등 뒤에 남은 우쟁천이 옷소매로 눈물을 훔치고 있을지도 모른다구. 평생 호강시켜 준다고 해서 장가 왔는데 이게 뭐야? 만날 벗겨먹기만 하고 말이야. 자꾸 그러면 나 정말 운다."

백가현은 마침내 웃고 말았다. 사실이었다. 운도장 사람 일부를 홍락방에 넘겨준 그 시점에서 그녀의 아버지 백원후는 사실상 운도장을 백가현에게 넘긴 것이다. 증명하고 싶었다. 자신이 딸이고 아내이며 여자일 뿐만이 아니라 유능한 운장장주의 재목임을 알리고 싶었다.

노력하다 보니 남들에게 보일 만한 실적을 올릴 수 있었다. 화산, 종남은 물론 섬서 전역으로 판로를 넓혔고, 그로 인해 타 지역 무인들도 알음알음 찾아왔다. 산서와 섬서 이외의 지역에 입소문 나는 것도 멀지 않은 일이리라.

금보가에 자리잡은 운도장 소유의 네 개의 가게들도 여전히 성업 중이고, 이제 곧 금보가 사람들을 대상으로 한 작은 전장도 시험적으로 운영할 생각이었다. 그 일환으로 지금 문제가 되고 있는 상단이 조직되었다. 게다가 이번에 소유산에게서 환강의 제조법까지 얻게 되었으니 멀지 않은 미래에 연검, 연도는 물론이고 부가가치가 높은 무구 제작까지 가능할 것이다.

일이 풀리다 보니 '조금만 더, 더, 더' 하며 나아갈 생각만 하고 있었다. 나름대로 한다고 생각했는데 정작 우쟁천에 대한 배려는 잊고 모든 일을 운도장의 발전에만 맞혀온 것이 사실이었다.

'생각해 보니 모든 게 이 사람 덕이야. 화산, 종남에 검을 팔 수 있었던 것도 이 사람이 있으니 가능했던 것이고, 환강제조법도 이 사람이 사괴 어르신들과 친하니까 얻게 된 거야. 내가 했다고 생각했는데, 이 사람이 나 모르게 옆에 서 있어줬던 거야. 그런데도 난 투정만 부린 거지. 어리광만 부렸던 거야.'

백가현도 우쟁천의 두 뺨을 감싸 쥐었다.

"미안해요. 나 당신 팔불출 되는 거 싫어요. 앞으로 운도장주 대리 백가현은 뒤돌아보면서 앞으로 나갈 것이고, 또한 공사를 분명히 할 거예요. 그리고 당신 아내 백가현은 남편 우쟁천을 평생 동안 호강시켜 줄게요."

두 사람은 환하게 웃으며 누가 먼저라 할 것도 없이 서로의 얼굴을 자신들에게로 끌어당겼다.

백가현은 우쟁천의 입술에서 자신의 붉은 입술이 떨어지자마자 눈웃음을 치며 속삭였다.

"집에 갈래요?"

"아직 대낮이야, 이 색녀!"

우쟁천은 문을 힐끔 보고서 짓궂게 웃으며 손가락을 입술에 갖다 붙였다. 백가현이 의아함이 깃든 눈으로 방문을 바라보았다. 두 사람은 발소리를 죽여 방문으로 다가가서 갑자기 문을 열었다.

"에구머니나!"

깜짝 놀란 고서인이 좌구산을 밀어내며 얼굴을 붉혔다.

우쟁천이 벙긋 웃으며 말했다.

"분위기는 우리가 잡았는데, 왜 좌 당주 부부가 열을 올리나?"

노을처럼 달아오른 고서인이 고개를 돌리자 좌구산이 주먹을 쥐어 입을 가리고 헛기침을 토했다.

"험! 험! 저희가 무슨 짓을 했다고 그러십니까? 저희는 만물당을 책임진 사람들로서 결말이 어찌 나는지 궁금했을 따름입니다. 험! 험!"

"으응? 그래? 들어와."

우쟁천이 고서인에게 눈웃음을 치자 백가현이 웃으며 그의 옆구리를 찔렀다. 네 사람이 다시 자리에 앉자 우쟁천이 말했다.

"운도장주 대리의 계획 자체는 나쁘지 않아. 이번 경사행을 무사히 마치게 되면 과연 직접 가는 것과 사해표국을 통하는 것이 얼마나 차이가 나는가를 수치로 확인할 수 있을 거야. 일단 직거래를 트면 품질도 나아질 테고, 신용이 쌓이면 굳이 상단이 따라갈 필요 없이 물목만 받아 우리가 운영할 수도 있을 거야. 사해표국을 통할 때의 비용은 줄이지 않기로 했으니까 차액을 많이 낼수록 우리 수익도 늘어나는 거지. 그 다음은 직접 강남으로 진출하는 거야. 사실 경사의 물건들 또한 대부분이 강남에서 올라온 거잖아? 산지직송이면 단가를 더 많이 낮출 수 있을 거야. 본격적으로 표국업에 뛰어들지 않아도 금보가만으로 짭짤한 수익을 낼 수 있을 테지. 문제는 이번 경사행인데, 운도장은 그동안 장의 인력을 너무 과소평가한 것 아냐?"

백가현이 의아한 표정으로 물었다.

"과소평가라니요?"

"운도장에도 아직 무인이라고 할 만한 사람들이 많이 남아 있잖아? 왜 활용을 안 하지? 운중오도 가운데 삼도도 남아 있으니 상단 호위 정도는 어떻게든 할 수 있을 텐데? 너무 아끼지 마, 인재 낭비라고. 그 세 명을 주축으로 열 명 정도 선발하면 우리 쪽에서 유산을 필두로 대여섯 뽑지. 그 정도면 충분할 것 같은데? 좌 당주! 그 정도는 여유가 되지?"

좌구산은 떨떠름한 표정으로 대답했다.

"인원은 문제없습니다만, 옥 당주는 하는 일이 있지 않습니까?"

"젊은애들 굴리는 거? 걔들 아직 기초 과정이니까 호무당원들이 해도 되잖아? 호무당원들이야 지들이 당해봤으니까 굴리는 것도 제대로 굴리지 않겠어?"

홍락방의 분타가 되기를 원했던 산서 곳곳의 약소 세력들로부터 위탁받은 훈련생들은 장차 분타를 잇거나 버팀목이 될 만한 젊은이 스물일곱에 불과했다. 그러나 우쟁천의 명에 따라 고향에 다녀온 젊은이들 가운데 혼자 온 사람은 아무도 없었다. 둘에서 다섯까지의 청소년들을 대동하고 돌아왔다. 그렇게 해서 모인 청소년들이 모두 일백이십칠 명이었고, 지금 그들을 신나게 굴리는 이들이 옥유산을 필두로 한 호무당원들이었다.

좌구산이 마침내 고개를 끄덕이자 백가현도 밝게 웃었다. 고서인도 적절한 합의를 본 것이 기뻐 미소를 짓자 백가현이 의미심장한 미소를 지으며 말했다.

"고 부당주, 오늘 있었던 일이 밖으로 새나가면 안 돼요. 다른 사람이 알기만 해봐요. 나 조금 전에 다 봤다구요."

　조금 전까지만 해도 얼굴을 붉히던 고서인이 같은 여자여서 그런지 몰라도 당당하게 고개를 든 채 말했다.

　"누워서 침 뱉을 일 없습니다. 그런데 방주!"

　우쟁천이 의아한 눈빛으로 말하라는 듯 고개를 끄덕였다. 고서인은 백가현을 바라본 후에 좌구산을 가리키며 입을 열었다.

　"저희 두 사람, 그동안 고민 많이 했습니다. 이 사람이 제법 꼼꼼해서 시키시는 일이나 금전 관리 정도는 잘할 수 있을 거라 믿습니다. 저 또한 파성채 때의 경험이 있으니 조금 무리하면 홍락방의 안살림을 대충 챙길 수 있을 거라고 자신합니다. 그러나 저희 두 사람의 능력은 수동적으로 소모를 줄이는 데에 있지, 능동적으로 살림을 불리는 데에는 미치지 못합니다."

　고서인이 말을 끊자 우쟁천은 고민하는 빛을 역력하게 드러냈다. 그 역시 그렇게 생각하고 있기 때문이었다. 그래서 최근 들어 책사나 능동적으로 재정을 운용할 수 있는 사람이 있었으면 좋겠다는 생각을 하고 있었다. 지금이야 아직 규모가 작고 화산에서 얻은 여유 자금도 있으니까 어떻게든 꾸려갈 수 있지만 미래를 생각하면 반드시 그 방면으로 인재가 필요하리라.

　"그러니까 소비나 잡무, 살림 같은 것은 두 사람이 감당할 테니까 돈 버는 일을 할 사람은 따로 구하란 말이오?"

　좌구산 부부는 거의 동시에 고개를 끄덕였다. 그리고 고서인이 좌구산을 바라보며 미소를 짓고 다시 말을 이었다.

　"그런 쪽으로 믿을 만한 사람을 구하는 것은 참으로 어려운 일일 겁니다. 해서 제가 한 사람을 천거하려 합니다만, 어떠신지요?"

　"그런 사람이 있다면야 당연히……."

　우쟁천은 미처 말을 끝내지 못했다. 고서인이 방긋 웃으며 백가현을 바라보고 있기 때문이었다. 우쟁천도 당황했지만, 백가현은 아예 황당하다는 표정을 지었다.

"저 말인가요? 안 돼요. 운도장을 책임지는 것만으로도 버겁습니다. 더군다나 능동적으로 재정을 관리하다니요? 능력이 안 됩니다. 오늘 보셨지 않나요? 홍락방의 어려움을 생각지 않고 운도장의 입장만 생각했습니다. 나중에 제가 어떤 짓을 할지 저도 잘 모르는데 어떻게 그런 일을 한단 말입니까?"

고서인은 물러서지 않았다.

"밖에 있을 때와 안에서 직접 볼 때는 입장이 다르잖아요? 안 그래도 운도장의 많은 일들이 홍락방과 연관되어 있습니다. 부부 일심동체! 저와 이 사람이 같이 만물당을 맡고 있는 것처럼 부인께서도 방주와 책임을 나누어 지셔야지요. 홍락방과 운도장을 하나로 묶어 생각하면 더 많은 가능성을 찾을 수 있지 않겠습니까?"

백가현이 아미를 찌푸릴 때 우쟁천도 미간을 좁혔다. 하지만 두 사람의 속내는 달랐다. 백가현이 거절하는 입장이라면 우쟁천은 심각하게 고려해 보는 입장이었다.

'나중에 새로 사람을 들이더라도 우선 당장은 괜찮지 않을까? 아니야, 부부끼리 다 해먹는다고 욕먹지 않을까? 에이! 내가 언제 남들 눈치 보고 살았어?'

우쟁천은 백가현을 빤히 바라보았다. 완전히 객관적일 수는 없지만 최대한 객관적인 시각으로 판단해 보아도 긍정적이었다. 아직 억눌린 감은 없지 않으나 나름대로 상재가 있어 보였다. 그리고 한 가지 분명한 것은 우쟁천이나 좌구산 부부보다는 돈을 많이 번다는 사실이었다.

우쟁천은 고서인을 바라보며 고개를 끄덕였다.

"진지하게 고려해 보겠소."

좌구산 부부가 흐뭇하게 웃음 지을 때 백가현은 놀라서 눈을 치떴다.

"당신!"

우쟁천은 손을 들어 백가현의 이어질 말을 막고 말했다.

"고려해 본다 했지, 결정한 거 아니잖아? 집에 가서 의논해 보자구."

백가현이 한숨을 내쉬자 우쟁천이 빙긋 웃으며 소곤거렸다.

"집에 갈까?"

"에휴! 아직 대낮이잖아요."

우쟁천은 짓궂게 웃으며 말했다.

"좌 당주 앞에서 그게 할 말이야? 유부녀 됐다고 얼굴 정말 두꺼워졌다. 집에 가서 의논해 보자는 건데, 대낮인 것과 무슨 상관이야?"

백가현이 얼굴을 붉히며 우쟁천의 옆구리를 꼬집는 동안, 좌구산은 탁자 밑으로 손을 뻗어 고서인의 손을 만지작거렸다.

막유수는 텅 빈 수련장을 바라보며 깜짝 놀라 고개를 저었다. 단지 산책을 나선 것뿐인데 걷다 보니 어느새 수련장에 이른 것이었다.

"그런데 이놈들 다 어디 간 거야?"

주위를 둘러보다가 만흉철혈로와 만흉철혈방에 시선을 멈춘 막유수는 쓴웃음을 지었다. 흉물스러운 그 기관들 주변에 정렬되어 있는 장봉들을 보고 단번에 그 용도를 깨달은 것이다.

막유수는 장봉 하나를 들어 만흉철혈방 외부에 뚫린 구멍에 찔러 넣었다. 그리고 다른 구멍들의 위치를 살폈다. 고개가 절로 끄덕여졌다. 높낮이가 모두 다른 수십 개의 구멍에서 순차적으로 장봉들이 쏟아져 나오면 내부에 있는 자는 정신을 차릴 수 없을 것이다.

"흠! 대충 뚫어놓은 구멍이 아니라고 했지? 홍락도법을 쉽게 읽힐 수 있게 만들어두었다 했으니, 도법도 익히고 실전 경험을 쌓는 것에 못지 않은 수련도 할 수 있겠구나. 하여튼 이런 쪽으로는 머리가 잘 돌아가."

막유수는 미소를 지으며 장봉을 원래의 자리에 꽂아두었다. 그때 등 뒤에서 인기척이 느껴지더니 곧바로 옥유산의 목소리가 들렸다.

"어르신! 무슨 바람이 불어서 예까지 오셨습니까?"

막유수는 눈살을 찌푸리며 돌아섰다.

"왜, 이놈아? 난 여기 오면 안 되는 사람이냐?"

"에이! 그런 뜻으로 묻는 거 아니잖아요. 인삽니다, 인사."

막유수는 땀으로 흠뻑 젖은 옥유산의 모습을 보며 낮게 소리쳤다.

"인사하려면 인사답게 해라, 이놈아!"

옥유산은 싱글거리며 소매로 이마의 땀을 닦았다.

"무병무탈 하시구요, 천세만세 천만세하세요."

막유수가 눈을 부라리며 주먹을 쥐어 보였다.

"죽는다!"

"에이! 그럼 저 보고 뭘 어쩌란 겁니까? 이래도 화내고 저래도 화내고."

막유수는 고개를 저으며 수련장 구석에 있는 작은 바위 위에 걸터앉았다.

"애들은 어쩌고 너 혼자 오냐?"

"쪽팔리게 제가 그놈들하고 같이 들어와서야 되겠습니까? 곧 하나씩 들어올 겁니다."

귀를 기울여 보니 멀리서 호통 소리가 들려왔다.

막유수는 싱글벙글 미소가 어려 있는 옥유산의 얼굴을 빤히 바라보았다.

'쟁천이 놈에게 가려 드러나지는 않지만, 이놈도 상당한 수련을 쌓은 놈이구나.'

생각해 보니 조금 전 옥유산이 그의 등 뒤까지 이른 순간에야 기척을 느꼈다. 아무리 긴장을 풀어두었다 할지라도 천하의 막유수인데 제대로 기척을 느끼지 못했으니 옥유산의 경지 또한 또래에서 보기 드문 것이었다.

'하기야 이놈만 그런 게 아니지. 무경이 놈이나 도렴이 놈 또한 젊은 놈들 가운데서는 발군이야. 하는 일이라고는 수련밖에 없으니 당연한 거지. 어쨌든 쟁천이 놈이 복받은 건가?

피식 웃음을 흘린 막유수가 물었다.

"이놈아! 너 뭐 좋은 일 있어? 뭐가 좋다고 실없이 피식거리고 있어?"

옥유산은 미소 띤 얼굴에 밝은 미소를 더하며 손사래를 쳤다.

"아! 물론 있지요. 하지만 비밀입니다. 음하하하하하하!"

"하이고! 그놈 귀에 꽃 한 송이 꽂으면 딱 어울리겠다."

그때 근처에서 날카로운 목소리가 들려왔다.

"빨리빨리 못 뛰어? 이것들이 아예 기고 있구만. 움직여!"

그 순간 수련장 안으로 몇몇 젊은이들이 들어섰다. 죽도를 든 호무당원이 먼저 들어오고 그 뒤로 젊은이들이 두 팔조차 흔들지 못하고 겨우 들어서고 있었다.

헉헉거리며 마침내 수련장 중앙에 이른 젊은이들은 막유수와 옥유산을 볼 생각도 못하고 땅바닥에 널브러졌다.

막유수는 의아한 눈빛으로 옥유산에게 물었다.

"이 녀석들 왜 이러냐? 뜀박질 조금 했다고 이러는 거 아니겠지?"

옥유산이 못마땅하다는 듯이 고개를 저었다.

"허약한 놈들이에요. 그냥 산책로 세 바퀴 돈 것뿐인데 이 모양이네요."

막유수는 놀랍다는 듯 눈을 치떴다. 아직 어린 태가 나는 젊은이들도 다수 보였지만, 아예 초보들이 아닌 적어도 수삼 년 수련을 해왔던 청년들이라 들었다. 그럼에도 불구하고 기초 체력이 형편없었다.

"쯧쯧쯧! 몸도 제대로 안 다져 놓고, 개멋 부린다고 칼만 휘둘러 왔구먼. 오래 걸리겠다, 오래 걸리겠어."

막유수의 혀 차는 소리에 몇몇이 겨우 정신을 차리고 억지로 정좌했다. 하지만 제대로 몸을 가누는 사람은 보이지 않았다. 몇몇은 아예 널브러진 채 금방이라도 죽을 듯 가쁜 숨을 내쉬었다.

마침내 수련생 모두가 돌아온 듯했다. 마지막 호무당원이 멀쩡한 모습으로 들어와 옥유산에게 다 들어왔다고 보고를 한 직후, 죽도를 든 십여 명의 호무당원들이 바닥을 후려치며 일제히 소리쳤다.

"정좌! 쉴 때는 정좌하라고 그랬다. 제대로 못 앉아!"

대자로 뻗은 채 하늘을 향해 가쁜 숨을 토하던 젊은이들이 억지로 몸을 돌려 엉금엉금 기었다. 대열에 합류한 후 겨우 정좌를 한 청년들은 호흡을 조절하려고 안간힘을 다했다.

옥유산이 실실 웃으며 막유수를 바라보았다.

"어르신! 이왕 예까지 오셨으니 격려의 말씀이나 수련을 위한 조언 한마디 해주시죠."

막유수가 눈살을 찌푸리며 고개를 저었다.

"격려의 말? 수련을 위한 조언? 기초도 못 뗀 젖먹이들에게? 생각없다."

"에이! 그렇게 빼지 마시구요. 천하의 고수이신 비천협도께서 한 말씀 해 주시면 애들도 힘이 나지 않겠습니까?"

수련생들이 일제히 고개를 들어 막유수를 바라보았다. 가끔 보는 사람이긴 하지만, 누군지는 모르고 있다가 이제 정체를 알게 되니 깜짝 놀란 것이다. 그들은 가쁘게 내쉬던 숨마저 참고 초롱초롱한 눈빛으로 막유수에 한마디 할 것을 강요했다.

분위기에 눌린 막유수는 미간을 찌푸렸다가 입을 열었다.

"힘들지? 그래, 힘들어 보인다. 하지만 이 정도 가지고 힘들다고 생각하는 놈은 경지에 이를 재목이 못되니 지금 포기하는 게 좋을 거다. 내가 너희들 방주 이야기 하나 해주마. 너희 방주 열일곱 살 때의 일이다. 그러니까 딱 너희들만 할 때지. 일이 있어 너희 방주와 내가 운성 근처에 간 적이 있다. 그때 너희 방주에게 보법 하나를 가르친 적이 있어. 그랬더니 너희 방주는 그걸 익히겠다고 이백 리가 넘는 길을 보법만 펼치면서 이동했다. 쉬라 하면 제자리에서 수련하고 가자 하면 나아가면서 보법을 익힌 거지. 너희 방주가 지금의 경지에 이른 것은 그런 지독한 근성에서 비롯되었다고 봐도 무방해. 노력하지 않는 자질은 의미가 없단 말이다. 그리고 너희 방주의 그러한 근성은 지금도 마찬가지더라. 시간만 나면 어떻게든 칼 들고 설치는 게 너희들 방주다. 너희들도 방주처럼 수련에 있어서 만큼은 끝없이 욕심을 부려라. '이 정도면' 하고 스스로 타협할 생각하지 마. 남 잘난 거 부러워할 필요 없고, 남보다 잘난 거 자랑할 필요도 없다. 수련은 지금보다 나아지려고 하는 거지, 남보다 나아지려고 하는 게 아니다. 지금 선 곳에서 한 걸음 앞으로 가겠다는 각오로 하루하루 수련하되, 성취에 대한 욕심은 하늘에 닿아도 좋아. 능력만 된다면 줄 수 있는 거 다 준다고 한 사람이 너희들 방주다. 그 약속 지킬 거라는 거 내가 보증한다. 열심히 해라."

수련생들의 얼굴에 부끄러움과 숙연함이 동시에 어렸다. 그들에게 있어 옥유산은 딴 세상 사람이었다. 수련을 시작한 첫날, 옥유산은 달랑 목도 두 자루를 들고 그들 백이십칠 인이 아무것도 아니라는 것을 증명해주었다. 백이십칠 명의 수련생이 옥유산 한 사람을 당해내지 못했다. 그것도 연속 대련이 아닌 집단 대련에서 비참하게 뻗고 말았다. 그런 옥유

산마저 적무경, 방도렴 당주와 합공하고도 방주를 당해내지 못하니, 수
련생들 입장에서는 우쟁천을 태어날 때부터 그렇게 될 수밖에 없는 천외
천의 존재일 수밖에 없었다.

'방주처럼 노력해 보지 않은 사람은 포기할 자격도 없다.'

수련생들은 한결같은 생각으로 초롱초롱한 두 눈에 결의를 덧씌웠다.
막유수는 수련생들의 눈빛을 확인하고 기분 좋은 미소를 지으며 자리에
서 일어섰다.

"열심히들 해라."

수련생들이 오만상을 찌푸리며 억지로 일어나 일제히 고개를 숙였다.

"감사합니다. 열심히 하겠습니다."

누군가 한 사람이 소리치자 나머지 수련생들도 악을 쓰듯 소리쳤다.

곧 열일곱 살이 되는 설도붕은 맹현 출신의 최연소 수련생이다. 어릴
때부터 남달리 힘이 세어 골목대장을 도맡았고, 열두 살이 되자 철장 마
세룡이 눈여겨볼 정도의 소년 장사로 소문이 났다. 만약 우쟁천이 철장
방을 무너뜨리지 않았다면 지금쯤 마세룡의 심부름을 하고 있을지도 모
를 일이다.

박산초부 몽청호의 그늘에 들어가게 된 설도붕은 천생의 힘을 바탕으
로 파삼부법을 빠르게 익혀냈다. 그가 힘만 센 것이 아니라 자질도 모자
라지 않음을 안 몽청호는 그에게 홍락방의 수련생으로 들어갈 것을 권하
였다. 안 그래도 우쟁천을 우상시하던 설도붕은 어떠한 고생도 감수하겠
다는 각오로 수련생이 되었다.

처음 왔을 때만 해도 자신만만했다. 나이는 어려도 장정 서넛은 충분
히 감당할 수 있다고 자부했기에 단번에 두각을 나타낼 수 있을 거라 생
각했다. 오산이었다. 그 못지않은 사람들이 수두룩했다. 들어보니 수련

생들 대부분이 제대로 배울 수만 있다면 고수가 될 수 있을 거라며 각자의 고향에서 촉망받던 존재들이었다. 함께 수련을 받다 보니 사실이었다. 두각은커녕 뒤처지지 않으면 다행이었다. 겨우 기초 체력 수련을 하면서도 헐떡거리고 있었다. 그나마 다른 사람들보다 나이가 어리다는 사실이 위안이 될 따름이었다.

하지만 수련도 이제 한 달 가까이 되어가다 보니 조금은 적응이 되기 시작했다. 스스로 생각하던 것과는 달리 허술하던 다리는 산양처럼 탄력이 붙었고, 두 팔도 파삼부가 공깃돌처럼 느껴질 정도로 튼튼해졌다. 육체가 강건해지니 무엇이든 할 수 있을 것 같은 자신감이 붙었다. 하지만 한 가지 적응이 되지 않는 것이 있으니, 그것은 수련이 아니라 방주 이하 방도 전원이 참여하는 '모두가 적이다' 라는 괴상한 명칭의 비무를 구경하는 일이었다.

위아래도 없고 적아도 없는, 한마디로 난장판이었다. 동료, 수하, 상관 구분없이 서로 원수 만난 듯 무지막지하게 두드려 패는 것을 보면 절로 눈살이 찌푸려질 수밖에 없었다. 죽도가 무수히 부러져 나가고 피 흘리는 사람이 속출했다. 상대가 철장방도들이라고 생각하면 설도붕도 그렇게 할 수 있을 거라 자신했다. 하지만 동료들이고 상관들이었다. 그라면 두드려 패는 것은 고사하고 기세를 끌어올리는 것조차 힘들 것 같았다.

또 한 가지 곤란한 것은 전날 저녁 얻어터져 피멍이 든 사람이 수련교관이 되면 수련은 더욱더 가혹해진다는 사실이다. 그래서 구경하는 수련생들은 목이 터져라 호무당원들의 분투를 외칠 수밖에 없었다.

오늘도 마찬가지였다. 설도붕은 호무당원 가운데 가장 껄끄러운 역이상을 목이 찢어져라 응원하고 있었다. 하지만 그의 바람은 덧없었다. 다른 사람도 아닌 당주 옥유산이 그를 사정없이 두드려 패고 있었다.

설도붕은 진저리쳤다. 역이상이 말한 적이 있었다, 옥유산의 쌍도로

맞으면 두 배 더 아프다고. 그 다음날 수련생을 대하는 역이상의 마음가
짐은 두 배로 악랄해진다.

'그래도 수하인데, 어떻게 저렇게 심하게 팰 수 있을까? 내일은 죽었
다. 강룡천은 지옥일 거야.'

오한을 일으키는 것은 설도붕 한 사람만이 아니었다. 주변의 모든 수
련생들이 진저리치고 있었다.

퍼버버버버버벅!

또다시 죽도들이 난무하고 비명 소리가 터져 나왔다. 방주 입에서 '그
만' 이라는 소리가 나오기 전에는 끝나지 않는 비무였기에, 얻어맞고 땅
바닥을 뒹구는 방도들은 방호복이 찢어져라 구르고 또 굴러, 일어날 자
리를 찾아야 했다. 겨우 일어나도 사방에서 죽도가 날아드는 것은 마찬
가지였다. 맞다가 악에 받친 그들이 사정없이 죽도를 휘두르니 또다시
대나무 파편이 사방으로 날아가고 핏방울이 사람들 이마에 맺혔다.

설도붕은 내일 당장 당할 일에도 공포를 느꼈지만 한편으로 다음 달부
터 그 자신도 참가해야 하는 미친 비무에 몸서리쳤다.

'내가 저 짓을 할 수 있을까? 어리다고 봐주지는 않겠지?'

그럴 리가 없었다. 역이상은 설도붕의 덩치가 거슬린다고 더 심하게
대했다. 부당하다고 고자질했다가 덩치는 산만한 놈이 계집애 같은 짓한
다고 옥유산에게도 두드려 맞았다.

설도붕은 잠시 외면했던 연무장으로 다시 시선을 옮겼다. 이십여 명의
방도들이 난장판에서 빠져나왔다. 그들은 부러진 죽도를 바닥에 던져 놓
고 새 죽도를 들고는 다시 난장판으로 뛰어들었다. 고의적으로 얼굴을
때리지 않는 것과 부러진 죽도는 휘두르지 않는다는 것. 단 두 가지 비무
의 규칙 가운데 첫 번째와는 달리 반드시 지켜지는 두 번째 규칙에 해당
하기 때문에 죽도를 바꿔들 때까지 아무도 그들을 건드리지 않았다. 하

지만 그들이 뛰어드는 순간 다시 난전은 이어졌다.

"그만!"

우쟁천의 우렁찬 호령 소리에 난장판은 단번에 끝났다. 그리고 잠시 후, 짐승들처럼 날뛰던 방도들이 오만상을 찌푸리며 전신을 쓰다듬고 주무르기 시작했다. '아구야' 소리가 쉬지 않고 흘러나왔다. 어깨를 축 늘어뜨린 방도들이 원을 그리듯 사방으로 퍼져 나갔다. 편하게 바닥에 주저앉은 방도들은 상처를 살피기도 하고, 방호복에서 다 조각조각 부서져버린 대나무들을 끄집어내기도 했다.

"오라!"

우쟁천의 목소리가 다시 들렸다. 설도붕은 울상을 지은 채 역이상의 상태를 주시하다가 그 소리에 정신을 차리고 방도들이 만들어놓은 원 안쪽에 선 사람들을 바라보았다. 단 다섯 사람, 좌구산을 제외한 네 당주와 우쟁천이었다.

다섯 사람이 진도진봉으로 무기를 바꾸어드는 순간, 수련생은 물론이고 아파서 골골거리던 방도들마저도 눈을 부릅뜨고 그들을 주시했다. 어떻게든 하나라도 배우겠다는 의지를 드러내는 것이었다.

설도붕도 늘 그런 생각으로 비무를 주시하지만, 한순간이면 그저 멍하게 변할 뿐이었다. 그의 눈에는 그저 환상일 따름이었다. 네 명의 당주가 방주 한 사람을 상대로 몰아치는 것만 같은데, 방주는 단순해 보이는 동작으로 쉽게 쉽게 위기를 빠져나가 어느 순간 당주들 가운데 한 사람을 압박했다. 그 첫 대상은 늘 분함으로 치를 떠는 사도성 당주였고, 두 번째는 대개 옥유산 당주였다. 분위기 좋은 날 역이상에게 물어봤더니, 원래는 대체로 방도렴 당주가 먼저였는데 진도로 병장기를 바꾼 후부터 순서가 뒤바뀌었다고 했다.

채재쟁!

듣기 힘든 병장기 부딪치는 소리가 난 순간, 우쟁천 방주가 소리쳤다.

"죽었어!"

사도성 당주는 호수구라고 부르는 병장기로 바닥을 찍어 분통을 터뜨리고 뒤로 물러났다.

휘뤼릭!

우 방주의 신형이 한순간에 방 당주의 도를 피해 그의 등 뒤로 돌아가는 순간, 설도붕의 귀에는 꼭 파공음이 들리는 것만 같았다. 우 방주는 '죽었어' 하고 소리치며 방 당주의 등을 쳤다. 방 당주가 오만상을 찌푸리며 앞으로 꼬꾸라지는 순간 그와 협공을 하다가 한순간에 우 방주의 신형을 놓친 옥 당주가 엉겁결에 방 당주와 칼을 맞댔다. 그 순간 우 방주는 방 당주의 머리를 타고 넘어 허공에서 옥당주의 등을 베었다.

"죽었다!"

단지 베는 시늉을 한 것뿐인데 옥 당주는 쌍도를 세차게 휘둘러 분통을 터뜨리고 방 당주와 함께 물러섰다. 방 당주의 덩치에 가려 우 방주의 움직임을 파악하지 못하고 고스란히 당한 것이다. 설도붕은 내일 한가한 시간에 수련장 한구석에서 머리를 쥐어뜯을 옥유산의 모습을 떠올리며 눈살을 찌푸렸다.

어쨌든 남은 사람은 그동안 우 방주가 피해 다녔던 적 당주뿐이었다. 설도붕은 지금 이 순간을 가장 좋아했다. 다섯 사람이 동시에 난전을 벌이면 뭐가 어떻게 돌아가는지 하나도 알 수 없었지만, 그들 두 사람이 붙으면 눈은 어지럽지 않았다. 그리고 이 순간만큼은 전력 비무였다. 네 사람을 상대로 공력까지 끌어올리면 누군가가 크게 다칠 것 같아 하지 못하지만, 둘일 경우에는 우 방주가 압도적인 우위에 있기 때문에 상관이 없다고 들었다.

물론 설도붕으로서는 이해할 수 없는 설명이었다. 두 사람만의 비무만도 벌써 십여 차례 이상 봐왔지만, 그의 눈에는 적무경 당주의 실력이 훨씬 나아 보였다. 결과적으로야 우 방주가 항상 이기지만 그 과정을 보자면 적 당주의 공세에 우 방주가 늘 밀리다가 요행으로 이기는 것만 같았다.

때리고 베고 찌르고 휘돌리는 동작이 어느 한순간도 멈추지 않고 계속되는 적 당주의 창법은 설도붕의 두 눈을 마비시킬 정도로 현란하고 아름답다. 도저히 뚫고 들어갈 수 없는 철벽같았다. 반면 방주의 도법은 보면 볼수록 점점 단순해져서 설도붕 그 자신도 똑같이 펼칠 수 있을 것만 같았다. 그럼에도 이기는 사람은 늘 우 방주였다.

오늘의 결과도 역시 마찬가지였다. 도대체 어떻게 들어갔는지 모르겠지만, 설도붕이 적 당주의 현란한 창법에 넋을 잃고 있는 동안 우 방주는 칼등으로 흑룡창의 중심을 찍어 누른 채 왼손을 적 당주의 단전에 대고 있었다.

적 당주는 쓰디쓴 미소를 입가에 베어 물고 우쟁천에게 목례했다. 그리고 나서 제자리에 가부좌를 틀고 앉아 창을 두 무릎 위에 걸쳐 놓고 머리 뒤에서 두 손을 깍지 낀 채 오만상을 찌푸렸다. 옥 당주의 행동으로 미루어 보아 적 당주 또한 패인 분석에 돌입한 것이리라.

우 방주는 적 당주의 정수리를 내려다보며 피식 웃고 나서 계단으로 걸어갔다. 설도붕이 선녀라고 착각한 방주 부인이 내려와 수건을 건넸다.

전에 설도붕이 옥 당주에게 물은 적이 있었다, 방주만큼 강해지면 자기도 선녀와 혼인할 수 있냐고. 옥 당주가 대답하기를 강하기만 해서는 안 되고 뻔뻔해야 한다고 했다.

설도붕이 잠시 방주 부인에게 넋을 빼앗긴 동안 우 방주는 땀을 닦고 다시 수건을 건넸다. 그리고 적 당주의 곁으로 돌아와 집합하라고 외쳤다.

설도붕이 수련생이 된 후 놀란 적이 한두 번이 아니었지만, 그는 이 순간을 가장 놀라워했다. 아파서 끙끙거리던 방도들이 한순간에 일사불란하게 움직여 방주 앞에 정렬하는 모습은 차라리 엄숙하게까지 느껴졌다. 그 분위기 때문에 방도들 뒤에 정렬하는 수련생들마저도 숨쉴 틈 없이 움직여야 했다.

겨우 숨 세 번 내쉴 동안에 모두가 정렬을 끝내자 호랑이 눈으로 둘러보던 방주가 미약하게 고개를 끄덕인 후 빙긋 웃었다.

“어떻게 하냐, 한동안 이 재미있는 짓거리를 못하게 돼서?”

“아닙니다. 참을 수 있습니다.”

우쟁천은 눈살을 찌푸리며 목소리의 주인공을 노려보았다. 역이상이었다.

우쟁천은 곧바로 옥유산에게로 다가가 그의 어깨를 퍽퍽 소리가 나도록 두드렸다.

“하하하! 옥 당주! 수하들 교육 정말 훌륭하게 시켜놓았네. 이상이가 싱글벙글 웃으면서 참을 수 있다네. 요새 무슨 좋은 일 있어?”

퍽! 퍽! 퍽!

쉬지 않고 두드리니 옥유산의 왼쪽 어깨가 무너질 듯 아래로 처졌다.

옥유산은 안 그래도 못생긴 얼굴을 야차처럼 구기며 소리쳤다.

“호무당은, 방주 훈시, 끝나고, 남는다아!”

우쟁천은 역이상의 안색이 하얗게 질리는 것을 확인하고 나서야 옥유산의 어깨를 부드럽게 어루만지며 다시 미소를 지었다.

“오오! 서 있지 말고 다들 앉아.”

방도들과 수련생들이 절도있게 가부좌를 틀고 앉았다.

우쟁천은 선 채로 방도들을 내려다보며 입을 열었다.

"내가 너희들 붙잡고 구질구질하게 이런저런 이야기하는 거 싫어한다는 거 알지? 하지만 내일부터 여기 좌 당주, 옥 당주를 제외한 나머지 세 당주를 필두로 해서 방도들 칠 할이 나름의 임무를 맡아 방을 떠난다. 그러니 간단히 몇 마디만 하겠다. 음… 아직 피부에 와 닿지는 안겠지만, 출범한 그 순간부터 우리 홍락방은 모든 산서인들의 주목을 받고 있다. 너희들 한 사람 한 사람이 홍락방의 평판을 좌우함을 명심하고 언동에 각별히 조심해라. 세상 좀 살다 보니까 참 행하기 어려운 게 있던데, 약자에게 겸손하고 강자에게 당당한 거더라. 어렵다는 거 알면서도 되도록이면 그렇게 해줬으면 좋겠다. 내가 좋아하는 무언 가운데 '평소에는 서생 같고, 싸움에서는 맹호와 같다' 라는 말이 있다. 일단 언동을 신중히 하고 칼을 뽑기 전에 재차 생각해야 할 것이나, 일단 뽑으면 망설임없이 행동해라. 전에도 말했다시피 칼을 뽑을 만한 정당한 이유가 있다면 무슨 일이 벌어진다 해도 내 능력이 미치는 한 뒷수습 해준다. 알겠나?"

"예!"

우쟁천은 우렁찬 목소리로 대답하는 방도들에게 고개를 끄덕여 보였다. 그리고 진중한 표정으로 방도렴과 사도성의 뒤쪽에 줄지어 앉아 있는 참마당과 백족당 사람들을 특별히 살폈다.

"밖에 나가서 칼을 뽑게 되면 피 보는 건 당연한 일이다. 그 순간 망설이면 상대가 하수라도 죽는 건 너희들이다. 고수란 하수가 덤벼볼 생각조차 품지 못하게 하는 자를 말한다. 칼을 뽑았으면 상대에게 악귀로 보일 정도로 가차없이 베라. 그것이 상대의 고통을 줄이고 피를 덜 보는 방법이다. 특히 참마당과 백족당은 명심해라. 실전 경험을 쌓으라고 보내는 일이니 이번 일 정도로 시체가 되어 돌아오는 놈은 없길 바란다."

"예!"

참마당과 백족당 사람들의 우렁찬 대답이 허공 속으로 사라지자 우쟁천은 적무경과 그 뒤쪽의 천왕당 사람들을 주시했다.

"천왕당이 가장 먼 길을 떠난다. 산서를 벗어나는 것이니, 위험한 것으로 따지면 오히려 참마당과 백족당보다 더 하다고 해도 과언이 아니다. 재수없으면 생사를 다툴 때도 있을 것이다. 그때는 명예나 자존심 따위는 생각도 하지 마라. 목숨이 우선이다. 그렇다고 상대에게 구걸하라는 소리가 아니다. 동료를 버리고 도망치라는 소리도 아니다. 잃어버린 것은 되찾으면 되는 것. 비세라면 함께 물러설 수 있을 때 물러서란 소리다. 최악의 경우……."

우쟁천은 말을 끊고 전 방도들을 두루 살폈다. 방도들은 진지한 표정으로 우쟁천의 다음 말을 기다렸다.

"너희들이 강호인이 되기로 한 이상 한번쯤은 죽음을 생각해 보았을 것이다. 바로 그 죽음에 직면한 경우, 죽음 외에 다른 어떤 선택도 할 수 없는 절박한 상황이라면… 안심하고 죽어라. 너희들에게 두 가지만큼은 분명히 약속한다. 너희들의 죽음이 가치있는, 혹은 억울한 죽음이라면 내가 반드시 갚아준다. 그리고 그 죽음 뒤에 남는 가족들은 내가 살아 있는 한 끝까지 책임진다. 죽을 수밖에 없다면 뒤는 걱정하지 말고 죽어라. 그 순간에도 너희들이 해야 할 일이 있다면 그것은 단 한 가지, 너희들 가운데 한 사람은 어떻게든 내게 너희들의 죽음을 알려야 한다는 것이다. 지금 너희들이 이렇게 멀쩡히 살아 있을 때, 미리 순서를 정해두는 것도 좋겠지. 출방하는 모든 방도들의 장도무탈을 바라며, 이상!"

말의 무게가 가볍지 않다 보니, 대답도 쉽게 튀어나오지 않았다. 그렇다고 해산하라는 말에 자리를 털고 일어난 사람들도 없었다. 방도들은 하나같이 우쟁천의 의지 견정한 두 눈을 바라보고 있었다. 대답은 하지 않았지만 그들은 믿고 있었다. 지금도 이미 그들의 가족들 역시 홍락방 사람들이었다. 자식들은 학당에서 배우고 무관에서 익힌다. 아낙들은 홍락방에서 일하고, 어떤 이들은 운도장의 그늘에서 일한다. 남은 사람들의 슬픔까지는 어떻게 할 수 없다 할지라도 그들의 계속되어야 할 삶을 걱정할 필요가 없다면, 죽을 수밖에 없을 때 어떻게든 웃으며 죽을 수 있으리라.

'방주가 약속했다면 그렇게 될 것이다.'

그들의 입가에 희미한 미소가 드리워졌다.

우쟁천은 방도들의 미소를 보고는 무겁게 고개를 끄덕인 후 돌아섰다. 그 순간 방도들이 소리쳤다.

"수고하셨습니다!"

우쟁천은 쑥스러워서 돌아서지도 않고 손만 들어보였다. 그 뒤로 바로 해산하는 사람들의 부산스러운 발걸음 소리가 들렸다. 그리고 한 사람의 독기 품은 목소리도 들렸다.

"어디 가나? 호무당은 남으라고 했다, 이 자식들아! 어쭈! 역이상! 너 거기 안 서! 죽었어!"

*　　　　*　　　　*

관제산(關帝山), 황량한 벌판에 난데없이 일어난 산이라고 믿기 어려울 만큼 골이 깊은 산이었다. 열흘 전 홍락당을 떠난 방도렴 일행은 그 산 초입에서 한가로이 앉아 있었다.

사도성이 두 다리를 벌린 채 앉아서 다리 사이의 풀을 뜯으며 말했다.

"육포 있어?"

방도렴이 먼산을 바라보며 입으로 육포를 찢은 후 심드렁하게 대답했다.

"봉지만 있는데."

침묵이 흘렀다.

사도성이 다시 말했다.

"육포 하나만 줘봐."

"난 산적이 좋아."

방도렴의 뜬금없는 말에 사도성이 미간을 찌푸렸다.

"무슨 소리야?"

"그저께 그 개자식들처럼 말 타고 도망치지는 못할 것 아냐?"

그때서야 말뜻을 알아들을 사도성이 방귀 나눠 흘리듯 연신 피식거렸다.

"네 실수잖아, 인마! 뭐가 그렇게 급해서 빨리 튀어나가? 그런데 육포 정말 없어?"

이번 출정은 닥치는 대로 처리해 나간다는 주먹구구식 출정이 아니었다. 우쟁천이 혼원당에 다녀오는 동안 사도성의 백족당은 산서 전역을 훑으며 열아홉 군데의 대상을 미리 정해두었고, 엊그저께 처리한 마적단 옥호단(玉狐團)은 그 두 번째 대상이었다.

결과부터 말하자면 옥호단의 처리는 절반의 실패였다. 섬서와 산서 사이의 작은 촌락들을 대상으로 노략질을 일삼는 옥호단은 그 근거지가 따로 없어 잡기가 힘들 거라고 예상하고 있었다. 그런데 가는 날이 장날이었는지, 추수가 끝난 시점을 기다렸다가 자신들의 추수를 하러 나선 옥호단과 기막힐 정도로 적기에 만나 버렸다. 옥호단의 입장에서는 참으로 재수없게도, 방도렴 등이 하루 노숙하려 한 곳 근동의 마을을 노략질하러 왔던 것이다.

본보기로 태워 버린 한 채의 집이 산책 나선 방도렴의 눈에 먼저 잡혔을 때 비명 소리와 울음소리가 바로 이어졌다. 뛰어가 보니 사십여 명 규모의 마적들이 한창 분탕질을 치고 있었다. 일단 사방을 둘러싸고 제대로 잡았어야 했건만, 여인의 비명 소리와 아이의 울음소리에 마음이 급해진 방도렴이 홀로 뛰어들어 버렸다. 그는 마을 입구에서부터 닥치는 대로 도륙해 버렸고, 말 위에서 거만을 떨고 있던 십여 명의 마적은 혼비백산하여 도주해 버렸다.

한 걸음 늦게 당도한 양구동과 손정목은 고개를 저을 수밖에 없었다. 서른여덟의 마적이 미처 도망가지 못했는데, 숨 쉬고 있는 자들은 겨우 넷밖에 없었다. 하지만 두 사람은 방도렴을 탓하지 못했다. 강간당한 모습 그대로 숨이 끊어진 여인, 농기구를 든 채 죽어 있는 마을 사람들, 아이를 품에 안은 채 등을 난자당한 아낙네들 앞에서 과하다고 말할 수 없었다.

살아 있는 넷을 심문한 결과 그들이 바로 옥호단임을 알게 되었지만, 도주한 십여 명의 마적이 옥호단의 두목들이었으니 머리는 자르지 못하고 언제든지 재생시킬 수 있는 몸통과 꼬리만 자른 격이었다.

"크크크! 너 그때 그놈들 뒤통수에 대고 뭐라고 그랬지? 맞다. 칼등으로 번데기 주름만큼 자지를 잘라준다고 그랬지. 근데 그게 가능한가?"

사도성은 연신 킥킥거리며 무언가를 잡고 칼질하는 시늉을 했다.

방도렴은 아무 말 없이 품속에서 새로 육포 봉지 하나를 꺼낸 후 빈 봉투를 사도성에게 건넸다.

딱!

"아야! 왜 때리세요?"

방도렴이 뒤통수를 문지르며 돌아봤다. 느긋하게 누워 있던 양구동이 발을 내려놓으며 말했다.

"너 이놈아! 네놈이 당주라는 자각이 있는 놈이야? 너 기분 풀라고 이 짓하는 줄 알아? 네놈 수하들 실전 훈련을 겸한 홍락방의 과업이야. 또 한 번만 광분해서 미친개처럼 날뛰어봐라, 손톱으로 다리를 잘라 버릴 테니까.”

방도렴은 두 손으로 땅을 짚어 양구동의 사정거리에서 벗어나며 말했다.

“쳇! 한 얘기 자꾸 되풀이하면 재미있으세요?”

양구동은 허공에 헛발질을 하며 말했다.

“그래, 재미있다, 이 자식아! 쟁천이가 떠나기 전날 뭐라 그랬어? 행동거지 조심하라고 그랬지? 꼭 그렇게 다 죽여 버려야 직성이 풀려? 그 마을사람들 겁내는 눈 못 봤어? 원한에 사무쳤을 사람들인 데도 겁냈다. 그 사람들이 홍락방을 뭐라고 생각하겠어?”

“하지만 말하는 사이에 다 도망가 버리면 어떡해요? 좋은 칼 놔두고 왜 입을 나불거려요?”

“누가 말하래, 이노무 자식아! 그래서 전술인가 병술인가 하는 게 있는 거잖아!”

방도렴이 놀라서 눈을 뚱그렇게 치떴다.

“전술, 병술? 그런 어려운 게 필요한데 방주는 왜 저를 책임자시켰을까요?”

방도렴은 누운 그대로 나는 듯이 다가오는 양구동을 피해 급히 물러섰다.

사도성이 빈 봉투를 구겨 방도렴에게 되던지며 말했다.

“너 지금 누구한테 말대답이야? 어르신 말 하나 그른 것 없다. 안 보이는 곳으로 끌고 나와서 죽여 버렸어야지, 거기서 다 죽이면 어쩌냐? 야! 육포 또 있네, 하나 좀 줘봐. 아야!”

“에라, 이 자식아! 너도 자각없기는 똑같은 놈이야.”

사도성은 뒤통수를 긁적이며 중얼거렸다.

“쳇! 수하 열두 명 거느린 당주가 제대로 된 놈일 턱이 있나요?”

얼굴을 와락 구긴 양구동이 벌떡 일어나 앉는 순간, 네 명의 흑의인이 방도렴 앞으로 달려왔다. 그들 가운데 한 사람이 말했다.

"당주! 장정들만 팔구십 정도 됩니다만, 골이 깊어서 그런지 방비는 허술하기 짝이 없습니다. 사내놈들 외에 간간이 아낙네들과 아이들도 보이구요."

방도렴은 오른손 엄지로 뺨을 긁적이며 양구동의 눈치를 살폈다.

"왜 날 봐, 인마?"

"그 전술인가 뭔가 써야 한다면서요? 그런 건 방주가 다 하는데."

작은 산채 하나 토벌하는 일이니 홀로 해도 어렵지 않으리라. 하지만 양구동이 먼저 꺼낸 말이었다. 전술이라고 할 것도 없는 일이지만 곤란한 건 곤란한 것이었다. 평생 홀로 강호를 떠돌던 그에게 여러 명이 함께 움직이는 일에 대한 개념이 있을 턱이 없었다. 그는 자신도 모르게 언성을 높였다.

"그런 거 나도 몰라, 인석아! 네놈이 책임자잖아!"

방도렴은 사도성을 바라보았다. 육포 봉지를 노려보고 있던 사도성이 갑자기 먼 산을 바라보았다. 방도렴은 슬며시 봉지를 품속에 넣으며 고상락을 바라보았다. 고상락도 눈을 내리깔면서 소곤거리듯 말했다.

"그런 건 기진이가 좀 아는데…… 그냥 대충 들이치지요. 수는 많다 하나 제대로 된 놈들 하나 없을 텐데."

양구동이 혀를 차다가 손정목을 바라보았다.

손정목은 한숨을 내쉬고 정찰을 나갔던 이들을 바라보며 물었다.

"목책은 있던가?"

"예. 마을을 둘러싼 원형 목책이 있습니다. 사람보다는 맹수들 때문에 설치한 것 같습니다."

"높이는?"

“이 장에 조금 못 미치는 정도입니다.”

“문의 위치는?”

“앞쪽에 줄을 당겨 여는 큰 문이 있고, 뒤쪽에 두 사람 겨우 지나다닐 쪽문이 있습니다.”

“경계 서는 자는 어디어디에 위치해 있는가?”

“정문에 두 사람이 있으나 없다고 보아도 무방합니다.”

“가는 길목에 방해물이 될 만한 게 있던가?”

“짐승 잡는 덫 몇 개를 발견한 게 전붑니다.”

마침내 고개를 끄덕인 손정목은 그의 검으로 바닥에 원을 그리고 대문을 표시했다. 방도렴, 사도성, 고상락과 주변에 있던 조장들이 자연스럽게 원을 둘러싸듯 섰다.

손정목이 그림을 짚어가며 말했다.

“상대의 무위는 걱정할 필요가 없으니, 저번처럼 도주할 수 있는 기회만 주지 않으면 될 걸세. 방 당주가 인원의 반을 이끌고 이 정문으로, 고 부당주가 나머지를 이끌고 이 쪽문으로 가서 동시에 들어가게. 일단 안으로 들어서면 다른 건 신경 쓰지 말고 이 목책을 따라서 먼저 원진을 친 후, 차분히 보조를 맞춰 중앙으로 몰아가면 될 걸세. 사 당주는 백족당의 인원을 이끌고 돌발 상황에 대비하고 한편으로 외각 쪽을 경계하여 혹시 생길지 모를 도주자들을 신경 쓰게. 단, 방 당주와 사 당주는 별일이 없는 한 따로 나서지 않는 게 좋겠네.”

그로부터 반 시진 후, 일은 손정목의 단순한 계획 그대로 진행되었다.

독랑채(毒狼寨)의 무위는 낮게 잡은 예상보다 훨씬 더 약해서 제대로 칼을 휘두르는 사람을 찾기 힘들 정도였다. 멋모르고 달려든 네 사람을 베어 무력화시킨 후, 원진을 이룬 채 살기를 드러내며 중앙으로 압박해 들어가자 저항을 해보려는 자를 찾아볼 수 없었다.

당도들의 호령에 따라 장정들이 한곳에 모여 무릎을 꿇었고, 사십 명
에 이르는 아낙네들과 아이들은 따로 한곳에 모였다.

고상락이 여인들에게 말했다.

"억지로 끌려온 사람들은 저쪽으로 가시오. 집까지 데려다주겠소."

겁에 질려 눈치를 살피던 젊은 여인들이 고상락의 손끝이 가리킨 곳으
로 주춤주춤 이동했다. 아이들을 안고 있던 몇몇 여인네들도 무릎 꿇은
채 고개를 숙이고 있는 장정들을 힐끔거리다가 자리를 옮겼다. 그 자리
에 그대로 남아 있는 여인들은 여섯에 불과했다.

고상락이 눈짓하자 당도들 몇이 젊은 여인들에게 가서 무언가를 묻기
시작했다. 그사이에 집을 뒤지던 이들이 속속 돌아와서 고상락에게 보고
했다. 곧이어 여인들에게 갔던 당도들도 돌아와 고상락에게 이름 몇 개
가 적힌 나무판을 건넸다.

고상락이 다가서자 방도렴은 고개를 저으며 말했다.

"부당주가 다 알아서 해."

고상락은 귀찮은 기색을 드러내다가 고개를 저으며 앞으로 나섰다. 당
도들의 살기에 짓눌려 꼼짝도 못하던 사내들이 침을 꿀꺽 삼키며 고상락
의 눈치를 살폈다.

고상락은 여인들과 아이들을 집 안으로 들여보낸 후, 차가운 눈빛으로
사내들을 내려보면서 입을 열었다.

"독랑 오구와 소두목 여섯, 그리고 초량, 봉평, 가득, 호사남은 앞으로
나와라."

몇몇 사내들은 어쩔 수 없다는 듯 무리에서 벗어나 앞으로 나왔고, 몇
몇 이들은 하얗게 질린 채 눈치를 살피다가 다른 사내들에게 등 떠밀려
억지로 나섰다.

"어떤 놈이 오구냐?"

열한 명의 사내 가운데 유일하게 기가 죽지 않은 사십대 장한이 고상 락을 노려보았다.

"내가 오구요. 원하는 게 뭐요?"

"너한테 원하는 것 없다. 독랑채를 토벌하여 이 근동 사람들의 고초를 줄여주려는 것뿐이다. 억울하다고 생각하면 들어줄 테니 변명해 봐라."

"흥! 잘 먹고살아서 그런지 건강해 보이는구려. 당신들은 모르오. 나 라고 이 짓이 좋아서 하는 것 같소? 나도 한때는 소작농이었단 말이오. 다 뺏어가는데 어쩌란 말이오? 뼈 빠지게 농사지어 놓으면 세금이랍시고 걷어가고, 지주는 지주대로 가져가니 남는 건 밀 두어 섬이 전부요. 그걸 로 어쩌라고? 나무껍질 벗겨서 죽 끓여 먹고 살라고? 먹고살 걱정 없는 당신들이 뭘 알아? 관군도 아니면서 뭘 안다고 토벌은 토벌이야, 씨발!"

오구는 눈을 부릅뜨며 죽일 테면 죽여보라는 듯 배를 내밀며 한 걸음 앞으로 걸어나왔다. 그 순간 고상락이 발을 내뻗어 오구의 배를 내찼다.

"개새끼야, 뭘 잘했다고 고개 뻣뻣이 들고 눈을 부릅떠? 이 육시랄 놈 아! 그런 사정이 있으면 배부른 지주 놈들을 털었어야지, 이 개새끼야! 죽음을 각오하고 탐관오리들을 털었어야지, 이 썩을 놈아! 그랬다면 그 기개가 가상해서라도 우리 여기까지 오지 않았어! 도와주진 못해도 잘한 다고 킬킬거렸을 거다. 그런데 뭐야? 만만하다고 안 그래도 힘없고 배고 픈 사람들만 골라서 쥐어짜? 먹고살라고 이 짓한다는 놈이 방에 수백 냥 씩 쌓아둬? 먹을 만큼만 처먹지, 창고에서 썩어나는 밀은 또 뭐야? 이 개 자식아!"

고상락의 오른손이 왼쪽 허리춤으로 움직였다. 그 순간 도광이 번득였 고 억지로 일어서던 오구의 목이 허공으로 치솟았다.

고상락이 좌우로 눈짓하자 당도들 십여 명이 달려들어 바들바들 떨고 있는 소두목들을 강제로 엎드리게 해놓고 사정없이 오른쪽 팔과 다리의 근맥을 잘라 버렸다.

고상락이 두 눈을 번득이며 나머지 사내들에게 말했다.

"또다시 이 근동에 너희 같은 놈들이 출몰한다는 소리가 들리면 그때는 용서없다. 이 정도로는 끝나지 않아. 다시 걸리는 놈들은 이 오구 꼴 정도로 끝나지 않을 거야. 죽여달라고 애원하게 될 거다. 사지근맥을 모두 잘라 전신에 꿀을 바르고 잘 구운 고기조각과 함께 산중에 던져 놓을 테니까. 꿀 향기, 고기 냄새에 끌려 온갖 짐승들 다 몰려오면 재밌을 거다."

고상락은 먼저 산채를 불태운 후에 양구동 등과 상의하여 여인들에게 은자 열 냥씩을 나눠준 후 각자가 원하는 곳으로 돌려보냈고, 사지 멀쩡한 산적들에게 창고의 식량들을 지게 하여 근동의 마을에 배분해 주었다. 관제산 근동에서 악명이 높았던 독랑채는 그렇게 해체되었다.

사도성은 마지막으로 흩어지는 산적 무리들을 바라보면서 말했다.

"어르신! 저렇게 보내도 됩니까? 결국은 다시 산적이 되고 마적이 되지 않겠습니까?"

"왜? 네놈도 산적이었다고 안쓰러우냐?"

사도성이 눈을 부릅뜨고 양구동을 노려보았다.

"어떻게 파성채와 저놈들을 비교하실 수 있습니까? 안쓰럽다니요? 제 말은 저놈들도 근맥 하나쯤은 잘라서 보내야 하는 것 아니냐는 뜻이었습니다. 병신이 되어야지 다시 못된 짓 하지 못하지요."

양구동이 사도성의 머리를 후려쳤다.

"이놈이 누구를 노려봐. 아주 죽으려고 작정을 했구나."

사도성이 머리를 감싸 쥐고 달아나자, 고상락이 우울한 눈빛으로 말했다.

"어르신! 저도 궁금합니다. 정말 잘한 일입니까?"

"에휴! 다 죽일 수도 없는 일이고, 그렇다고 우리가 먹여 살릴 수도 없는 일이다. 이제 가진 것 하나 없는데, 사지라도 멀쩡해야 밥 먹고 살지 않겠느냐? 잘살 놈은 잘살 것이고 죄 짓고 죽을 놈은 죽겠지. 대충 살펴보니 먹고 살 수만 있다면 죄 안 짓고도 살 수 있는 놈들이었어. 상락이 너는 네 힘을 올바르게 사용한 것이니 자부심을 가져도 좋아. 이 근동에 분타를 하나 마련할 여력이 된다면 금상첨화인데, 그게 좀 아쉽구나."

묵묵히 듣고만 있던 손정목이 말했다.

"한 이틀 이 근처에서 머무는 게 좋겠습니다."

양구동이 이채를 띠며 물었다.

"왜? 무슨 복안이 있는가?"

"우리가 한 일은 배고픈 자에게 사냥한 고기를 준 것입니다. 보통은 사냥법을 가르쳐야 한다고 말합니다만, 배고픈 자에게 주린 배를 잡고 사냥하라고 할 수는 없는 일이니 제대로 한 것이지요. 이제 허기를 면한 셈이니 사냥법을 가르쳐 스스로 사냥하게 만들어줄 차례입니다. 각 마을에서 재질이 엿보이는 젊은이들을 뽑아 방으로 보내어 기본 정도만이라도 가르쳐 놓으면 언젠가는 작은 자경단 정도는 만들 수 있겠지요. 별다른 이권이 없는 외진 곳이니, 분탕질 치러 들어오는 놈들 또한 별 볼일 없는 놈들일 터. 칼 쓰는 법만 알아도 자기 마을 정도는 지킬 수 있을 겁니다."

모두가 고개를 끄덕였다. 돈이 모이는 곳, 권력이 생기는 곳에 실력이 있는 자들이 모이는 것이 당연한 이치다. 독랑 오구의 경우에서 알 수 있듯이, 근근이 먹고사는 곳에 사고 치러 오는 자라고 해봐야 호랑이 탈을 쓴 여우일 뿐이니 기본만 가르쳐 놓아도 스스로를 지키는 정도는 충분히 할 것이라 생각했다.

고상락이 곤혹스러운 표정을 지으며 말했다.

"하지만 예정에 없던 돈이 들 텐데 방주께서 싫어하지 않을까요?"

안 그래도 세 번의 토벌을 실행하는 과정에서 고상락은 쩨쩨하게 서른여섯 냥을 꼬불쳐야 했다. 경비만큼은 본전치기를 하고 돌아오라고 했던 우쟁천의 명령 때문이었다. 그런 명이 없었다면 옥호단의 시체까지 뒤져 가면서 돈을 챙기지는 않았으리라.

양구동이 파안대소하며 말했다.

"싫어해도 할 수 없는 일. 시작했으면 끝을 봐야지. 좋아! 일단 손 호법 자네와 내가 구역을 나눠서 아이들을 찾아보도록 하지. 아니야, 그러면 시간이 너무 많이 걸리려나?"

양구동은 사도성과 방도렴을 번갈아 바라보며 못미덥다는 듯 눈살을 찌푸렸다.

"이놈들이 근골이나 알아보겠나?"

방도렴이 말했다.

"난 아무것도 몰라요."

사도성이 말했다.

"제가 그런 걸 알아볼 턱이 없잖아요. 그냥 두 분이서 하세요."

양구동이 얼굴을 와락 구기며 소리쳤다.

"게으르기가 당나귀보다 더한 놈들!"

손정목이 쓰게 웃으며 고개를 저었다.

"어르신! 사 당주는 따로 할 일이 있습니다."

"응?"

양구동과 사도성이 동시에 손정목을 바라보았다.

"옥호단 일이 계속해서 걸리는군요. 우두머리급만 도주했습니다. 우리가 남쪽으로 갔다는 소식을 들으면 곧바로 그 마을에 보복하지 않겠습니까? 이왕 손을 댔으니 깨끗하게 마무리해야지요."

양구동이 고개를 끄덕이며 턱수염을 쓰다듬었다.

“음! 그렇지. 그놈들 행각은 독랑채보다 더 독했어. 반드시 보복하려 할 거야. 도성이 이놈에게 마무리 짓고 합류하라고?”

“예. 남은 자들은 겨우 십여 명에 불과하니 사 당주와 서너 명이면 차고 넘칩니다. 그 마을에 며칠 묵는 셈 치면 우리가 시작한 일을 깨끗하게 마무리 지을 수 있을 겁니다.”

일행으로부터 떨어져 나가야 하는 사도성도 거부감없이 고개를 끄덕였다.

“하지만 제가 떨어져 나가면 수가 너무 모자라지 않을까요?”

손정목은 미소를 지으며 고개를 저었다.

“오늘 일만 생각해 봐도 알 수 있지 않은가? 백족당만으로 그 일을 하라했어도 희생없이 끝낼 수 있었을 게야, 피는 좀 봤겠지만 말일세.”

잠시 생각하던 사도성이 고개를 끄덕였다. 백족당이 토벌 대상을 선택했다. 관의 힘이 못 미치는 외진 곳, 홍락방의 분타나 근동의 강호 방파가 없는 곳을 선정하다 보니 구 할 이상이 독랑채의 수준을 벗어나지 못했다. 조금 귀찮기는 하겠지만 백족당만 이끌고 하라 해도 할 수 있을 거라고 자신했다.

“알겠습니다. 그럼 제가 가서 며칠 지내보지요, 뭐.”

양구동이 눈을 흘기며 말했다.

“너 말이다, 가서 상전 대접받으며 뒹굴거렸다는 소리 들으면 죽는다. 밭일이라도 도와! 밥값은 하면서 지내란 말이다!”

사도성은 눈을 부릅뜨고 양구동을 노려보며 버럭 소리 질렀다.

“도대체 저를 어떻게 보고 그런 말씀을 하시는 겁니까? 어르신! 정말 섭섭합니다. 눈물이 앞을 가리네요.”

사도성은 양구동의 손이 꼼지락하기도 전에 숨을 참아 붉어진 얼굴을 유지하며 돌아섰다. 양구동으로부터 멀어지던 사도성은 슬며시 손을 올려 가슴을 쓰다듬으며 혀를 내밀었다.

양구동은 멍한 눈빛으로 사도성의 등을 바라보다가 고개를 저었다.

"내가 저놈을 잘못 봤나? 그, 그럴 리가 없을 텐데. 이놈아, 도성아! 너 장가 언제 가는지 봐줄게. 이리 와봐."

그때 방도렴이 사도성을 향해 작은 단도 하나를 던졌다. 단도는 사도성의 두 다리 사이를 지나 일 장 앞에 꽂히며 그의 발걸음을 막았다. 깜짝 놀라 단도를 보니 틀림없이 방도렴이 다목적으로 사용하는 단도였다.

"인마! 이게 무슨 짓이야?"

방도렴은 무표정한 얼굴로 대답했다.

"너 칼 없지. 가져가라. 그놈들 잡으면 꼭 칼등을 써!"

사도성은 움찔하면서 문득 지렁이를 떠올렸다.

"그, 그걸 정말 하라고?"

"응!"

방도렴은 진지한 표정으로 고개를 끄덕였다.

*　　　　*　　　　*

용천목은 방문 앞에서 시녀의 도움을 받아 옷매무새를 다듬었다.

"열어라."

시녀가 조심스럽게 방문을 열자 용천목은 자세를 가다듬고 안으로 들어갔다. 방문 좌우에 붙어 있던 두 명의 검사가 고개를 숙이자 용천목은 가볍게 목례하고 또 하나의 방문을 지났다.

고풍스러운 분위기와는 달리 가구는 간소하기 그지없는 방이었다. 침대 하나와 탁자 하나, 그리고 벽면에 몇 점의 오래되어 보이는 화서가 전부였다.

용천목의 눈길은 자연스럽게 인기척이 느껴지는 침상으로 움직였다. 살아 있는 듯 생동감이 넘치는 십장생 조각으로 테를 두른 커다란 원형 침상이었는데, 그 위에 한 노인이 베개를 겨드랑이에 괸 채 손바닥으로 머리를 받치고 누워 곰방대를 빨고 있었고, 속이 은근히 비치는 나삼을 입은 아리따운 여인 셋이 노인의 전신을 나누어 주무르고 있었다.

용천목은 노인에게 허리를 접었다. 당금의 천하제일상이라고 할 수 있는 철혈금상회의 주인 용천목에게서 극도의 공경이 깃든 인사를 받을 사람이 있다면, 그는 전대의 철금회주이자 용천목의 아비인 금왕 용금산뿐이었다.

노인 용금산은 졸린 듯 감고 있던 눈을 뜨고 검버섯 가득한 얼굴에 희미한 미소를 드리웠다. 그가 일어나려는 시늉을 하자 세 여인이 일제히 그의 몸을 받쳐 앉혔다.

"아가야, 춥구나."

용금산의 입에서 쉿소리가 나는 가냘픈 목소리가 흘러나오자 그의 등을 받치고 있던 여인이 자주색 비단으로 만든 침의로 주름살과 저승꽃이 가득한 노인의 상반신을 가려주었다. 그사이에 다른 여인이 노인의 머리카락을 말아 올려 관을 씌우고 용형잠을 꽂아 고정시켰다.

노인은 자글자글한 주름살을 얼굴 전체에 퍼뜨리며 푸근한 미소를 지었다.

"도와주련?"

세 여인이 노인의 몸을 떠받쳐 침상을 벗어났다. 노인은 용천목이 서 있는 탁자 앞에 이르러 여인들이 옮겨주는 대로 호피의에 앉았다.

"헐헐헐! 수고했다. 잠시 나가 있으렴."

세 여인은 그때서야 용천목에게 고개를 숙여 보이고 미끄러지듯이 움직여 방을 빠져나갔다.

"회주, 앉으시게."

용천목은 목례하고 노인의 맞은편 의자에 조심스럽게 자리했다. 노인은 미소를 지으며 곰방대를 빨았다.

"제검전의 이전 문제로 오셨겠지? 땅을 구하는데 어려움은 없으셨는가?"

"이백 호 정도의 마을이 포함된 입지라서 시간을 조금 끌었습니다만, 사흘 전에 모두 매입했습니다."

"사흘 전이라… 생각보다 시간이 많이 걸렸구먼. 왜? 관에서 제동을 걸던가?"

"관의 승인을 얻는 일에는 어려움이 없었으나 그 마을이 나름의 뿌리를 가진 집성촌이어서 설득하는데 시간이 걸렸지요. 제검전이 자리잡을 곳이니 평판을 생각하지 않을 수 없었습니다. 그로 인해 돈도 조금 더 들었습니다."

철혈금상회와 제검전이 하는 일이다. 권력, 재력, 그리고 무력. 어느 하나 모자람이 없는 그들에게 있어 이백 호 규모의 작은 마을 하나 사는데 시간 걸릴 까닭이 없었다. 그러나 장차 천하제일, 아니, 천하독보의 세력이 자리잡을 터전이기에, 이번만큼은 과거의 방식과 달리하여 적정가에 웃돈까지 얹어 구매할 수밖에 없었던 것이다.

"그러했구먼. 그렇지, 안 그래도 천하독패를 노린다 하여 입방아의 대상이 되는 제검전이니 주변의 평판에도 신경을 써줘야지. 수고했구먼. 그럼 언제나 옮겨가게 될 것 같은가?"

"터가 넓어서 서두른다 해도 삼 년은 걸릴 것 같습니다."

"삼 년? 그렇구먼. 삼 년이라… 그 정도면 황제의 명이 다할 만한 세월이고, 황태자에 오를 아이가 친정을 할 만한 세월이며, 제검전이 천하를 얻을 준비가 끝날 만한 세월인가?"

용천목이 살짝 미간을 좁혔다가 바로 하며 대답했다.

"어떤 일은 조금 빠를 것이고, 어떤 일은 조금 늦을 것이며, 어떤 일은 이루어지지 않을 테지요. 한데 아버님께서는 제검전이 이전하기 전까지 움직이지 않을 것이라 보시옵니까?"

용금산은 연기를 내뿜고서 잠시 생각에 잠겼다가 다시 입을 열었다.

"전주 그 양반의 마음을 내가 어찌 헤아리겠는가? 하지만 한 가지 분명한 것은 그 양반이 다시 움직이면 그때는 결말을 보기 전까지 멈추지 않을 것이란 사실일세. 그러니 삼 년이라는 세월이 긴 것은 아닐 테지. 자네도 준비 단단히 해두시게. 지금처럼 여유를 가지고 상계를 다독일 시간이 없음이야. 이번에 제검전 이전을 명목으로 시간을 벌지 않았다면, 다음번에는 자네가 정신을 못 차릴 정도로 바쁘지 않겠는가?"

강남에 진출한 것도 벌써 이 년이 다 되었다. 제검전과 황실의 지원을 받아 강남의 상권을 야금야금 먹어갔지만 이 년 동안 잠식한 백금회의 상권은 반 정도밖에 되지 않았다.

"그 일은 너무 걱정하지 않으셔도 됩니다. 백금련이 아직까지 버티고 있는 까닭은 나라가 인정한 소금전매권의 유효기간이 아직 남아 있는 탓이옵니다. 하나 내년부터 하나 둘씩 전매권을 갱신하여야 하니 수삼 년 내에 급격히 무너질 것이옵니다. 버티지 못하고 넘길 자들도 나올 테니까요. 또한 이번 강남상권을 흡수하면서 얻은 경험이 나중에 틀림없이 도움이 될 것입니다."

"헐헐헐! 그럴 것일세. 백금련에 비하면 규모가 작으니 다른 쪽은 조금 더 쉽겠지. 어쨌든 자네 자신감이 그 정도이니 내가 쓸데없이 걱정할 필요는 없겠구먼."

용금산이 만족스러운 듯 고개를 끄덕이는 순간 용천목이 정색을 하고 물었다.

"소자는 제검전의 이전과 황자의 귀환이 모두 거슬리기만 합니다. 괜찮을까요?"

"허! 기우일세. 도대체 무엇이 그리 거슬린단 말인가? 제검전이 생기기 전에 우리 철금회는 이미 북방상권을 쥐고 있었네. 제검전과 황실과의 관계가 우리에게 도움이 된 것은 사실이네만, 그들의 도움이 없다 해도 우리가 흔들리는 일은 없을 걸세. 아니 그런가? 또한 황자의 귀환이 이루어진다고 단언할 수도 없는 일이고, 귀환한다 해도 어린 황자가 당장 힘을 발휘할 수 있는 것도 아니네. 세력을 쌓으려면 족히 몇 년은 걸릴 터, 그사이에 강남상권을 칠팔 할만 얻어도 우리는 황실의 간섭으로부터 완전히 자유로워질 수 있겠지. 아니 그런가?"

철금회가 강남상권까지 흡수하게 되면 그때는 황실뿐만이 아니라 국가의 재정마저도 철금회가 좌지우지할 수 있을 것이다. 그리되면 철금회가 아무리 밉보인다 하더라도 황실이 함부로 할 수 없게 되리라.

"멀리 보려는 자는 지금의 흐름을 자연스럽게 생각하여야 하네. 권력이라는 것은 부모 형제와도 나누지 않는 것이지. 만 귀비가 황자의 귀환을 저지시킨다 하여도 황제가 죽으면 뒷전으로 물러설 수밖에 없는 입장 아닌가? 만 귀비의 도움으로 영성왕이 권좌에 앉는다 하여도 일단 일이 성사되면 만 귀비와는 다른 꿈을 꿀 수밖에 없지. 이제부터 자네가 할 일은 현 황실로부터 소외받고 있는 인사들을 발굴하여 지원하는 일일세."

"만 귀비와 손을 끊으란 말씀이십니까? 게다가 소외받는 인사라 하시면 하나같이 우리와는 소원한 자들입니다. 현 황실과 우리의 관계를 모르지 않는 자들인 데다가 강직함을 자랑삼는 자들인데 쉽게 넘어오겠습니까?"

용금산은 미소를 지은 채로 고개를 저었다.

"헐헐헐! 너무 성급하구먼. 만 귀비와 등지자는 말이 아니라, 푼돈을 투자하여 만일을 대비하라는 뜻이야. 힘이 있을 때는 만금도 당연하다는 듯이 삼키는 게 사람이지만, 소외되었을 때는 돈 백 냥에도 은혜를 잊지 않는 것 또한 사람이네. 힘없을 때 받은 백 냥 때문에 힘이 생겼을 때 만금이 아닌 천금으로 넘어갈 수 있는 일이네. 아니 그런가? 또 뭐라 했었나? 강직하다 했나? 힘이 없는데 강직함마저 보이지 않으면 버틸 수 없을 뿐이야. 힘없는 자가 곧음마저 보이지 않는다면 누가 있어 그 사람을 기꺼이 쓰려 하겠나? 물론 이정웅 같은 자가 있기는 해. 하지만 올곧은 대나무도 잎사귀처럼 쉽게 휘어지는 부분이 있지 않은가? 만사가 다 자네 하기 나름인 게야."

용천목은 얼굴을 굳히며 고개를 숙였다.

"소자, 부족함이 너무 많사옵니다. 죄송합니다."

"아닐세. 이 아비 또한 그러했네. 그 나이엔 다 그런 거지. 성급함이 자네의 주적일세. 만사를 길게 보게나. 자네가 그것만 이룬다면, 이미 천수와 천복을 두루 누린 이 늙은이는 편히 갈 수 있을 걸세. 바쁠 테니 그만 가보시게."

용천목은 두말 않고 자리에서 일어나 허리를 접어보이고 방을 나섰다. 용금산은 용천목이 방을 나서는 순간까지 눈을 떼지 않고 있다가 눈빛을 흐리멍덩하게 죽이고 중얼거리듯 말했다.

"아직 멀었구먼. 저러니 내가 미련없이 갈 수가 있는가. 결국 내가 나서서 제검전주의 대안까지 찾아주어야 하나. 만 전주! 당신의 심중에는 누가 있소? 당신도 죽을 것 아니오? 도대체 누구에게 뒤를 맡기려 하오? 사마공? 아니야. 설마 화천상이라는 아이? 아니겠지? 에구! 침상까지 가기도 힘들구나. 누가 내 아가들 좀 불러주려무나."

용금산의 목소리가 높아지자마자 방문이 열리고 나삼의 여인들이 들어섰다.

■3장■
사랑은 눈도 녹이지만
가슴도 찢는다

"오! 벌써 와 계셨는가?"

왕세천은 회의실에 들어서는 순간 도사를 발견하고 환한 미소를 지었다.

'허! 누가 보면 이복형제라 하겠구만. 경지에 이르면 늙지도 않는 것인가.'

왕세천은 은은한 미소를 지으며 목례해 보이는 도사 자청의 얼굴을 빤히 바라보았다. 불혹을 넘긴 나이임에도 불구하고 서른 갓 넘긴 청년 같아서 조카라 해도 믿을 만큼 젊게 보였다. 얼굴을 가로지르는 짙은 검미와 꾹 다문 입매에서는 한길만 걷는 외골수적인 성격이 엿보였고, 깊은 듯하면서도 한편으로 반짝이는 두 눈은 그가 이른 경지를 은연중에 보여주고 있었다.

눈길이 자청의 옷에 이르자 왕세천의 미간이 살짝 찌푸려졌다. 겉모양새에 관심이 없는 줄은 알고 있지만, 그래도 화산제일고수이자 자신의 동생인 그가 빛바랜 득라를 걸치고 있는 것은 여간 못마땅한 일이 아니었다. 왕세천은 자신 때문에 일어선 자청의 곁으로 다가가 두 손으로 그의 손을 감싸 쥐고 함께 자리에 앉았다.

"이게 뭔가? 지금 당장 삭아버린다 해도 이상하지 않겠구먼. 왜, 내가 보낸 도복들이 마음에 들지 않던가?"

과묵한 자청은 자신의 득라를 살짝 내려보고는 고개를 저었다.

"아닙니다. 안 입은 듯 편해서."

"쯧! 아무리 편하다 해도 그렇지. 난 말일세, 자네가 평제자나 입는 회의득라를 입는 것조차 못마땅하네. 속세에 나와 있는 이상 체면이라는 것도 생각해야 하네. 자네 사백 보시게나. 그분 또한 외양에 신경 쓰는 분이 아님에도 여기 계실 때는 항상 화의청복을 입으시네."

자청은 한결같은 미소를 지으며 말했다.

"그분이야 북도련을 책임지시는 분 아닙니까? 제가 그분처럼 어디 모르는 사람 만날 일이 있습니까?"

왕세천은 쓴웃음을 지으며 고개를 저었다. 늘 이랬다. 오직 한길 검로를 찾는 것 말고는 다른 일에 관심이 없었다.

'허! 내가 이런 사람을 한때 시기한 적이 있었다?'

철없던 때의 일이었다. 여섯 살이나 차이가 나는 동생임에도 불구하고 아껴주기는커녕 질투심에 몸부림치던 때가 있었다. 자신에게는 늘 엄격하던 아버지마저 놀람을 감추지 못했던 그 자질, 도저히 따라갈 수 없었던 그 끈기를 증오할 때가 있었다.

왕세천, 그의 나이가 열여섯이 되었을 때 동생은 화산 도사의 손에 이끌려 집을 나섰다. 그때서야 그는 동생이 자신과 같은 보통 사람은 도저히 따라갈 수 없는 종류의 인간임을 깨달았다.

그때서야 왜 자신의 모자람을 인정하지 못하고 동생에게 그렇게 모질

게 굴었는지 후회했다.

이제는 과거지사였다. 동생이 화산으로 떠났던 그날로부터 몇 년이 더 흐른 후에야 동생을 순수하게 동생으로 여길 수 있었지만, 그 이후 왕세천은 어린 시절 상처 입었을 동생에게 보상하듯이, 출가한 동생도 가족임을 느낄 수 있도록 최선을 다했다. 그 결과가 오늘날 표면에 드러나고 있었다. 왕세천 자신은 장자답게 가문을 화산제일속가로 이끌었고, 동생은 왕세천이 남다르다고 인정했음을 증명이나 하듯이 화산제일검이 되었다.

"허허허허!"

자청은 왕세천이 자신의 얼굴을 빤히 바라보며 너털웃음을 터뜨리자 두 눈에 의아함을 드리우며 물었다.

"갑자기 왜 그렇게 웃으십니까?"

"응? 좋아서 웃네. 얼굴만 보고 있어도 마냥 좋아서 웃는다네."

그때 방문이 열리고 운현자와 황학자, 그리고 복수동이 거의 동시에 들어왔다. 왕세천과 자청은 함께 일어서 세 사람에게 포권을 취했다.

"앉읍시다."

운현자가 자리에 앉으며 두 손으로 앉으라는 시늉을 했다.

모두가 착석하자 운현자는 자청과 왕세천을 힐끔 보고서 희미한 미소를 지었다.

"아! 두 사람 얼굴이 환한 게 보기 좋기는 하네만, 오늘 다룰 사안은 그리 기분 좋은 것이 아니구먼. 복 대주, 우선 한중지단(漢中支團)의 일부터 설명해 주시구려."

복수동이 목례하고 서류를 여는 순간 왕세천이 눈썹을 꿈틀거리며 먼저 입을 열었다.

"한중지단의 일이라 하시면, 혹시 공 지단주와 연관된 일입니까?"

운현자가 불쾌한 낯빛으로 고개를 끄덕이자 왕세천은 눈을 감았다.

"그리 주의를 주었건만, 그자가 기어이……."

복수동이 왕세천을 바라보며 말했다.

"왕 순찰, 시작해도 되겠소?"

"아! 죄송하오."

왕세천이 손짓으로 권하자 복수동은 서류의 내용을 훑듯이 살피고 나서 모두를 둘러본 후에 입을 열었다.

"지난 몇 개월 동안 본 련의 한중지단 근동에서 마적의 출몰이 잦았습니다. 관의 토벌대가 나서기는 했으나 실효를 거두지는 못하고 피해만 누적되었고 이제 그 토벌 자체마저 소극적인 실정입니다. 급히 조사해 보니 일반 마적이 아닌 강호인들, 그것도 얼마 전 산서 홍락방을 치러 갔다가 오히려 멸문하고 만 패검문의 잔당들로 밝혀졌습니다. 해서 한중지단에 긴급 명령을 내려 토벌케 하였으나… 후우!"

복수동이 눈살을 찌푸리며 고개를 저었다. 그가 말을 끊어버리자 이미 대강의 사실을 알고 있는 운현자와 황학자도 낮게 한숨을 쉬었다.

왕세천으로서는 답답하기 그지없었다. 세 사람의 표정으로 보아서는 단순히 토벌에 소극적인 자세 때문만은 아닌 듯했기 때문이다. 그 정도라면 직무태만으로 강력한 경고 수준의 징계 처리를 하면 그뿐이었다. 그 이상의 무엇인가가 있으니 지금 같은 분위기이리라. 게다가 지금 복수동이 말하는 사항들은 엄밀히 따지면 복수동의 정보에 따라 총순찰인 왕세천 그가 해야 할 일이었다.

"도대체 무엇이오?"

복수동은 운현자를 바라보며 서류를 톡톡 두드렸다. 운현자가 무겁게 고개를 끄덕이자 복수동은 서류를 통째로 왕세천에게 밀었다.

"입에 담기도 싫소이다. 직접 보시구려."

왕세천은 급히 서류를 받아 직접 읽었다. 그의 두 눈이 점점 커지고 그의 얼굴이 점점 일그러졌다.

"이게 사실이오?"

서류를 덮은 왕세천이 복수동에게 묻자 그가 무겁게 고개를 끄덕였다.

"이 사람이 직접 가서 내사한 일이오."

"하아! 공만수 그자가 아무래도 세가를 꿈꾸나봅니다."

서류의 내용은 간단명료했다. 북도련 한중지단주 공만수가 한중현령과 결탁하고 그것도 모자라 마적들을 직접 끌어들여 한중 인근 평야지대의 마을을 청소하고 헐값으로 땅을 사들이고 있었다.

처음부터 공만수를 의심한 것은 아니었다. 공만수는 한중제일문파인 오뢰장의 장주이자 명망 높은 화산 속가였고, 그의 오뢰표국 또한 마적들에게 피해를 입은 적이 있어 한동안 의심의 눈길을 받지 않았다. 그러나 복수동이 직접 은탐대를 지휘하여 내사한 결과 몇몇 한중 사람들에게 독점 매입된 땅이 사실상 공만수의 소유로 밝혀졌다. 그리고 지단의 제자들 가운데 공만수의 심복이라고 할 수 있는 몇몇이 패검문의 잔당들과 회합을 가진 일도 사실로 확인되었다.

왕세천은 하얗게 질려 운현자에게 고개를 숙였다.

"제 불찰입니다. 공만수 이자의 행실이 바르지 못함을 알고도 각별히 신경 쓰지 못했습니다. 죄송합니다."

운현자는 고개를 저으며 말했다.

"그게 어디 왕 순찰만의 잘못인가? 자네는 지금 시급하게 하고 있는 일이 있지 않은가? 잘잘못을 따지자면 그런 자를 지단주 자리에 앉힌 이 사람이 잘못한 걸세. 어쨌든 이미 일은 벌어졌네. 어떻게 수습할 것인가가 더 중요하네. 자! 여러분, 이 일을 어떻게 처리하는 게 좋겠소?"

황학자가 말했다.

"이런 자를 두고 호부의 견자라고 해야 하지 않겠소? 사안의 중요성을 생각해 볼 때 엄히 다루어야 하나, 그렇다고 쉽게 처리할 수는 없소이다. 공만수 이자의 죄는 괘씸하기 그지없지만, 그의 선친 공 호법은 본 련의 창설에 관여한 일대 대협이었소. 사실 그자가 지단주의 자리에 앉은 것도 다 공 호법의 후광 때문이 아니겠소? 더구나 그자는 이미 한중지단을 사병화 해둔 것 같구려. 직위를 해제하고 따로 사람을 내려보낸다 해도 충돌을 일으키기 십상이오."

왕세천은 고개를 숙인 채 주먹을 불끈 쥐었다. 제검전으로 인하여 위기의식이 가득한 때였다. 산서의 힘을 하나로 결집하여도 살아남기 힘든 이때 분란을 조장하는 자가 있다면, 그자야말로 섬서무림의 공적이나 마찬가지였다.

'일벌백계! 단호히 처리해 버려야 해.'

움켜진 그의 주먹에서 뽀도독 소리가 나자 운현자 등이 일제히 그를 주시했다.

왕세천은 두 눈에 결연한 의지를 담고 고개를 들었다.

"본 련의 십이 개 지단을 모두 물갈이하지요."

운현자가 눈을 뚱그렇게 뜨고 물었다.

"다 갈아치우자는 건가? 반발이 심할 걸세."

황학자도 회의적이었다.

"잘하고 있는 자들도 있소. 벼룩 한 마리 잡자고 초가삼간을 다 태우자는 거요?"

왕세천의 눈빛은 확고했다.

"제검전 때문에 본 련 또한 나름대로 내실을 다지고 있습니다. 하나 이 같은 내부 쇄신 움직임이 지단에까지 영향을 미치지 못하는 것도 사실입니다. 변화가 너무 없었습니다. 고인 물이 썩는 것처럼, 지단주들을 한 자리에 너무 오래 묶어두니 이런 문제가 생기는 것이지요. 아시다시피 공만수를 징계하는 일은 간단히 할 게 아닙니다. 그러니 그 한 사람을 목표로 하는 것이 아니라 십이 개 지단주 전원을 본 련으로 불러들이고, 지단에는 종남과 화산의 속가들을 교차 배치하여 출신지에 지단주로 나가는 것 자체를 금지시키지요. 지단주에서 본 련으로 들어오는 것은 일단 영전이 되는 셈이니 한동안은 불만을 사지 않을 겁니다. 그때 각 지단주로 하여금 비밀감사를 실시하여 뿌리 뽑을 자들은 뽑아버리고 바로잡을 것들은 바로잡지요. 시간이 좀 걸리겠지만 장기적으로 보면 오히려 잘된 일입니다.”

운현자와 황학자, 그리고 복수동이 동시에 고개를 끄덕였다.

운현자가 말했다.

“한중지단의 문제는 좀 더 신경을 써야 할 것 같네만?”

“지단주로 누진 그 사람을 보내는 게 어떻겠습니까?”

“천의단주를?”

운현자 등이 동시에 이채를 발하며 왕세천을 보았다. 왕세천과 누진의 사이가 견원지간임을 잘 알고 있는 사람들이기에 한중지단 쇄신에 누진을 천거할 것이라고 상상하지 못했던 것이다.

왕세천도 그들의 반응이 무엇을 뜻하는지 잘 알고 있다는 듯 쑥스러운 미소를 지었다.

“개인적으로야 융통성없는 누 대주가 껄끄럽기는 합니다만, 그 사람만큼 믿을 만한 인물 또한 없습니다. 그를 보내면 제가 수를 써서 좌천시킨 것처럼 보일 테니, 공만수의 의심을 사지 않을 테지요. 일단 그가 자리를 잡으면 천의단 전원을 보내어 그 한중지단을 쇄신한 후 패검문의 잔당들을 토벌하면 될 일입니다.”

운현자와 황학자가 서로 눈빛을 교환한 후에 고개를 끄덕였다.

"좋아! 그 일은 그리 처리하기로 하고, 다음 사안은……."

운현자는 말을 끊고 자청을 바라보았다. 자청이 무심한 눈으로 마주 보자 운현자는 빙그레 미소 짓고 말을 이었다.

"황실의 진인 손도옥이 화산에 도움을 요청했소. 어릴 때 죽었다던 기 씨 소생의 황자가 살아 있다 하오. 만 귀비의 눈을 피해 황성 밖에서 지 냈다는데, 이번에 황제가 동창제독 이신충을 통하여 황자의 존재를 알게 되었다 하는구려. 그동안 태후가 만 귀비의 위협으로부터 남몰래 보호해 왔다 하는데, 황제가 하루 빨리 보기를 원한다는구려. 가능하면 오랫동 안 황성 밖에서 지내게 하고 싶으나 황제의 건강이 그리 좋지 않아 어쩔 수 없이 환궁을 시켜야 한다 하오. 만 귀비 측에서는 어떻게든 저지하려 할 것이오. 손 진인이 부탁한 것은 황자의 보표요. 국사 계효는 따로 소 림을 통하여 혼원당에 도움을 요청한 것 같소."

지금까지 입을 다물고 묵묵히 듣고만 있던 자청이 처음으로 입을 열었 다.

"진인 손도옥? 본 산에 제가 모르는 제자가 있습니까?"

운현자 등이 그 순진한 질문에 너털웃음을 터뜨렸다.

"허허허! 아무리 겁밖에 모르는 자네라고는 하나 손 진인을 모른단 말 인가? 손 진인은 황제로부터 진인의 칭호를 받은 사람일세. 본 화산파의 제자는 아니라고 하나, 화산의 제자인 것은 틀림없지. 그는 선영곡(仙影 谷) 출신일세."

"아! 그렇다면 연단파(鍊丹派)?"

화산에서 수련하는 도사들이 모두 검파 화산의 제자는 아니다. 화산의 영기 아래 홀로 수련하는 사람도 있고, 몇 사람이 모여 하나의 방편을 추 구하기도 한다. 그들 가운데 가장 대표적인 문파가 검파 화산, 백선곡(白 仙谷)에서 수련하는 부주파, 선영곡에서 수련하는 연단파가 있다. 그 가운데 검선을 추구하는 검파 화산이 그 규모면에서 가장 크기 때문에 세상 사람들이 화산파라고 말하면 보통 검파 화산을 지칭하는 것이다.

왕세천이 걱정스러운 눈빛으로 자청을 본 후 운현자를 향해 말했다.

"제검전이 개입할 수도 있습니다. 간단히 생각할 문제가 아닙니다만."

운현자가 무겁게 고개를 끄덕였다.

"맞네. 제검전이 나서기 십상이지. 황자의 귀환을 방해한다는 것 자체가 황제의 뜻에 반하는 것이니 만 귀비의 세력이 전면에 나서기는 힘들지 않겠는가? 동창이 이신충의 손에서 벗어났다 할지라도 그의 눈만큼은 무시할 수 없는 일이고, 서창 또한 함부로 나서지 못할 일이야. 만 귀비의 영향력 아래 있는 군부라 할지라도 대놓고 역모자 노릇을 하지는 않을 것일세. 결국 강호의 인물들을 부리기 쉽지 않겠는가?"

복수동이 근심 어린 목소리로 말했다.

"지금 제검전과 부딪치는 게 현명한 일일까요?"

운현자의 눈빛은 단호했다.

"이 일은 본 련의 미래를 위해서라도 반드시 해야 하네. 황자가 무사히 귀환하면 점차적으로 만 귀비의 영향력이 줄어드네. 결국 제검전의 입지도 좁아지게 될 것일세. 또한 제검전과 충돌한다 해도 그 일을 시빗거리 삼아 공개적으로 우리를 치지는 못하네."

왕세천이 부언했다.

"그것을 명분으로야 못 치지요. 그리하면 역모했다고 공언하는 것이나 마찬가지일 테니까요. 어차피 제검전과 우리는 적입니다. 이번 일을 제대로 하면 장차 황실을 등에 업지 못한 제검전과 싸울 수 있게 될 겁니다. 제검전과 춘추련의 싸움 과정을 상기해 보면 아실 겁니다. 관이 싸움에 직접 뛰어들지는 않았으나 뒤치다꺼리는 모두 관에서 해주었지요. 그렇게 많은 사람이 죽었는데 관이 아무런 문제 삼지 않았다는 것만으로 증명할 수 있는 일이지요. 황자가 힘을 얻으면 그게 안 됩니다. 그것만으로도 제검전이 적극적으로 공세를 펼치지 못한다는 소리지요."

운현자가 말했다.

"그래서 하는 말일세. 이번 일은 자청 자네가 맡아주어야겠네. 호위군이 붙을 테니까 아직 미숙한 신검대를 데리고 갈 필요는 없네. 장문 사제가 이번 사안의 중요성을 알고 매화오엽검수를 보낸다 했으니 그들을 이끌고 자네가 가게. 혼원당에서도 도움이 될 만한 사람을 보낼 것이야. 아니지. 내가 직접 청하여 그리 될 수 있도록 하겠네."

꼭 해야 한다는 것을 알면서도 불안하기 그지없던 왕세천의 눈빛은 운현자의 마지막 말에 점차 안정되어 가고 있었다.

'설마 만검혼 본인이 직접 나서지는 않겠지? 그럴 리가 없어.'

왕세천은 자청의 옆얼굴을 훔쳐보았다. 자청의 고집스러운 입매에 희미한 미소가 어려 있는 것을 확인한 왕세천은 불안감이 가시지 않던 눈빛을 차분히 가라앉힐 수 있었다.

*   *   *

안 그래도 오만상을 찌푸리고 있던 잿빛 하늘이 차가운 북풍의 한기에 놀라 흐느끼기 시작했다. 투명한 눈물은 시린 북풍에 다시 시달려 서리가 되었고, 대지는 하늘의 하얀 눈물을 품고 다독여 촉촉한 슬픔에 동조했다. 늦은 시월, 첫눈이었다.

우쟁천은 마당에 쪼그리고 앉아 땅에 닿자마자 녹아버리는 첫눈을 멍하게 바라보았다.

"벌써 눈이야? 올해도 다갔군. 세월 정말 빠르네."

바쁘게 살다 보니 세월 가는 줄도 모르고 있다가 눈을 보고 새삼스럽게 나이를 느꼈다. 해 지나면 스물아홉. 한 살 더 먹는 게 무슨 대수냐고 생각하고 살다가 이십대의 마지막 해를 맞이한다 생각하니 까닭 모르게 감상에 빠졌다.

"어휴! 셋은 낳아야 되는데, 하나도 소식이 없네. 씨가 문제야, 밭이 문제야? 하늘에 자주 올려 보내주는데 왜 별을 못 딸까? 노력하는 내 생각해서 올라가는 척만 하는 건가?"

우쟁천은 벌떡 일어나 소리쳤다.

"안 되면 되게 하면 되지. 될 때까지 계속!"

우쟁천은 양손을 허리에 올리고 허리로 원을 그렸다.

"달밤도 아닌데 그게 무슨 짓이오?"

고개를 돌려보니 옥유산이 고개를 갸우뚱거리고 있었다.

"총각은 몰라도 돼, 인마!"

다른 때 같았으면 발끈했을 말이건만, 옥유산은 빙그레 미소 지었다.

"그렇소? 뭐, 곧 알게 되겠네."

옥유산의 묘한 반응 때문에 우쟁천은 다시 고개를 비틀었다. 그는 모로 고개를 비튼 채 말했다.

"너 뭔가 분위기가 좀 다른 거 같다?"

옥유산은 벙긋 웃으며 두 팔을 좌우로 벌렸다. 그때서야 우쟁천은 뭐가 다른지 알 수 있었다.

"어? 돈 좀 썼네."

평소와 다름없는 붉은 옷이었지만 천이 달랐다. 은은하게 반짝이는 것이 흔한 면포가 아니라 상질의 비단이었다. 그것도 비단 장삼에 바지까지 비단이었다. 작은 키가 더 똘똘 뭉쳐 보이는 경향은 있었지만 평소의 옥유산답지 않게 깔끔하게 보였다.

"요번에 경사 가서 무리 좀 했는데, 어떻소?"

우쟁천은 아예 돌아서서 옷차림을 유심하게 살핀 후 심드렁하게 대답
했다.

"옷은 좋네."

"쳇! 잘 어울린다고 해주면 혀에 바늘이 돋소?"

"크크크! 그런데 무슨 일이야? 어라? 칼집도 바꿨네? 도파까지? 하! 아
주 붉은색으로 떡칠을 했구나. 바람났냐?"

"내가 바람이 어떻게 나오, 총각인데!"

옥유산은 냅다 소리 지르고 계단 아래로 내려갔다.

"야! 오자마자 어디 가? 너 진짜 수상쩍다. 어디 가는데?"

그토록 가기 싫어했던 두 번째 경사행에서 돌아온 것이 오늘 낮의 일
이었다. 채 세 시진도 못 지나 잔뜩 멋을 부리고 나가니 궁금할 수밖에
없었다.

옥유산은 뒤도 돌아보지 않고 소리쳤다.

"상관마쇼!"

우쟁천은 대문을 나서는 옥유산을 빤히 바라보다가 고개를 갸웃거렸
다.

"틀림없지. 저놈 저거 여자 생겼어. 호오! 경사났네. 저걸 어떻게 치우
나 했는데 자력 구제하려나 보네. 어떤 여잘까? 착하기는 하겠지?"

우쟁천은 빙그레 미소 지으며 걸음을 옮겼다. 갑자기 바람이 세차졌
다. 싸라기눈이 얼굴을 두드렸다. 영빈각의 외각을 돌아 방향을 바꾸니
바람도 방향을 바꾸어 등을 떠밀었다.

"허! 그놈 참! 따뜻하지도, 부드럽지도 않은 놈이 왜 이렇게 따라다
녀?"

다시 방향을 꺾으려는데 두런두런 말소리가 들려왔다. 우쟁천은 발걸
음을 멈추고 소리에 귀 기울였다.

"너 내가 정말 좋니?"

우쟁천은 깜짝 놀라 전각의 기둥에 달라붙었다. 설마 저런 말이 적무경의 입에서 튀어나올 줄은 상상도 하지 못했다. 우쟁천은 조심스럽게 고개를 내밀어 처마 밑에 나란히 앉아 있는 적무경과 소축을 확인하고 공력을 돋워 귀를 활짝 열었다.

"예!"

'그렇지. 이거 재밌게 됐구나. 소축아, 힘내라!'

잠시 침묵이 흐르고 적무경이 다시 말했다.

"나 재미없는 사람이다. 게다가 언제 죽을지 모르는 강호인이야. 능력도 없거든. 돈 같은 거 벌줄 몰라. 권력 같은 거 관심없어. 도대체 널 무슨 수로 행복하게 해줄 수 있는지 알 수가 없다. 하지만 말이다, 너 하고 같이 있으면 넌 어떨지 몰라도 나는 기분 좋을 거 같다. 이걸로 되겠니?'

'어쭈? 저놈 봐라? 저거 청혼이잖아? 곰도 구르는 재주가 있다더니.'

그때 소축이 벌떡 일어나 적무경에게 손가락질했다.

"앗! 이렇게 길게 말할 줄도 알았어요? 이럼 된 거예요. 다른 건 다 필요 없어요. 전 대가만 있으면 돼요. 아니다! 돈, 권력, 관심없다 했지요? 다른 여자한테도 관심없어야 해요!"

소축은 천천히 고개를 끄덕이는 적무경의 옆자리에 바짝 붙어 앉았다. 적무경은 천천히 손을 들어 손바닥으로 소축의 머리를 툭툭 두드렸다.

"앗! 이런 식으로 머리 두드리지 말아요. 자! 이렇게."

소축은 허공에 떠 있는 적무경의 손을 두 손으로 끌어당겨 제자리에 놓고 팔짱을 끼었다. 그리고 혀를 쏙 내밀고 머리를 적무경의 어깨에 기대었다. 적무경은 어색한 듯 헛기침을 하고는 왼손을 뻗어 소축의 앞머리를 쓰다듬었다. 소축은 움찔했지만 곧 깜찍한 미소를 지으며 지그시 눈을 감았다.

두 사람의 침묵에 답답해진 것은 우쟁천이었다.

'에게? 겨우 그 정도로 끝이야? 그럼 안 되지.'

우쟁천의 입가에 짓궂은 미소가 감돌았다. 그는 재빨리 뛰어나가 두 사람의 맞은편에 섰다. 너무 빨리 움직인 바람에 두 사람은 서로에게 기대고 있던 자세를 허물지 못하고 눈만 부릅떴다.

우쟁천은 혀를 차며 고개를 저었다.

"쯧쯧쯧! 이거 홍락방이 아니라 연풍방으로 개명해야겠다. 이렇게 춘풍이 부니 눈이 내려도 쌓일 턱이 없지."

우쟁천의 말이 끝나고 나서야 두 사람은 정신을 차리고 서로에게서 떨어져 앉았다. 우쟁천은 눈을 가늘게 뜨고 붉게 달아올라 있는 두 사람의 얼굴을 차분히 바라보았다. 그리고 소축에게 눈길을 고정시킨 후 말했다.

"앙큼한 것 같으니라고!"

소축은 고개를 숙인 채 검지로 면포 누비옷의 끝자락을 잡아 말고 풀기를 반복했다.

우쟁천의 눈길이 적무경에게로 옮겨졌다. 적무경은 진작부터 우쟁천을 외면하고 있었다.

"무경이 너! 내가 네 안사람은 반드시 내가 구해준다고 했어, 안 했어?"

그 순간 소축이 고개를 빳빳이 들고 도끼눈을 뜬 채 소리 질렀다.

"방주!"

우쟁천은 과장되게 펄쩍 뛰어 뒤로 물러났다.

"에구, 무서워라. 남편 잡아먹을 눈이구나. 나 말이야, 방주야, 방주! 감히 누구 앞에서 도끼눈을 뜨고 소리를 질러? 무경이 너 다시 생각해 봐라. 너 평생 잡혀 산다."

"방주우!"

우쟁천은 별각으로 향하는 계단까지 물러서서 손을 저었다.

"알았다, 알았어. 가면 되잖아, 이 계집애야! 아! 이제부턴 제수씨라고 불러야 하나?"

얼굴을 구긴 우쟁천은 몸을 돌려 계단에 올라섰다. 두 손을 허리에 얹고 씩씩거리는 소축의 모습이 보지 않아도 눈앞에서 아른거렸다. 피식 웃으며 두 계단을 오른 우쟁천은 다시 몸을 돌려 적무경에게 말했다.

"흥! 이놈아! 이왕 일을 저질렀으면 진도 팍팍 나가라. 그게 뭐냐? 좋은 입술 놔두고 머리는 왜 쓰다듬어? 손은 나중에 다른 데서 현란하게 써."

적무경도 마침내 소리 지르고 말았다.

"형님!"

우쟁천은 신경도 쓰지 않고 소축을 바라보며 짓궂게 미소 지었다.

"소추욱! 아자!"

소축은 아랫입술을 지그시 깨물어 억지로 웃음을 참고 적무경에게 보이지 않도록 손짓했다, 빨리 올라가라고.

우쟁천은 킥킥거리며 돌아서서 위로 향했다.

"하여튼 못됐어."

소축은 우쟁천의 뒤통수를 하얗게 흘기고 적무경을 훔쳐보다가 슬며시 그의 팔을 잡아당겨 원래 앉아 있던 곳에 앉혔다. 그리고 다시 그의 팔짱을 끼고 조심스럽게 어깨에 기댔다.

두근! 두근! 두근!

심장박동이 점점 빨라졌다.

'들릴까? 들렸으면 좋겠다.'

그때 위에서 우쟁천이 흥얼거리는 소리가 들렸다.

꿀 같은 입맞춤
온몸이 짜르르르르
서둘지는 말아야지
코피 날지 모르걸랑.
가인은 눈을 감고
장부는 뺨을 감싸고
고개를 모로 비틀어
숨결부터 빨아 마시자.
콩닥콩닥 어쩌나
쿵쾅쿵쾅 어쩌나
부딪쳤네 두 입술
가슴이 터져 버렸네, 얼씨구!

"하아!"

말도 안 되는 우쟁천의 즉흥곡이 끊어지자, 적무경은 한숨을 내쉬었고 소축은 화로처럼 얼굴을 붉혔다. 그리고 또다시 어색한 침묵이 흘렀다.

소축은 목석같이 앉아 있는 적무경의 옆얼굴을 훔쳐보았다. 먼저 말하지 않으면 그 자세 그대로 밤을 샐 것 같았다. 아랫입술을 깨물고 팔짱 낀 팔에 은근히 힘을 주었다. 그리고 어깨에 기댄 머리에 힘을 실었다. 우쟁천이 운을 띄워줬는데도 꼼짝을 하지 않으니 숨통이 막힐 것만 같았다.

'해봐, 이 바보야! 이렇게 눈치를 줘도 몰라?'

적무경은 오른쪽 반신에서 느껴지는 은근한 압박감과 처음 느껴보는 여인의 향기에 굴복했다. 소축의 자세가 무너지지 않도록 조심스럽게 몸을 비틀었다. 어깨에 닿아 있던 소축의 머리가 자연스럽게 그의 품 안으로 빠져들었다.

소축은 뺨과 귀를 통해 느껴지고 들려오는 적무경의 심장박동에 환한 미소를 짓지 않을 수 없었다. 그의 가슴도 그녀만큼 두근거리고 있었다. 그때 적무경이 팔에서 소축의 팔을 부드럽게 떼어내고 천천히 두 손을 움직여 뜨겁게 달아오른 소축의 두 뺨을 감싸 쥐었다.

소축은 적무경이 힘들지 않도록 그의 가슴에서 머리를 자연스럽게 떼어냈다. 적무경과 소축의 눈이 얽혔다. 소축은 부끄럽다는 듯 눈을 감았다.

적무경은 딱딱하게 굳은 얼굴로 소축의 얼굴을 내려보다가 무언가 큰 결심을 한 듯 입술을 깨물었다. 그리고 조금 전 우쟁천이 흥얼거렸던 그 엉터리 노래를 상기했다.

적무경은 천천히 고개를 숙였다. 열병에 걸린 듯 뜨거운 소축의 이마에 자신의 이마를 가져다 붙였다. 파르르 떨리는 소축의 눈썹을 보면서 적무경은 조심스럽게 소축의 머리를 비틀었다.

"이, 이렇게?"

적무경의 목소리가 떨리고 있었다. 대답하는 소축의 목소리도 떨렸다.

"아, 아무렇게나."

꾹 다물고 있던 소축의 입술이 살짝 벌어지는 순간 적무경은 우쟁천의 말처럼 향기로운 숨결을 느꼈다. 그래서 그 향기를 마시듯 따라가 소축의 작은 입술에 자신의 입술을 얹었다.

꿀보다 달콤하다는 첫 입맞춤이건만, 소축은 아무것도 느낄 수 없었다. 입맞춤을 했다는 것만으로 그저 혼몽 속에서 오락가락할 따름이었다. 적무경도 마찬가지였다. 가슴은 쿵쾅거리건만, 입술은 마비된 듯 느낌이 없었다. 어떻게든 느껴보려고 가볍게 대었던 입술을 내밀고 힘을 실어보았지만 입술은 긴장한 어깨 근육처럼 단단해질 따름이었다. 미숙한 밤이었고, 정신 나간 밤이었다.

"어? 또 나가네? 요새는 정말 자주 나가. 잘 다녀와. 술 너무 많이 마시지 말고, 밤길 조심하고. 으음! 그리고 여자는 특히 조심하고!"

옥유산은 나가다 말고 돌아서서 우쟁천을 노려보았다.

"도대체 언제까지 할 거요?"

우쟁천은 주위에서 딴청 부리는 사도성 등을 둘러보며 대답했다.

"보여줄 때까지려나?"

"쌀이 밥솥에 들어갈 때쯤이면 소개하겠소. 아직은 때가 아니란 말이오."

옥유산은 할 말만 하고 돌아서서 급히 대문을 빠져나갔다.

우쟁천은 옥유산의 신형이 어둠 속에 파묻히는 그 순간 평상에서 벌떡 일어났다. 사도성도 그러했고, 적무경도 그러했다. 오직 한 사람 방도렴만이 그 자리에 그대로 앉아 있었다.

사도성이 의아한 눈빛으로 방도렴을 바라보았다.

"넌 안 갈래?"

"난 됐어. 같이 자줄 여자도 아니고, 맛있는 밥해줄 여자도 아닌데 내가 뭐 하러 가."

우쟁천이 말했다.

"그래도 궁금하잖아. 같이 가보자."

"됐소. 두 달 돌아다닌 거로 충분하오."

방도렴 등은 지난 두 달 동안 산서 외곽을 순례하며 모두 스물한 개의 마적, 산적과 악명 높은 소방파들을 정리한 후 이틀 전에야 돌아왔다. 원래의 예정된 일정보다 조금 더 오래 걸렸는데, 현지 사정으로 인해 예상보다 시간이 더 걸린 면도 있었고, 현지에서 얻은 정보에 예정에 없던 방파 두 곳을 정리하면서 시간을 허비한 탓도 있었다. 하지만 그 결과만큼은 만족스러웠다. 처음 몇 번은 시행착오를 겪었지만, 뒤로 갈수록 방식이 세련되어져 이제는 토벌 과정의 수순을 정할 정도에 이르러 있었다. 게다가 산서 외곽을 한 바퀴 도는 동안 소문도 같이 돌아 '억울한 일이 생기면 태원 홍락방으로 가라' 는 말까지 나돌고 있었고, 살아남은 토벌 대상들의 입을 통하여 '도둑질, 강도질, 강간질 하려거든 산서를 벗어나서 하라' 는 말도 나돌았다.

"그래? 알았다. 갈 사람은 빨리 가자. 이러다가는 오늘도 놓치겠다."

우쟁천이 앞으로 튀어나가자 사도성과 적무경도 허공으로 튀어 올랐다.

혼자 남은 방도렴은 쏜살같이 사라져 가는 그들 가운데 적무경의 뒷모습을 유독 주시하며 고개를 갸웃거렸다.

"저 자식은 왜 따라가는 거야? 저럴 놈이 아닌데?"

방도렴의 말대로 적무경은 따라가고 싶지 않았다. 하지만 우쟁천이 문제였다. 괜한 걸 엿보고 나서 심심하면 놀려대니 이제 짜증이 날 정도였다. 만약 옥유산이 잘 되면 혹시나 우쟁천의 놀림에서 벗어날 수 있을까 하는 심정으로 남몰래 응원하러 가는 것이었다.

옥유산 그가 소인향이라는 여인을 만난 것은 정말이지 우연이었다. 그가 첫 번째 경사행을 나서기 한 달 전, 비가 추적추적 내리던 날이었다. 옥유산은 수련생들의 가쁜 숨소리 뒤에 숨겨져 있던 낮은 흐느낌을 포착하고 산책로를 벗어났다. 그때 그녀를 보았다. 거친 마포장의를 입고 머리를 풀어헤친 여인의 전신은 젖은 흙으로 도배되어 있었다. 손은 물론 얼굴마저도 흙이 잔뜩 묻어 생김새를 분간하지 못할 정도였다. 만약 그녀 옆에 마포로 둘둘 말아둔 시신 한 구와 곡괭이를 발견하지 못했다면 옥유산은 그녀를 미친 여자라고 생각했을 것이다.

여인의 흐느낌에 가슴이 절절해진 옥유산은 아무런 말도 하지 않고 그녀를 도왔다. 오랫동안 팠을 거라고 짐작되는 암묘 자리에 시신을 넣고 흙을 덮어 소담한 봉분을 만들어주었다. 그가 그 일을 대신하는 동안 여인은 멍한 눈으로 지켜만 보고 있었다. 그리고 그 일이 끝난 순간 여인은 아무 말도 하지 않고 대신 고개를 숙였다.

옥유산은 여인의 감사 인사에 답례 인사를 하고 돌아서려 했다. 하지만 기력을 잃은 여인은 걷지도 못하고 제자리에 주저앉아 버렸다. 옥유산은 어쩔 수 없이 그녀를 업고 그녀의 집으로 향했다. 집은 의외로 가까이 있었다. 태원과 홍락방으로 오가는 길목에서 조금 벗어난 곳이었다.

옥유산은 아무도 없는 썰렁한 집에 그녀를 놓아두고 돌아왔다. 이름을 알려주고 알아볼 여유도 없이 돌아왔다. 밤새도록 마음에 걸려서 잠을 잘 수가 없었다. 여자로서 특별한 의미를 둔 것은 아니었다. 그냥 안쓰럽다고 생각했을 따름이었다. 이왕 도움을 준 것, 조금 더 살펴주고 싶었기에 다음날 짬을 내어 여인을 찾아갔다.

여인은 전날과 마찬가지로 멍한 얼굴을 한 채 그를 맞았다. 다른 것이 있다면 전신을 가렸던 흙 옷을 벗어버리고 창백한 얼굴을 드러내고 있다는 것뿐이었다. 하지만 그 모습을 본 순간 옥유산은 혼몽 속에 빠져들었다. 아름다웠다. 백가현처럼 절세가인이라고는 할 수 없지만, 어떠한 어려움에 처하더라도 보호해 주고픈 본능을 자극하는 청순가련한 여인이었다.

여인은 말도 못하고 어찌할 바를 모르는 옥유산에게 슬픈 미소를 지어 보이며 자리를 권했다. 차를 대접받았고 소인향이라는 이름을 들었다.

처음이었다. 여인은 한순간이라도 옥유산을 외면하려는 기색을 보이지 않았다. 그러한 그녀의 태도는 그에게 있어 그녀의 아름다움보다도 더 충격적이었다. 용기를 내어 혹시 필요한 것 없느냐고, 혹시 다시 찾아와도 되겠느냐고 물었고, 그녀는 슬픈 미소를 지으며 고개를 끄덕였다.

옥유산은 그날도 잠을 자지 못했다. 수련생들의 구령 소리가 작아도 피식거렸고, 우쟁천이 건드려도 실실거렸다. 수련 시간이 끝난 그 순간 그는 쏜살같이 금보가로 달려가 닥치는 대로 음식을 샀고, 그녀의 아름다움을 가리는 무명옷을 떠올린 후 수수한 비단옷도 샀다.

여인은 옥유산 앞에서 그가 준비해 간 음식을 맛있게 먹었다. 다음번에는 그녀가 직접 음식을 마련하여 대접하겠다는 말을 듣는 순간 옥유산은 땅을 밟지 않고도 뛰어다닐 것만 같았다. 하지만 그녀는 옥유산이 사간 비단옷은 받지 않았다. 그가 실망하여 고개를 숙이자 여인은 귀퉁이가 떨어져 나간 장에서 몇 벌의 화사한 비단옷과 패물들을 꺼내 보이며 앞으로도 입지 않을 옷들이라고 말했다. 이유를 물으니 그녀는 주저주저하다가 자신의 전직이 홍기였음을 밝혔다. 비단 옷을 입으면 다시 그때의 일이 떠오를 것 같아 입지 않는 것이라고 말했다.

실망했냐는 말에 옥유산은 뛸 듯이 기뻤다. 당장이야 한없이 빨려드는 마음을 주체하지 못해서 쫓아다니고 있지만, 밤마다 언감생심 자신이 욕심낼 만한 여인이 아니라며 괴로워했었다. 그런 그녀에게 남들이 말하는 흠, 옥유산에게는 어떻게든 다독이고 어루만져 줄 수 있는 상처가 있다고 하니 조금은 용기가 생겼던 것이다.

그날 이후 옥유산의 삶은 꽃과 나비가 어울리고 푸른 산과 맑은 강이 어우러지는 무릉도원에서의 삶이나 마찬가지였다. 단 한 가지 괴로운 때가 있었다면 금보가의 일로 경사에 다녀와야 했던 때였다. 지옥으로 끌려가는 심정이었지만, 방도렴 등이 출정한 것에 비하면 아무것도 아니었기에 어쩔 수 없이 다녀와야 했다.

두 번째는 더 지독했다. 한 사람을 사랑한다는 것이 그렇게 행복한 일인지 몰랐고, 사랑하는 사람을 보지 못한다는 것이 그토록 괴로운 것인지 몰랐다. 하지만 이제 다 끝난 일이었다. 다음번 경사행은 사도성이 대신 가준다고 약속한 때문이었다.

“이런 나라도 괜찮겠소?”

옥유산은 눈앞에서 흐르는 강가의 바람맞은 갈대들처럼, 세차게 흔들리는 눈으로 소인향을 바라보며 물었다.

소인향은 양팔을 교차시켜 어깨에 걸친 두꺼운 무명 누비옷을 잡아당기며 옥유산의 두 눈을 직시했다. 흔들림없는 두 눈과 슬프도록 시린 미소가 옥유산의 눈 가득 들어왔다. 대답을 듣지 못해도 좋았다. 외면하지 않고 그렇게 직시해 주는 것만으로도, 웃음 지어주는 것만으로도 충분했다. 그런데도 소인향은 기꺼이 대답해 주었다.

“당신이 어때서요? 당신은 누구보다도 따뜻한 사람이에요. 당신은 누구보다도 예의 바른 사람이고, 누구보다도 경건한 사람이에요. 전 당신 곁에 있는 것만으로도 포근함을 느껴요.”

옥유산은 기쁨으로 가득 차서 몸서리치며 용기를 내어 소인향의 왼손을 그러쥐었다. 소인향은 부끄러운 듯 얼굴을 붉히며 고개를 숙였지만 손을 빼지는 않았다.

옥유산은 소인향의 부드러운 촉감을 느낄 새도 없이 확인하듯 물었다.

“정말 이런 나라도 괜찮소?”

소인향은 고개를 들고 손을 뺐다. 옥유산은 상실감에 한기를 느꼈다. 그 순간 소인향이 오히려 옥유산의 손을 감싸 쥐며 그의 얼굴을 똑바로 쳐다보았다.

“당신 정말 못생겼어요.”

옥유산은 시무룩해져서 자신도 모르게 고개를 숙였다.

"나도 알고 있소. 그래서 이렇게 묻고 있는 것 아니오."

"알아요? 당신은 못생겼지만 그 두 눈만큼은 정말 보석 같아요. 저 홍기였다고 했지요? 많은 남자를 만났어요. 그 가운데 잘생긴 사람도 많았지요. 하지만 그들 가운데 그 누구도 당신처럼 반짝이는 눈으로 나를 보아주지 않았어요. 욕정만 가득한 눈으로 바라봤고, 욕심을 채운 후에는 미련없이 떠나갔어요. 당신의 두 눈은 깨끗해요. 시궁창 같은 내 육체를 깨끗하게 씻어줄 것만 같아요. 돈 몇 푼 던져 주고 더럽다고 떠나지만 말아요. 그 눈에 경멸만 담지 않아준다면 전 충분해요."

옥유산은 소인향에게 쥐어진 손을 빼내어 다시 그가 그녀의 왼손을 감싸 쥐고 손등을 부드럽게 쓰다듬었다. 그리고 그 손에 눈길을 준 채 독백하듯 말했다.

"내 얼굴을 그렇게 똑바로 바라봐 준 여자는 당신이 처음이오. 나만큼 못생겼다고 생각한 여인들마저도 나를 똑바로 봐주지 않았소. 내 얼굴을 똑바로 봐주고 따뜻한 말을 해줄 수 있는 사람에게서 내가 어떻게 떠날 수 있겠소? 천하에 단 한 사람일지도 모르는데 내가 당신을 떠나 어디로 갈 수 있단 말이오?"

옥유산은 감격에 목이 메어 말을 잇지 못하고 유난히도 하얀 소인향의 손등에 이마를 대었다. 소인향은 무릎 위에 올려둔 오른손으로 옥유산의 머리를 쓰다듬었다.

"내 아버지는 전신에 화상을 입고 오래도록 고통 속에서 사셨어요. 참으로 끈질긴 게 사람 목숨이라더니 얼굴 껍질까지 홀랑 벗겨진 채로 이 년이 넘도록 사시더군요. 약값으로 가세가 기울어 어쩔 수 없이 저 스스로 홍기가 되었어요. 왜 그랬는지 저도 잘 모르겠어요. 고통밖에 남지 않은 삶이었으니 차라리 약을 끊어버렸다면 덜 고생하고 가셨을 텐데, 왜 그렇게 악착같이 연명하시게 했는지 모르겠어요. 그날 제가 많이 울었죠? 이제 와서 생각해 보니까 슬퍼서 운 것만은 아닌 것 같더라구요. 이제 끝났구나. 나 이제 행복해도 되는구나, 그렇게 해방감에 진저리친 것 같았어요. 당신 제 앞에서 못생겼다고 자책할 필요 없어요. 아버지에 비하면 잘 생겼는걸요. 욕망에 찌들지 않은, 죽여 달라고 부탁하지도 않는, 그 반짝이는 두 눈만으로도 당신은 잘생겼어요. 흙구덩이 속에서 몸부림치는 여자를 위해 아무런 말도 없이 도와주는 그 따뜻한 마음씨만으로 충분히 사내답다구요."

옥유산은 울고 싶었다. 머리를 쓰다듬는 그 부드러운 손길과 마음속에 숨어 있는 열등감을 다독이고 치유해 주는 그 따뜻한 목소리를 듣는 순간 목 놓아 울어버리고 싶었다.

'나도 남들처럼 평범하게 살 수 있다. 남편이 되고, 아빠가 되어 알콩달콩 살 수 있다. 아껴주리라. 하늘이 내 삶을 거둬가는 그날까지 오로지 이 여인만 아껴주며 살리라.'

옥유산은 터져 나오려는 해방과 감격의 눈물을 참기 위해 억지로 우스운 생각을 떠올렸다. 소인향이 부인이라면 내 자식은 나처럼 못생겨서 슬퍼하지는 않을 거라고, 나처럼 마음고생하지 않고 마음껏 사랑할 수 있을 거라고.

바로 그때, 좌측에서 지금은 절대로 듣고 싶지 않은 목소리들 가운데 한 사람의 목소리가 들려왔다.

"바, 방주! 안 돼!"

옥유산은 사도성의 외침 소리에 놀라 벌떡 일어났다. 십여 장 밖 바위 뒤에서 시커먼 그림자가 튀어 올랐다. 낮게 떠 있는 만월 속으로 들어간 인영은 틀림없이 저주스런 우쟁천이었다. 혹시나 따라올까 두려워 금보가를 빙빙 돌고 다시 돌아와 남몰래 강가로 나왔는데, 기어이 따라온 것이었다.

'이, 이런 젠장!'

꼬투리 잡힌 적무경의 하루하루가 얼마나 괴로운지 직접 보고 느끼고 있던 옥유산으로서는 절대 들키고 싶지 않은 광경이었다. 하지만 화를 낼 수 없었다. 소인향이 그럴 것이라고 믿고 있는, 순수하고 따뜻한 그 성격을 포기할 수가 없었다.

옥유산은 우쟁천이 내려설 공간을 가늠하고 그 즉시 앞으로 쇄도했다. 가까이 다가와서 소인향을 괴롭히기 전에 어떻게든 붙잡으려 했다. 그러나 그의 계산은 잘못된 것이었다. 우쟁천은 이미 그의 머리를 스쳐 지나치고 있었다. 그는 목을 뒤로 꺾어 멍한 눈으로 우쟁천의 그림자를 올려다보았다.

비뢰단천!

야공을 가로지르는 그 속도는 틀림없는 비마의 양대절기 가운데 하나인 비뢰단천이었다. 장거리에 유용한 능광신법과는 달리 단거리를 비쾌하게 이동하는 비뢰단천.

소인향을 보기 위해 비마의 절기까지 드러낼 줄은 꿈에도 상상하지 못한 옥유산은 그저 멍하게 바라볼 수밖에 없었다. 그러나 놀라움은 그것으로 끝이 아니었다. 우쟁천은 무려 칠 장을 가로질러 땅에 내려서자마자 다시 앞으로 쇄도했다.

챙!

번운이 포효하며 안광을 번득였다.

대기를 가르는 은빛 반월이 소인향의 가슴을 향해 날아가자 옥유산은 너무 놀라 소리도 지르지 못하고 땅에 주저앉아 버렸다. 그의 놀람은 그것으로도 끝나지 않았다. 속절없이 두 동강이가 날 것 같던 소인향이 마치 철판교를 펼치듯 뒤로 드러누웠다가 은광이 눈앞으로 스쳐 지나가는 순간 두 손을 머리 위로 뻗어 땅을 짚고 허공으로 튀어 올랐다.

우쟁천이 번운을 늘어뜨리고 멈춰 섰다. 소인향도 삼 장의 거리를 둔 채 멈춰 서서 우쟁천에게 눈웃음쳤다.

"이런! 이제 와서 방주께 왜 이러시냐고 물어봐도 소용없겠지요?"

달빛에 드러난 그녀의 하얀 얼굴에 요요한 미소가 어렸다. 그 순간 그녀의 치맛자락이 펄럭였고 머리카락이 팔랑거렸다.

옥유산의 얼굴이 하얗게 질렸다. 꼼짝할 수 없었다. 전혀 다른 사람이었다. 그가 알던 청순가련한 그 소인향이 아니었다.

"어, 어떻게?"

섬뜩한 요기를 품은 미소와 교태 어린 목소리를 확인하고도 믿을 수가 없었다. 홍기였기 때문에 나올 수 있는 기색이 아니었다.

"이건 꿈이야, 꿈이어야만 해."

아니라는 것을 알기에 더 이상 버틸 수가 없었다. 겨우 지탱하던 가슴이 무너졌다. 그때 우쟁천의 분노 어린 목소리가 그의 가슴을 한 번 더 찢어놓았다.

"늙은 계집! 재밌냐? 네가 저놈 가슴 찢어놓은 만큼 내가 너 찢어주마."

소인향은 한순간에 미소를 바꿔 겁먹은 소녀처럼 바르르 떨었다.

"아니옵니다. 소녀, 정말 저 사람을 사랑했습니다. 소녀를 믿지 못하시나요? 증거가 있잖아요? 저 사람 저렇게 쌩쌩하게 살아 있잖아요. 사랑도 죄인가요, 방주? 소녀는 사랑도 못하나요? 우리 그냥 사랑하게 해주면 안 되나요?"

금방이라도 눈물을 쏟아낼 것 같은 맑은 눈망울이 파르르 떨리는 순간 한줄기 향기가 우쟁천의 코끝을 건드렸다. 그가 코를 움찔거리는 순간 소인향은 또다시 미소를 바꿔 요요한 색기를 드러냈다.

"오호호호! 설마 재밌었을까요? 정말 미칠 뻔했다구요. 소녀는 어지간해서는 얼굴 안 가려요. 더구나 저자처럼 맛있는 공력을 가득 품은 인간은 눈을 감고라도 어떻게든 즐겁게 해주지요. 오늘 그렇게 해주려고 했지만 저 인간의 얼굴은 도저히……."

소인향은 갑자기 말을 끊고 눈가에 가득 주름을 잡았다. 우쟁천이 번운을 바닥에 떨어뜨리고 천천히 소인향에게로 다가갔다. 소인향은 말을 하느라고 팔성으로 늦췄던 발향미공을 극성까지 끌어올렸다. 전신에서 뿜어진 인정마향은 일단 중독이 되면 저항할 수 없다. 소인향은 우쟁천을 품에 넣는 순간 몸을 날릴 수 있도록, 공력을 용천혈에 집중시켰다.

"방주우!"

일이 어떻게 돌아가는지 몰라 옥유산의 좌우에 가만히 서 있던 적무경과 사도성이 흐느적거리며 앞으로 걸어가는 우쟁천의 모습을 보고 소리를 지르며 몸을 날렸다. 그 순간 소인향은 용천혈에 집중시켰던 공력을 거두어 천음편월지의 공력을 돋우고 우쟁천을 향해 마주 달려나갔다. 우쟁천을 인질 삼아 시간을 끌면서 다시 발향공에 집중하면 먹음직스러운 먹이가 셋으로 늘어나게 될 것이고 나머지 하나는 기꺼이 포기할 수 있을 거라는 계산이었다.

바로 그 순간 흐리멍덩하던 우쟁천의 두 눈이 차갑게 식었다.

소인향은 두 눈을 부릅뜨고 본능적으로 두 손을 들어올렸다.

파파파파팡!

우쟁천의 두 주먹과 소인향의 하얀 손이 눈에 보이지 않을 만큼 빠르게 교차했다. 기의 폭풍이 두 사람 사이를 갈라놓자 소인향은 정신없이 뒤로 물러섰다.

소인향은 실력으로 우쟁천을 당적할 수 없음을 깨닫고 허공에 뜬 채 바로 몸을 가볍게 하고 충돌의 여파에 몸을 실어 뒤로 주르륵 물러섰다.

바로 그 순간 우쟁천이 소멸되는 기의 폭풍 속에서 튀어나와 손을 뻗었다.

요기로운 반월들이 소인향의 손끝에서 튀어나왔다. 우쟁천은 두 손을 휘둘러 은빛 반월들을 일일이 걷어내고 주먹을 내뻗었다.

"까악!"

소인향은 찢어져라 눈을 부릅뜬 채 우쟁천의 주먹과 부딪친 자신의 손끝이 부러져 나가는 것을 보았다. 붉은 피에 물든 하얀 손톱들이 허공으로 튀어 올랐다. 손끝 마디마디가 부러지고 손목이 뒤집혔다. 팔꿈치가 꺾일 수 없는 바깥쪽으로 힘없이 꺾이는 순간 소인향은 고개를 숙였다. 그녀의 눈은 자신의 명치를 후려치는 솥뚜껑만 한 손을 확인하며 초점을 잃었다. 허공으로 피를 토하는 순간 목이 뒤로 꺾였다. 그리고 자신의 의지와는 상관없이 허공을 날았다가 바닥에 나뒹굴었다.

우쟁천은 느릿하게 삼 장을 걸어 소인향을 내려다보았다. 소인향은 꺼져 가는 눈으로 그를 올려다보며 안간힘을 다하여 말했다.

"어, 어떻게, 어떻게 인정마향에서 버, 벗어날 수 있었지? 너, 너란 놈은 어, 어떻게 나 같은 여자에게 이, 이렇게 무식한 실수를 쓸 수 있는 거야? 너 고자야?"

우쟁천은 소인향, 정확히 말하면 강호구마의 하나인 소향마녀 구소련을 무심하게 내려다보며 대답했다.

"내 마누라 못 봤어? 너보다 훨씬 예뻐!"

제대로 된 대답이 아니었다. 몸에서 은은한 향이 난다고 해서 이름이 인향이라고 옥유산을 속였지만, 우쟁천은 옥유산의 머리를 쓰다듬는 구소련의 손톱을 확인한 순간 확신했다. 그것으로도 모자라 번운을 휘둘러 정체를 재확인했고, 옥유산에게 납득을 시키기 위해 시간을 끌고 있었을 뿐이다. 한 번 중독되면 벗어나지 못한다는 것을 이미 막유수에게 들어서 알고 있었기에, 애초부터 숨을 멈춰 인정마향을 마시지도 않았다. 그 사실을 모르는 구소련은 우쟁천이 일부러 씰룩거린 코를 보고 중독되었다고 확신했던 것이다.

구소련은 원독에 찬 눈빛으로 노려보다가 저주를 퍼부었다.

"고자된 개자식!"

구소련의 목이 옆으로 꺾였다.

우쟁천은 구소련의 시신을 무심하게 바라보다가 슬그머니 주먹을 쥐어 찍듯이 내뻗었다.

픽!

강력한 권기가 구소련의 단전에 꽂혔다. 그 순간 구소련은 눈을 부릅뜨고 피를 토하며 사지를 부들부들 떨다가 숨을 거두었다.

정 심심하면 홍락방을 교란시켜 보라던 화천상의 한마디에 장난처럼 태원에 왔던 구대마인의 한 사람 구소련이 홍락방에 침투해 보지도 못하고 어이없이 죽었다. 정파의 세상에서 끈질긴 생명력을 자랑하던 강호구마는 좌룽에 이어 그녀까지 죽음으로서 강호칠마가 되었고, 우쟁천은 강호구마의 천적이 된 셈이다.

우쟁천은 구소련의 앞 머리카락들이 바람에 흩날리다가 뭉턱 빠져 날아가는 것을 보며 차갑게 말했다.

"내가 곰이냐, 뒈진 척하게? 속일 사람을 속여라, 할망구!"

우쟁천은 미련없이 돌아섰다. 그 순간 아름답던 구소련의 얼굴이 쪼그라들기 시작했다. 손이 쪼그라들고 목에 주름이 잡혔다. 단전이 파괴되는 순간 그녀에게만 유독 정지되었던 세월이 빠르게 흘러 단번에 목내이로 변해 버린 것이다.

우쟁천은 무심한 얼굴로 옥유산에게로 걸어갔다. 그리고 넋을 잃고 주저앉아 있는 옥유산의 어깨를 두드리며 위로의 말을 건넸다.

“못생겨서 다행이다.”

우쟁천은 옥유산의 어깨를 한 번 더 토닥이고 멀어져 갔다. 적무경과 사도성은 어이없다는 표정을 지으며 우쟁천의 뒤통수에 대고 소리없이 입술을 꼼지락거렸다.

우쟁천은 뒤돌아보지 않고 말했다.

“다 들려, 이 자식들아! 안 갈래? 너희들이 버티고 있으면 마음껏 못 울잖아? 빨리 와!”

적무경과 사도성은 불안한 눈빛으로 옥유산을 바라보다가 조심스럽게 그의 어깨를 어루만진 후 우쟁천의 뒤를 따랐다. 그들이 완전히 어둠 속에 묻힌 순간 옥유산은 두 주먹과 이마로 땅을 원망했다.

“으흐흐, 씨발! 으흐흐흐, 으허허허허허허허헝!”

“……그래서 지출 총액이 이천칠백육십두 냥입니다. 수익은 우선 두 번째 경사행에서 백이십 냥과 적 당주의 지난번 강남표행으로 삼백사십 냥이 전부입니다. 그러니까 적자 총액이 이천삼백두 냥이 되겠습니다. 아! 또 있네요. 그동안 아무도 손대지 않았던 평심전통에서 삼십 냥이 빕 니다. 그러니까 이번 달 적자총액은 이천삼백삼십두 냥이 되겠습니다.”

얼굴을 찡그린 채 좌구산의 사무적인 말투를 감내하고 있던 우쟁천이 놀라서 말했다.

“그놈! 겨우 삼십 냥 밖에 안 썼단 말이야? 공력 대신 쓴 건데 겨우 고 정도밖에 안 썼어? 그러니까 살았지.”

좌구산과 고서인이 의아한 눈빛으로 우쟁천을 바라보았다.

“그놈이라니요? 평심전 쓴 사람을 아십니까?”

“응. 우연히 봤어. 허공에 뿌린 거지만 하나도 안 아깝다. 에휴! 그나 저나 이번 달도 적자가 이천 냥이 넘는단 말이야? 이거 밑 빠진 독에 물붓는 격이잖아."

고서인이 말했다.

"아직 제대로 된 수입원이 없으니까요. 하지만 다음 달부터는 자비원과 홍락학당에 목돈을 투입하지 않아도 되니까 적자폭이 크게 줄어들 겁니다. 고정비만 지출하게 되면 사백 냥 내외의 적자가 예상됩니다."

우쟁천은 뺨을 긁적이며 고개를 저었다. 그리고 잠시 후 고서인을 바라보며 물었다.

"닷 냥으로 한 달 살기 버겁지 않소?"

고서인은 우쟁천의 질문을 단번에 이해했다. 예외적인 투자비 외에 앞으로 고정비 가운데 가장 큰 것은 개인당 닷 냥씩 지출되는 방도들의 월삯이 된다.

"방주! 소비 수준을 어디에 맞춰야 할지는 잘 모르겠습니다만, 닷 냥이면 보통 한 가정이 한 달 사는데 부족함이 없습니다. 특히 본 방의 경우 방 내에서 식사를 모두 제공하기 때문에 각 가정마다 한 입씩 줄이는 셈이지요. 저희 파성채 출신들은 아예 방 내에서 먹고 자기 때문에 사실 돈 쓸 데가 별로 없습니다."

"흠! 그렇소? 하지만 먹고사는 것만으로는 충분하지 못하오. 돈 때문에 마음이 흔들리는 일이 생기면 안 되는데."

우쟁천이 돈을 쓰는 기준은 여행 경비다. 태원에 있는 동안은 돈을 쓸 일이 거의 없다 보니 일반 가정에서의 소비 수준을 알 수 없는 것이다. 그런 까닭에 다섯 냥으로는 부족하게 느낄 수밖에 없었다.

좌구산이 말했다.

"그래서 평심전 제도를 두고 있는 것 아닙니까? 저희 이제 시작입니다. 모든 것을 충분하게 제공할 수는 없습니다. 앞으로 형편이 나아지면 그때그때 상향 조정하면 되지 않겠습니까?"

고서인이 덧붙여 말했다.

"그 돈으로 모자란다면 평심전이 줄어들어야 말이 됩니다만, 이번에 사용된 삼십 냥이 처음이었습니다."

우쟁천은 그래도 안심이 안 된다는 표정이었다.

"혹시라도 어려운데 견디는 사람이 있을지도 모르지 않소? 고 부당주는 일단 각 방도들의 가족 수와 형편을 확인해 보시오. 일률적으로 올려줄 형편은 못 되더라도 가족이 많은 사람들이나 곤란을 겪는 사람들은 조금이라도 더 배려해 줍시다."

돈을 알뜰하게 써야 하는 좌구산 부부의 입장에서는 못마땅한 일이었다. 형편이 어려운 사람에게 가끔 은전을 내리는 것 정도는 어디에나 있는 일이지만 매달 정기적으로 빠져나가는 월삯을 올리는 일은 경우가 다르다.

우쟁천은 두 사람의 표정을 읽고 다시 말했다.

"그러면 지원 방도는 나중에 따로 생각해 보기로 하고 일단 조사부터 해봅시다. 그리고 내년부터는 매달 오백 냥 정도의 고정 수입이 생길지도 모르겠소. 물주를 한 사람 물었다오. 그러니 너무 돈 걱정하지 마시오."

두 사람을 눈을 뚱그렇게 떴다.

"예? 물주가 누굽니까?"

"흠… 확정되면 알려주겠소. 곧 확답이 있을 거요."

좌구산과 고서인은 마주 보았다가 고개를 갸웃거렸다.

좌구산이 말했다.

"일단 말씀하신 대로 조사는 해보겠습니다. 그건 그렇고, 부인 영입 건은 어찌 되었습니까?"

"음… 요즘 철방에 일이 많아. 총관은 아무래도 무리인 것 같아."

독괴가 준 환강제조법 때문에 철방이 크게 확장되었다. 아직까지 제대로 된 환강을 뽑아내지는 못하고 있지만, 좋은 결과 보는 것이 그리 오래 기다릴 일은 아닌 듯했다. 그런 이유로 백가현이 철방에 붙어 있는 날이 많아졌고, 우쟁천은 우쟁천대로 계속 재촉하기가 쉽지 않았다.

고서인이 말했다.

"꼭 총관이 되셔야 할 필요는 없지 않습니까? 재정 분야 외에는 저희 두 사람이 어떻게든 꾸려나갈 수 있습니다. 게다가 그 일을 하신다고 꼭 방에 붙어 계실 필요는 없지요. 저희가 필요한 건 돈을 벌 수 있는 두뇌입니다."

"흠… 생각해 보니 그도 그렇구려. 그렇다면 내 떠나기 전에 다시 한 번 설득해 보겠소."

아침부터 돈 생각을 하다 보니 머리가 복잡해진 우쟁천은 번운을 들고 뒷산으로 올라갔다. 늘 수련하던 곳으로 향하다가 수련장으로 가는 갈림 길에서 문득 옥유산을 떠올렸다.

벌써 열하루가 지났다. 그럼에도 불구하고 옥유산은 혼이 빠진 사람처럼 행동하고 있었다. 수련장에는 꼬박꼬박 가는 것 같았지만, 말을 들어 보니 하루 종일 멍하게 앉아 있다고 했다. 이해할 수 있었다. 평생 처음으로 순정을 바친 사랑을 했지만, 단순히 배신을 당한 것이 아니라 농락을 당했다. 쉰이 넘은 마녀였으니 다행이라고 생각하라기에는 쏟은 정성과 기대가 너무 많았다. 그래서 세월이 약이겠거니 하여 가만히 내버려 두기는 하지만, 혹시라도 폐인될까 싶어 걱정스러웠다.

발길을 돌려 조금 더 걷다 보니 산책로가 나왔다. 그리고 아래쪽에서 구령 소리와 가쁜 숨소리가 뒤섞여 들려왔다.

우쟁천은 발걸음을 멈추고 산책로 옆 큰 바위 위로 올라섰다. 이제 거울이라 할 만한 차가운 날씨건만 줄을 지어 뛰어올라오는 수련생들의 이마에는 땀방울이 송골송골 맺혀 있다.

"더 빨리 못 뛰어! 차명서, 너 왜 자꾸 쳐져! 반전!"

무공교두의 목소리가 칼날 같다.

수련생들은 헉헉거리면서도 속도를 높여 더 빨리 다가왔다.

우쟁천은 수련생들의 달리는 모습을 보며 실소했다. 두 팔을 앞으로 쭉쭉 내밀며 수영을 하듯이 달리다가 갑자기 뒤돌아서서 달리는 모습이 우스꽝스럽기 그지없었다.

"반전!"

좁은 산책로에서 일백이 넘는 수련생들이 허공을 휘돌아 몸을 돌리고 다시 수영하듯 달려오는 모습이 장관이면서도 가관이었다.

우쟁천은 눈살을 찌푸렸다. 몇몇 이들이 건성으로 자세를 취하고 있는 것을 본 탓이었다. 그때 선두 수련생이 막 우쟁천의 앞을 지나쳤다.

"멈춰!"

원래 끼어들 생각이 없었지만 무의식적으로 소리를 질렀고, 수련생들과 교두들은 당연히 제자리에 멈춰 섰다.

"방주를 뵙습니다!"

수련생들과 교두들이 일제히 장읍을 취했다.

우쟁천은 그들을 내려다보며 고개를 끄덕이고서 큰 소리로 말했다.

"몇몇이 건성으로 달리더구나. 그래, 우습겠지. 사실 나도 그랬다. 하지만 너희들이 지금 취하는 동작은 경신법에 있어서 천하제일을 다투는 비마의 절기 능광신법의 기본자세다. 괜히 그런 걸 시키는 게 아니란 말이다. 능광신법은 천하제일을 다툴 정도로 빠르기도 하지만, 공력의 소모가 극히 적다. 비록 마두의 절기라 하나 무공 자체는 마공이 아니니 기회가 될 때 최선을 다해 익혀라. 다들 어떻게든 모이도록!"

우쟁천이 바위에서 내려서는 순간 일백이 넘는 수련생들과 교두들이
그 좁은 길과 좌우의 바위 혹은 나무에 시루 속 콩나물처럼 빽빽하게 늘
어섰다.

우쟁천은 그들을 한 번 훑어보는 것으로써 시선을 모아놓고 그 즉시
산책로를 따라 몸을 날렸다.

쉑!

바람을 가르고 사라졌던 우쟁천이 한순간 허공을 유영하여 다시 제자
리에 돌아와 섰다.

"공력은 이 할 끌어올렸다. 우스꽝스럽게 보이도록 노력하다 보면 못
돼도 이 정도는 될 거다. 계속하도록!"

우쟁천이 길 한쪽으로 비켜섰다. 놀라서 눈을 부릅뜨고 있던 수련생들
이 그때서야 정신을 차리고 조금 전의 자리로 원위치했다.

교두가 소리쳤다.

"뛰어!"

수련생들이 우쟁천의 옆을 스쳐 지나갔다. 조금 전에 자세가 부실했던
수련생들의 팔이 세차게 허공을 찢었다. 그들만 그러한 것이 아니었다.
교두들마저도 허공에서 몸을 비틀며 연신 팔을 내뻗었다.

우쟁천은 마지막 수련생을 떠나보내고 다시 걸음을 옮겼다.

"휴우!"

보는 순간 한숨부터 터져 나왔다. 옥유산은 만흥철혈방 안에 쪼그려
앉은 채 멍한 눈으로 땅바닥만 바라보고 있었다.

"에휴! 영악한 척해도 세상 순진한 놈이 저놈인데, 저걸 어떻게 하
나?"

방도렴에게 잘 좀 살피라고 했지만, 그가 할 일이라고는 아끼는 육포
한 조각 내미는 정도일 것이다. 사도성의 우스갯소리도 지금은 화만 돋

울 테고, 적무경의 주변머리로는 말 한마디 제대로 해보지 못할 것이다. 결국 우쟁천이 나서야 하는데, 그로서도 마땅히 위로할 말이 없었다.

"어휴! 저걸 그냥 두고 볼 수는 없는데……."

우쟁천은 아무런 생각도 없으면서 자신도 모르게 만흥철혈방 앞까지 걸어갔다. 옥유산은 쳐다보지도 않았다.

"이놈아! 유산아!"

몇 번을 부르고 나니 그때서야 초점없는 눈으로 올려다보았다.

"술 사줄까?"

옥유산은 힘없이 고개를 저었다.

"여자 사줄까?"

마찬가지 반응이었다.

"뭘 해줘야 힘낼래?"

"그냥 냅두쇼."

그 힘없는 목소리에 우쟁천까지 힘이 빠졌다. 그는 만흥철혈방 앞에 쪼그리고 앉아서 말없이 옥유산을 바라보았다. 고개를 숙였던 그가 다시 우쟁천을 바라보며 말했다.

"혼자 있게 내버려 두시오."

"여자는 요물이야. 열 만나서 하나 제대로 건지면 대박인 거다. 이제 겨우 한 번 실연해 놓고 세상 다 끝난 것처럼 그러고 있어? 정신 차려라."

"에잇! 그냥 좀 내버려 두라니까."

옥유산은 쪼그려 앉은 채로 펄쩍 뛰어 등을 보였다. 우쟁천은 그의 작은 등을 바라보며 쓴웃음을 짓다가 어쩔 수 없이 일어나 돌아섰다. 막 걸음을 떼려던 우쟁천이 다시 돌아섰다.

"유산아! 나흘 뒤에 지호촌 간다. 같이 갈래? 간만에 아저씨 보러 가지 않을래?”

옥유산은 잠시 멈칫하다가 엉덩이를 들고 고개를 아래로 숙여 두 다리 사이로 우쟁천을 바라보았다.

“사부 보러 가자고?”

“그래. 원래 큰할아버지하고 둘만 가서 잠시 뵙고 산해관으로 가려 했다. 너도 같이 가서 한동안 아저씨 수발이나 좀 들어드려라.”

옥유산은 우쟁천을 빤히 바라보다가 고개를 숙인 채로 끄덕였다.

“알았으니까 나흘 동안 건드리지 마쇼.”

“알았다, 인마! 대신 거기 그러고 있지 마. 수련생들 맥 빠져서 어디 수련하겠어? 외진 곳에 처박혀서 술이라도 마셔.”

옥유산은 여전히 무표정한 얼굴로 중얼거리듯 말했다.

“여자는?”

우쟁천은 피식 웃으며 고개를 저었다.

“무서워서 같이는 못 간다. 이해하지? 도성이한테 돈 맡겨둘게.”

우쟁천은 내심 안도의 한숨을 쉬고 수련장을 빠져나왔다.

백가현은 뜨겁지도 않은 차를 두 손으로 감싸 쥐고 호호 불며 방실방실 웃고 있었다.

우쟁천은 못마땅한 눈빛으로 말했다.

“당신이 좀 해라.”

백가현은 혀를 쏙 내밀어 고양이 물 마시듯 찻물을 찍고 나서 대답했다.

“싫어요. 저 바쁜 거 알잖아요?”

“그러니까 총관 말고 다른 거 하라니까. 좌 당주 부부가 아껴 쓰는 일은 해도 벌어오는 건 도저히 못하겠다잖아. 주위를 아무리 둘러봐도 인

재가 없어. 매일 오가면서 일 하라는 거 아니잖아. 운도장 돈 벌 궁리할
때 홍락방 것도 끼어달라는 거잖아."

백가현은 찻잔을 탁자에 내려놓고 두 손을 각지 끼어 턱을 받치며 말
했다.

"얼마나 벌어주면 돼요?"

"음……!"

우쟁천은 좌구산의 보고를 토대로 머리를 굴렸다. 다음 달부터 예상되
는 월 적자는 사백 냥 내외였지만, 낮에 운성에서 날아온 송인홍의 서신
에 의거하면 매달 흑자 백 냥 정도가 예상된다. 하지만 앞으로 홍락방의
규모도 늘어날 것이다. 당장은 시험 삼아 산서 외곽을 정리한데 그쳤지
만, 산해관을 다녀온 다음부터 바로 산서 전체를 돌며 정리할 곳은 정리
하고 흡수할 방파는 흡수할 것이며, 연계할 세력과는 연계할 생각이다.
그리고 방도 개개인의 월삯 또한 돈 걱정 하지 않을 정도로 늘여주어야
했다. 그뿐만이 아니었다. 애초의 의도와는 달리, 분타들이 생겼다. 모두
들 열혈의 의지만 있는 무인들일 따름이어서 궁핍하니 약간이나마 지원
을 해주어야 했다.

"얼마라고 딱 부러지게 말할 수는 없어. 그냥 할 수 있는 데까지만 해
줘봐. 대신 말이야, 송 노야가 월서회(越西會)를 통해 홍락방에 도움을
준다고 약속했어. 내가 나서봐야 돈 몇 푼 얻어내는 것뿐이지? 하지만
당신이 앞장서면 홍락방뿐만이 아니라 운도장 역시 이득을 볼 수 있을
거야. 그치?"

백가현은 깜짝 놀라 눈을 뚱그렇게 떴다. 월서회는 운성의 송인홍 상
단을 중심으로 한 산서의 연합상단이다. 그 활동이 표면적으로 드러나지
는 않지만 영향력만큼은 산서 전역에 통한다고 보아도 무방했다.

"정말이에요? 송 노야에게서 도와주겠다는 약속을 받았단 말이에요?

설마 공짜는 아니겠지요?"

"설마 공짜일까? 황자가 황성에 귀환할 때 보표 서주기로 하고 세 가지 약조를 받았지."

백가현의 눈이 다시 찢어질 듯 부릅떠졌다. 하지만 이번에는 그냥 놀란 눈이 아니라 노기가 서린 눈이었다.

"그러니까 목숨을 대가로 받아낸 거란 말이에요? 그런 거 다 필요 없어요. 하지 말아요! 가기만 해봐욧!"

우쟁천은 한쪽 눈을 찡그리고 새끼손가락으로 귀를 후비면서 백가현의 따가운 눈총을 피했다.

"그래서 큰할아버지하고 같이 가."

백가현은 흔들리는 눈빛으로 우쟁천을 바라보다가 머리까지 흔들었다.

"그래도 안 돼요. 그 일에는 제검전이 끼어들게 틀림없잖아요. 일이 제대로 된다 해도 후환이 남는다고요."

백가현의 목소리가 가늘게 떨리고 있었다.

우쟁천은 벙긋 웃으며 백가현의 두 손을 끌어당겨 잡았다.

"우리만 가는 게 아니야. 북도련과 혼원당도 참가해. 그리고 이 일은 내가 원하지 않는다 해도 해야 돼. 큰할아버지가 반드시 하셔야 하거든."

"큰할아버지께서 반드시 해야 할 일이라고요?"

우쟁천은 백가현의 손등을 다독이면서 말했다.

"응. 할 수밖에 없는 사연이 있어. 할아버지에게 여쭤보고 나중에 말해줄게. 그러니 송 노야와의 약속은 덤인 거지. 결국 송 노야를 속인 셈이야."

백가현은 천장을 올려다보며 한숨을 내쉰 후 마음을 진정시키고 물었다.

"세 가지라고 그랬죠? 나머지 두 가지는 뭐예요?"

"이런 벌써 그걸 생각해 버린단 말이야? 야! 백가현! 마음 정리가 너무 빨리 되는 거 아냐? 나 죽을지도 모르는데?"

"흥! 큰할아버지하고 같이 가잖아요. 빨리 토해내요. 나머지 두 가지 조건이 뭐예요?"

"에휴! 그래, 말해주마. 앞으로 오 년간 월 오백 냥 지원과 홍락방 산하 삼백 인 한정 제세 면제야."

백가현으로서는 고개를 갸웃거릴 수밖에 없는 말이었다. 월 오백 냥 지원 정도야 실질적으로 산서제일상인 송인홍에게 그리 큰 부담은 아니었다. 차기 황제가 될지도 모르는 사람을 후원하는 일이니 잘 되면 장래에 상상할 수 없을 만큼 큰 이득을 얻을 수 있으리라. 하지만 삼백 명이나 되는 사람들의 갖은 제세를 면세 처리한다는 것은 일개 상인이 결정할 수 없는 일이었다.

우쟁천이 백가현의 궁금증을 이해하고 답을 주었다.

"면세 부분은 내년부터 당장 되는 게 아니야. 황자가 황위를 이어받는 순간부터 유효한 거지."

"그렇다고 해도 송 노야가 약속할 수 있는 게 아니잖아요?"

성사만 된다면 금전적 이득뿐만이 아니라 의미 또한 큰 일이었다. 당장이야 홍락방이 벌어들이는 돈이 많지 않으니 별것 아니라고 생각할 수도 있지만, 제세면제란 단순히 수입에 대한 세금을 의미하는 것이 아니다.

우선 은전으로 대납할 수 있는 갑역(甲役)과 요역(徭役)의 면제가 가능했다. 또한 운도장의 장인들을 홍락방에 편입시킨다면 반장은제(班匠銀制)에 따른 장역(匠役) 역시 회피가 가능해서 금전적으로 큰 이득일 뿐만이 아니라, 금전대납이 불가능한 경우 역시 사라져, 일손의 손실이 없다.

하지만 제세면세의 진정한 의미는 금전적 혜택이 아니라 관의 간섭으로부터 자유로워진다는 것이다.

"자세한 건 나도 잘 몰라. 다만 확실한 것은 송 노야가 그 일을 성사시키겠다고 약조했다는 거지. 어렵다면 황위를 이어받는 그 다음해부터 오 년간 송 노야가 대납하겠다고 했어. 그러니 내가 뭐라 할 게 없잖아? 고마울 따름이지. 문서로 확약을 받았어."

백가현에게 분명히 말해주지 못하는 게 있었다. 고승도가 황성에 남아 황자의 위치가 탄탄해질 때까지 안전을 책임진다는 조건이 그것이었다. 하지만 그 사실을 밝히면 아직 고승도에게 허락받지 못한 이야기까지 해주어야 하기에 숨긴 것이다.

우쟁천이 약간의 양심의 가책을 느끼고 있을 즈음 백가현은 여러 가지 가능성을 떠올리며 머리를 굴리고 있었다.

"이 아줌마 눈 돌아가는 거 봐라. 도대체 무슨 계산을 하고 있는 거야?"

백가현이 미소를 지으며 말했다.

"면세 건은 없었던 일로 하세요."

"왜? 아깝잖아?"

"고래로 권력을 쥔 자는 요구받는 걸 좋아하지 않아요. 스스로 주게 만들어야지요. 우리 입장에서야 면세 건은 큰 이득이지만, 황제의 입장에서는 아무것도 아니에요. 굳이 그 정도로 우리가 먼저 한정 지을 필요 있나요? 주고받아 버리면 빚이 없어져 버려요. 이번 일, 뭔가 받으면 좋고 못 받으면 그만인 채권으로 남겨요."

우쟁천은 벙긋 웃으며 두 손으로 백가현의 작은 머리를 감싸 쥐고 흔들었다. 채권으로 남긴다. 마음에 쏙 드는 말이었다. 세상 오래 살지는 않았지만 채무에 대한 사람들의 생각이 한결같지는 않다는 것쯤은 알고 있었다. 어떤 이는 받을 것 확실히 챙기고 줄 것 잊어먹는가 하면, 동전 한 문이라도 빌리면 갚지 못한 상태에서는 잠 못 이루는 사람도 있었다. 황자가 어느 쪽 성향인지는 알 수 없었지만, 어려움 속에서 빚을 진 후 만인지상의 자리를 차지한다면 적어도 한 번쯤은 그를 떠올릴 것이다.

"하! 우리 이렇게 타산적으로 살아도 되는 거야?"

백가현은 혀를 쑥 내밀며 웃었다.

"뭐, 우리끼리 다 해먹자고 하는 짓 아니잖아요? 다 같이 잘 살아보자는 거고, 또 황자가 나중에 뭘 줄지 아나요? 동전 한 문 안 줄 수도 있다구요."

"그건 그렇지? 그럼 그냥 잊고 살자. 공짜로 해주는 기분도 나쁘지 않거든. 아! 정확히 말하면 공짜가 아니네. 송 노야한테 받는 게 있네. 하긴 손해 보고 살 수야 없지."

"그렇지요. 손해 보고 살면 안 되지요. 그래서 말인데요, 홍락방 일 하면 무슨 직위 줄 거예요? 돈은 안 줄 테니 명예라도 줘야지요. 그래야 말에 권위가 실리지요."

"뭐면 되는데?"

백가현은 생각도 하지 않고 바로 대답했다.

"부방주!"

"응? 부방주? 왜 부방주씩이나야?"

"저 바쁘니까 총관 안 되지요? 만물당주 역시 당연히 안 되구요. 군사 같은 것도 못할 거고, 그렇다고 방주를 할 수도 없으니 부방주로 만족할게요."

우쟁천은 얄밉다는 듯 백가현을 노려보다가 뺨을 긁적였다.

"부방주? 그래, 해버려라. 재정담당 부방주!"

백가현이 눈을 흘기며 말했다.

"꼭 그렇게 한정지어야겠어요?"

"그냥 부방주면 당신 말대로 우리끼리 다 해먹는다고 그럴 거 아냐? 하지만 재정담당 부방주면 당위성이 인정된단 말이야. 납득시키기 쉽단 말이지. 조금 불만이 있다 해도 당신이 돈 벌어주면 입 쏙 들어갈 거 아냐? 알겠지? 언제부터 할래?"

"이번 환강제조만 끝나면요."

"그게 언젠데?"

"당신 다녀올 때쯤이면 될 것 같아요."

"좋아, 그럼 그렇게 하는 걸로 하고."

우쟁천은 말을 끊고 자리에서 일어나 창문을 열었다. 몸을 웅크릴 만큼 오싹한 바람이 불었지만 부드러운 달빛도 함께 들어와 창문을 연 값어치를 했다.

우쟁천은 달을 올려다보며 말했다.

"달빛 좋다. 가현아! 이제 명색이 부방주도 됐는데, 당신도 칼 다시 잡아보지 않을래?"

백가현은 추운 듯 몸을 떨며 자리에서 일어나 우쟁천의 넓은 등에 달라붙었다.

빙옥도, 그것은 허명이었다. 운도장의 무남독녀이기에 붙은 별호일 뿐, 실력과는 하등 상관없는 일이었다. 오대파의 지맥을 잇는 백가도법은 힘을 추구하는 단순 강맹한 도법이어서, 백가현이 대성하기에는 무리가 있었다. 무공으로 따지자면 혼전에 명성으로 그녀와 쌍벽을 이루던 모제연에 비할 수 없었기에 남몰래 열등감을 느끼고 있었고, 그래서 더욱더 운도장의 계승에 집착했었다. 그러다 보니 칼은 어느새 그녀의 손을 떠나 버렸다.

'다시 익혀봐? 시간이 될까? 이 사람이 하자고 하면 뭐든지 하고 싶

은데.'

백가현은 두 팔로 우쟁천의 허리를 감싸고 그의 등에 뺨을 비볐다. 안심이 되는 넓은 등이었다. 그의 등을 독점한 후 백가현은 다른 사람이 되었다. 조급함 대신에 마음의 여유를 찾았고, 그로 인해 밝은 웃음까지 되찾았다. 차가운 옥 같다 하여 붙은 별호 빙옥도는 이미 옛날 말이었다. 굳이 무공에 연연할 필요는 없었다.

백가현은 미소를 지으며 다시 우쟁천의 등에 뺨을 비볐다. 그가 그녀의 한 팔을 잡아당겼다. 그녀는 이끄는 대로 그의 앞으로 돌아갔다. 그는 그녀의 두 팔까지 모아 끌어안았다. 자세가 역전되었다. 창가에 선 이는 그녀였고 그녀의 등을 차지한 이는 그였다.

"으으, 추워! 이러고 있으니 좀 낫다."

백가현은 약이 오른 표정을 지으며 그의 허벅지를 꼬집었다. 하지만 시늉뿐이었다. 그의 넓은 품속에 파묻혀 있는 터라 등에 기대었을 때보다 훨씬 더 따뜻했다.

우쟁천은 그녀의 어깨너머로 그녀의 뺨에 뺨을 가져다 붙이고 비비적거리며 말했다.

"달도 좋은데, 체조 한 번 해볼까?"

홍락심법이 완성된 후로 꾸준히 익히고 있었다. 무공을 익히겠다는 의도보다는 우쟁천이 권하기도 하고 또 체력을 유지하기 위해서도 좋겠다고 생각한 탓이었다. 하지만 홍락심법은 오대파의 맥을 이으면서도 장중웅혼한 본래의 심법과는 달리 경쾌한 면이 많았기 때문에, 그녀에게도 잘 맞았다. 또한 백가심법으로 쌓은 공력 역시 별 무리 없이 전환되었기에 은근히 무공에 대한 욕심이 나기도 했다.

"저한테 맞는 도법이 있어요?"

"홍락도법도 괜찮아. 심법 잘 맞잖아? 거기에 맞춘 도법이니까 무리없을걸. 패도적인 부분은 내가 고쳐 줄게. 그 정도는 나도 하거든. 그리고 기본이 됐다 싶으면 천수불영도법을 익히면 돼. 여자에게 오히려 잘 맞는 도법인 데다가 방어를 위한 도법이니까 괜찮을 거야. 그것으로도 모자라면 우리 홍락방에 훌륭한 스승 있잖아?”

천수불영도법은 애초부터 여자인 만 귀비를 위해 만들어진 것이라서 백가현이 익히기에는 더없이 훌륭한 도법이었다. 그것만으로도 충분할 테지만 거기서 더 욕심을 부린다면 강호사괴의 하나인 황설하에게 부탁하면 될 일이었다.

“좋아요. 제대로 가르쳐 줘야 해요.”

“여부가 있겠소? 소인, 부부만이 가르치고 배울 수 있는 방법을 생각해 두었소. 빨리 익히실 수 있을 것이오, 부인!”

우쟁천이 방문을 향해 손을 뻗자 그녀는 오랫동안 도가에서 잠자고 있던 애도 설란을 다시 쥐었다. 차가운 도파의 느낌이 손바닥을 통해서 가슴에 잔물결을 일으켰다.

'좋아. 할 수 있겠어. 언젠가는 저이와 나란히 강호를 여행할 수 있겠지? 그래, 그러고 싶어. 다시 한 번 해보는 거야.'

설란을 검집째 휘둘러 보고 방을 빠져나갔다. 마당에 나서니 우쟁천이 어디서 구했는지 몰라도 무명천을 쭉쭉 찢고 있었다.

“아깝게 왜 그렇게 찢고 있어요?”

“으응? 이거? 꼭 한 번 해보고 싶었어. 이리 와봐.”

그녀는 의아한 눈빛으로 바라보며 다가섰다. 우쟁천은 마당 가운데 정원석에 앉아 두 손을 뻗었다.

“어쩌라구요?”

우쟁천은 자신의 무릎을 톡톡 치며 말했다.

“여기 앉아봐.”

"무공 가르쳐 준다면서 그건 왜요?"

우쟁천은 대답 대신 그녀를 잡아끌어 무릎 위에 억지로 앉혔다. 그리고 이제 두꺼운 끈이 되어버린 무명천 두 개를 건네며 말했다.

"발목 묶어."

그녀는 그때서야 그의 행동을 이해할 수 있었다. 그녀는 그의 두 발등을 밟고 있었다. 발목을 같이 묶으면 그의 움직임이 곧 그녀의 움직임이 되리라. 하지만 실효성이 있다고는 생각하지 않았다.

"빨리 해."

그의 재촉에 두 발목을 묶었다. 그때 그가 또 하나의 무명천으로 그와 그녀의 허리를 동시에 묶었다.

"힘을 쪽 빼!"

그는 그대로 일어섰다. 그리고 설란의 칼집을 벗겨 정원석 위에 얹어두고 다시 그녀에게 쥐어준 후 두 손으로 그녀의 손등을 감싸 쥐었다.

"자! 내가 당신을 꼭두각시 삼아 홍락도법을 펼쳐 볼 테니까 몸으로 기억해. 천천히 할 테니까 긴장하지 말고 너무 힘 빼지도 말고 내 움직임에 반응해 봐. 할 수 있지?"

백가현은 어정쩡하게 고개를 끄덕였다.

"그럼 우선 칼부터 한 번 휘둘러 보자."

우쟁천은 백가현의 오른손과 도파를 동시에 쥔 채 수직 수평으로 연이어 도를 휘둘렀다. 그리고 나서 천천히 걸음을 옮겼다. 그녀의 무릎에 힘이 들어가서 걷는 일조차 쉽지 않았다.

"어! 왜 이렇게 뻣뻣해. 어이, 마누라! 엉덩이 흔들지 마. 곤란하잖아."

백가현의 얼굴이 붉게 달아올랐다. 우쟁천은 급히 뒷걸음질쳐서 다시 정원석 위에 앉았다.

"풀어!"

백가현이 발목의 끈을 풀자 우쟁천은 그 즉시 허리의 끈을 풀고 그녀를 번쩍 들었다.

"도법 가르쳐 준다더니 지금 뭐 하자는 거예요?"

우쟁천은 그녀를 안은 들고 발로 방문을 열며 말했다.

"다 알면서 내숭은. 오늘이야말로 높이 아주 높이 올라가서 별을 따보자."

백가현은 두 팔로 우쟁천의 목을 감싸 안고 그의 품에 달아오른 얼굴을 묻었다. 우쟁천의 부부끼리만 통하는 무공수련법은 실패했지만 그녀는 그 실패를 아쉬워하지 않았다.

*　　　　　*　　　　　*

"회주! 편히 다녀오셨습니까?"

화천상은 읍하는 비마에게 미소를 지어 보이며 같이 들어가자는 듯 방으로 손을 뻗었다.

화천상이 탁자에 앉자 맞은편에 서 있던 비마도 자리에 앉았다.

"탐보망에 걸린 건 없소?"

"동서창, 본 회, 제검전의 탐보망들과 본 회의 척살조가 천라지망을 형성하여 분주하게 움직이고는 있으나 아직 특별한 건 없습니다. 대신 북도련과 혼원당에서 황자 호위에 나설 사람들로 보이는 무리들이 이곳 경사 쪽으로 출발했다 합니다. 이신충이나 계효 등과 직접 접촉할 모양입니다."

화천상은 탁자 위의 주전자에서 식은 차를 따라 입술을 적시고 눈살을 찌푸렸다.

"새해까지 보름 남았는데 경사로 온다? 그들이 미끼가 아니라면 경사에서 육 일 거리 안쪽에 황자가 있다는 소리 아닌가? 그렇다? 안 되겠군. 미리 알아내어 처리하기는 힘들겠소. 천라지망을 좁혀야겠소. 일단 짧은 시간 안에 경사로 집결시킬 수 있는 자들로 하여금 경사에서 사흘 거리 안쪽을 샅샅이 훑으라 하고 뒤에 오는 자들로 하여금 그 외곽을 훑으면서 들어오라 하시오."

비마가 알겠다고 대답하자 화천상은 긴장감이 풀린 목소리로 물었다.

"그런데 북도련과 혼원당에서 오는 자들이 누군지 확인되었소?"

"일단 북도련을 떠난 자들은 모두 여섯으로 평범한 청의와 흑의 면복 차림을 하고 있으나, 머리 모양과 매화검, 그리고 그들이 내보이는 절제된 언동으로 보아 화산 도사들이 분명합니다. 혼원당을 떠난 자들 여섯 또한 흑의 경장에 방갓을 쓰고 있으나, 두 사람을 제외하고는 머리카락이 보이지 않는다 했으니 소림 본사에서 나온 자들이 틀림없겠지요. 그들이 해야 할 일의 중요성으로 보아 북도련에서 나온 자들은 화산의 신성이라는 자청과 매화오엽검수인 듯하고, 혼원당에서 출발한 자들은 소림의 사대금강과 혼원당의 상급자들인 듯합니다. 어찌하오리까, 미리 손을 써야 할까요?"

화산의 매화오엽검수와 소림의 사대금강이라 하면 차세대 화산과 소림의 대들보라고 해도 과언이 아닌 자들이었다. 세상에 모습을 드러내지 않아서 그렇지, 일단 그들 가운데 한 사람이라도 나서면 단번에 두각을 나타낼 수 있는 중견 고수들이었다. 소수이기는 하나 정예 중의 정예. 모이면 더 큰 힘을 발휘할 자들이니, 건드릴 생각이면 모이지 않았을 때 각개격파하는 것이 정석일 것이다.

"놔두시오. 우리는 아직 황자의 거처조차 파악하지 못하고 있소. 그들이 안내해 줄 것인데 괜히 건드릴 필요 없지."

"하지만 황자의 거처를 파악할 다른 방도가 생겼습니다."

화천상이 이채를 발하며 말하라는 듯 눈짓했다.

"아침에 서창의 갈 태감이 다녀갔습니다. 엊저녁에 귀비 마마께옵서 황제에게 황자의 편안한 귀성을 위해 황거를 보낼 것을 주청하셨다 하옵니다. '어거가 움직이는데 어떤 무지무도한 자들이 감히 범하겠느냐' 하시니 황제도 옳다 하고 황거를 보내기로 했답니다. 닷새 뒤에 떠난다 하니 그 뒤만 쫓아도 황자의 거처를 찾는 것은 문제가 되지 않겠지요. 화산 도사들과 소림화상들이 합류하면 우리 측 피해도 커질 테니 미리 제거하는 것이 상책입니다."

화천상은 빙긋 웃으며 고개를 저었다.

"안 되오. 떨어져 있다 해도 만만하게 상대할 자들이 아니잖소. 더구나 지금 괜히 풀을 건드려 뱀을 놀라게 할 필요 없소. 그들이 경사까지 오는 것도 바로 그것을 믿기 때문일 것이오. 그들이 가기로 했는데 나타나지 않는다면 그것을 명분으로 황자가 움직이지 않을 수도 있지 않소."

"황거를 이용해 거처를 알게 되면 거기서 처리할 수도 있는 일입니다."

"역시 안 되오. 그리되면 저들이 그것을 명분으로 황거를 이용하여 기만책을 쓸 수도 있소. 일단 황제가 황거를 보내고 적절한 보표까지 당도하면 그때는 저들도 안심하고 황제의 배려를 무시하지 않을 것이오. 손대지 마시오."

비마는 읍하는 것으로써 자신의 의견을 거두었다.

화천상이 턱을 쓰다듬으며 중얼거렸다.

"황거라고? 생각 제대로 했군. 좋은 표적이 될 테지. 흠! 그렇군."

화천상이 빙긋 웃으며 말했다.

"준비해 줄 것이 있소."

화천상은 탁자 위의 문방사우로 장문의 글을 써서 비마에게 넘겼다. 물목 같은 것인데, 그것을 읽은 비마의 입가에 미소가 감돌았다.

"되겠소?"

"물론입니다. 이왕이면 황궁에서 직접 구하는 게 좋을 듯합니다."

"그리할 수 있으면 그리하고. 군부나 여타 강호문파들의 움직임은 어떻소?"

"특별한 움직임을 보이는 곳은 없습니다."

비마는 화천상이 건넨 종이를 접어 품속에 넣고 나서 다시 물었다.

"제검전에서는 누가 나서기로 했는지요?"

화천상은 의자 등받이에 등을 기대며 느긋한 미소를 지었다.

"누가 올 것 같소?"

비마가 고개를 젓자 화천상은 짓궂은 미소를 지으며 말했다.

"봉공 그 양반께 부탁했고 전주도 허락하였소."

"예? 봉공께서? 괜찮겠습니까? 봉공께서 회주와 함께 움직이시면 제검전에서 의심할 것이 틀림없습니다."

"내가 언제 숨기려는 시늉이라도 했소? 그러려고 했으면 강남의 일은 상관조차 하지 않았을 것이오. 또 감춘다고 해서 전주 그 양반이 봉공과 나의 관계를 모르실 것 같소? 알고도 모른 척할 뿐이라오."

"설마……?"

"우리가 전주 그 양반에게 원한을 품지 않듯이, 그 양반도 우리를 대수롭지 않게 여기고 있을 뿐이오. 자존심이 하늘에 닿은 양반 아니오?"

비마는 고개를 저었다. 화천상과 만검혼의 사고방식을 이해할 수가 없기 때문이었다.

"왜? 이상하오?"

비마가 무언으로 대답하자 화천상의 미소가 짙어졌다.

"나는 제검전을 얻는 것으로 사부의 복수를 성취하고, 그 양반은 내가 가진 힘을 적절하게 이용하는 것으로 대가를 받는 것이라고 생각하면 편하지 않소? 그 양반은 강자존의 법칙을 따르는 사람. 내가 제검전을 얻는다 해도 상관하지 않을 사람이오. 자, 자! 이런 얘기는 나중에 하고 당면한 일부터 처리합시다. 용 대주 나왔소?"

"아직입니다만, 부를까요?"

"아니오. 새로 합류한 천산칠패에게 공을 세울 기회를 줄 생각이오. 군이 제룡검대까지 움직일 필요 없소. 이왕 시작한 것 끝장을 보라고 하시오. 발 빠른 흑오대(黑烏隊)라면 적당하겠지? 오백이면 머릿수 모자라서 낭패 보는 일도 없을 것이고. 좋아! 일단 그들만 대기시키시오. 아! 그리고 요즘 구 아줌마 안 보이는 것 같은데?"

구소련을 떠올린 화천상의 얼굴에 장난기가 어렸다. 하지만 비마의 얼굴은 반대로 구겨졌다.

"왜? 무슨 일 있소?"

"연락이 없습니다."

화천상이 미간을 좁히며 물었다.

"그렇지! 태원 간다고 그랬었지? 혹시 홍락방 안에 들어간 것 아니오? 거기는 노괴들이 득실거려서 함부로 들어가서는 안 된다는 것쯤은 알 텐데, 설마?"

"암영칠호로부터 따로 보고가 없는 것을 보아 들어간 것 같지는 않습니다만……."

화천상은 쓴웃음을 지으며 고개를 저었다.

"혹시 아껴 먹을 만한 놈팡이 하나 잡은 것 아닐까? 그 아줌마 꼬리가 몇 갠데 섣불리 행동하겠소? 신경 끄고 일단 이번 일에 집중합시다."

비마는 조금 전 화천상이 써준 종이가 든 품을 톡톡 두드리면서 자리에서 일어났다.

"그럼 먼저 이 일부터 해결하겠습니다. 따로 분부가 있으신지요?"

"아! 적당히 쓸 만한 살수들 있겠소?"

"살수라 하시면?"

"소모품 용도로 쓸 자들 말이오. 편히 잠자게 할 수는 없지 않소?"

"수배해 놓겠습니다."

비마가 장읍하고 방을 나가자, 홀로된 화천상은 다시 턱을 쓰다듬으며 중얼거렸다.

"화산과 소림, 합해서 열둘인가? 아무리 정예라 해도 너무 적은데, 설마 자청이 천하제일이라고 믿는 것은 아닐 텐데, 군을 믿는 건가? 그렇군. 황거가 움직이는데 호위군이 따라붙지 않는 건 이상한 일이지. 군부? 만 귀비에 반할 군부의 인사가 몇이나 되나? 엿새 거리의 군부… 만 귀비에게 반할 담량이 있는 자라면 산해관의 이정웅, 경사의 황충길, 천진위의 민무 정도뿐인데? 그들에게서 눈을 뗀 적이 없잖아? 황충길은 분명히 아니야. 산해관과 천진위도 뒤지고 또 뒤졌어. 특히 산해관은 밥 수저 숫자까지 셀 정도로 뒤졌다. 그자, 황자를 보호하고 있던 그자가 한때 이정웅과 연이 있는 자였기 때문에 주의에 주의를 더했다. 혹시 민무가 섬에라도 숨긴 건가?"

쉽게 결론을 내릴 수가 없었다. 강인하고 직선적인 성격의 황충길, 웃음 속에 칼을 숨기는 능구렁이 이정웅, 꼼꼼하고 냉철한 민무. 모두가 만 귀비 입장에서는 껄끄러운 요주의 인물들이다. 그래서 그들의 움직임에 항상 촉각을 곤두세우고 있었다. 경사에 머무는 황충길이라면 서창의 눈길을 벗어날 길이 없으니 제외한다고 해도, 산해관에서 벗어나지 않는 이정웅이나 바다를 접한 천진의 수호장 민무라면 어떻게든 황자를 숨길 방도를 마련할 수도 있으리라.

"그래, 북도련과 혼원당의 인물들과 황거가 움직이는 방향에 반드시 황자가 있다. 어떻게든 숨겼다 해도 황거를 호위하여 경사로 와야 한다. 다행히 산해관과 천진위는 지척. 민무라면 더 편하겠지만, 둘 가운데 누구라도 상관이 없단 말이지. 문제는 오히려 황충길 그 늙은이야. 그가 내 등 뒤에서 움직이면 내가 움직이기가 곤란해. 그 늙은이를 경사 근동에 묶어두어야 해. 결국 만 귀비에게 또다시 아쉬운 소리를 해야겠군."

화천상은 입맛을 쩝쩝 다시다가 식은 찻물을 들이켰다.

■4장■
설원에 흘린 피 청사에 남으리라

설원에 *흘린* 피
청사에 **남으리라**

명 성화 19년 십이월 열여섯 번째 날.

우쟁천은 군졸이 가져다준 이름 모를 차로 잠깐 동안 온기를 느끼고 다시 차가운 입김을 내뿜었다.

"할아버지, 계속 걸리는 게 있는데요. 만 전주는 왜 할아버지를 내버려 둔 걸까요?"

차를 마시면서 넓기만 한 황량한 설원을 바라보고 있던 고승도가 고개를 돌렸다.

"내버려 두었다? 왜 죽이지 않았냐는 뜻이겠지?"

"할아버지와 그 양반이 승패를 가늠할 수 없는 적수이긴 하지만, 할아버지는 혼자인 반면 그 양반은 천하제일세를 거느린 사람이잖습니까? 정말 하려고만 했다면 할 수 있었을 텐데요? 어설프게 건들 바에는 손대지 않는 게 낫잖아요? 그 양반, 뭐든 대충할 성격은 아닌 것 같던데요?"

고승도는 찻잔을 들어 한 모금 마시고 다시 설원을 바라보았다.

"나도 궁금하구나. 왜일까? 검혼, 아니, 그자를 생각하면 늘 분노부터 치솟아서 미처 이유를 생각해 본 적이 없구나. 애초에 나에게 검을 들이댄 것부터가 의문이다. 내가 그를 화나게 한 적이 없거늘, 나에게 검을 들이대게 할 만한 원인을 제공한 적이 없거늘, 왜 그랬을까?"

고승도는 씁쓸한 미소를 지으며 평원으로 고개를 돌렸다. 우쟁천은 황량한 설원만큼이나 텅 빈 듯한 고승도의 눈빛을 훔쳐보고서 말을 잘못 꺼냈음을 깨달았다. 딱히 할 말이 없어서 그랬지만, 결과는 아픈 상처만 건드리고 만 셈이었다. 우쟁천은 화제를 바꾸었다.

"그런데 할아버지, 저 또 막혔습니다. 뭐 좀 되는가 했더니, 다시 막막해지네요."

고승도도 설원에서 눈을 떼지 않고 말했다.

"이 할아비가 네 나이에 네 경지에서 막혔다면 지금쯤 한 줌 진기로 하늘을 날아다니고 있을 거다."

"그런가요? 그래도 답답한데요."

"별로 해줄 말이 없구나."

"뜬구름 잡는 듯한 말씀도 괜찮거든요. 한마디 해줘보세요."

"너는 지금껏 시키는 대로 해서 여기까지 왔다. 네 스승들에 대한 무조건적인 믿음과 네 오성, 그리고 노력만으로 지금의 경지에 이른 것은 참으로 보기 드물다 할 것이다. 진즉에 막혔어야 하는데 늦은 감이 없지 않아. 어디 보자… 지금 네 앞을 가로막은 벽은, 전인미답(前人未踏)이라고 할 수는 없어도, 그 벽을 넘은 나라고 해서 쉽게 도와줄 수 있는 것이 아니다. 내가 해줄 수 있는 말은 지금 네가 처한 상황을 알려주는 것 정도다. 네 앞의 벽은 만 가지 진의에 대한 물음을 거대한 벽돌 삼아 쌓아놓은 만문금강벽(萬問金剛壁)이다. 벽돌 하나하나 단단하지 않은 것이 없어 힘으로는 깰 수 없다. 오직 그 벽돌의 물음에 답을 구하는 순간 모래처럼 허물어진다. 더욱 희한한 것은 일단 벽을 넘어 돌아보면 각각의 벽돌에 명료한 문답이 적혀 있다는 것이다. 알고 나면 허탈해질 정도로 간단해서 한 번 쓰윽 훑어보면 다 알 수 있지. 그 순간 벽 자체가 완전히 허물어져 버린다. 한데 문제는 지금의 네가 쉽게 진의를 깨달아 부술 수 있는 벽돌은 아득한 벽의 꼭대기에 있는 것들뿐라는 것이다. 알아맞히기는 쉬운데 답답하게도 너무 높이 있어서 그 질문 자체가 보이지 않아. 그러니 깨려면 어디를 깨야 할까? 답은 간단하지? 벽 전체를 지탱하는 아래쪽에 개구멍을 뚫으면 넘어갈 수 있다. 아래쪽 벽돌에 적힌 물음은 무엇이겠느냐?"

어렵지 않게 이해할 수 있는 말이었다. 만류귀원(萬流歸原). 한 가지의 극에 이르면 만 가지의 극에 이른 것과 같으니, 근본으로 돌아가면 될 것이다. 문제는 우쟁천이 한 가지의 질문조차 제대로 알지 못한다는 사실이다.

우쟁천은 비굴한 표정으로 말했다.

"답 다 보셨잖아요. 제일 밑에 있는 것으로 그냥 가르쳐 주시면 안 돼요?"

고승도는 빙그레 웃으며 고개를 저었다.

"하! 뻔뻔한 녀석. 그 답은 너무 쉽지만 벽에 막힌 네게 알려줘 봐야 알아들을 수가 없다. 스스로 알아내야 해."

우쟁천은 오만상을 찌푸리며 물었다.

"설마 그 답이 도가도비상도(道可道非常道)니, 일체유심조(一切唯心造)니 하는 것들은 아니겠지요?"

"그런 답도 있더구나. 그러나 그 같은 답은 앵무새처럼 입에서만 옹알거려서는 안 된다. 네 머리를 깨뜨리고 절로 튀어나와야 한다. 더구나 너는 그 답의 질문조차 모르지 않느냐? 더 간단한 것도 있다. 어디 보자. 예를 한 번 들어볼까? 살아 있는 모든 것은 호흡과 함께한다. 네가 진정 호흡하는 것이 무엇이더냐? 너는 호흡한다는 것의 의미를 생각해 본 적이 있더냐?"

우쟁천은 잿빛 하늘을 향해 손을 뻗어 허공의 무언가를 잡아채는 시늉을 했다. 고승도는 피식 웃으며 말없이 손을 뻗어 우쟁천의 뒤통수를 때렸다. 그리고 오른손 중지로 탁자를 톡 찍었다. 찻잔에서 콩알만 한 물방울이 허공으로 치솟아올랐다. 그것만으로도 놀라운데 물방울은 다시 떨어지지도 않고 그 자리에 머물다가 고승도의 눈짓에 따라 우쟁천의 눈앞으로 움직였다.

"개자납수미(芥子納須彌)라 했다. 작은 겨자씨 안에 수미산을 넣고, 이 작은 물방울 속에도 천하를 담을 수 있는데 네가 무엇인들 못 품겠느냐? 담을 수 있다는 것을 몰라서 하지 않을 뿐이지."

단순히 이기어도의 신기를 보여주는 줄 알았다. 하지만 말을 듣고 난 후 우쟁천은 물방울 속의 큰 세상을 멍한 표정으로 바라보았다. 그 속에 다 있었다. 한눈으로 다 볼 수 없는 넓은 평원이 있었고, 푸른 하늘도 다 담겨 있었다.

'진정 호흡하는 것이 무엇인가?'

그때 허공에 머물러 있던 물방울이 힘없이 떨어져 탁자 위에서 산산이 흩어졌고, 우쟁천의 생각도 흩어져 버렸다. 우쟁천의 얼굴에 억울함이 가득했다. 하지만 고승도는 빙그레 웃을 뿐이었다. 그 순간 무거운 발걸음 소리와 함께 갑주 절걱거리는 소리가 들렸다.

중요한 순간을 놓친 아쉬움을 억지로 접은 우쟁천은 고개를 돌려 등 뒤로 다가오는 이정웅의 얼굴을 확인했다. 환한 미소를 머금은 그의 얼굴은 세월을 비켜간 듯 예전과 다름없었다. 그의 옆에는 또 한 사람의 반

가운 얼굴이 있었다. 붉은 갑주 차림의 고진이었다.

고승도와 우쟁천이 포권을 취하자 다가오던 그들도 만면에 웃음을 띠며 포권으로 답례했다.

"어이쿠! 빨리 와주셨습니다. 정말 오랜만에 뵙습니다, 은공! 건강하신 모습 뵈니 기쁘기 한량없습니다."

"강녕하셨소, 장군? 언제 경사로 떠나게 될지 몰라 조금 일찍 서둘렀소."

이정웅은 고개를 크게 끄덕이고 나서 우쟁천을 향해 눈길을 돌렸다.

"으응? 자네 얼굴은 왜 그 모양인가? 난 간만에 봐서 반갑기 그지없는데, 왜 그렇게 떨떠름한 표정이야?"

"아! 장군을 뵈오니, 민초의 가벼운 주머니를 터는 어떤 장군이 생각나서요."

"저런! 봉변을 당한 적이 있나 보군. 그런 일이 있었으면 내게 말하지 그랬어? 내 힘닿는 데까지 도왔을 텐데."

"됐습니다. 후환이 두렵거든요. 그나저나 저희 고 형님께서는 이제 군 생활에 적응 좀 했는지 모르겠습니다?"

우쟁천의 시선이 고진에게로 돌아가자 이정웅이 피식 웃으며 말했다.

"사람 천성이 어디 쉽게 바뀌나? 소개해 준 자네에게 고마울 만큼 사람은 진국이네만, 요즘도 함부로 농담은 못 한다네."

고진이 쓴웃음을 지으며 우쟁천에게 눈인사를 보내고 고승도에게 정식으로 인사했다.

"노야, 평안하셨습니까?"

고승도는 미소를 짓는 것으로 대답을 대신했다.

이정웅이 주변의 군졸들을 물린 후에 의자로 손을 뻗으며 말했다.

"자, 자! 일단 앉으시지요. 고 위장, 자네도 앉게."

　네 사람이 모두 자리에 앉자 이정웅은 우쟁천에게 눈웃음을 치고 나서 고승도에게 말했다.

　"사실 이 사람이 기대한 이는 여기 우 소협과 그 친구들이었는데, 송인홍 상두로부터 은공께서 직접 오신다는 전갈을 받고 얼마나 기뻤는지 모릅니다. 이제 정말 한시름 놓을 수 있게 되었습니다."

　"이 늙은이가 큰 도움이 될지 모르겠소만, 어쨌든 최선을 다하겠소."

　이정웅은 밝게 웃으며 고개를 끄덕였다. 그러나 잠시 후 그는 정색을 하고 고승도의 두 눈을 직시했다.

　"그런데 은공! 이 사람이 정녕 은공을 믿고 마음 편히 지내도 되겠습니까?"

　이정웅의 눈빛이 한순간에 칼날처럼 변해 있었다. 고승도는 그 변모가 어디에서 기인한 것인지를 깨닫고 쓴웃음을 지었다. 황자의 안전을 책임지고 있는 이정웅으로서는 만사에 만전을 기할 수밖에 없고, 그러다 보니 그 자신을 통해 고승도가 만 귀비에게 전했던 천수불영도법 떠올릴 수밖에 없었을 것이다.

　"틀림없이 이 늙은이는 만 귀비와 관련하여 남모를 사연이 있소. 그러나 이번 일을 함에 있어 중도에서 못하겠다고 밝히고 물러나는 일은 있을지언정, 나로 인해 황자의 신변에 이상이 생기거나 위험을 알아차리고도 방관하는 일은 없을 것이오. 그리고 아직 시작하지도 않은 일이오. 이 늙은이가 못 미더우면 지금 거절하시구려."

　이정웅은 날카롭던 눈빛을 거두고 자세를 바로 하여 정중하게 포권을 취했다.

　"은공, 죄송합니다. 제 목을 맡기는 일이라면, 세상 사람 모두가 은공을 못 믿겠다 하여도 한 점 거리낌이 없을 것입니다. 하나 이 나라의 적통을 지키는 일이다 보니 모든 가능성을 다 따져 보지 않을 수 없는 입장입니다. 무례를 용서하십시오.”

고승도는 이정웅의 사과를 받아들이고 우쟁천을 흘끔 쳐다보았다.

“그 일을 맡는 동안은 최선을 다할 것이오. 저 녀석의 장래를 도외시할 만큼의 사심이 이 늙은이에겐 없소이다.”

이정웅도 우쟁천을 바라보며 고개를 끄덕였다. 고승도가 우려할 만한 행동을 하는 순간 우쟁천 또한 대역죄인이 될 수밖에 없는 상황이었다. 또한 그런 일을 공공연하게 할 필요가 없는 사람들이었다. 만 귀비 측에서도 모르는 황자의 거처를 이미 알고 있는 두 사람이니, 일을 저지르려 한다면 진즉에 할 수 있었을 것이고, 직접 하지 않으려 한다면 만 귀비 측에 제보만 해도 될 일이다. 일부러 어려운 길을 선택할 이유가 없었다.

가만히 듣고 있던 우쟁천이 담백한 시선으로 고승도와 이정웅을 번갈아 바라보고 나서 말했다.

“이제 끝난 거지요?”

이정웅이 고개를 끄덕이자 우쟁천이 다시 말했다.

“언제 출발할 생각이십니까?”

“올해를 넘기기 전에는 경사에 들어가야 하네. 곧 소림과 화산의 고수들이 황거와 함께 올 것이네. 최대한 늦추고 싶네만 열흘 후쯤에는 출발해야 되겠지?”

“황거가 온다? 하면 황성에서 전하가 이곳에 있음을 이미 알고 있단 말씀이십니까?”

이정웅은 고개를 저었다. 황제가 황거까지 미리 준비해 놓고 안달복달하고는 있지만 태후가 완강히 거절하고 있다고 했다. 하지만 해 넘기기 전에는 반드시 황자를 귀환시키겠다고 약조를 한 터라 조만간 황자의 거처 또한 만 귀비 측에 밝혀질 것이라고 했다.

우쟁천은 뺨을 붉적이며 한참이나 미간을 좁히고 있다가 고승도를 바

라보았다. 고승도가 고개를 끄덕이자 우쟁천이 이정웅에게로 상반신을
숙이며 말했다.

"그러면 말이죠, 제 부탁 하나만 들어주시겠습니까?"

산해관에서 경사까지 육백여 리. 군대가 쉬이 움직일 만큼 잘 닦인 길
은 아니지만 그렇다고 험로라고도 할 수 없어서, 무리하면 이틀로 충분
한 거리였다.

어떻게 하든 빠른 시간 내에 황도 안에 들어서는 것이 황자의 안전을
위한 최선의 방책임을 알고 있는 이정웅이었지만, 그를 고민하게 만드는
것은 시기였다. 황제가 황자의 존재를 알게 된 순간부터 황자의 귀환은
정해진 일이었지만, 이정웅은 어떻게든 그 시기를 늦추고 싶었다. 그래
서 태후에게 무슨 수를 쓰더라도 늦은 봄까지 늦춰달라는 청했지만, 황
제는 무슨 일이 있어도 신년하례식에서 황자를 대면코자 하였다.

겨울, 곤란한 시기였다. 경사 가는 관도에 쌓인 눈은 일행의 바쁜 발걸
음을 늦출 것이고, 추운 날씨는 호위대의 야영을 불가능하게 만들 것이
다.

이정웅은 어쩔 수 없이 이 박 삼 일의 여정을 잡아야 했다. 육백 리 길
을 셋으로 쪼개어 풍윤현과 삼하현에 각기 일박씩 하고 나머지 백여 리
를 전력으로 달리겠다는 계획이었다.

쌓인 눈이 얼어 길은 빙판길이나 다름없었다. 불행 중 다행으로 하늘
이 청명하여 추위와는 별개로 시야만큼은 충분히 확보할 수 있었다.

이정웅은 담비 털로 만든 조끼와 모자를 쓴 자포소년이 화산신검 자청
과 혼원당의 이대금강 가운데 한 사람인 탕마신도 연녹당, 그리고 정체
를 알 수 없는 황의장년인과 함께 팔두마차에 오르는 것을 확인하고 하

늘을 올려다보았다.

긴장을 풀지 못한 이틀이었기에 이정웅의 노안은 붉게 충혈되어 있었고 기백 어린 표정도 어쩐지 억지로 짜낸 듯했다. 그가 그리도 피곤해 보이는 것은 단지 나이 때문이 아니라 첫날밤부터 발생한 불상사 때문이었다.

첫날밤을 보낸 풍윤현청에서의 일이었다. 현의 모든 군사들이 현청의 외부를 지키고 오백여 산해정병들이 현청 안을 물샐틈없이 방비했음에도 불구하고 열한 명의 살수가 황자 주우탱(周祐樘)의 처소를 급습했다. 다행히 그날의 처소 방비를 맡았던 화산의 고수들이 큰 부상 없이 물리치기는 했지만, 혹시나 별 사고 없이 갈 수 있지 않을까 했던 기대는 물거품이 되었다. 지난밤에도 대대적인 살수의 기습으로 많은 사상자들이 발생했다. 결국 지난 이틀 동안 호위단은 잠도 자지 못한 채 팽팽한 긴장감을 계속해서 유지해야만 했다.

이정웅은 호위단의 대부분을 차지하고 있는 산해관의 정병 적갑병단의 상태를 확인했다. 군기가 엄정한 정예병이라는 것은 그냥 보아도 알 수 있었다. 그러나 이정웅 그가 심혈을 기울여 조련한 적갑병단 본래의 서릿발 같은 기세는 처음 산해관을 출발할 때에 비하여 많이 누그러져 있었다.

이정웅은 남몰래 눈살을 찌푸리며 걱정스럽게 바라보았다. 무리한 행군과 추위, 그리고 수면 부족의 상황에서 지금 정도의 기세를 유지하는 것만도 다행스러운 일이었다. 하지만 '저 정도도 다행'이라고 자위할 때가 아니었다. 과정이야 어떻든 결과만이 중요한 때였다. 더구나 적갑병단은 군부의 거센 반대에도 불구하고 이정웅이 억지로 만든 부대다.

'여기서 좋은 결과를 만들어내지 못하면, 나의 실책 정도로 끝나지 않는다. 부대 자체가 사라지게 된다.'

언제부턴가 기병 무용론이 대세가 되어버렸다. 영명한 군주의 오랜 부재, 환관의 전횡, 부정부패의 만연으로 인하여 나날이 쇠약해져 가는 명나라는 제국 초기의 강력함을 잃고 외적의 침입에 대해 수세적으로 대처할 수밖에 없었다. 그러다 보니 애초에 적극적인 공세 혹은 적극적인 방어 개념의 전략은 빛을 잃었고, 그로 인해 기병의 존재가치 역시 무의미해질 수밖에 없었다.

나라를 지켜야 하는 장수의 입장에서 수세로 일관된 전략에 수긍할 장수는 없다. 산해관으로의 전출을 명받은 이정웅이 처음 한 일은 상징적으로나마 산해관의 기병을 되살리는 것이었고, 그래서 만들어진 것이 바로 적갑병단이다.

정병을 가려 뽑아 쇄자갑을 상반신 주요 부분만 가리도록 개량한 철신갑을 입히고, 가벼운 등패를 채용하여 말의 무게 부담을 크게 줄였다. 그리고 기사(騎射) 훈련에 많은 공을 들였고, 창이나 장도를 대신하여 정규군에게서는 볼 수 없는 혈랑도를 일률적으로 사용하게 하였다. 그 후 수년간의 강도 높은 훈련으로 단련된 적갑병단은 구색을 갖춘다는 의미의 기병이 아닌, 기마민족인 몽고와 만주족을 능히 상대할 만한 공세형 최정예부대로 태어났다.

이정웅은 억지로라도 기세를 북돋는 적갑기병들을 안쓰럽게 바라보면서 주먹을 불끈 쥐었다.

'피곤도 하겠지. 하지만 하루 더 머문다면 그만큼 더 피로가 쌓일 거다. 백 리 남았다. 쥐어짜서라도 가야 해.'

가슴에 만근석을 품은 것같이 답답했다. 대명제국의 황태자가 될 사람이 겨우 육백 리 길을 이동하는 중인데 쫓기듯이 달리고 있었다. 어이없는 일이지만 현실이었다. 이정웅을 더욱더 참담하게 만드는 것은 믿을 사람이 하나도 없다는 사실이었다.

풍윤현의 현령 차후경이 사태의 심각성을 깨닫고 현의 군사들을 딸려 보내려 했지만, 이정웅은 어쩔 수 없이 거절해야만 했다. 황실에 연락하여 군사들을 보충하는 것 또한 조심스러워서 하기 힘들었다.

이정웅은 그가 겪어온 황자 주우탱을 상기했다. 영명하다는 말에 모자라지 않았다. 또한 어릴 적부터 어려운 환경에서 자란 탓에 약자에 대한 이해심과 측은지심도 많았다. 일단 권력을 잡게 되면 어떻게 변할지 몰라도 지금 당장은 명군이 될 거라고 기대하고 있었다.

'죽어야 한다면 죽어야지. 그들을 믿는다!'

이정웅은 어금니를 꽉 물고 눈을 찔끔 감았다가 힘차게 부릅떴다.

"출발하라!"

후두두두두두두두둑!

삼백여 적갑병단이 먼저 출발했다. 그 뒤로 이정웅과 방갓을 쓴 흑의 사내 다섯이 뒤따랐고, 황룡기를 단 팔두마차가 그 뒤를 따랐다. 자청을 비롯한 화산파 사람들이 어거의 꽁무니에 붙었고 군관복 차림의 장수들 십여 명이 뒤를 이었다. 그리고 남은 적갑병단이 후미 대열을 이루었다.

삼하현을 벗어나자마자 펼쳐지는 광경은 낮은 구릉들이 연이어진 하얀 평원이었다. 긴장감에 곤두서 있지 않은 상태라면 그 드넓은 설원을 보고 하늘에 감사할 만도 했지만, 지금은 늘어진 근육과 핏기없는 피부를 대하는 듯 맥이 빠질 따름이었다. 기분만 처지는 것은 아니었다. 얼음이 되다시피 한 눈들은 황거의 발목을 잡아 안 그래도 마음이 급한 이정웅의 가슴을 더욱더 답답하게 만들었다.

'하아! 한 시진 만에 겨우 이십 리라니.'

산해관에서 경사까지의 길 가운데 상태가 가장 안 좋은 곳이 바로 삼하현에서 통현까지의 칠십 리 길이다. 산해관이 뚫리고 나면 황도 이전에 방어를 해볼 만한 유일한 관문이기에 전략적으로 험로를 그대로 놓아

둔 곳이었다.

이정웅은 못마땅한 눈초리로 뒤를 돌아보았다.

길이 험하다고 해서 기병의 발목을 잡을 정도는 아니었다. 굼벵이처럼 느린 발걸음의 원인은 황거에 있었다. 여덟 마리의 건마가 끌고 있음에도 불구하고 어린아이 키만 한 구릉을 올라가는 것조차 어렵게 만드는 황거라면 차라리 버리는 게 나을 것이다. 황자의 편안한 여행을 위한 배려라고 생각했겠지만 한시가 급한 이정웅에게는 족쇄에 불과했다. 하지만 황제가 직접 내린 마차였다. 사단이 난 것도 아닌데 버리고 갈 수는 없었다.

'팔십여 리 남았다. 황도에서 통현까지의 삼십 리 길은 대로이니 반시진이면 충분할 터. 문제는 여기서부터 통현까지의 오십 리. 그 안에만 사단이 생기지 않으면 된다.'

상대가 바보라 해도 황자를 죽인다는 목적을 달성하기 위해서는 이 근동의 지형을 이용하지 않을 수 없었다. 이정웅은 문제가 생길 것이 틀림없음을 알면서도 어떻게든 긴장감을 늦추어보려고 했다. 주변을 둘러보니 보이는 것이라고는 칼날 위에 선 듯한 긴장감을 드러내는 병사들과 말들의 하얀 입김들뿐이었다.

'하! 과유불급이거늘, 긴장감이 너무 지나쳐.'

그때 앞서 나갔던 척후들이 급하게 돌아오는 모습이 보였다.

"멈춰라."

이정웅의 말에 고진이 소리쳤다.

"멈춰라!"

붉은 깃발이 오름과 동시에 멈추라는 말이 한순간에 앞뒤로 물결치듯 전달되자 호위단 전원이 제자리에 섰다. 적갑병단은 그 즉시 활에 화살을 재고 사방을 경계했다.

후두두두둑!

대열 선두에 합류한 십여 명의 척후대 가운데 하급군관의 갑주를 입은 사람이 대표로 이정웅에게 달려왔다. 팔을 굽히고 고개를 숙이는 것으로써 군례를 마친 그는 몇 개가 겹쳐 시야를 가리고 있는 구릉들 사이로 손을 뻗으며 보고했다.

"장군! 앞에 막아선 자들이 있습니다. 이백여 명 정도 되는 흑의인들인데, 복장으로 보아 동창의 위사들 같았습니다."

이정웅은 눈살을 찌푸릴 수밖에 없었다. 아무리 대역무도한 무리라 하더라도 공공연하게 정체를 드러내면서까지 황자를 제거할 수는 없는 일이었다. 그렇게 마음먹은 자가 있다면 단 한 가지 경우, 단 한 사람도 살려 보내지 않을 능력이 될 때뿐이리라.

그러나 겨우 이백 남짓이라고 했다. 개개인의 능력이 적갑병단의 우위에 있다 할지라도 평원에서 조우한다면 결과는 달라지리라.

'적갑병단을 과소평가하는 것인가? 눈이 방해가 된다지만 땅도 얼어 있다. 기병의 이점을 살리지 못할 정도는 아닌데, 무슨 뜻인가? 그들을 소모하여 수를 줄이겠다는 뜻인가?

이정웅은 고개를 저을 수밖에 없었다. 사람 한둘 빼내어 세상에 알리는 것은 일도 아니었다. 정체를 드러내면서까지 무모하게 덤빌 수는 없으리라.

"그들의 대형은?"

"평탄한 길 좌우로 도열한 상태입니다. 몸을 숨기려는 기색조차 보이지 않았고, 우리를 보았음에도 불구하고 별다른 조치를 취하지 않았습니다."

그때 누군가가 소리쳤다.

"장군! 누가 옵니다."

조금 전 척후대가 지나온 길로 흑의인 하나가 달려오고 있었다. 이정웅은 황거를 힐끔 돌아보고 나서 말의 옆구리를 찍어 앞으로 나아갔다.

"으응? 저자는 유동?"

동창 첩형 유동은 동창 내의 수족이 다 잘린 이신충을 동창과 연결시켜 주는 유일한 끈이었다. 신뢰할 수는 없어도 적대시 할 필요는 없는 사람이었다. 그를 의심해야 한다면 지금 황거의 안팎에 포진에 있는 소림과 화산의 고수들마저 의심해야만 했다. 그들 역시 이신충이 연결시켜 준 사람들이기 때문이었다.

"장군, 오랜만에 뵙습니다."

유동은 환관답게 가냘픈 몸매와 그에 어울리는 목소리를 지니고 있었다. 그러나 그 눈매만큼은 경계심을 풀지 못하는 이정웅 못지않게 날카로웠다.

이정웅은 내심 의아심을 품지 않을 수 없었다. 비록 첩형에 불과하나 서슬 퍼런 동창의 몇 안 되는 실력자였다. 과거 변방으로 좌천되는 이정웅에게 은근한 조소를 날리던 그가 의외로 깍듯하게 예의를 지키고 있었다.

'권력이 움직이면 마음도 따라 움직인다는 것인가?'

시류를 아는 자가 준걸이라는 말이 괜히 있는 게 아니다. 지금이야 쫓기듯 이동하고 있지만, 일단 황성 안에 들어서면 싸움의 수단은 힘이 아닌 명분이다. 이정웅은 당금 황제의 유일한 핏줄인 황자를 오랜 세월 동안 보호해 왔던 사람이다. 황자가 권력을 쥐게 되면 이정웅 또한 자연스럽게 실세로 등장할 것이다. 지금이야 도박하는 심정일 테지만, 이긴 후의 배당금을 생각하면 유동의 태도는 당연하다고 여길 수 있는 변화였다.

"오랜만이구먼, 유 태감."

유동은 별로 반기지 않는 이정웅의 기색을 느끼고 쓴웃음을 지었다. 그는 황거를 힐끔 쳐다보고 말했다.

"풍윤현에서의 망측한 일을 들었습니다. 이 공공께서 대노하시어 제게 마중을 나가라 하셨지요."

천하 방방곡곡 그 어디에나 동창의 눈길은 있다. 주도권을 서창에 빼앗긴 상태이긴 하지만 그 하부조직의 탄탄함은 신설된 서창이 따라가지 못한다. 현재 공식적으로 집계된 동창의 인원이 일만 이천이니 그 위세를 빌려 활동하는 자들의 수까지 합하면 십만은 족히 넘어가리라. 그러니 풍윤현의 일이 알려진 것도 무리가 아니었다.

이정웅은 유동의 눈을 직시하며 상황을 다시 한 번 점검했다.

이정웅이 말이 없자 유동은 얼굴에 슬픔과 노기를 동시에 드러냈다.

"최선을 다했으나 믿을 만한 자가 드물어 큰 도움을 드리지 못할 것 같습니다."

현재 경사에서 활동하는 동창위사의 숫자만 해도 삼천이 넘었다. 그 가운데 유동이 끌고 온 이들이 겨우 이백에 불과하니 동창 내에서의 이 신충의 영향력이 얼마나 미미한지 확인할 수 있는 대목이었다.

어쨌든 이정웅에게는 상관없는 일이었다. 누구라도 완전히 믿지 못한 상황이니, 숫자가 많으면 오히려 마음만 불안해질 것이다.

"그 충심만으로도 고맙기 그지없구먼. 전하께서 기뻐하실 것이네."

위세당당한 동창의 첩형 유동이 겸손한 미소를 띠며 말을 받았다.

"불안 불편함은 통현까지 뿐입니다. 황상께옵서 경사수비군으로 하여금 전하를 맞이하라는 황명을 내리신 바, 지금 황충길 상장군께서 급히 군사들을 전개하고 계십니다. 곧 경사에서 통현까지 물샐틈없는 방비가 이루어질 것이니 조금만 더 고생하시지요."

"오! 황 장군이!"

　황충길은 이정웅이 믿을 수 있는 몇 안 되는 군부의 인물이었다. 한때 이정웅의 참장이기도 했던 황충길은 충직할 뿐만이 아니라 청렴고고하기가 한겨울 대나무 같아 한죽(寒竹)이라고 불리는 인물이었다.

　이정웅은 금세 기쁨으로 들뜬 마음을 가라앉히고 유동의 눈을 직시했다.

　"유 태감, 지금부터 내가 하는 말을 섭섭하게 듣지 말게."

　유동은 계속 말하라는 듯 묵직하게 고개를 끄덕였다.

　"지금 내 입장으로는 이 공공이 직접 왔다 해도 쉽게 믿지 못하네. 이해하겠지?"

　"예! 장군!"

　"난 자네를 호위군에 합류시킬 수 없어. 그러니 자네 먼저 움직여서 길을 열게. 거리를 두고 그 뒤를 따르겠네. 그리고 유사시에는 인정에 눈을 돌리지 않을 생각이네. 방해되지 말게. 내가 맡은 임무는 전하를 황성까지 무사히 모시는 일. 그 일을 위해서라면 자네를 희생시키는 일도 기꺼이 할 것이네. 알겠는가?"

　유동은 결연한 의지를 드러내며 고개를 숙였다.

　"방해가 된다 싶으면 주저 말고 밟고 가소서."

　"이해해 주니 고맙네. 황거로 인하여 반 시진에 십 리 정도밖에 못 움직이네. 속도를 맞춰주게."

　유동은 황거를 향해 장읍한 후 이정웅에게 목례하고 왔던 길을 돌아갔다.

　화천상은 검은 점들이 시야에 잡히자 차갑게 미소 지었다.

　"오는 모양이군."

　호르르르르륵!

좌측의 큰 구릉 뒤에서 서럽게 우는 듯한 새 울음소리가 났다. 시선을 돌려보니 명적 한 발이 포물선을 그리며 떨어져 내리고 있었다. 보통의 명적보다 낮은 울음소리를 내도록 개량된 그 명적은 화천상의 이 보 앞에 꽂혔다. 비마가 명적을 뽑아 들어 화살대에 묶인 종이를 풀었다.

화천상이 눈빛으로 묻자 비마는 웃으며 고개를 저었다.

"삼급입니다."

경사 주변에 펼쳤던 천라지망을 해체하고 그들 가운데 팔 할을 풍현에서부터 산해관 사이에 집중 배치했다. 비마의 앞에 도착한 화살은 한 대에 불과했지만, 그 화살에 묶인 전서를 쓰기 위하여 수백 발의 화살과 전서구들이 하늘을 어지럽혔을 것이다. 하지만 비마가 화천상에게 한 말은 단지 삼급이라는 한마디였고, 그 의미는 전서의 내용이 특별한 것이 아니라 그저 시간이 되어 보내는 정기보고라는 뜻이었다.

화천상은 뭔가 못마땅한 듯 미간을 찌푸렸다.

"정말 저들뿐이란 말인가? 혹시 병사들 속에 숨어 있는 자들이 있는 건 아니오?"

"암영단을 교차시켜 가면서 모두 한 번씩 붙였습니다. 그들의 눈에서 벗어날 만한 실력자가 몇이나 되겠습니까? 지난 이틀간 말단 병사들의 면면까지 모두 확인했습니다만, 탕마신도와 무토군의 정체를 확인한 것 말고는 별다른 인물은 발견되지 않았습니다."

화천상은 품속에서 그림 한 폭을 꺼내어 펼쳤다.

"그렇다면 다행이지만, 우리는 황자의 얼굴도 정확히 모르오. 왕 태감이 전한 이 얼굴도 오 년 전에 그린 것을 참고로 지금쯤 이러한 모습일 거라고 짐작하는 것뿐이니, 황제의 어지를 받는 중에 얼굴이 확인되었다 하더라도 방심할 수는 없는 일이오. 닮은 녀석 내세우는 게 어려운 일이오? 우리는 똑같이 생긴 놈도 내세우잖소. 주변을 다시 한 번 살펴서 만

전을 기하도록 하시오."

크게는 이정웅이 자신에게 이목을 집중시켜 놓고 다른 사람으로 하여금 황자를 귀환시키는 것을 걱정하는 것이고, 작게는 어둠 속에 날카로운 창을 숨겨둔 것을 염려하는 것이었다. 그러나 비마의 생각은 달랐다. 황자가 황제의 어지를 받은 이후부터 산해관에서 암약하는 동창의 눈에서 벗어난 적이 없었다. 그리고 현재 산해관에서 풍현까지 펼쳐져 있는 천라지망 안에도 강호의 중요인사들을 속속들이 꿰고 있는 암영단의 눈초리가 시퍼렇다.

'이정웅이 믿는 것은 저들 적갑병단이다. 심혈을 기울였다 들었다. 강호가 그의 사고를 뛰어넘는 세계임을 모르니, 정병이라고 자부하고 있을 테지. 하지만 정저지와(井底之蛙)일 뿐이야.'

화천상과는 다른 의견을 가지고 있지만, 비마는 일단 수신호를 보내어 암영단에게 다시 한 번 주위를 살피라고 지시했다. 그리고 조심스럽게 자신의 의견을 피력했다.

"산해관에서 풍현까지는 그 누구도 우리 측 그물을 빠져나올 수는 없습니다. 회주, 아직도 저들이 미끼일 거라고 생각하십니까?"

"음… 지금까지의 상황을 고려해 볼 때 가능성이 희박한 건 사실이오. 혼원당이 파견한 자들이 정녕 탕마신도 연녹당과 소림 사대금강이며, 북도련이 파견한 자들이 신검 자청과 매화오엽검수들이라면, 그들을 미끼로 치부하기는 어렵지. 전의 고수가 나설 것임을 뻔히 아는 처지에 저들에게 있어서 전부나 다름없는 고수들을 모두 미끼로 투입한다는 것은 분명히 무모한 일이오. 게다가 황제의 배려를 무시하기도 힘든 일이고. 하나 그 정도 유혹을 내보일 정도는 되어야 허를 찌를 생각도 해볼 수 있는 것 아니오? 물론 장래를 위해 소림과 화산의 중추들을 지워 버리는 것만으로도 우리로서는 의미가 있소만."

말없이 화천상의 옆에 서 있던 적포복면인이 입을 열었다.

"회주! 당면한 일부터 처리하는 게 순서일 것 같소이다."

화천상은 미소를 지으며 복면인에게 가볍게 목례했다.

"그렇군요. 유동의 얼굴이 벌써 보이는군요. 가라!"

화천상의 뒤쪽에 시립해 있던 백여 명의 흑의복면인 대부분이 눈길을 미끄러지듯이 치달렸다. 남은 이들은 화천상을 비롯한 겨우 이십여 명뿐이었다.

화천상이 적포복면인을 향해 고개를 돌리고 말했다.

"봉공, 어느 쪽을 맡으시렵니까?"

"닥치는 대로 하십시다. 자청이라는 말코의 실력이 과대평가된 것이 아니라면 어느 쪽이든 상관이 없지 않겠소?"

"음, 그럼 몇 살 덜 먹은 이 사람이 한 걸음이라도 먼저 움직이지요. 연녹당을 맡겠습니다."

"허! 몇 살 덜 먹었다 하셨소? 기가 막히는구려. 더구나 연녹당이라 했소? 같은 검인끼리 손속을 나눠보겠다 할 줄 알았는데, 왜?"

화천상이 피식 웃으며 대답했다.

"친구 놈들 중에 칼 잘 쓰는 녀석이 있습니다. 뜻과 길이 다르니 언젠가는 붙어야 하는데, 확신이 서지 않거든요."

"하! 그래서 연녹당이다? 궁금하군. 회주를 주저하게 만드는 그 망할 놈의 친구가 누구요?"

화천상이 막 대답하려는 순간 쇄도해 나간 흑의복면인들과 동창의 위사들이 충돌했다. 화천상은 그들보다는 그들 뒤쪽에 멈춰선 점들, 산해관의 호위단에게로 눈길을 주었다.

"하! 끼어들지 않고 멈췄어? 이런이런, 과연 이정웅이구나. 좋아! 여기까지는 예상을 깼다 치고, 이제부터 어찌하시려나?"

이정웅은 대열의 선두로 나아가 흑의복면인들과 동창의 교전을 살폈다. 아담한 구릉들이 연이어지던 설원의 모습이 그곳 전장에서만큼은 달라져 있었다. 그곳에서부터 시작되는 완만한 민둥산이 좌측으로 계속 이어지고, 오른쪽으로는 지금까지와는 달리 덩치가 큰 구릉들이 있다. 그리고 그 구릉들 사이로 경사(京師)까지 이어진 운하가 보였다. 그렇다고 매복을 걱정할 만한 지세는 아니었다.

산과 구릉은 덩치가 좀 클 뿐, 근처의 지형 특성과 마찬가지로 완만하여 많은 인원이 몸을 숨길 만한 구석이 없었다. 더구나 얼어버린 눈은 그 누구의 발걸음도 허락하지 않은 원래의 모습 그대로였다. 문제가 있다면 나아가기 위해서는 반드시 그곳을 지나야 한다는 것이었다.

'선택의 여지가 없지?'

이정웅은 다시 그 통로를 확인했다. 불행 중 다행으로 통로의 너비는 이백 장에 이를 정도로 넓었다. 삼백여 명의 사람이 혼전을 벌이고 있음에도 그 통로를 다 차지하지 못하고 있었다.

이정웅은 다시 싸우고 있는 자들을 주시했다. 기대와는 달리 숫자가 많은 동창위사들이 오히려 밀리고 있었다. 동창의 위사들 가운데는 강호의 무공을 익힌 자들이 많았다. 황궁 안이라면 고수 소리를 듣는 자들이었고, 강호로 나선다 해도 삼류 소리는 듣지 않을 만큼의 실력은 기본적으로 갖추고 있다. 하지만 눈앞의 광경에서는 동창위사들의 실력이 드러나지 않았다. 제대로 하지 않는다는 의미가 아니라 상대가 그만큼 강하다는 뜻이었다.

말 탄 자들과 타지 않은 자들의 싸움. 말을 타고 있다 해도 달리는 속도에 도움을 받지 않는다면 말을 타고 있다는 것이 이점이 될 수 없다.

'동창위사들에게 있어서 말이란 이동의 수단일 뿐이다. 지금 같은 상

황이라면 차라리 하마하여 숫자의 위세를 빌리는 게 나을 것이다.'

이정웅은 생각대로 동창위사들은 말과 일체가 되어 움직이지 못한 채 하나 둘씩 피를 뿌리고 쓰러지든지, 스스로 하마하여 흑의인들에게 맞섰다. 혼전양상에 짙어지자 같은 색의 옷을 입은 두 무리들을 멀리서 분별하기가 쉽지 않았다. 하지만 두 무리 모두 조금씩 이정웅 쪽으로 밀려오고 있었다.

이정웅은 두 눈을 차갑게 굳히고 말머리를 돌렸다.

"자! 마지막 고비다. 통현까지 사십 리, 쉬지 않고 달린다! 막아서는 것은 적아분별 하지 말고 가차없이 벤다! 돌격대형으로!"

이정웅은 급히 황거로 다가갔다.

연녹당이 고개를 내밀었다.

"황거를 포기하시렵니까, 장군?"

"그렇소이다."

연녹당은 두말 않고 황거를 나섰다. 그 뒤로 자포를 입은 소년이 나섰고, 신검 자청과 황의장년인도 내렸다. 마부는 이정웅의 지시에 따라 순순히 대열에서 이탈했다.

황거를 끌던 여덟 마리의 말 가운데 세 마리가 풀려나 연녹당과 자청, 그리고 황의장년인에게 건네졌다.

연녹당은 먼저 말을 타고 자포소년을 끌어올려 앞에 앉힌 후 소림의 사대금강을 향해 말했다.

"네 분 대사! 부탁드리오!"

네 사람이 염주를 감은 손을 들어 보이며 낮게 불호를 외웠다. 그들이 떠날 준비를 끝내는 동안 적갑병단은 각자의 간격을 일 장씩 유지한 채 하나의 거대한 화살촉이 되어 흥분한 말들을 달래고 있었다.

연녹당은 이정웅의 안내를 받아 대열의 중앙에 들어섰다. 그 주위로 소림의 사대금강이 포진하고 그 외곽에 자청을 비롯한 화산 고수들이 자리했다. 그리고 화산 고수들의 양옆에는 적갑병단의 기병들이 세 겹으로 인의 장막을 치고 있었다. 앞이 깨어지고 옆이 깨어져도 한동안은 소림과 화산의 고수들이 손 쓸 일 없으리라.

이정웅은 앞으로 나가려다가 고삐를 채었다.

"전하! 견디소서."

참상이 벌어질 것이기에 긴 말로 다독이고 싶었지만 그럴 시간이 없었다. 그리고 그럴 필요도 없었다. 이정웅은 자포소년의 의연한 눈빛을 받으며 대열의 선두 자리로 나아갔다.

"진형을 흐트러뜨리지는 말라! 동료들과 보조를 맞춰라! 막는 것은 무엇이건 벤다! 가자! 적갑병단이여!"

질주본능에 흥분하여 투레질하던 말들이 가자는 한마디에 반응하여 일제히 앞으로 나아갔다.

두두두두두두두둑!

오백여 기, 이천여 개의 말발굽이 설언 눈들을 짓밟으며 속도를 더했다.

후두두두두두두두둑!

조금씩 속도가 빨라지자 눈 속에 숨어 있던 대지까지 비명을 질렀다.

ㅊㅊㅊㅊㅊㅊㅊㅊ층!

전장의 십여 장 앞에 이르자 이정웅이 장군검을 뽑아 들었다. 적갑병단도 일제히 혈랑도를 뽑아 드니 군마들이 대지를 짓밟으며 달리는 기세와 뒤섞여 거센 살기가 폭풍처럼 일어났다.

"제기랄!"

진즉에 말에서 내렸던 유동은 세차게 다가오는 검 한 자루를 거칠게 튕겨내고는 뒤를 돌아보았다. 상대의 이격에 대해서는 걱정도 하지 않는 태도였고, 뒤로 밀려난 상대 역시 다시 달려들 생각이 없는 듯 유동과 같은 곳을 바라보았다.

거우 이십여 장 뒤쪽에서 거센 폭풍이 밀어닥치고 있었다. 상대가 유동이라고 해서 봐줄 것 같지 않았다. 닥치는 대로 찢고 부술 기세였다. 한 사람, 한 사람의 실력으로 보면 칼질 두어 번으로 죽여 버릴 수 있는 자들이었지만, 지금처럼 뭉쳐서 용권풍이 되어버린 상태에서는 유동 그가 종잇장처럼 찢겨질 것이다.

'젠장! 이정웅 저놈! 정말 나를 밟고 갈 생각인가? 이래서는 애쓴 보람이 없잖아?'

유동, 정확히 말하자면 유동의 얼굴을 한 무면유마 유도락은 길게 생각할 여유도 없이 통로 중앙에서 물러섰다.

애초부터 호위단에 끼어들 수 있을 거라고는 기대도 하지 않았다. 다만 앞서 가다가 공격을 받게 되면 호위단이 도우러 오지 않을까 기대한 것이고, 그것도 여의치 않다면 서서히 뒤로 물러나 자연스럽게 호위단의 틈새로 파고들 생각이었다. 하지만 이정웅은 어느 하나 허용하지 않았다.

유도락은 얼굴을 일그러뜨리며 세차게 휘파람을 불었다.

휘이익!

휘파람 소리가 허공을 찢으며 울려 퍼지자 칼을 맞대고 있던 동창위사들은 물론 공격한 흑의인들까지 일제히 손을 멈추고 좌우로 갈라졌다. 그들뿐만이 아니었다. 피를 뿌리고 쓰러져 있던 자들까지 언제 다쳤느냐는 듯 일어나서 급히 통로를 비웠다. 바로 그때 이정웅을 선두로 한 호위단이 텅 빈 통로로 파고들었다.

유도락은 구릉 위쪽으로 몸을 날리며 소리쳤다.

"쳐라!"

조금 전까지 흑의인들과 치열하게 싸우던 동창위사들이 흑의인들과 동시에 적갑병단에게 달려들었다. 적갑병단은 달리던 속도를 그대로 유지하며 바깥쪽으로 몸을 기울여 세차게 혈랑도를 휘둘렀다.

채채채채채채채채챙!

적갑병단을 노리고, 말을 노리던 그들의 칼이 혈랑도에 막히면서 불똥을 튀기는 순간 뒤쪽에서 연이어 달려오던 적갑병단의 혈랑도가 연이어 그들을 베었다.

조금 전과는 다른 진짜 피가 튀었다. 팔다리가 분리되고 머리통이 허공으로 솟구쳤다. 바닥에 떨어진 동창위사들의 육신은 또다시 말발굽에 짓밟혀 혈구가 되어버렸다.

그들만 죽임을 당한 것은 아니었다. 적갑병단과 말들도 베어져 바닥을 나뒹굴었다. 구슬픈 말울음 소리와 함께 거체가 바닥을 뒹굴자 뒤따라오던 말들이 놀라 속도를 줄이려 했다. 그러나 수년간 말과 함께 뒹굴던 적갑병단은 이미 인마일체의 경지에 이른 듯 절묘하게 방향을 비틀어 계속해서 나아가기도 하고 허공으로 비상하기도 하여 속도를 유지했다.

동창위사들이 많은 손실을 보면서 주로 진형의 외곽을 공략하고 있을 때, 흑의복면인들은 허공으로 튀어 올랐다. 그들은 외곽의 경기병들을 뛰어넘어 직접 안쪽을 공략했다.

퓨퓨퓨퓨퓨퓨퓨퓨!

외곽에 포진하고 있던 경기병들이 혈랑도를 뽑아 들었다면 칼을 휘두를 필요가 없는 안쪽의 경기병들은 활에 화살을 잰 채 기다리고 있었다. 흑의복면인들이 허공으로 튀어 오르는 순간 삼백 발의 화살이 일제히 발사되었다.

허공으로 튀어 올랐던 흑의인들은 코앞에서 쏘아진 화살들을 바라보며 세차게 검을 휘둘렀다. 화살들이 꺾이고 튕겨 나가기도 했다. 하지만 바로 앞에서 쏘아진 화살, 미처 대비하지도 못한 화살비를 모두 막아낼 수는 없었다.

허공에서 툭툭 떨어진 흑의인들은 말발굽에 짓밟혀 육편이 되어버렸다. 그렇다고 모든 흑의인들이 화살의 제물이 된 것은 아니었다. 그들의 검에 수십여 적갑병단이 비명을 토하고 말에서 굴러 떨어졌다. 하지만 미친 듯이 달리고 있는, 호위단 안쪽에 떨어진 흑의인들의 운명 또한 그들이 베어버린 경기병들과 별다를 것이 없었다. 촌각 사이에 말 위에 자리잡지 못한 흑의인들은 땅에 두 발을 디딘 순간 뒤따라오던 말발굽들의 제물이 되었다.

몇몇의 더 운이 좋은 흑의인들은 황자의 근접호위를 맡고 있는 사대금강들에게 직접적으로 검을 내뻗을 수 있었다. 하지만 이미 공력을 잔뜩 끌어올리고 있던 사대금강들은 격공장을 내뻗어 손쉽게 흑의인들을 막아냈다.

공격할 기회는 단 한 번뿐이었다. 숨 한 번 몰아쉬는 순간 공격의 대상은 이미 몇 장 앞으로 지나가 버렸고 격공장에 맞아 허공에서 멈칫한 흑의인들은 뒤따라오던 경기병들의 혈랑도에 피를 뿌리고 땅에 내동댕이쳐졌다.

광풍폭우가 되어 치달렸던 호위단은 한순간에 동창위사들과 흑의복면인들의 위협에서 벗어났다. 찰나 동안 펼쳐진 아비규환에서 살아남은 일백구십여 명의 동창위사와 흑의복면인들은 호위단의 뒤꽁무니를 따라 달리기 시작했다.

화천상은 눈살을 찌푸리며 고개를 저었다.

"아무리 계획대로 안 되었다고 해도 그렇지, 명색이 강호인이라는 놈들이 저런 꼴을 당해? 정말 창피하구만."

적포복면인이 말했다.

"꼭 그렇게만 볼 건 아니오, 회주! 직접 보니 기병이라는 것도 꽤나 쓸
만하구려. 특히나 저들의 말 다루는 솜씨에는 감탄을 금치 못하겠소. 말
과 사람이 하나가 된다는 것이 바로 저런 모습을 두고 하는 말 아니겠
소?"

강호인에게 신검합일이 있다면 기병에게는 인마일체가 있었다. 빠른
속도로 치달리면서도 앞뒤의 간격을 유지하는 것도 대단하다고 할 것인
데, 순식간에 장애물을 파악하고 눈에 띄게 속도를 떨어뜨리는 일 없이
회피 기동하는 모습은 정말 감탄스러웠다.

화천상이 혀를 차며 말했다.

"꼭 남의 말하시는 것 같습니다. 이제부터 봉공과 제가 손을 써야 합
니다. 귀찮지 않습니까?"

"별로. 안 그래도 근질근질하던 참이었소. 여기까지 왔는데 구경만 하
다가는 것도 좀 그렇지 않소? 상대도 적당히 긴장할 만하니까 말이오.
자! 이제 시작할 때가 된 것 같소."

화천상은 삼십여 장 앞으로 다가온 호위단을 바라보며 고개를 끄덕인
후에 품속에서 복면을 꺼내 뒤집어썼다. 비마와 그 뒤에 서 있던 사내들
도 모두 복면을 착용했다.

화천상이 말했다.

"말들을 한 번 놀라게 해줄까?"

뒤쪽에 있던 흑의인들이 화천상의 좌우에 늘어섰다. 화천상과 적포복
면인이 기세를 드러내는 순간 흑의인들도 두 손을 단전까지 내리눌렀다
가 다시 가슴까지 끌어올려 공력을 일으켰다.

"우우우우아아아!"

스물세 명의 사내가 거의 동시에 기합성을 토하며 한 발을 들어 힘차게 대지를 내리찍었다.

쿠쿠쿠쿠쿠쿠쿠쿵!

지잔이 난 것처럼 대지가 몸을 떠는 순간 얼음으로 변해가던 눈이 분분히 일어나 화천상 등에게서 멀어지며 하얀 파도가 되었다. 밀리고 또 밀린 눈의 파도는 해일이 되고 다시 허공으로 치솟아 산산이 부서지며 눈보라로 변했다. 대지가 널뛰고 세찬 눈보라가 휘몰아쳐 시야를 가려 버리자 말들이 놀라 갑자기 멈추려 했다.

이정웅의 웅혼한 목소리가 터져 나왔다.

"분음양(分陰陽) 주혼원(走混元)!"

적갑병단은 급히 말머리를 돌려 좌우로 흩어지면서 눈보라를 등졌다. 눈보라에 제대로 반응하지 못한 사람들은 진형의 중앙에서 달리던 화산과 소림의 고수들뿐이었고, 적갑병단은 당황한 채 멈춰선 그들을 중심에 두고 원을 그리듯 뒤섞였다가 눈보라가 지나간 사이에 원래의 진형을 되찾았다. 달라진 것이 있다면 좌우를 구성하던 이들이 자리를 바꾼 것뿐이었다.

눈보라가 지나가고 호위단의 모습이 다시 드러난 순간, 적포복면인이 진심 어린 감탄성을 토해냈다.

"오호! 저보시오, 회주! 대단하지 않소? 난리가 날 줄 알았는데, 저리도 쉽게 말들을 진정시키는구려."

화천상으로서는 순순하게 감탄할 수 없었다. 기대대로라면 앞에서 갑자기 멈춰서고 뒤에서 제대로 멈춰 서지 못해 뒤엉키고 부딪치고 나뒹굴었어야 했다. 하지만 인마일체의 경지를 보는 듯한 적갑병단의 움직임은 오랜 훈련에서 나오는 일사불란함과 어떤 상황에서도 흔들리지 않는 냉정함을 동시에 보여주고 있었다.

"끙!"

화천상이 신음성을 터뜨리자 적포복면인이 위로하듯 말했다.

"그래도 일단 속도는 줄여 놓지 않았소. 가십시다."

적포인의 말처럼 눈에 띄는 성과는 없었으나 빠른 움직임만큼은 봉쇄할 수 있었다. 적갑병단이야 바로 달릴 수 있었지만, 화산과 소림의 고수들은 아직도 정신을 못 차리는 말들을 달래는 것만으로도 힘겹게 보였다.

'달리지 못하는 기병이나, 뽑지 못하는 칼이나.'

스스로를 위로한 화천상은 호위단 뒤쪽에서 동창위사들과 흑의복면인들이 빠른 속도로 달려오는 것을 확인하고 앞으로 걸어갔다. 적포복면인과 비마 등 나머지 복면인들도 곧바로 그 뒤를 따랐다.

이정웅은 호위단의 기세를 억눌러 버린 상대들을 노려보며 어금니를 악다물었다. 힐끔 돌아보니 뒤쪽에서도 이백여 흑의인과 동창위사들이 달려오고 있었다. 앞쪽의 만만치 않은 고수들과의 거리는 이제 겨우 십 수여 장, 상대가 느긋하게 걸어오고 있다 해도 기병의 이점을 살리기에는 너무 짧은 거리였다.

이정웅은 장군도를 불끈 쥐고 소리쳤다.

"변태극(變太極)!"

히히히히히히힝!

이정웅의 명이 떨어지는 순간 적갑병단은 즉시 말의 옆구리를 찍었다. 소림과 화산의 고수들을 중앙에 놓고 좌측의 군세는 기사할 준비를 한 채 안쪽에 작은 원을 그리며 돌았고, 우측의 군세는 혈랑도를 휘돌리며 바깥쪽에 큰 원을 그리며 돌았다.

그때 연녹당이 소리쳤다.

"장군! 앞쪽은 우리가 맡겠소."

이정웅은 고민하지 않았다. 방금 전의 그 기세만 보아도 적갑병단의 조직력이나 전술로 상대할 자들이 아니었다. 죽음으로써 잠시 발길을 막을 수야 있겠지만 뒤에서 다가오는 흑의인들과 동창위사들이 합류하면 혼란만 가중시킬 뿐만 아니라 기병의 이점을 살리지 못한 채 전멸당하기 알맞은 형국이었다.

'분담한다면 등 뒤의 칼만큼은 걱정하지 않고 싸울 수 있을 테지.'

이정웅은 연녹당 앞에 앉아 있는 자포소년의 핏기없는 얼굴을 힐끔 보고 검을 치켜들며 소리쳤다.

"제군들! 앞으로 가도 죽음이요, 뒤로 가도 죽음이다. 어찌하려는가? 살아서 죽으려는가, 죽어서 영원히 살려는가?!"

적갑병단의 기병들이 혈랑도를 하늘을 향해 내뻗으며 비장한 목소리로 소리쳤다.

"우리 기꺼이 죽겠나이다! 죽어서 영원히 살겠나이다!"

"오늘 이 설원에 우리가 흘린 피, 청사(靑史)에 남으리라! 가자! 적갑병단은 나를 따르라!"

이정웅이 대열에서 이탈하여 뒤쪽으로 튀어나가자 태극진형을 이루었던 적갑병단은 똬리 튼 뱀이 갑자기 움직이듯 진세를 풀고 이정웅의 뒤를 따랐다.

연녹당은 시야를 가리던 적갑병단이 사라지자 천천히 다가오는 화천상 등을 노려보다가 황의장년인에게 말했다.

"무토군! 부탁하오."

황의장년인은 무겁게 고개를 끄덕이고 두 팔을 늘어뜨렸다. 그 순간 그의 소매 속에서 날카로운 갈고리 같은 것이 튀어나왔다.

"합!"

황의장년인이 바닥을 찍었다 싶은 순간 어느새 그의 신형은 땅속으로 사라져 버렸고 잠시 후에 구멍 속에서 두 손이 튀어나오면서 숨 가쁜 목소리가 들렸다.

"땅이 많이 얼었소. 멀리는 못 갑니다."

"알겠소."

연녹당은 자포소년의 수혈을 짚은 후 황의장년인에게 넘겼다. 자포소년은 무토군에게 안겨 땅속으로 사라졌다.

연녹당은 십여 장 앞까지 다가온 화천상 등을 노려보면서 말했다.

"자청 진인! 무운을 비오."

자청은 말에서 내린 후 부드러운 미소와 함께 말했다.

"연 대협! 네 분 대사! 무운을 빕니다."

연녹당 등은 무토군에게 황자를 맡긴 후라 홀가분한 표정으로 화천상 등을 향해 마주 걸어나갔다.

화천상이 삼 장 앞에서 걸음을 멈추고 오른발로 땅을 세차게 굴렀다. 눈보라가 사방으로 흩어졌다가 가라앉았다. 그는 아무 일도 없었다는 듯 연녹당을 바라보며 말했다.

"설마 제 발밑에 있지는 않겠지요? 어이쿠! 소생이 뭘 했다고 그렇게 노려보십니까? 장난이었습니다. 반기실 거라고 생각지는 않습니다만, 그래도 분위기가 너무 살벌하군요. 그저 한 목숨 넘겨주면 많은 목숨 살 텐데, 왜 고생을 사서 하시려는지 모르겠군요."

화천상이 바닥에 뚫린 구멍을 보며 혀를 차자 연녹당이 자청을 힐끔 보고나서 말했다.

"젊군. 이해 못하겠나? 우리 쪽에도 걸린 게 많지 않은가?"

"아하! 그렇겠군요. 남의 사정이라 생각 못했네."

연녹당이 쓰게 웃으며 적포인에게로 눈길을 돌렸다.

"젊은이답지 않게 음흉스럽군. 천하십대고수로 대명이 자자하신 유가

전 대협까지 모셔와 놓고 우릴 그냥 보내주겠다는 건가?"

화천상은 짐짓 놀란 듯 눈을 부릅뜨고 적포인 유가전을 바라보았다.

유가전이 물었다.

"알아보시는구먼. 우리가 전에 본 적이 있던가?"

"적수공권으로 그만한 기세를 보이는 분이 흔하겠소?"

유가전이 수긍하며 고개를 끄덕일 때 화천상이 자청에게로 고개를 돌렸다.

"저 거짓말 못합니다. 음흉하다니요? 연 대협이 계시고, 저기 신검 자청 진인까지 계시니 우리로서도 가능한 한 싸움을 피하고 싶답니다. 세상사 어디 마음먹은 대로 되더이까? 목적한 바 한 가지를 이룰 수 있다면 나머지는 다음을 기약해야지요. 많은 걸 바라지 않습니다. 그냥 이 자리에서 물러서 주시면 나머지는 저희가 알아서 처리하지요."

그때 뒤쪽에서 병장기 부딪치는 소리와 비명 소리가 들려왔다. 적갑병단과 흑의인 무리들이 부딪친 모양이었다.

연녹당이 전신에 기세를 끌어올리며 말했다.

"긴 말이 필요없을 것 같군."

화천상은 눈가에 주름을 잡으며 검파를 잡았다.

"굳이 험한 길을 택하신다 해도, 존중해 드리는 게 후배의 도리겠지요."

분담은 자연스럽게 이루어졌다. 화천상과 유가전이 미리 정한대로 짝을 찾아 서자 나머지 복면인들도 둘로 나뉘어 매화오엽검수들과 사대금강을 향해 병장기를 들이댔고, 자연스럽게 서로에게 방해가 되지 않도록 흩어졌다.

유가전은 자청을 앞에 둔 채로 뒷짐을 지고서 매화오엽검수들과 일곱 복면인의 격렬한 싸움을 지켜보았다. 마주 선 자청도 검을 늘어뜨린 채 유가전과 같은 곳을 바라보고 있었다.

유가전은 싸움에서 눈을 떼지 않고 중얼거리듯 말했다.

"우리 쪽이 조금은 유리해 보이는군."

그렇게 보였다. 다섯 검수의 검첨에서 피어오르는 매화꽃들이 천지에 만발했으나 일곱 사내의 도신에서 뿜어져 나오는 강력한 도기들은 매화꽃들을 산산이 흩어버리고 다섯 검수를 압박해 나가고 있었다. 하지만 일곱 사내 각자가 오엽검수들 하나하나를 압도하는 것은 아니었다. 실력은 막상막하. 문제는 비슷한 실력자가 한쪽에 더 많다는 것이었다.

푸스스스스!

수세에 몰렸던 오엽검수들에게서 변화가 일었는데 그 시작은 그들의 발끝에서부터였다. 딱히 움직이는 것 같지도 않은데, 그들의 발 주변에 있던 눈들이 사방으로 퍼져 나가면서 허공을 휘돌았다.

자청이 무심한 얼굴로 말했다.

"꼭 그런 것만은 아닌 듯하오만."

자청의 말을 신호로 받아들인 듯 서로에게 등을 맡긴 채 제자리에서 방어에만 치중하던 오엽검수들이 눈보라를 일으키며 만개하는 꽃처럼 다섯 방위로 흩어졌다. 그 속도가 너무 빨라서 일곱 복면인은 자신들을 스쳐 지나가는 다섯 줄기 검세를 엉겁결에 막아내고 몸을 돌렸다. 한순간에 위치가 바뀌어 매화오엽검수들이 일곱 복면인을 포위한 형국이 되어버렸다.

유가전의 눈에 이채가 어렸다.

"오! 저것이 소문으로만 듣던 화산오엽검진의 매화만개(梅花滿開)인가? 근사하군."

자청이 말했다.

"이제부터 시작일 뿐이오."

오엽검수들이 원을 그리며 천산칠패의 주위를 휘돌기 시작하자 청광으로 뒤덮인 다섯 자루의 검이 빛살처럼 날아다녔다. 일곱 복면인을 스치고 지나간 비검들은 즉시 오엽검수들의 손에 빨려 들어갔고 금세 다시 또 다른 주인에게로 날아갔다. 천산칠패에 의해 튕겨진 검은 이미 검을 받아 든 검수의 검에 다시 튕겨져 검이 없는 검수에게로 돌아갔고 그 같은 공세는 계속 반복되었다. 일곱 복면인들은 어떻게든 수세에서 벗어나 보려 했지만 매화오엽검수들의 움직임이 변화막측하여 쉽사리 튀어나오지 못했다. 변화가 눈에 보이는 듯하여 빠져나오려 하면 직접 검을 들고 뛰어든 오엽검수들이 기습적으로 공세를 펴 제자리로 돌려보냈다.

유가전의 눈에 순수한 감탄의 기색이 떠올랐다.

"호! 그 유명한 화산오엽매화검진을 견식하게 되다니 오늘 내가 안계를 크게 넓히는군. 천산칠패가 고생 좀 하겠어. 이대도강(李代桃僵)이 아니면 곤란함에서 벗어나기 힘들겠구나."

확실히 그러했다. 비검을 피하는 일도 힘겨워 보였지만 쳐 내는 것은 더욱더 어려워 보였다. 쳐 내서 바닥에 떨어뜨릴 수만 있다면 한순간에 검진을 파훼할 수도 있을 것 같은데, 강기를 품은 비검의 기세에 눌려 살짝 방향을 비틀어놓는 것만으로도 힘겨워 보였다. 더구나 그렇게 방향을 비틀어놓는 것마저도 다음 상황을 더 어렵게 만들었다. 받은 즉시 다시 날리는 통에 되돌아오는 검은 오히려 더 방향을 예측할 수 없었다. 유가전이 말한 이대도강, 즉 살을 주고 뼈를 깎는 식의 대응이 아니라면 검진은 쉽사리 무너지지 않으리라.

자청이 담담한 음성으로 말했다.

"천산칠패라 하셨소? 그렇다면 천산마도 오치민의 제자들이구려. 흠! 호랑이가 꼭 호랑이만 낳는 것은 아닌 듯하오이다."

천산마도(天山魔刀) 오치민은 전대오대거마의 한 사람이다. 원래 그는 강호에서 정파로 분류되는 천산파의 제자였는데, 호승심이 지나치게 강하고 성정이 잔악 흉음하여 문파 내에서 골칫덩이로 치부된 자였다. 하지만 그 자질만큼은 쇠락하는 천산파를 중흥시킬 재목으로 꼽힐 만큼 뛰어났던 탓에 쉽게 내치지 못하다가, 살인강간의 현장에서 목격되어 끝내 파문되었다.

오치민은 사문의 추적을 피하여 장성을 넘을 수밖에 없었고, 그것이 오히려 복이 되어 우연히 원대 초의 거마인 수라마도(修羅魔刀) 진구정의 도급을 얻게 되었다. 이십여 년의 각고 끝에 독문도법 천산마영도(天山魔影刀)를 완성한 오치민은 마침내 사문으로 돌아가 단신으로 천산파를 멸문시켰고, 그로 인해 전대의 오대거마 가운데 한 자리를 차지했다. 하지만 그도 청성과 곤륜의 공적으로 지목되어 어쩔 수 없이 장성을 다시 넘어야 했고, 그 후로 그를 본 사람은 없었다. 다만 몽고에서도 그 실력을 인정받아 편안한 생활을 했으며, 마두로서는 드물게 아흔 살이 넘도록 장수하다가 삼 년 전에야 죽었다는 풍문만 들릴 뿐이다.

"후후후! 사파라고 분류되는 사람들이 곤란한 점이 바로 그것이지. 본인이야 그만한 능력과 자질이 있으니까 거두가 되지만, 쓸 만한 제자 구하기는 힘들다네. 겁먹어서 그런지 가르쳐 달라고 오는 놈들이 별로 없거든. 그래서 흔히 자식놈들에게 기대하는데, 자식 농사처럼 힘든 게 또 어디 있나? 호가호위할 줄은 알아도 뼈를 깎는 고련은 거부한단 말일세. 그렇게 따지면 천산마도는 그나마 낫지. 늑대라도 저렇게 흉포한 놈들이 일곱 마리나 모이면 호랑이 두어 마리쯤은 충분히 상대하지 않겠는가? 흠… 저쪽은 좀 오래 갈 것 같고……."

알려진 성격과는 달리 유쾌한 목소리로 말하던 유가전이 처음으로 고개를 돌렸다. 그런데 그 방향이 바로 자청의 어깨너머였다. 그럼에도 불구하고 자청은 스스럼없이 뒤로 고개를 돌렸다.

“훗! 비도인가? 방식이 마음에 들지는 않지만, 유효 적절한 공격이로군.”

언뜻 보면 매화오엽검수들이 천산칠패를 상대로 펼치는 검진과 비슷했다. 사대금강들은 무토군이 바닥에 뚫어놓은 구멍을 가운데 놓고 서로에게 등을 맡긴 채 자리를 벗어나지 않았고, 그들을 공격하는 열네 명의 복면인은 사대금강과 거리를 둔 채 비도를 날리고 있었다. 다른 것이 있다면 공방을 벌이는 양측 모두가 큰 움직임을 보이지 않는다는 것이다.

유가전이 유효 적절하다 말한 뜻은 사대금강이 함부로 자리를 뜰 수 없는 상황이라서 마음껏 공격할 수 있다는 것이다. 그 같은 상황이 사대금강에게 극히 불리한 까닭은 비도를 피하게 되면 등을 맡기고 있는 동료가 피해를 입을 수밖에 없기 때문이었다.

“그래도 위험해 보이지는 않는구려. 비도를 무한정 가지고 다니지는 않을 테니, 저 상황도 곧 바뀌지 않겠소?”

자청의 말도 맞았다. 열네 명의 복면인이 던져 대는 비도의 숫자는 적지 않았지만 소림 사대금강의 방어는 철벽이었다. 그들은 두 팔목에 감고 있는 철비갑으로 어렵지 않게 비도들을 튕겨내고 있었다. 바닥에 떨어져 있는 많은 비도들을 재활용할 수 없으니, 흑의인들의 비도공세도 곧 끝날 것이다.

“의외로 그럴 것 같군.”

담담한 목소리로 대답한 유가전은 슬며시 고개를 뒤로 돌려 화천상을 바라보았다. 유가전과 자청의 영역을 피해 통현 가는 길로 물러선 화천상과 연녹당이 서로에게 병장기를 떨치며 부딪쳤다.

쾅!

폭음이 일고 눈보라가 휘몰아치는 순간 두 개의 인영이 눈보라를 뚫고 서로에게서 물러났다.

유가전은 화천상의 눈가에 그려진 미소를 확인하며 다시 자청에게로 고개를 돌렸다.

"저쪽도 쉽게는 끝나지 않겠군. 허! 충분하다 생각했는데, 사람을 너무 적게 데려왔군. 시간 좀 걸리겠어."

자청은 처음으로 유가전의 말에 응답하지 않았다. 대신 늘어뜨리고 있던 검을 중단으로 들어올렸다.

유가전은 눈가에 주름을 잡으며 뒷짐 지고 있던 두 손을 늘어뜨렸다.

"음? 조금이라도 이 좋은 공기 더 마시다 가라고 나름대로 배려한 것인데 오히려 지루했나 보군."

자청이 처음으로 미소를 보이며 대답했다.

"시작해 봅시다. 한쪽이 무너지면 순식간에 승패가 갈릴 상황이니 우리라도 일찍 끝내어 만약을 대비하는 게 낫지 않겠소?"

중단으로 들어올려졌던 자청의 검에 한순간 청광이 어렸고 웅웅거리는 소리와 함께 검이 떨리기 시작했다.

유가전은 고개를 끄덕이고 두 팔을 들어올려 가슴 앞에서 교차시켰다. 그 순간 그의 전신에 붉은 기운이 아지랑이처럼 피어오르기 시작했다.

우우우우웅!

검명이 커지면서 검신이 파드득거리며 날뛰었다. 수십 자루의 검이 한데 뭉쳐 있는 것 같은 착각을 불러일으킬 만큼 선명한 검영들이 검신의 주변에서 일렁거렸다.

변화는 조금 놀란 눈빛을 드러낸 유가전에게서도 일어났다. 아지랑이처럼 피어오른 붉은 기운이 한순간 달무리가 되어 유가전의 전신을 감쌌다.

자청의 눈에도 놀람이 어렸다. 틀림없는 호신강기였다. 자신의 검영을 보고도 공력 소모는 많고, 실효성은 적어 실전에 잘 사용되지 않는 호신강기를 드러낸다는 것은 실효를 볼 자신이 있기 때문이리라.

자청은 신속하게 놀람을 가라앉히고 유가전에게 고개를 끄덕여 보인 후에 걸음을 내디뎠다. 바로 그 순간 막 튀어나갈 듯 파닥거리던 검영들이 연이어 매화꽃들을 뿜어냈다. 휘돌리는 검의 궤적을 따라 허공으로 뿌려진 수백 송이 매화들이 유가전을 향해 날아갔다.

유가전의 눈빛도 달라졌다. 화산검 특유의 검화들은 정면으로만 날아오지 않았다. 천지사방으로 퍼질 듯 흩어졌다가 사방에서 유가전을 향해 날아들었다. 자청이 그리한 것이 아니라 유가전이 빨아들이는 것만 같은 광경이었다. 피하거나 받아서 흘릴 틈이 없었다.

'매화로 만천화우를 펼치면 이런 형상일까?'

"하압!"

유가전은 기합성을 토하며 가슴 앞에서 모으고 있던 두 팔을 좌우로 힘차게 펼쳤다. 그 순간 그의 전신을 감싸고 있던 붉은 기운들이 그 영역을 확장하여 매화꽃들을 맞이해 나갔다.

콰콰콰콰콰콰콰콰쾅!

*　　　　　*　　　　　*

"안 되네!"

이정웅은 호목을 부릅뜨고 단호하게 거절했다. 우쟁천은 이정웅의 두 눈을 멀뚱멀뚱 바라보며 다시 말했다.

"왜 안 됩니까? 지금 이 상황이 마음에 드십니까? 주도하지 못하는 상황 속에서 허우적거리는 거 싫습니다. 생각해 보세요. 전하께서 여기 계신 것, 지금까지 안 들켰습니다. 그리고 저 여기 온 거 아무도 모릅니다. 가까운 길 놔두고 괜히 돌아왔겠습니까? 전하께서 여기 계시다는 사실이 알려지기 전에 떠나고 한편으로 장군께서 이목을 끌어주시면 별 탈 없이 경사 근동에 이를 수 있습니다. 그 다음이야 장군의 성패(成敗) 여부에 따라 적절하게 행동하면 되겠지요.”

이정웅을 미끼로 쓴다는 말이었고 그의 죽을 수도 있음을 성패라는 표현으로 완곡하게 돌려 말하고 있었다. 황자를 주체로 볼 때 금선탈각(金蟬脫殼)이고, 황자의 귀환을 목표로 하는 이정웅의 입장에서는 스스로를 미끼로 삼은 고육지책(苦肉之策)이었다.

이정웅의 신분을 생각하면 위험 수위에 도달한 말이었지만, 우쟁천과 이정웅의 표정에는 아무런 변화가 없었다. 우쟁천이 이정웅의 성격을 알기 때문이고, 이정웅이 이번 일의 중요성을 분명하게 인식하고 있는 탓이었다.

“아무리 그렇더라도 너무 위험하지 않는가? 어르신의 실력을 내 모르는 바는 아니네만, 두 사람만으로 어떻게 황자 전하를 무사히 모실 수 있단 말인가? 더구나 그렇게 하기에는 시간이 너무 촉박해. 어르신과 자네라면 문제가 없을 테지만, 황자 전하 보령이 겨우 열넷이야. 한겨울에 그런 강행군을 견디실 수 있겠는가?”

“장군! 자신있으십니까? 곧 황거가 온다면서요? 소림과 화산에서 사람이 온다면서요? 그렇게 되면 저들도 전하께서 여기 있다는 사실을 알게 될 겁니다. 산해관이야 진즉에 뒤졌을 테니 곧 전하 계시는 곳에도 손길이 닿을 것입니다. 그렇지요? 무사히 경사행에 오른다 해도, 장군께서는 밝음 중에 있는 것이고 저쪽은 여전히 어둠 속에 있습니다. 장군께서 호위를 백 명 준비한다면 저쪽은 그 이상 동원할 것이고, 천 명 이끄신다면 저들도 그 이상 동원할 것입니다. 그런데도 정말 자신있으십니까?”

“끄응!”

이정웅은 우쟁천을 노려보면서도 쉽게 대답하지 못했다. 적암아명(敵暗我明)의 상황에서 요행수를 바라고 출진하는 것은 패전지장이 되는 지름길이다. 군사라도 많이 동원할 수 있다면 불리함을 상쇄할 수 있겠지만, 그렇다고 산해관을 비워둘 수도 없었다. 지금의 상황이라면 하지 않는 게 최선이었다. 하지만 손해 볼 줄 알면서도 어쩔 수 없이 해야만 하는 일도 있고 이번 일이 그러한 경우에 속했다.

"소림과 화산의 고수들도 오지 않는가? 어르신과 자네가 그들과 힘을 합하면 충분히 승산이 있을 것 같은데?"

"저들이 일단 행사하게 된다면 충분한 승산 같은 것은 절대 없습니다. 게다가 전하께서 싸움에 휘말리는 일 자체부터가 바람직하지 않습니다."

또다시 말문이 막혔다. 이기고 지는 문제가 아니었다. 상대를 전멸시켰다 해도 그 와중에 황자가 죽기라도 하면, 전투에 이기고 전쟁에 지는 격이었다.

우쟁천의 말대로 생각을 달리 해야 했다. 평생 무인으로 살아왔기에 오히려 무림인이라는 존재를 무시하려고 애써왔지만, 무림인이 자신과 같은 무인과는 다른 세계의 존재라는 사실을 눈앞의 은인 고승도에게서 뼈저리게 느낀 적이 있었다. 무림은 아직도 이정웅에게는 미지의 세계였다. 모르는 것을 지레짐작으로 판단하고 대비한다는 것은 스스로 늪 속으로 들어가는 것이나 마찬가지였다.

이정웅이 한참이나 말이 없자 우쟁천이 다시 입을 열었다.

"조금 전에도 말씀드렸다시피 제검전주와 할아버지 사이가 별로 안 좋은 것도 있고, 소생 나름대로 생각한 바도 있어서 지호촌을 통해 장성 넘어 돌아왔습니다. 지금 떠나면, 저들의 눈이 이곳에 집중된 사이에 저는 편히 갈 수 있습니다. 모두 고생할 필요 있습니까? 고생은 장군만 하십시오. 저와 할아버지는 전하 모시고 편하게 가겠습니다."

이정웅은 어이없다는 표정으로 얄미운 우쟁천을 바라보았다.

"나도 뻔뻔한 편이지만 이 이정웅에게 미끼 노릇이나 하라니 자넨 정말 대단하구먼. 한데 자네 지금 하려는 일의 무거움을 아는가? 그냥 내 옆에 있으면서 힘 좀 써주는 것과는 다른 일일세. 실패에 대한 문책은 엄중할 걸세."

우쟁천은 정색을 하고 고개를 끄덕였다.

"장군께서 목숨 거시는 일입니다. 그러니 제 한 목숨으로 끝날 일이 아니란 것을 잘 압니다."

이정웅은 흔들리지 않는 우쟁천의 눈빛을 지그시 바라보다가 말없는 고승도에게로 고개를 돌렸다.

"은공께서도 동의하십니까?"

고승도의 의견을 묻는 자체로 이정웅은 반승낙을 한 셈이었다. 이기기 힘든 싸움에 요행수를 바라는 것보다는 훨씬 더 승산이 있는 도박이라고 판단한 것이다.

이미 이정웅이 결정을 내린 상태임을 아는 고승도는 길게 대답하지 않았다. 그저 고개를 끄덕이는 것만으로 황자의 귀환은 우쟁천이 책임지게 되었다.

오랜만에 만났음에도 불구하고 회포를 풀 시간이 없었다. 부부가 된 추인량과 진소화를 고진을 통하여 산해관으로 들여보낸 후 곧바로 황자 주우탱을 데리고 산해관을 떠났다.

장성을 따라 최단거리로 달리는 강행군이 계속되었다. 다수의 몽고족들이 혹독한 추위를 피해 장성 근처로 옮겨와 있었기 때문에 몽고 전사의 징표인 곰발톱 목걸이로 호감을 산 후 미리 준비한 소금을 내어주고 잠시의 휴식과 음식을 취할 수 있었다. 엿새를 달려 지호촌에 이른 세 사람은 간만에 편안한 휴식을 취했다.

우쟁천은 기진맥진한 주우탱을 재우고 난 후 예전의 생기를 되찾은 옥유산에게 말했다.

"시간없다. 우리는 통문을 통해 바로 대동으로 갈 테니 너도 바로 방으로 돌아가서 여기 사정을 전하고 사흘 후에 대동에서 보자. 움직일 때 조심해. 잘못되면 홍락방이 끝장날 수도 있어. 너도 알지? 제검전이 우리 주시하고 있다. 몰려서 오지 말고 방을 떠나올 때도 남몰래 움직여라."

옥유산은 코까지 골며 곤한 잠에 빠져 있는 주우탱을 바라보고는 고개를 끄덕였다.

"당장 떠나. 아! 정목 형님은 못 움직이게 해라. 그 양반이 제검전과 부딪쳐서 좋을 것 하나 없다."

"알겠소. 그럼 사흘 후에 대동에서 봅시다."

옥유산은 평소에 볼 수 없던 진지한 표정으로 고개를 끄덕이고 방을 나섰다.

"하아……!"

우쟁천은 한숨을 내쉬고 주우탱을 내려다보았다. 처음에는 송인홍의 제안에 따라 한 손 보탠다는 생각으로 시작한 일이었다. 지금처럼 책임을 질 생각은 아예 하지도 않았다. 하지만 산해관까지 가는 동안 차분히 앞뒤를 재어보니 좀처럼 승산이 나오지 않았다. 황자 측의 이점이라고는 상대가 공공연하게 정체를 드러낼 수 없다는 것뿐이었고, 상대는 정보와 무력을 동시에 지니고 있었다. 결국 고승도와 의논하여 내린 결론이 상황을 보아 가능할 것 같으면 아직 드러나지 않은 자신들로만 황자를 이동시킨다는 것이었다.

결정은 단숨에 내려졌고 일은 이미 반이 진행되었다. 이렇게까지 해야 하나 하고 회의한 적도 있지만, 이제 돌이킬 수 없는 일이었다.

우쟁천은 대장간의 화로 옆에서 그리 깨끗하지 못한 양털가죽을 이불 삼아 잘도 자고 있는 주우탱의 머리를 쓰다듬었다.

"이 아이라면 할 가치가 있는 것이지?"

원래 우쟁천은 관부나 군부 혹은 그와 관련된 존재들에게 그다지 호의적이지 않았다. 어릴 적의 기억 때문이었다. 그나마 이정웅, 고진, 추인량 같은 사람들 때문에 편견에 사로잡히지는 않았지만, 평생 그쪽과는 연관없이 살고 싶었다.

우쟁천은 다시 주우탱의 머리를 쓰다듬었다. 주우탱의 코고는 소리가 잦아들었다.

"이 아이는 달라."

추인량은 산해관에 정착한 지 얼마 지나지 않아 조우당에게 실명과 신분을 밝혔다. 그 후로 외조카가 아닌 황자로 깍듯이 대했고, 처음에는 어색해하던 주우탱도 이제는 존귀한 존재로서의 자신을 인식하고 있었다. 그럼에도 불구하고 주우탱은 혹독하다 할 정도의 강행군을 하는 동안 한 번도 불평을 터뜨리지 않았다. 오히려 안쓰러워하는 고승도와 우쟁천에게 위로의 말을 건네기도 했다. 우쟁천이 놀란 부분이었다.

추인량이 비록 외조카로 키웠다고는 하지만 본래의 신분이 황자이니 은근히 애지중지했으리라. 그런데도 인내심과 배려심을 갖추고 있다는 것은 천성이 순후하다는 의미다. 무소불위의 권력이 그 천성을 크게 흐려놓지만 않는다면, 명군은 못 되더라도 선군(善君)은 될 것이다.

'아니, 넌 선군 정도로 만족해서는 안 된다. 너를 위해 목숨을 내던진 자들이 기백, 기천이다. 그들은 대를 위해 소를 희생하는 것이라고 말하지만, 한 사람 살리려고 수백 수천이 피 흘리는 것이 어찌 대를 위한 소

의 희생이라고 하겠느냐? 넌 그들의 숫자만큼 목숨 빚을 지는 거다. 군
주가 되어 그 백 배, 천 배의 목숨을 살려야 이자나 갚는 격이니 네게는
평생 동안 성군(聖君)으로 살아갈 의무가 있다.'

　불가능하다고 생각지 않았다. 이정웅이 너털웃음을 터뜨리며 황자가
참으로 영명하다 격찬했다. 잠시 겪어본 우쟁천의 느낌 역시 마찬가지였
다. 직접적으로 영명함을 시험해 볼 수는 없었지만 주우탱의 두 눈은 계
속된 강행군 속에서도 밝은 빛과 의지견정함을 잃지 않았다. 순후하고
영특하며 밝고 의지까지 굳다면 기본자질은 충분했다. 나머지는 그의 곁
에 모일 사람들이 어떠한 사람이며 그가 그들을 어떻게 부리느냐에 따라
결정될 것이다.

　'그렇군. 이 아이가 나아갈 길이 곧 나의 길도 되는구나. 내가 동지라
는 말을 괜히 내뱉은 것이 아니었어.'

　우쟁천은 미소를 지으며 주우탱의 곁에 노곤한 몸을 눕혔다.

＊　　　＊　　　＊

　황충길은 두 주먹을 불끈 쥐고 통현의 서쪽 끝에서 삼하현 방면을 바
라보고 있었다. 차가운 바람을 맞아 얼어버린 얼굴과는 달리 그의 두 눈
은 바람만큼이나 세차게 흔들렸다.

　'더 가야 하는데, 더 나아가 이 장군을 맞이해야 하는데.'

　황충길은 그의 발길을 막은 만 귀비의 차가운 눈빛을 떠올렸다. 은빛
갑주에 대검을 차고 황상의 등 뒤에 시립한 채 그를 찍어 누를 듯 바라보
는 만 귀비의 눈빛을 잊을 수가 없었다.

　안 그래도 어떻게든 사람을 보내려 하던 차에 나아가 맞으라는 어지를
받게 되자 황충길은 즉시 삼하현까지 마중 나가겠다고 주청을 올렸다.

그때 만 귀비가 한 말이 있었다.

"폐하! 황자를 맞이하는 폐하의 기쁨을 어찌 모르겠습니까만, 황자가 이미 삼하현청에 무탈하게 도착했다는 기별이 있었습니다. 통현까지 해봐야 겨우 팔십 리 길. 더군다나 북호라 불리는 대명의 용장 이정웅 장군이 수행하고 있지 않사옵니까? 하니, 황도의 안전을 책임진 황 장군이 관할을 벗어나 멀리까지 황자를 맞이하는 것은 과한 일이라 사료되옵니다. 이미 황거를 보내셨으니, 황자에 대한 폐하의 애틋한 마음은 충분히 전달되었을 것이옵니다. 황 장군이 관할의 경계인 통현까지 나아가 맞이하는 것만으로도 황자는 폐하의 총애에 감격할 것입니다."

말인즉 옳으나 누군가가 황자에게 위해를 가하려 하면 삼하현부터 통현까지의 팔십 리 길을 노릴 것은 뻔한 이치였다. 그것을 모르는 황제는 만 귀비의 의견에 고개를 끄덕였고, 황충길은 지금 달리고 싶은 마음을 어쩔 수 없이 억누르고 있었다.

'황자 전하께서 경사의 외곽에 이미 도착하여 계신 것은 그나마 다행이나, 잘못하면 대명은 오늘 이 나라의 수문장을 잃을지도 모른다.'

이정웅은 중한 사람이었다. 그를 살리기 위해서라면 기꺼이 황명을 어길 수 있었다. 하지만 그의 발길을 막은 것은 만 귀비 한 사람이 아니었다. 다른 사람도 아닌 이정웅, 그가 황충길의 발길을 막았다. 한 청년이 들고 온 이정웅의 전서, '북호가 한죽에게' 라고 적힌 그 전서에 어떠한 일이 있어도 움직이지 말라는 간곡한 부탁이 있었다. 황충길이 통현까지 와서 맞을 것이라고는 예상하지 못했겠지만, 어떻게든 움직이려 할 것이라는 그의 성격만큼은 이정웅도 확실하게 알고 있었던 것이다.

황충길은 이정웅의 마음을 이해했다. 이정웅이 변을 당한다면, 차기 황제가 될 황자를 곁에서 지킬 사람은 단 한 사람, 황충길 자신밖에 없었다.

황충길은 만 귀비를 생각하며 탄식했다.

'하! 통헌까지 나가 맞으라 청한 것도 만 귀비요, 그 이상 나가지 못하게 한 이도 만 귀비다. 결국 자신에게 향할 의심의 여지는 다 없애놓고, 나와 이 장군의 손발은 꽁꽁 묶은 것이야. 그러나 만 귀비! 당신은 실수한 거요. 황자 전하 이미 경사에 이르셨소. 하지만 그대가 여장부라는 것만큼은 인정하지. 차라리 그대가 황제였다면 이 황충길, 당신을 바르게 보필하기 위해 기꺼이 이 한 목숨 바쳤을 것이오.'

어느 사내 못지않은 기개, 절로 우러나는 위엄. 황충길 자신의 투기를 불러일으키는 무인의 기세를 지닌 철의 여인이 만 귀비다. 황제의 용안을 흐리고 국정을 농단하는 간악한 여인이지만, 그녀가 황제였다면 세상을 바라보는 눈 또한 달라졌을 것이다.

황충길은 고개를 흔들어 만 귀비의 그 차갑던 눈빛을 떨쳐 버리고 또 다른 눈빛을 떠올렸다. 황자를 무사히 귀환시켰다는 청년, 이정웅의 전서를 지니고 찾아왔던 청년의 눈빛이었다.

황충길은 문득 입가에 미소를 드리웠다.

'훗! 살아 있으면 살려서 돌아오겠다고 했던가? 당돌한 놈!'

당돌한 만큼 눈빛도 남달랐지만 그래도 겨우 서른 남짓으로 보였다. 수하라고 해봐야 겨우 다섯에 불과했다. 오백여 적갑병단이 움직였으니 상대는 그 이상 될 것이다. 겨우 여섯 명으로 무엇을 할 수 있겠는가. 하지만 왠지 믿고 싶었다. 지푸라기를 잡는 심정일지도 모르지만 그 당돌한 젊은이의 입가에 맺힌 투박한 미소에 큰 점수를 주고 싶었다.

‘놈! 약속 지켜라!’

황충길은 한 시진 전에 떠난 여섯 사내의 족적을 노려보며 이를 악물었다.

■5장■
끌어올리고 떠받쳐져서
하늘에 닿으리라

끌어올리고 *떠받쳐져서*
하늘에 닿으리라

　　　　　　　　　　　　　　멀리서 말발굽 소리와 함성 소리가
들려올 때, 그 흑의인들도 우쟁천 등을 보았다. 그냥 본 것이 아니라 우
쟁천 등이 입고 있는 어색한 면갑 때문에 만만하게 본 모양이었다. 그들
은 귀찮다는 표정으로 소리를 최대한 죽인 채 달려들었고 우쟁천 등도
소리 죽여 마주쳐 갔다. 처음에는 우쟁천 일행의 숫자에 맞추어 여섯 명
만이 달려들었지만, 그 수는 금세 열둘이 되고, 끝내는 남은 일행 전부가
달려들었다. 그리고 잠시 후 쉰 명이 넘던 그들 가운데 그 누구도 숨쉬지
못했다. 우쟁천은 곧바로 완만한 산의 정상에 올라섰다. 염우빙, 적무경,
옥유산, 방도렴이 그 뒤를 따랐고 마지막으로 사도성이 헉헉거리며 올라
와 우쟁천의 옆에 섰다.

"벌써 시작해 버렸군."

가능한 한 빨리 움직인다고 서두르기는 했다. 사실 서두른 정도가 아
니라 알 만한 사람이라면 미쳤다고 할 만한 여정이었다. 열네 살의 어린

황자를 데리고 열이틀 만에 경사에 이르렀다. 통현 근동 폐가에 황자를 데려다 놓고 이정웅의 서신을 황충길에게 전한 것이 오늘 이른 새벽의 일이었다. 때마침 황충길도 황명을 받아 급하게 군사들을 전개하려 하던 참이어서 그의 도움을 받아 변복을 하고 통행증을 발부받아 통현을 떠났다. 그럼에도 불구하고 싸움은 이미 시작된 상황이었다.

"그렇겠지. 무조건 이긴다는 가정 하에 싸운다면 여기가 적격이지."

이미 한 번 지나가 본 길이었다. 일단 삼하현을 지나면 풍경이 바뀐다는 것을 잘 알고 있었다. 멀리서 넓게 보면 평원이요, 가까이서 좁게 보면 방도렴의 근육같이 울퉁불퉁한 구릉의 연속이었다. 그러니 본격적으로 싸울 생각을 하는 자라면 누구라도 삼아현과 통현 사이의 좁은 길목을 선택하리라.

우쟁천 등의 눈에 가장 먼저 들어온 이들은 막 가라앉으려는 눈보라를 다시 일으키며 삼하현 방향으로 되돌아 달려가는 적갑병단이었다. 그 뒤로 소림과 화산의 고수들로 짐작되는 사람들이 보였고, 그들에게 느긋하게 다가가는 한 명의 적포인과 이십여 명의 흑의인들이 보였다.

염우빙이 뒤쪽에 널브러져 있는 흑의인들을 돌아보며 말했다.

"저들은 이를테면 예비대인 셈인가?"

우쟁천은 뒤돌아보지 않고 대답했다.

"그렇겠죠. 저쪽에도 있네요."

우쟁천이 고갯짓하며 말하자 일행의 눈길 또한 전장에서 멀어져 지금 그들이 서 있는 산 정상의 반대쪽 구릉을 보았다. 우쟁천의 말대로 거기에도 조금 전 그들이 처리한 흑의인들과 비슷한 규모의 흑의인들이 있었다. 그들 또한 막 우쟁천 등을 발견한 듯 손가락질하다가 구릉의 뒤편에서 벗어나 달려오고 있었다.

우쟁천은 그들에게서 시선을 거두고 전체의 전황을 살폈다. 소림과 화산의 고수들과 마주선 이들은 무언가 말을 주고받고 있었지만, 적갑병단은 어느새 흑의인들과 마주쳤다.

말들이 구슬픈 울음소리를 토해내며 고꾸라지고 붉은 갑주의 기병들이 앞으로 튕겨 나갔다. 허공으로 날아오른 흑의인들과 동창위사들이 화살에 맞고 혈랑도에 베어져 떨어져 내렸다. 단 한 번의 부딪침으로 양측 모두 막대한 피해를 입었지만 어느 한쪽도 죽은 이를 애도할 생각이 없는 듯했다. 곧바로 혼전에 돌입했고, 상대적으로 수적 우위에 있던 적갑병단들의 피해가 점차 많아졌다. 뒤섞이면서 속도에 의지하는 바가 큰 기병의 이점이 사라지자 개인의 역량이 뛰어난 흑의인들이 승세를 잡은 것이다.

우쟁천은 생각할 틈도 없이 말했다.

"저러다 다 죽겠네요. 전 이 장군부터 구해야겠습니다. 아저씨는 이 녀석들 데리고 저 예비대 먼저 처리하고 밀리는 쪽 도와주세요."

염우빙은 맞은편 구릉에 숨어 있다가 득달같이 달려오고 있는 오십여 명의 흑의인을 바라보며 고개를 끄덕였다.

"조심해라."

우쟁천은 웃으며 고개를 끄덕이고 방도렴 등을 바라보며 말했다.

"다치지 마! 소 어르신 기뻐하신다."

우쟁천은 품속에서 단도사자면구를 꺼내어 뒤집어쓰고 적무경과 함께 곧장 몸을 날렸다. 허공으로 튀어 오른 그의 눈길이 그와 일행들이 처리한 오십여 구의 시신을 훑고 지나갔다. 잠깐 흔들렸던 그의 눈동자는 땅을 딛는 순간 흔들림이 사라졌고 다시 도약하는 순간에 이미 차갑게 굳어 있었다.

무면유마 유도락은 스스로를 귀한 사람으로 여겼다. 그 자신의 얼굴과

이름으로 행세할 입장은 아니지만, 황자를 제거하면 영성왕의 화신으로
서 황제의 자리에 오를 것이고, 그렇게 하지 못해도 황자로 화신하여 어
떻게든 황제가 될 사람이었다. 비록 그 자신의 특별한 능력으로 인하여
지금의 일에 참여하고는 있지만, 가능하면 몸을 사리라는 화천상의 지시
를 받은 것도 그 때문이었다. 그래서 그는 지금 눈앞의 혈전에 뛰어들지
않고 냉정하게 주시만 하고 있었다.

'그렇지. 난 귀한 사람이야. 회주의 한마디에 물러나라면 물러나고 죽
으라면 죽는시늉을 해야 하지만, 황제가 누릴 수 있는 호사만큼은 당당
하게 누릴 수 있는 사람이라고. 암! 몸 사려야지. 그리고 저런 상황이라
면 나까지 굳이 끼어들 필요도 없지.'

적갑병단이 강호인의 집단이 아니라고 무시했다가 기병의 위력에 밀
려 일백이 넘는 회의 전력을 깎아 먹기는 했지만, 경계하는 상황에서 흑
오대를 어렵게 만들 만한 상대는 아니었다. 더구나 조금 전에는 상대가
달아나는 와중이었지만 지금은 오히려 자신들을 막아야 할 입장이었다.
단번에 도륙을 내지는 못한다 해도 조금씩 수를 줄여 결국 몰살시킬 수
있을 것이다. 그리고 현실도 유도락의 생각과 다름없었다.

"막아라! 장군을 보호하라!"

피를 토하는 듯한 누군가의 목소리가 들렸다. 유도락은 입가에 미소를
지었다. 흑오대의 피해는 처음 부딪쳤을 때 삼십여 명이 피를 뿌린 것이
다였다. 어차피 급한 것은 막아야 하는 이정웅이지, 유도락이 아니었다.

애초부터 유도락과 흑오대는 화천상의 근처에 갈 생각이 없었다. 강호
인의 협공이란 간단한 일이 아니다. 흑오대 정도가 화천상이나 천산칠패
정도의 고수들과 협공한다는 것은 불가능한 일이다. 미리 연습한 것이
아니라면 짐만 될 뿐이다.

흑오대가 이 자리에 있는 이유는 오직 적갑병단의 제거에 있다. 그런

데 그것을 모르는 이정웅은 흑오대를 막아서기 위해 기병의 이점을 포기했고, 수세에 몰리게 되자 적갑병단은 이정웅 한 사람을 구하기 위해 그의 주변에 겹겹이 벽을 쌓고 있었다.

흑오대의 대응은 간단했다. 먼저 원진으로 적갑병단을 포위한 후 서두르지 않고 적갑병단을 압박해 나갔다. 적갑병단의 기병들이 흑오대의 수준에 크게 못 미치지만, 말과 혼연일체를 이루고 있었다. 그들이 혈랑도를 내리찍으면 말은 자연스럽게 휘돌아 뒷발로 발길질했다. 혈랑도를 아래에서 위쪽으로 휘두르면 말은 앞발을 들어 내리찍었다. 말의 발길질에 차인다면 한 칼 맞는 것보다 더 큰 치명상을 입을 수도 있었다. 그러다 보니 방심하지 않고 압박하고 확실한 기회를 보아 차근차근 처리하고 있었다. 결국 적갑병단은 짧은 시간 동안 일백오십에 가까운 동료를 잃었고 계속해서 잃게 될 것이다.

"헛수고! 발톱 빠진 호랑이를 말 탄 허수아비들이 지키는 격이다."

유도락은 입가에 비웃음을 담고 이정웅을 바라보았다. 선봉에 서기 위해 나서려고 하는데 수하들이 계속해서 그의 앞을 막아서며 대신 칼을 맞고 있었다. 적갑병단이 하나 둘씩 목숨을 잃어가자 이정웅은 비탄에 빠진 눈으로 사방을 둘러보았으나 그가 할 수 있는 일은 아무 것도 없었다.

"금방 끝나겠군."

유도락은 흥미를 잃고 화천상을 향해 고개를 돌렸다. 절대 원치 않는 상황, 그가 서둘러 가서 도와야 하는 상황이 벌어지는 건 아닌가 하는 걱정 때문이었다.

그의 시선은 미처 화천상에게 돌아가기도 전에 한곳에 고정되었다. 오른쪽 산등성이를 타고 점 하나가 빠른 속도로 이동하고 있었다. 정확하게 말하자면 두 개의 점이었지만, 앞선 점의 이동 속도가 너무나 빨라 그것에만 눈길이 갔다.

"으응?"

점은 어느새 사람이 되어 산등성이에서 표표히 떨어져 내렸다가 다시 도약하여 유도락 쪽으로 다가오고 있었다.

"순찰?"

그 특이한 움직임이나 이동 속도로 보아 의심의 여지가 없는 비마의 절기 능광신법이었다. 하지만 조금 전까지 화천상의 주변에 있었던 그가 굳이 산등성이로 올라갈 일도 없을 뿐더러, 하급군관들이나 입는 면갑 차림을 하고 있을 이유도 없었다.

유도락은 눈살을 찌푸릴 수밖에 없었다. 비마의 절기를 비마보다 더 능숙하게 펼칠 수 있는 자가 있다고 들어본 적이 없었다. 비마의 스승은 이미 죽었고, 그가 제자를 키운다는 소리를 들은 적도 없었다.

"대주!"

유도락처럼 뒤로 물러나 지시를 내리고 있던 사내가 고개를 돌렸다. 그는 유도락의 눈짓에 따라 우쟁천을 발견하고 눈빛을 번득였다.

우쟁천을 늦게 발견한 것은 그에게 다행이면서 또한 불행이었다. 적아를 명백하게 규정하지 못한 유도락과는 달리, 그는 우쟁천의 행색을 보고 단번에 적으로 규정했을 뿐만 아니라 눈발 한 점 튀기지 않고 설원을 미끄러지듯이 달려오는 적에게 과민하게 반응했다.

그가 앞으로 튀어나가며 소리쳤다.

"일조!"

일백오십에 이르던 흑오대 가운데 동창위사의 복장을 하고 있던 사십여 명의 사내가 적갑병단을 핍박하던 대열에서 이탈하여 흑오대주를 뒤따랐다.

발목까지 차 오르는 눈 위에 겨우 한 치도 못 되는 발자국들을 남기며 쇄도하던 우쟁천이 마주 달려나오는 동창위사들을 바라보며 처음으로 깊숙한 발자국을 남기고 속도를 배가했다. 대주라 불린 사내가 달려오던 기세를 그대로 살려 칼을 내리찍으며 새파란 도기를 토해냈다. 우쟁천은 피하지 않고 그대로 두 손을 연이어 내뻗었다. 십여 개의 수영이 허공을 수놓았다.

흑오대주는 눈을 부릅떴다. 애초에 우쟁천의 이동 속도를 보고서 혼자 감당할 자가 아니라고 생각했다. 일단 전력을 다한 공세로 상대의 기세를 죽여 놓고 뒤에서 따라오는 수하들과 함께 처리할 생각이었다. 하지만 상대는 멈출 생각이 없는 듯했다. 십여 개의 수영이 도기를 향해 일직선으로 뻗어 나왔고 첫 번째 수영이 그의 전력을 다한 도기를 허무하게 소멸시켰다. 두 번째 수영은 그의 도를 산산조각 내었고 연이어진 수영들은 도파를 부수고 두 손을 바스러뜨리고 이마와 가슴, 그리고 두 어깨에 닿았다.

'안 돼!' 라고 소리칠 틈도 없었다. 흑오대주는 한 덩이의 육괴가 되어 달려왔던 방향으로 튕겨 나갔다. 뒤따라오던 흑오대원들은 좌우로 흩어져 발걸음을 멈추고 놀란 눈으로 흑오대주의 뭉그러진 육신을 바라보았다.

쿠쿵!

흑오대주는 죽은 후에야 자신의 의도를 실현시켰다. 우쟁천이 흑오대원들 한가운데 들어서서 처음으로 걸음을 멈추고 두 발로 굳건히 땅을 밟은 것이다.

"쳐, 쳐라!"

누군가가 소리치자 참괴한 흑오대주의 시신을 바라보던 흑오대원들이 일제히 정신을 차렸다. 바로 그때 우쟁천이 마보의 자세를 취했다. 그 순간 대지를 굳건히 밟고 있던 그의 두 발 주변의 눈들이 허공으로 비산했

다. 막 칼을 내뻗으려던 흑오대원들은 싸늘한 눈보라가 눈앞에서 휘몰아
치자 본능적으로 손을 들어 눈앞을 가렸다.

"흐압!"

우쟁천이 두 손을 좌우로 펼치며 기마보를 취한 자세 그대로 기합성을
터뜨리자 면갑에 박혀 있던 쇠구슬들이 폭발을 하듯 사방으로 튀어나갔
다.

"크아아아악!"

눈보라 속에서 또다시 피보라가 피어올랐다. 눈보라가 피를 머금고 가
라앉았다. 그 속에서 드러난 우쟁천은 흔들리는 눈빛으로 주위를 둘러보
았다. 제대로 서 있는 자가 드물었다. 십 중 구가 쓰러진 채 신음을 토하
거나 소리조차 못내는 지경이었고, 쇠구슬이 피해간 몇몇 운 좋은 자들
은 칼을 늘어뜨린 채 멍한 표정으로 서 있었다.

우쟁천으로서도 좋은 기분이 아니었다. 살인을 작정하고 단도사자면
구까지 썼지만 단 한 번의 시도로 사십여 명의 사상자를 만들어낼 줄은
상상하지 못했었다.

전신에서 한기가 감돌았다. 사람을 도살한 탓인지, 아니면 찬 공기가
너덜너덜 걸레가 되어버린 옷 사이로 스며든 탓인지 알 수가 없었다. 그
때 그의 옆에 찬바람이 스치고 지나갔다.

우쟁천은 급히 정신을 차렸다. 넋을 놓았던 것은 촌각의 시간에 불과
했지만 만약 누군가가 덤벼들었다면 꼼짝없이 당하고 말았을 것이다. 다
행히 그를 스쳐 가며 바람을 일으킨 사람은 뒤따르던 적무경이었다.

'이게 무슨 꼴이야. 이제 시작일 뿐이다.'

우쟁천은 적갑병단과 흑의인들의 전장에 끼어드는 적무경의 등을 바
라보며 그의 이동 방향과 반대편으로 움직였다.

한편 눈을 부릅뜬 채 우쟁천을 바라보던 유도락은 저린 오금을 추스르

며 주춤주춤 물러서고 있었다. 그의 실력으로 상대할 자가 아니었다. 비마의 절기를 비마보다 능숙하게 펼치는 자, 일수에 흑오대주를 피떡으로 만들어 버린 자, 한 번 용써서 사십여 명을 무력화시킨 자였다. 더구나 조력자까지 있었다. 유도락의 안목으로는 적무경 또한 우쟁천에 못지않았다. 어찌 보면 군더더기 한 점 엿보이지 않는 우쟁천의 간결함보다는 물 흐르듯 이어지는 적무경의 유려함이 더 대단해 보이기도 했다.

포기해야 했다. 물론 일백이 넘는 흑오대원이 남아 있었지만 그들은 어차피 적갑병단을 고려하여 끌고 온 회의 소모품에 불과했다. 유도락 그가 합류해 봐야 전사자 하나 늘일 뿐, 촌각의 시간조차 지체시키지 못할 것이다. 그것을 증명이라도 하듯 단 두 명이 끼어드는 순간, 단 한 명의 사상자도 늘지 않던 흑오대원들이, 두 사람의 일격 일격에 장단이라도 맞추듯 연이어 비명을 토하며 쓰러지고 있었다.

'내겐 저놈들을 저지할 능력은커녕 시간 끌 능력도 없다. 무엇보다도 나는 귀한 사람이야.'

유도락은 뒤돌아보지 않고 혼신을 다하여 도주했다.

우쟁천과 적무경은 전장의 외곽을 돌며 잡초를 뽑아내듯 흑오대원들을 전장 밖으로 튕겨내 버렸다. 그 와중에 이성을 잃은 적갑병단들의 공격을 받기도 했지만 두 사람은 일일이 힘을 조절해 가며 오로지 흑의인들과 동창위사들만을 무력화시켰다.

굳이 무리하게 격살할 필요도 없었다. 동료들은 죽어가는데 상대적인 능력 차 때문에 악에 받혀도 어찌할 방도를 찾지 못하던 적갑병단들이 악착같이 마무리 지었다. 흑오대원들은 말발굽에 짓밟히고 혈랑도에 난자되어 하나씩 죽어갔다.

공포에 질식된 흑오대원들이 마침내 뒷걸음질치기 시작했다. 그리고 하나 둘씩 전장을 이탈했고, 몇 남지 않은 자들은 수십 명의 적갑기병들에게 난도질당했다.

혈랑도로 말의 엉덩이를 때려 앞으로 튀어나가는 몇 명의 적갑기병들을 스쳐 보내고 난 후에 우쟁천은 이정웅의 앞에 이르렀다.

윙!

머리 위로 떨어지는 혈랑도 한 자루를 손등으로 쳐 낸 우쟁천이 이정웅으로부터 멀어지며 급히 면구를 벗었다.

"접니다!"

이정웅이 용케도 알아보고 손을 들자 얼굴에 유혈이 낭자한 고진이 가래 끓는 목소리로 멈추라고 소리쳤다.

"하아! 하아! 하아!"

갑작스럽게 정적이 찾아오고 들려오는 것이라고는 거친 숨소리뿐이었다.

이정웅은 초점없는 눈으로 우쟁천과 적무경을 바라보다가 천천히 시선을 돌렸다. 살아남은 자들의 지친 얼굴을 살폈고, 눈밭에서 뒹구는 붉은 갑옷의 시체들을 하나하나 살폈다.

"허허허허허!"

피바다 속에서, 그것도 수하들의 시신이 가득한 전장이니 대성통곡을 해도 모자라건만 왜 웃음이 나오는지 알 도리가 없었다. 아무리 이를 앙다물어도 허탈한 웃음이 쉬지 않고 새어 나왔다.

두 눈에서 정기를 뿜어내던 오백여 적갑병단이 고작 하루 만에 일백오십여 명의 패잔병이 되어버렸다. 허망할 수밖에 없었다. 그가 적갑병단을 만들기 위해 들인 공은 작은 것이 아니었다. 나라에서 따로 지원을 받지 못하여 계획만 세워놓고 실행하지 못한 것이 십여 년이었다.

북방상권을 쥐고 있는 철혈금상회를 협박하여 돈을 뜯어내어 모으고, 황자에게 호의적인 송인홍에게서 사정하여 원조금을 얻어내어 겨우 시작했다. 우쟁천에게까지 돈을 뜯어내어 모두 적갑병단을 위해 사용했다. 그렇게 심혈을 기울였건만, 강호의 무뢰배들에게 괴멸에 가까운 타격을 입은 것이다.

애초의 의도대로 북방의 초원을 휘젓다가 전사했다면 그들의 죽음에 의미라도 부여할 수 있으리라. 하지만 강호의 무뢰배도 대명의 백성이었다. 백성을 지키려는 자들이 백성의 손에 죽었으니 억울한 죽음일 뿐이었다.

'미안하다. 지켜보아라! 전하께서, 전하께서 너희들의 죽음을 명예롭게 하시리라. 성군이 되시어 너희들이 지키려 했던 백성들을 복되게 하시리라. 내가, 이 이정웅이 반드시 그렇게 되도록 전하를 지킬 것이다. 당장 눈감으라 하지 않겠다. 억울해도 참아다오. 원혼으로 떠돌지 말고 가만히 지켜보아다오. 그분이 너희들의 한을 반드시 풀어주시리라. 너희들을 명예롭게 할 것이다. 틀림없이!'

이를 악다문 이정웅의 두 눈에 붉게 충혈되어 갔다. 그런 그의 시선이 우쟁천과 적무경에게로 옮겨졌다.

"흐흐, 흐흐흐흐흐!"

또다시 실없는 웃음이 흘러나왔다. 생명의 은인 앞이었다. 도우러 온 것을 보니 황자 또한 무사할 테고, 결국 나라의 은인이기도 한 셈이었다. 그럼에도 불구하고 고맙다는 생각이 들지 않았다. 눈앞에 펼쳐진 참상이 끝나게 된 과정 때문이었다. 적갑병단을 반멸(半滅)시킨 그 흑의인들을 그들 두 사람이 작은 생채기 하나 만들지 않고 물리쳤다. 이해할 수 없는 차원의 결과이니 현실적으로 느껴지지 않았다.

'무림! 무림이란 무엇인가?'

흑의인들 정도라면 이해할 수 있었다. 특수한 상황에서 특수한 무예를 익힌다면 적갑병단의 병사들 역시 그 정도는 될 수 있을 것이다. 동창이나 금의위의 위사들 역시 같은 범주에서 볼 수 있기 때문이다. 하지만 무림에 우쟁천이나 '조자룡이 헌 창 쓰듯'이라는 표현의 실체를 보여준 약관의 청년이 부지기수라면 군의 정예화 문제는 완전히 다른 시각으로 살펴야 했다.

이정웅은 무의식적으로 고개를 돌렸다. 눈보라가 휘몰아치는 속에서 사람 같지 않은 무엇들이 쉬지 않고 움직이고 있었다. 피부에 와 닿을 것만 같은 날카로운 살기와 번득이는 살광, 몸을 움찔움찔 하게 만드는 폭음들이 교차했다. 그들 역시 우쟁천과 같은 부류였다.

이정웅은 자신이 보고 있는 것이 강호무림에서도 보기 드문 고수들의 싸움임을 알지 못했다. 눈앞에 많이 있으니, 구파일방이 있고 천하오세가 있다는 무림 전체로 보면 엄청나게 많을 거라고 짐작할 따름이었다. 아무것도 생각할 수 없었다. 국가 사이의 전쟁과 그에 따른 병략병술, 그리고 화포와 기타 무기의 발전 등은 단 하나도 떠오르지 않았다. 오직 하나 강호인이라는 자들의 개인적인 강함만 눈에 보일 따름이었다.

한편 우쟁천은 숨 몇 번 쉬는 동안 만변하는 이정웅의 표정을 보고 한숨을 내쉬었다. 북쪽의 호랑이라고 알려진 이정웅이 십 년은 늙어 보이는 까닭을 대충 짐작할 수 있었기 때문이다. 겨우 서너 호흡지간에 불과했지만 더 지체할 수는 없었다. 소림과 화산의 고수들이 싸우는 곳 뒤쪽에서 염우빙 등이 달려오고 있었다.

우쟁천은 비분강개한 표정으로 말없이 이정웅의 옆을 지키고 있는 고진에게 말했다.

"형님! 움직이지 마시오."

고진도 다른 생각을 하고 있었던 듯 번쩍 정신을 차리고 고개를 끄덕였다.

우쟁천은 다시 면구를 뒤집어쓴 후 부상자를 돌보라는 고진의 외침을 뒤로하고 진정한 강호의 싸움터로 몸을 날렸다.

콰!

자청은 온전히 감당하지 못한 충돌의 여파를 검을 휘돌림으로써 흘려 버리려고 했다. 하지만 몸이 마음을 따라주지 않았다. 여기(餘氣)를 흘려 버리기도 전에 손목이 뒤로 꺾여 자칫했다면 검을 놓칠 뻔했다. 후들거리는 두 다리를 억지로 추스르며 검을 늘어뜨렸다. 허세였다. 쓸데없이 검을 들어올려 유가전에게 떨리는 모습을 보여주고 싶지 않았다. 자청은 자꾸 풀어지려는 눈에 억지로 힘을 주며 상대를 노려보았다.

유가전의 전신에서 꿈틀거리던 혈무가 옅어졌다. 그는 입가에 흐르는 핏물을 닦을 생각도 하지 않고 차갑게 말했다.

"그것이 화산의 한계인가? 도사 그대의 한계인가?"

한 점 핏기도 느껴지지 않는 창백한 얼굴로 할 말이 아니었다. 하지만 자청은 유가전이 입에 담은 한계라는 말에 순순히 수긍했다. 자청은 주위의 칭송에도 단 한 번 자신의 무공에 자만한 적 없었다. 매화난천지를 펼치는 경지에 이르렀지만 늘 뭔가가 부족하다고 생각하고 있었다. 사문의 어른들이 크게 기뻐하기에 따로 내색하지는 않았지만 무언가를 더 채워야 한다는 강렬한 욕구를 느끼고 있었다. 그런데 무엇인지 알 수 없었던 그 부족함이 오늘에서야 그 정체를 드러냈다.

화산검은 다변, 경쾌, 표홀하다. 경지에 이르면 부드러움 또한 무당검에 못지않아 능히 도가검의 수위를 다툴 만했다. 하지만 유가전의 염왕신유권 또한 화산검 못지않게 다변하고 음유할 뿐만 아니라 더 나아가 패력이라고 할 만한 강함까지 겸비하고 있었다.

자청 그가 유가전을 압도할 만한 것은 한 가지도 없었다. 그의 혈무강기(血霧罡氣)는 화산검의 날카로움을 튕겨낼 만큼 탄탄했고, 그의 권법은 아직 드러내 놓고 자랑하지 못하는 자청의 자하강기를 해체시킬 만큼 독랄했다. 실전이 부족한 자청에 비해 유가전은 혈무자(血武者)라 불릴 만큼 실전으로 다져진 사람이었고, 내공 또한 자청이 유가전에 못 미쳤다. 현재의 결과는 당연한 일이었다.

자청 그는 손가락 하나 까닥하는 것만으로도 고통스러울 지경이었지만, 유가전은 하루 요양으로 완전히 회복될 만한 경미한 내상을 입었을 따름이었다.

"후욱! 후욱!"

자청은 드러내 놓고 가쁘게 호흡하여 어떻게든 기력을 모아보려고 했다. 유가전은 자청의 모습을 냉정하게 바라보면서 서서히 두 손을 들어 올렸다. 그의 전신에 얇게 도포된 듯한 붉은 기운들이 일시에 두 손으로 모여들었다.

유가전이 말했다.

"하지만 네 나이에 그 정도면 자부심을 가져도 좋아. 나 또한 네 나이에 그러하지 못했으니까."

유가전이 차분하게 두 손을 내뻗었다. 자청은 그의 손바닥에 머금어져 있던 붉은 기운이 회오리치는 것을 보면서 쓸쓸하게 미소 지었다. 끝이었다. 모인 힘이라고는 검을 들어올리는 것이 다였다. 힘없이 내리그으면 다시는 들 수 없을 만큼의 미약한 힘이었다.

자청은 유가전을 외면하듯 고개를 비틀었다. 화산오엽검수들 가운데 남아 있는 자라고는 두 사람뿐이었다. 천산칠패 또한 넷밖에 남지 않았으나 그들만으로도 남은 두 사람의 생사는 이미 결정되어 있었다.

보지 않는 가운데 날카로운 기운이 머리와 가슴을 짓눌러왔다. 유가전이 손을 쓴 것이었다. 하지만 자청은 고개를 돌리지 않고 대신 부드러운 미소를 지었다. 빠른 속도로 천산칠패를 향해 달려오는 이들이 있었다.

붉은 옷을 입은 단구의 사내와 백의를 입은 거구의 사내. 거추장스러운
면갑을 벗어버린 방도렴과 옥유산이었다.

'좋군. 저 정도면 현청과 석청은 살아서 돌아갈 수도 있겠어.'

콰콰!

자청은 폭풍에 휘말려 눈밭 위를 굴렀다. 이해할 수가 없었다. 유가전
의 두 손에 맺혀 있던 기운 정도라면 지금의 고통은 있어서는 안 되는 일
이었다. 머리가 터지고 가슴이 함몰되어, 아무것도 느끼지 못한 채 절명
했어야 옳았다. 하지만 지금 자청은 어릴 적에 그의 형에게 두드려 맞았
을 때와 같은 통증을 느끼고 있었다. 살아 있어야 느낄 수 있는 통증이었
다.

'차가워. 정말 살아 있구나.'

자청은 눈 속에 얼굴을 묻고 있다가 힘겹게 고개를 비틀어 유가전을
찾았다. 보이지 않았다. 없는 것이 아니라 조금 전 자청 그가 서 있던 그
자리를 대신 차지한 너덜너덜한 옷차림의 사내에게 가려 있었다.

'누굴까?'

자청과 같은 의문을 느끼고 있던 유가전이었지만 그는 질문을 대신하
여 두 손을 붉게 물들이며 앞으로 내달렸다. 자청의 죽음을 방해한 사내
가 득달같이 다가오고 있기 때문이었다.

콰콰콰콰콰콰!

서로 마주 달리며 맹렬하게 주먹을 내뻗은 두 사람 사이에 폭풍이 휘
몰아쳤고, 두 사람은 어느새 뒤로 물러섰다.

자청은 그때서야 유가전을 볼 수 있었다. 단정하게 정리되어 있던 그
의 머리카락들이 눈보라에 휘말려 산발한 귀신처럼 흩날리고 있었다.

"훅!"

유가전은 뒤로 밀려가면서 한 모금의 핏물을 토했다. 자청은 그가 일부

러 피를 토했음을 알 수 있었다. 조금 전보다 더 창백해졌지만 한순간에 개
운한 표정을 지으면서 마보세(馬步勢)를 취하여 제자리에 멈춰서고 있었다.
　자청은 억지로 두 팔에 힘을 실어 몸을 일으키면서 우쟁천에게로 눈동
자를 굴렸다.
　팟!
　뒤로 밀려가던 우쟁천이 왼발을 뒤로 뻗어 세차게 땅을 찍었다. 눈이
비산하는 순간 우쟁천의 신형이 멈췄다. 그것으로 끝나지 않았다. 발을
찍는 그 순간 허공으로 솟구친 우쟁천이 유가전을 향해 내리 꽂혔다.
　핏발이 선 유가전의 두 눈에 이채가 어렸다. 우쟁천의 두 손에 맺힌
푸른 기운을 본 것이었다.
　"하압!"
　땅을 짓누르듯 자세를 낮춘 유가전의 전신에서 붉은 기운이 샘솟듯 흘
러나왔다. 몸 상태를 고려할 때 속전속결이 필요했다. 이대도강. 내상은
더 깊어지겠지만 두 손에 맺힌 권력이 혈무강기에 막히는 순간 땅에 내
려선 우쟁천은 한순간 무방비가 될 것이고 유가전은 그때가 상대의 마지
막이라고 자신했다.
　올 테면 와보라는 듯 우쟁천을 도발하던 유가전의 두 눈이 찢어질 듯
부릅떠졌다. 우쟁천의 두 손에서 맹렬하게 회전하던 푸른 기운이 한순간
에 장심으로 빨려 들어가 흔적도 없이 사라졌다. 그리고 난데없이 그의
전신에서 푸른 기운이 폭발하듯 흘러나왔다.
　팟!
　허공에서 떨어져 내리던 우쟁천이 왼발 뒤꿈치로 오른발의 등을 후려
쳤다.
　훼르르르르르!
　속이 환하게 비치는 푸른빛에 감싸인 우쟁천의 신형이 팽이처럼 회전

하며 혈무강기에 부딪쳐 갔다.

쾅!

유가전은 머리를 뒤흔드는 강렬한 충격에 견디지 못하고 코와 입에서 동시에 피를 내뿜으며 뒤로 밀려 나갔다. 혈무강기는 어느새 사라지고 봉두난발이 된 유가전이 어떻게든 자세를 잡으려고 발버둥치고 있었다.

우쟁천은 회전력에 의해 커다란 원형으로 파헤쳐진 땅을 비뢰단천으로 박차고 앞으로 쏘아져 나갔다.

콰콰콰콰쾅!

유가전은 연이어 쏟아지는 우쟁천의 권력들을 어렵게 어렵게 막아내면서 연신 뒤로 밀렸다. 일권 일권마다 충격적이지 않은 게 없어서 막아내는 만큼 충격이 쌓여가고 있었다.

다섯 걸음, 그리고 다섯 번의 공격!

"허억!"

유가전은 뒤로 밀리다가 갑작스럽게 우쟁천에게 몸이 빨려 들어가는 느낌을 받고 눈을 치떴다. 그가 겨우 막아 흐트러뜨린 기운들이 한순간에 우쟁천에게 빨려 들어갔다가 그의 가슴에 틀어박히고 있었다.

우쟁천의 오른팔을 잡아 버티던 유가전은 그 팔이 늘어지는 순간 눈 위에 주저앉았다.

"후우욱! 후우욱!"

유가전은 억지로 숨을 쉬어 답답한 가슴을 위로하면서 다 풀어진 눈으로 우쟁천을 바라보았다.

우쟁천은 유가전을 보고 있지 않았다. 그는 주위의 싸움에 먼저 눈을 돌렸다. 자청의 앞을 막아서기 전까지 싸움이 벌어지던 곳은 모두 네 곳. 우쟁천이 자청과 유가전의 싸움에 끼어든 것은 노린 것이 아니라 그가 온 방향으로부터 가장 가까운 곳이었기 때문이다. 그러니 유가전이 무력

화된 지금 새로운 전장을 찾을 수밖에 없었다. 하지만 쓸데없는 일이었
다.

은빛 검광이 번득이는 순간 연녹당이 피를 토하며 우쟁천이 선 방향으
로 주르륵 밀려났고, 그 검의 주인은 어느새 뒤로 몸을 날리며 우쟁천을
주시하고 있었다.

우쟁천은 그가 싸울 의사가 없다고 여기고 다른 쪽으로 고개를 돌렸
다. 천산칠패는 두 사람만 남아 있을 뿐이었다. 화산의 두 검사는 바닥에
피를 토해놓은 채 숨을 고르고 있었고, 남은 천산칠패의 두 사람은 방도
렴과 옥유산이 일방적으로 밀어붙이고 있었다. 이미 오랜 싸움에 지쳐
있던 천산칠패의 두 사람은 도주할 방도조차 찾지 못한 채 무너지고 있
었다.

'곧 끝날 것 같군.'

반대로 고개를 돌리니 염우빙과 적무경이 사대금강을 상대하던 흑의
인들을 몰아붙이고 있었다. 끼어들면 두 사람이 화낼 것 같아서 그쪽으
로도 움직이지 않았다. 그때 흑의인 하나가 우쟁천의 시선을 끌었다. 복
면이 찢기고 머리카락이 잘린 흑의인이 적무경의 창날을 가까스로 피한
후 빠른 속도로 물러나고 있었다. 우쟁천이 주목한 것은 그 흑의인의 몸
놀림이었다.

"응? 비뢰단천!"

분명히 비뢰단천이었다. 그것도 우쟁천에 버금가는 빠르기였다.

"누, 누군가?"

우쟁천은 아래쪽에서 들려오는 목소리에 반응하여 고개를 숙였다. 유
가전이 눈 위에 대자로 누운 채 바라보고 있었다.

"유감이오. 온전했을 때 싸워봤으면 좋았을 텐데……."

유가전은 부들부들 떨면서도 힘겹게 미소 지었다.

“흐흐흐, 그래도 정파 나부랭이란 말인가? 죽고 죽이는데 정정당당한 게 무슨 소용 있나. 괜찮네.”

“유감이라 했소. 미안하단 소린 아니었소.”

“크크크, 좋아! 아주 좋아! 나 유가전의 목숨을 가져가는 놈이라면 그 정도는 되어야지. 그런데 목소리가 젊군. 몇 살인가?”

막 걸음을 옮기려던 우쟁천은 유가전이라는 이름 때문에 다시 고개를 숙였다.

“해 넘기면 스물아홉이요.”

“하아!”

유가전은 한숨을 토하며 우쟁천을 보기 위해 억지로 쳐들고 있던 뒷머리를 땅 위에 내려놓았다. 그 순간 그가 살아왔던 거친 삶이 황혼에 물든 붉은 하늘 위로 주마등처럼 스쳐 지나갔다.

예순아홉 해의 삶.

송대 말 천하제일권 소리를 듣던 염왕무적권의 비급을 얻어 어릴 적부터 오직 한길 무공일도에만 빠져 살았다. 천하제일권을 얻었으니 천하제일이 되겠다는 각오로 다른 곳에 눈길 한 번 주지 않고 살았다.

거듭된 비무, 사정없는 손속 때문에 혈무자라는 소리를 들었고, 악명이 쌓이다 보니 원치 않는 오사의 수좌에 올랐다. 하지만 상관없었다. 혈무자든 오사든 천하제일로 가는 과정에 얻은 쓸모없는 허명일 뿐이었다. 하지만 강호는 그의 생각처럼 무르지 않았다.

두 번의 패배를 당했다. 그 첫 번째 상대는 전대의 천하오마들 가운데서도 수좌의 자리를 차지했던 혼마검(混魔劍) 육헌이었다. 서른 중반의 유가전이 은거한 전대마두에게 졌으니 당연한 결과라고 말하겠지만, 유가전의 생각은 틀렸다. 한마디로 박빙 승부였다. 그 한 번의 패배가 천하제일을 향한 유가전의 열망을 오히려 부추겼다. 하지만 두 번째 상대를 만났을 때 유가전은 천하제일의 욕망을 접어야 했다.

만검혼은 도저히 넘을 수 없는 벽이었다. 유가전은 어쩔 수 없이 오사의 수좌면서 천하십대고수의 한자리를 차지하는 것으로 만족해야 했다. 하지만 그는 만검혼을 제외한 그 어떤 이에게도 진다고 생각해 본 적이 없었다. 혼원당주 역시 두려운 존재가 아니라 언젠가는 깨버릴 존재였다. 그런 그가 서른도 안 된 우쟁천에게 짓이겨져 지금 차디찬 설원 위에서 죽음을 기다리고 있는 것이었다.

"이런 걸 인생무상이라고 하는 건가? 허허허! 이제 그만 자야겠군."

유가전은 미소를 지으며 눈을 감았다.

우쟁천은 유가전의 얼굴을 바라보다가 걸음을 옮겼다.

쉑!

칼바람 소리와 함께 머리 하나가 굴러 떨어졌고 적무경이 흑룡창을 늘어뜨렸다. 염우빙도 뒷짐을 지고 우쟁천에게로 다가왔다.

우쟁천은 방도렴과 옥유산에게로 고개를 돌렸다. 방도렴이 상대의 허리를 베어버리고 칼을 거두었고, 옥유산은 상대의 시신 앞에 주저앉아 가쁜 숨을 몰아쉬고 있었다.

우쟁천은 연녹당 앞에 쪼그려 앉아 그의 목에 손을 대었다. 그가 고개를 저으며 일어섰다. 그리고 조금 전 연녹당의 상대가 몸을 날렸던 방향을 주시했다.

"으응?"

예상외로 상대는 그대로 있었다. 거리는 이십여 장. 우쟁천은 망설였다. 그때 상대의 주변에서 눈들이 솟구쳐 오르고 삼십여 명의 흑의인이 모습을 드러냈다.

"또 있었어?"

염우빙이 쓴웃음을 지으며 말했다.

"최후의 보루들인가 보군. 교토삼굴(狡兎三窟)이라더니, 굴 파고 숨어
있었으니 딱 맞는 표현이구나. 그런데 추웠겠다."

적무경이 홍분이 가시지 않은 목소리로 말했다.

"형님! 저 토끼들 잡습니까?"

우쟁천이 염우빙의 옆얼굴을 바라보며 물었다.

"토끼 탈 쓴 승냥이는 되어 보이지요?"

염우빙이 눈살을 찌푸렸다. 드러나는 기도가 보통이 아니었다. 대부
분이 사도성 못지않아서 방도렴이나 옥유산도 짧은 시간 안에 처리하기
힘들어 보였고, 몇몇은 방도렴이나 옥유산에 필적할 정도였다. 그런 그
들이 숨어 있는 곳을 지나쳐 왔으니 잘못해서 뒤통수를 맞았다면 고전을
면치 못했을 것이다.

"그래, 사납겠구나. 까딱 잘못했으면 이쪽이 오히려 크게 다치겠어."

우쟁천이 말했다.

"안 덤비면 관두자. 그런데 도성이는?"

염우빙이 말했다.

"다쳤다. 숨어서 쉬고 있으라 그랬다."

"쯧! 여기도 아니고 거기서 다쳐? 아직 멀었군. 돌아가면 마구 굴려야
겠어."

다시 흑의인들의 기도를 살피고 있던 적무경이 물었다.

"확실히 사납게 보입니다. 그런데 이상합니다. 저 정도면 싸움을 쉽게
끝낼 수 있었을 텐데, 왜 지금까지 숨겨두었을까요?"

"이 장군이 너무 드러나 있으니까 오히려 불안했을 거야. 만약을 생각
하지 않을 수 없었던 거지. 우리가 처음에 잡은 자들은 이 장군이나 황
장군 휘하의 병사들이 나타날 경우를 대비한 것일 거고, 저자들은 우리
같은 사람들 나타날 경우를 대비한 걸 거야. 황 장군 발목까지 미리 잡아

두었으니 결국 토끼 굴 세 개 다 파둔 셈이네."

적무경은 고개를 설레 흔들며 말했다.

"누군지 몰라도 머리 정말 복잡하게 굴리는군요. 그냥 처음부터 다 몰려나왔으면 우리 오기도 전에 끝났을 텐데 말입니다. 그런데 저 인간들 왜 안 가고 저러고 있는 걸까요?"

우쟁천이 지금껏 주시하고 있던 한 흑의인에게서 눈을 떼며 대답했다.

"아무래도 나한테 할 말이 있는 것 같은데."

우쟁천은 천천히 걸음을 옮겼다. 적무경이 따라나서려 하자 우쟁천이 뒤로 손을 내밀었다.

"위험하다 싶으면 와."

그때 흑의인들 가운데서도 한 사람이 나왔다. 적무경은 조금 안심이 된 듯 걸음을 멈췄다.

두 사람이 비슷한 속도로 마주 걸어 일 장의 사이를 두고 멈춰 섰다.

우쟁천이 말했다.

"한판 뜰래?"

"싫어. 너하고는 한 번만 할 거야. 딱 한 번만! 오늘은 말고."

"그러든지. 그런데 왜 안 가고 있는 거야?"

흑의인 화천상은 대답 대신 너덜너덜한 우쟁천의 면갑을 바라보았다. 우쟁천도 고개를 숙여 옷을 확인하고 고개를 들었다.

"이거? 오는데 누가 벗어놨길래 그냥 입었어, 추워서. 그래도 춥네."

"그렇구나. 그런데 너 황자와 무슨 관계야?"

"황자? 누가 황자야?"

우쟁천은 한 걸음 물러서며 뒤를 돌아보는 시늉을 했다.

화천상이 눈가에 주름을 잡으며 고개를 저었다.

"에이! 거짓말 말고. 정말 아무것도 모르고 끼어들어서 나 훼방 놓았다는 소리야?"

"응! 미안해. 조금 전까지 너인지도 몰랐어. 난 그냥 화산파에 빚이 있어서 갚으려고 한 것뿐이야."

"크크큭! 정말 말 된다. 화산파가 어딨는데?"

우쟁천은 다시 고개를 비틀어 자청을 바라보았다. 도복이 아닌 평복임을 깨달았다.

"아차! 실수! 하여튼 미안하게 됐어. 정말 너인지는 몰랐어. 이걸로 빚 갚은 셈치자."

"빚? 무슨 빚?"

"왜 있잖아? 패검문 말이야. 그놈들 시켜서 나 열받게 한 게 너 맞지?"

화천상이 그때서야 알겠다는 듯 고개를 끄덕였다.

"알고 있었어? 그건 내가 미안해. 너 열받게 하려던 게 아니라 화산파 때문이었어. 내 친구 주변에 자꾸 얼쩡대니까 질투가 나서 말이야."

우쟁천은 말없이 화천상의 눈을 빤히 바라보다가 한숨을 내쉬었다. 그리고 그의 어깨너머로 흑의인들을 바라보며 물었다.

"저기 혹시 얼굴 드러낸 양반 말이야, 비마 본인이야?"

"응. 비마라고 하지 말고 천류비선이라고 불러. 화내거든."

"알았어. 그런데 이제 가봐야 하지 않을까?"

화천상은 우쟁천의 어깨너머로 시선을 둔 채 말했다.

"내가 누군지 말할 거야?"

"이렇게 이야기하고 있으면 묻지 않을까?"

"그렇겠지? 상관없어. 신경 쓰지 마."

"신경 안 써. 믿는 구석이 있으니까 이런 짓 하는 거잖아?"

화천상은 대신 눈웃음쳤다. 그리고 장난스럽게 눈을 치뜨며 말했다.

"이크! 무서운 이 장군 온다. 나중에 또 보자."

화천상은 우쟁천을 마주 본 채로 뒤로 몸을 날렸다.

우쟁천은 화천상을 바라보면서 낮게 중얼거렸다.

"가능하면 보지 말자."

우쟁천은 화천상이 점으로 화하여 사라지는 것을 보다가 고개를 돌렸다. 그의 눈에 많은 것이 보였다. 화산 도사 세 사람이 가부좌를 튼 채 눈을 감고 있었고 사대금강 가운데 살아남은 한 사람이 다른 세 사람의 시신을 수습하고 있었다. 화천상의 말대로 이정웅 등 몇 사람이 다가오는 중이었고, 본 적이 없는 사내가 축 늘어진 자포소년을 안은 채 서 있었다. 우쟁천은 그때서야 화천상이 무엇을 확인하고 싶어서 가지 않고 있었는지 깨달을 수 있었다.

"저 아이가 대역 노릇을 한 것인가? 상태가 안 좋아 보이는데."

우쟁천은 터벅터벅 걸어서 돌아갔다. 사내가 안고 있는 소년의 상태를 살폈다. 입가에 혈흔이 있고 얼굴이 파리한 것으로 보아 살아 있는 것 같지 않았다. 우쟁천은 사내 무토군의 안색을 살폈다. 내상을 입은 듯 그의 얼굴에도 핏기가 없었다.

말에서 내린 이정웅이 소년을 내려다보며 물었다.

"죽었소?"

무토군은 털썩 무릎을 꿇고 눈물을 흘리며 소년의 가슴에 머리를 파묻었다.

"천근추에 짓눌려서 그만……. 죽여주시오."

이정웅이 고개를 저었다.

"후우! 아니오. 어차피 오래 살지 못할 아이였소. 죄책감 갖지 마시오."

무토군이 고개를 번쩍 들었다.

"그, 그럼?"

“맞소. 대역이오.”

이정웅은 무겁게 고개를 끄덕이고 무토군의 어깨를 두드렸다. 무토군은 안도의 눈빛보다는 배신감에 몸을 떨며 이정웅을 노려보았다. 하지만 이정웅은 그저 공허한 눈빛으로 마주볼 따름이었다.

무토군은 한숨을 내쉬고 천천히 고개를 돌려 연녹당과 세 명의 사대금강의 시신을 바라보았다. 그리고 더 멀리 시선을 주어 무수한 적갑병단의 시신들을 확인했다.

이정웅 역시 뒤쪽의 시신을 수습하고 있는 적갑병단을 바라보다가 하늘을 올려다보며 긴 한숨을 토했다.

금방이라도 부서져 내릴 것 같은 허름한 농가의 마당에 양구동이 홀로 서 있었다.

“다들 무사해?”

우쟁천이 목소리를 죽인 채 말했다.

“예. 도성이가 조금 다쳤습니다만, 별거 아닙니다. 깼습니까?”

양구동은 문짝이 날아가 버린 방을 바라보며 고개를 끄덕였다. 우쟁천이 소곤댔다.

“어떻든가요?”

양구동은 벙긋 웃으며 고개를 끄덕였다.

“좋아. 너 이번 일 후회하지는 않을 거다. 다만 명이 좀 짧아.”

우쟁천은 무거운 눈빛으로 방 안을 바라보았다.

“휴우… 그래요? 목숨 빚을 많이 졌으니 그만큼 오래 살면서 두고두고 갚아줘야 하는데, 아쉽군요.”

“하늘이 내린 명이 그만큼이면 어쩔 수 없는 거지. 괜찮아. 짧고 굵게 살면 되는 거다. 그럴 거야. 죽고 나서도 많은 사람들이 웃으며 기억할 만한 황제가 될 거다.”

“알겠습니다. 저 들어가 볼게요. 곧 떠날 겁니다.”

양구동이 고개를 끄덕이자 우쟁천은 웃어 보이고 방 안으로 들어갔다. 짚더미 위에 가부좌 틀고 앉아 있던 고승도와 막유수가 빙긋 미소 지었다. 양구동과 밖에서 한 말을 다 들었다는 표정이었다. 우쟁천도 웃음 지어 인사를 대신하고, 두 사람 사이의 벽에 기댄 채 초췌한 얼굴로 앉아 있는 소년 주우탱 앞에 한쪽 무릎을 꿇고 앉았다.

주우탱이 힘없이 웃으며 말했다.

“우 공! 무탈하게 다녀오시었소? 이 장군은 무사하시오?”

“예, 전하! 지금쯤 황충길 장군과 함께 전하 오시기만을 학수고대하고 있을 겁니다.”

“공의 노고가 크오. 갑시다.”

주우탱은 만면에 기쁨을 드러내며 방바닥을 짚어 일어서려 했다. 하지만 힘이 없는지 얼굴을 구겼다.

우쟁천은 급히 일어나 주우탱의 팔을 잡아 일으켰다.

“길이 험합니다. 업히세요.”

주우탱이 얼굴을 붉혔다. 우쟁천은 부드러운 미소를 지으며 등을 내밀었다.

“전하! 전하와 저는 한길을 가는 동지 아닙니까? 힘들 때 기대신다고 해서 흉볼 사람 없습니다.”

주우탱은 쑥스러운 미소를 지으며 우쟁천의 등에 몸을 실었다. 우쟁천이 방을 나서자 고승도와 막유수가 뒤를 따랐다. 작은 바위 위에 엉덩이를 걸치고 있던 양구동도 몸을 일으켰다.

“전하! 제가 전하께 드리려고 작은 선물 하나 준비했습니다.”

우쟁천은 품속에 손을 넣어 볼품없는 목갑 하나를 꺼내어 어깨너머로

넘겨주었다. 주우탱은 의아한 눈빛으로 목갑을 받아 우쟁천의 얼굴 앞에
서 열어보았다. 그의 미간이 살짝 찌푸려졌다. 목갑도 볼품이 없는데, 내
용물은 더욱더 초라했다. 앞은 뾰족하고 뒤는 둥글납작한 원추 모양의
회녹색 덩어리인데 주름까지 많아서 마치 변을 짓눌러 말린 것 같았다.
다행히 냄새는 청향한 편이었으나 그 속에도 비릿한 냄새가 숨겨져 있어
서 저절로 눈살이 찌푸려지는 물건이었다.
　"보기 싫으시지요?"
　"솔직히 그러하오. 놀리려는 건 아닐 테고, 무엇이오?"
　"웅담입니다."
　그때서야 주우탱의 눈에 이채가 어렸다.
　"웅담? 좋은 약제라 들었소. 고맙소."
　우쟁천은 걸음을 옮기며 빙긋이 미소를 지었다. 민간에서야 만병통치
약으로 치부되는 것이 웅담이지만, 황궁이라면 널리고 널린 것 또한 웅
담일 것이다. 그것을 아는지 모르는지는 모르지만, 어쨌든 순수하게 고
마움을 표시하는 주우탱이 기꺼울 수밖에 없었다.
　"전하께서는 약이 필요없는 분이십니다. 이미 천하제일의 보약을 드
셨으니까요."
　"으응? 무슨 뜻이오?"
　"전하께서는 대개의 황자들과는 달리 지금껏 백성들과 동고동락하면
서 사셨습니다. 남에게 듣지 않고 스스로 백성들의 고락을 알고 있다는
것만으로도 황자로서는 드물게 진귀한 보약을 드신 것이지요. 무엇이든
모르면 행하기 어려우나, 알고 있다면 마음을 먹는 순간 쉽게 행할 수 있
는 것입니다."
　"그 말은 옳소만, 황실의 사람들도 미행을 함으로써 백성의 고락을 헤
아릴 수 있지 않소?"

"위에서 내려다보면 백성의 머리밖에 보지 못합니다. 백성들이 감히 높은 곳에 계신 분을 올려다보지 못하니, 백성의 고락 어린 표정조차 엿보기 어렵지요. 하지만 옆에 나란히 서서 보면 표정은 물론이거니와 몸 전체를 살필 수 있습니다. 전하께서는 이미 옆에 나란히 서는 방법을 체득하고 계신 겁니다."

고개를 끄덕이는 사람은 다만 주우탱만이 아니었다. 고승도 등도 희미한 미소를 지으며 고개를 끄덕이고 있었다. 하지만 그 누구도 끼어들지 않았다. 관을 우습게 알고 살아왔던 이들이었다. 다 늙어서 어린 황자에게 극공대를 한다는 것이 껄끄러운 것이었다.

우쟁천도 처음에는 말하기를 어려워했으나 어느 누구보다도 적응이 빠르다 보니 이제는 조금 어색할 뿐 편하게 말하고 있었고, 주우탱 역시 노인들보다는 우쟁천이 편하니 주저없이 먼저 말을 건네고 있었다.

주우탱이 다시 말했다.

"무슨 뜻인지 알겠소. 공은 설명을 참으로 쉽게 해주는구려."

"무식한 무부이다 보니 어려운 문자를 모릅니다. 그저 제 마음을 솔직히 표현하려 할 뿐인데 쉽게 받아주시니 황공할 따름입니다."

주우탱은 빙긋 미소 지으며 웅담을 다시 바라보았다.

"약이 필요 없다 하면서 이것을 주는 이유는 무엇이오? 만약을 대비하라는 말씀이오?"

"아닙니다. 비록 웅담이 민간에서야 만병통치약으로 치부되나, 황실 정도 되면 지천으로 널린 것이 또한 웅담일 것입니다. 제가 웅담을 올린 까닭은 보신용으로 쓰시란 뜻이 아니오라 평심삼고(平心三考)의 도구로써 써주셨으면 하는 뜻입니다."

"마음을 평안하게 하고 세 번 생각게 하는 도구로 쓰라……?"

우쟁천은 빙긋 웃으며 손을 뻗어 좌우에 펼쳐진 드넓은 산하를 가리켰다.

"전하께서는 황제 폐하의 유일한 혈통이시니 자중자애하시다 보면 언젠가는 이 넓은 천하와 만백성의 안위를 책임지는 자리에 오르실 것입니다. 그렇지요?"

우쟁천은 오른쪽 어깨 위에서 고개 끄덕임이 느껴지자 다시 말을 이었다.

"전하! 저는 그 자리를 천하에서 가장 높은 자리가 아니라 천하의 중심에 놓인 자리라고 생각합니다. 바퀴를 생각해 보시렵니까? 군주의 자리가 바퀴의 중심이 되고, 만백성이 바퀴의 테두리가 되며, 목민관들이 중심과 테두리를 연결시키는 바퀴의 살이 됩니다. 모두가 정해진 자리에 제대로 배치되어 있다면 그 바퀴는 잘 굴러갈 것입니다. 하지만 바퀴가 구르다 보면 테두리 여기저기에 상처가 나고 바퀴살 한두 개가 부러지거나 비틀어지기도 합니다. 그런 경우에도 바퀴는 어떻게든 굴러갑니다. 그러나 중심이 제 위치를 잃으면 그 바퀴는 오래 가지 않아 부서지고 맙니다."

우쟁천은 주우탱에게 생각할 시간을 주려는 듯 잠시 동안 말없이 걸음만 옮겼다.

"과연 그렇소. 바퀴가 돌아가도 중심은 항상 제자리에 있소이다. 움직이면 탈이 나니 어찌 보면 답답한 자리구려."

우쟁천은 또다시 미소를 지었다. 열네 살 황자가 황제의 자리의 무거움을 어렴풋이나마 이해하고 있다고 여긴 탓이었다.

"제갈량이 왜 아끼던 마속을 눈물까지 흘려가면서 참수하였습니까? 군대라는 바퀴의 중심에 있던 자로서 중심에서 벗어나지 않아야 했기 때문입니다. 정에 치우치면 중심을 이탈하게 되고, 결국 바퀴 자체가 부서져 버리기 때문이지요. 아! 죄송합니다, 전하! 일개 무부에 불과한 자가 전하를 가깝게 모시다 보니 주제넘은 말을 하고 있습니다. 용서하십시오."

주우탱이 고개를 젓자 그 턱이 계속해서 우쟁천의 어깨를 건드렸다. 우쟁천은 슬며시 오른쪽 어깨를 낮추었다.

"아니오, 아니오. 내 오늘 우 공에게 큰 가르침을 받고 있소. 우 공은 문무겸전 하였구려. 아쉽게도 강호로 돌아간다 하였으니 같이 있는 동안만이라도 좋은 말 많이 들려주구려. 한데 아직도 이 웅담의 쓰임은 제대로 말하지 않았소. 궁금하오."

"전하! 남아가 제일 무서워해야 하는 게 무엇인지 아십니까? 가인의 눈물 어린 호소와 교태 어린 언변이 사내의 제일 적입니다. 천하를 뒤흔드는 영웅호걸도 그 앞에서는 견뎌낼 재간이 없지요. 군주가 가장 먼저 경계해야 할 것도 그에 준합니다. 신하의 과도한 칭송과 충성을 가장한 감언은 군주를 쉽게 취하게 만듭니다. 전하! 군주의 자리가 천하라는 바퀴의 중심임을 잊지 마시고, 사정에 치우치는 것과 사랑을 하는 것은 다른 것임을 유념하셨으면 합니다. 그래도 흔들릴 때에는 그 투박한 목갑을 보십시오. 그래도 황홀함이 가시지 않거든 웅담을 보시고 그래도 모자라면 핥아보십시오. 웅담은 그 맛이 쓰고 비리니 쉽게 냉정함을 되찾으실 수 있을 것입니다. 그 후에 세 번 생각하시고 결정을 내리신다면 후회가 적을 것입니다."

주우탱이 무겁게 고개를 끄덕였다.

"알겠소. 이제야 알겠소. 하나 애틋하게 구는 사람에게 정을 주는 것 또한 인지상정 아니오? 당장 우 공이 내게 부탁을 하면 나는 어떻게든 들어주려 할 것이오. 당장 이 장군이나 추 장군이 부탁하면 그 또한 어떻게든 들어주려 할 것이오. 우 공! 사정에 치우치는 것과 사랑에 빠지는 것을 어찌 구분해야 하오?"

우쟁천은 몇 달 전 금보가의 경사행으로 인한 백가현과의 시비를 떠올리며 또다시 미소 지었다.

"전하 말씀이 지극히 옳습니다. 사람에게는 마음이라는 것이 있으니, 아는 것과 행하는 것이 별개의 문제가 됩니다. 사랑에 빠진다 함은 전하 개인이 줄 수 있는 것을 다 주는 것으로 하시고, 사정에 치우친다 함은 사랑이 지나쳐서 전하의 행함이 나라에 나쁜 영향을 미치는 것으로 하시면 될 것입니다. 무엇인가를 결정할 때 전하의 호불호를 기준으로 하기보다는 일의 옳고 그름을 기준으로 하시면 그 또한 후회가 적습니다."

주우탱은 목갑을 쥔 채 박수를 치며 웃었다.

"옳소. 우 공의 말이 옳소. 내 잊지 않겠소. 더 해주시오. 내게 도움이 될 말이 있으면 서슴없이 말해주시오."

우쟁천은 주우탱의 열렬한 반응에 놀랐다. 나름대로 그럴듯하게 말했다고 생각은 했지만 지금 같은 반응을 예상하지는 못했다. 힘들게 한 일이니 보람된 결과를 얻고자 노력하는 것뿐이었다.

'하! 황제가 될 것이라는데 한 점 의문이 없다는 반응이군. 이 장군과 추 장군이 아예 세뇌를 한 것 같구나.'

어쨌든 우쟁천으로서도 나쁘지 않은 반응이어서 기분 좋게 말을 이었다.

"좌우에 계시는 두 분은 제 인생의 스승님들이십니다."

막유수와 양구동이 얼굴을 와락 구기며 우쟁천을 흘겨보았다. 황자가 혹시라도 한마디 해달라고 할까 봐 걱정이 된 때문이었다. 하지만 황자의 눈길이 자연스럽게 좌우로 돌아가서 두 사람과 눈을 맞추려 하자 그들은 급히 고개를 돌려 먼 산을 보는 시늉을 했다.

곤란함에 빠뜨린 우쟁천이 다시 두 사람을 구해주었다.

"제가 강호의 작은 문파를 열겠다 하자 두 분이 한결같이 하신 말씀이 있습니다. 사람이 곧 재산이라 하셨지요. 전하께서도 익히 아시는 송인홍 그 어르신도 상인이면서 같은 말씀을 하셨습니다."

"사람이 곧 재산이다?"

주우탱이 되뇌자마자 우쟁천이 말을 이었다.

"예! 제가 요즘 몸으로 느끼고 있습니다. 전하! 인사가 곧 만사라는 말처럼, 사람만 바로 써도 어지간한 허물은 다 덮어지지요. 그것이 곧 그 군주를 평가하는 잣대의 전부인지도 모르겠습니다. 군주의 자리는 무겁고 외로우나 좋은 점도 있습니다. 군주라고 해서 세상일을 다 알 필요는 없습니다. 각 방면의 대강을 알고 난 후에, 그 일에 정통한 아랫사람을 시키는 것만으로도 그 덕은 모두 군주에게로 돌아가 후세에 영명한 군주로 평가받습니다. 가장 큰 군주의 덕목은 곧 사람을 보는 안목이고, 그에 따라 공정하게 신상필벌을 행하는 것입니다. 그 이상을 하시면 대대손손 성군으로 추앙받으실 겁니다."

주우탱이 고개를 끄덕이며 말했다.

"그렇소? 사람이 곧 재산이다? 그래서 내게 응답을 준 것이구려. 교언영색, 감언이설에 혹하지 말고 사람을 바로 보라고 준 것이었소. 고맙소. 그 깊은 뜻, 내 잊지 않으리다."

"그리 기억해 주신다면 제가 요 며칠 전하를 모신 것이 곧 제 가문의 광영이 될 것입니다."

우쟁천은 멀리 군영이 보이자 조심스럽게 주우탱을 내려놓고 반 무릎을 꿇으며 말했다.

"전하! 주제넘다 호통 치지 않으시니 마지막으로 한 말씀만 더 올리도록 하겠습니다."

주우탱은 작은 손으로 우쟁천의 두 손을 감싸 쥐고 크게 고개를 끄덕였다.

"우 공의 한 마디 한 마디가 내게는 금과옥조와 같소이다. 부탁하오."

우쟁천은 천천히 좌우를 둘러보았다. 막유수와 양구동이 화들짝 놀라 고개를 돌렸다. 우쟁천은 부드러운 미소를 지으며 다시 주우탱을 바라보며 말했다.

"전하! 저도 작은 방파의 중심에 있는 사람입니다만, 그렇다고 제가 제 마음대로 일을 처리할 수는 없습니다. 바람직하지 않은 고집을 피워봐야 의조부와 스승들께 맞아죽을 따름이지요. 그러나 전하는 다릅니다. 전하께서 신하들을 억누르며 고집을 피우신다면 죽음을 각오하지 않고는 쓴 소리하기 힘듭니다. 전하! 쓴 소리하는 사람들을 잘 보아두셨다가 또 다른 웅담이라 생각하시고 가까이 두십시오. 전하께서 그들의 손을 잡아 곁으로 끌어올려 주시면 그들이 손을 모아 전하를 더 높은 곳으로 떠받쳐 올릴 것입니다. 그리만 하신다면 군주의 자리도 외롭지만은 않을 것입니다."

주우탱은 잡고 있던 우쟁천의 손을 세차게 흔들었다.

"알겠소. 내 반드시 그리하겠소. 우 공이 지금에야 돌아온 것을 보니, 오늘 나를 위해 귀한 목숨을 바친 병사들이 적지 않음을 알겠소. 그들을 잊지 않을 것이오. 우 공의 조언대로 끌어올리고 떠받쳐져서 하늘에 닿을 사람의 탑을 쌓을 것이오. 하늘에서나마 그들이 내 얼굴을 웃으며 바라볼 수 있도록 노력할 것이오."

우쟁천은 황자의 맑고 밝은 두 눈에서 강렬한 의지를 읽고 환하게 미소 지었다.

황충길의 사저를 나오는 순간, 어지간해서는 표정을 바꾸지 않는 적무경이 얼굴을 와락 구겼다.

"도대체 뭡니까? 정말 장군 맞아요?"

우쟁천이 방귀 흘리듯 피식거렸고 옥유산과 방도렴도 이해한다는 듯 적무경의 어깨를 토닥거렸다.

"그 양반 원래 그래."

우쟁천이 말하자 옥유산이 받았다.

"그래도 이번에는 공 좀 세웠다고 돈 달라는 소린 안 하는구려."

"그러게. 또 한 이백 냥 뜯기는 줄 알았다."

우쟁천이 주우탱을 이정웅과 황충길에게 인도한 것이 나흘 전이었다. 한때 포기했던 황거가 도착하자 주우탱 일행은 경사까지 도열한 군사들 사이를 지나 황성에 이르렀다. 그때 우쟁천 일행은 모든 공을 자청 등 살아남은 사람들에게 넘긴 채 뒤로 빠졌고, 황충길의 사택에서 대접 잘 받으면서 머물렀다. 부상이 심한 자청 등이 몸을 추스르면 동행하기로 한 때문이었다.

별다른 일이 있다고 하면, 염우빙이 고승도를 따라 황궁으로 들어갔다는 것이다. 두 사람은 이정웅의 안배로 오래전에 그가 황자에게 붙여준 보표 겸 무예 스승으로 소개될 것이다. 우쟁천의 입장에서는 소중한 사람 둘을 경사에 남기고 간다는 것이 아쉬웠지만, 그나마 혼자보다는 둘이라서 한편으로는 안심했다.

그리고 나흘이 지났다. 초저녁이 되자 그동안 뒤처리에 바빴던 이정웅이 찾아왔다. 저녁을 먹고 이런저런 이야기를 나누다가 고승도와 염우빙이 자리를 잡았으며 추인량과 고진이 두 사람 곁에서 도울 것이라는 소식을 들었을 때까지는 좋았다.

문제는 그 다음이었다. 이정웅이 적무경에게 눈독을 들여 산해관의 무공교두로 와달라고 사정을 했다. 이번에는 전과 달리 장난기 어린 부탁이 아니었다. 반드시 적무경을 무공교두로 삼아 일만이천 산해관의 군사들이 흑룡창을 들고 북방의 초원을 정벌하게 만들겠다는 의지가 확연했다. 우쟁천이 모종의 합의를 보지 않았다면 적무경의 바짓가랑이를 잡고 늘어졌을지도 모를 일이었다.

"형님! 그런데 이 장군에게 무슨 말을 했기에 그렇게 만족한 얼굴로 물러선 겁니까?"

적무경의 물음에 방도렴과 옥유산, 그리고 사도성도 갑자기 생각난 듯 우쟁천에게 눈길을 주었다.

우쟁천은 대답하지 않고 물끄러미 옥유산을 바라보았다.

옥유산이 안 그래도 못생긴 얼굴을 와락 구기며 소리쳤다.

"설마 나를 판 거요?"

"너 말고 네 밑에 있는 애들."

옥유산이 가슴을 붙잡고 안도의 한숨을 내쉬었다.

"휴우… 그럼 상관없지. 아니지, 애들? 몇이나요?"

"사월부터 구월까지 다섯."

사도성이 탐탁지 않다는 표정을 드러내며 말했다.

"다섯으로 일만이천을? 그것도 반 년 만에? 가능할까? 괜히 도와주고 욕만 먹는 거 아니오?"

"정확히 말하자면 위관급 이백 명이다. 가르치는 건 이쪽 책임, 배우는 건 그쪽 책임이지. 위관들이 배우면 그 다음은 알아서 병사들에게 가르치기로 했다. 그리고 내공은 무리고 도법만 가르치기로 했다."

사도성이 고개를 저으며 다시 물었다.

"홍락도법? 불가능하오."

"홍락도법 말고. 만들어야지."

적무경도 고개를 저었다.

"사 개월만에 도법을 새로 만든단 말입니까? 사 개월이 아니네요. 교두로 보낼 이들도 배워야 하잖습니까? 더구나 큰 어르신께서 황궁에 계신데 가능합니까? 형님이 직접 하시게요?”

“그걸 내가 왜 해? 그런 거 잘 하는 사람 있잖아?”

옥유산이 눈을 부릅떴다.

“황씨 아줌마?”

우쟁천이 피식거리며 말했다.

“아줌마? 너 일러준다? 아이들에게 체계적으로 가르친다는 명목으로 미리 부탁한 게 있으니까 대충 손만 봐도 될 거야.”

“쳇! 결국 자기는 입만 벙긋하고 다 남들 시키는구만.”

우쟁천이 옥유산의 뒤통수를 후려치며 말했다.

“원래 군주는 입심으로 사는 거야, 인마.”

적무경은 미안한 듯 쑥스러운 표정으로 말했다.

“저 때문에 그러실 필요 없는데요. 제가 안 한다고 버티면 그만인 것을, 왜 그러셨습니까? 얻는 것도 없지 않습니까?”

“너 때문이 아니야. 예전부터 생각하고 있었어. 좋잖아? 오대파가 왜 멸문 됐어? 오이라트 막다가 그랬잖아. 우리와 오대파는 연관이 많으니까 이 일을 하는 것도 나름대로 의미가 있는 것 같아. 그렇게 알고 유산이 너는 보낼 아이들 생각해 둬. 가면 잘해줄 거야. 위관들 마구 굴리는 것도 나름대로 재미있을 거고.”

옥유산이 의미심장한 미소를 지으며 말했다.

“흠! 한 놈은 벌써 정해놨소.”

“누구? 역이상?”

“그놈 아니면 누구겠소? 그런데 지금 우리 어디 가오? 통금시간 다 됐소. 지금 움직이면 내일 새벽까지 돌아오지도 못하는데? 이 시간에 갈 곳이라고는 홍루?”

반색을 하는 옥유산의 말처럼 유시 중반의 거리는 이미 어둡고 한산했다. 반 시진 후에는 골목골목마다 목책이 들어서고 순라꾼들이 돌아다닐 것이다. 대부분의 가게들은 진즉에 문을 닫았을 것이고 문을 연 곳이라고는 밤을 지새울 수 있는 술집, 사창가, 도박장 정도였다. 그러니 옥유산의 짐작이 그다지 틀린 것은 아니었다. 그러나 우쟁천의 대답은 옥유산의 기대를 저버렸다.

"이 자식아! 여기 적진 한가운데야. 술 먹고 해롱거리면 목 날아간단 말이야!"

살아 돌아간 자들이 있으니 만 귀비의 영향력이 크나큰 경사라면 우쟁천 일행이 안전하다고 장담할 수는 없었다. 옥유산은 원치 않는 사건이 벌어질 가능성이 있음을 인정하여 크게 실망감을 드러내지 않았다.

"그럼 어디 가는 거유?"

"음! 만날 사람이 있어서."

우쟁천의 얼굴에 그리움이 묻어났다.

우쟁천은 작고 허름한 집의 대문 앞에 이르렀다. 낮에 확인 차 와서 보았건만 보는 순간 또다시 마음이 아팠다.

바람이 조금만 세차도 떨어져 나갈 것만 같은 대문과 만지면 부스러질 것 같은 낡은 벽으로 둘러진 집에 살고 있었다. 집이 큰 것도 아니고 그렇다고 주변 환경이 좋은 것도 아니었다. 몇 걸음만 더 걸으면 경사 빈민들이 모여 사는 통혜하가 보일 것이다.

'이놈 밥은 제대로 먹고사나?'

우쟁천은 억지로 밝은 미소를 지으며 소리를 지르려다가 대문이 조금 어긋나 있는 듯하여 밀어보았다. 대문은 아무런 저항도 없이 열렸다.

"강도라도 들어오면 어쩌려고 이 시간에 문을 열어놔?"

밖에서 본 느낌대로 지독시리 낡은 집이었다. 북방의 집들이 모두 그러하듯이 사방이 꽉 막힌 사합원의 방식에 따랐는데, 집이 작다 보니 다섯 사람 들어서자 마당이 꽉 차는 것만 같았다.

"홍복아! 홍복아, 너 있냐?"

우쟁천이 소리를 지르자 안에서 작은 기척이 났고 조금 후에 방문이 열렸다. 이십 대 초반 정도로 보이는 왜소한 청년이 밖으로 나왔다.

"누구? 응? 쟁천이 형?"

오홍복이 찌푸렸던 얼굴을 활짝 펴며 마당으로 뛰어내려 왔다.

우쟁천은 입술을 꾹 다물고 눈에 힘을 줬다. 그렇게 하지 않으면 눈물이 쏟아질 것만 같았다. 집만 봐도 서글픈데 뼈밖에 남지 않은 몸에 낯빛도 그다지 좋지 않았다. 피부는 거칠었고, 옷은 낡아서 금방이라도 삭아 버릴 것만 같았다. 우쟁천이 울지 않을 수 있었던 것은 오홍복의 눈빛이 살아 있기 때문이었다.

우쟁천은 억지로 환한 미소를 지으며 두 팔을 활짝 벌렸다.

"일루 와봐라, 이놈! 한 번 안아보자."

손을 잡으려던 오홍복은 어쩔 수 없이 우쟁천의 품 안으로 빨려 들어갔다. 우쟁천은 오홍복을 힘껏 안으며 지그시 눈을 감았다. 손끝에 와 닿는 느낌에 또다시 울음을 참아야 했다.

우쟁천은 오홍복의 등을 토닥이며 소곤거렸다.

"미안하다, 정말 미안해. 내 일 바쁘다는 핑계로 한동안 너를 잊고 지냈었다. 미안하다. 네가 이렇게 사는 줄은 몰랐어. 정말 면목이 없구나."

오홍복은 우쟁천의 허리를 토닥이다가 쑥스러운 듯 우쟁천을 밀어냈다.

"내가 사는 게 어때서? 나, 이래 봬도 한림학사라구."

우쟁천은 두 손으로 오홍복의 뼈마디밖에 느껴지지 않는 두 어깨를 어루만지며 말했다.

"내 말이 그 말이다, 이놈아! 녹봉이 짜다는 건 알고 있었다만, 종오품 시강학사나 되는 놈이 사는 꼴이 이게 뭐냐? 지금까지 아무도 안 나와 보는 걸 보니 집안일 돌봐주는 사람 하나 없이 홀로 사는 것 같구나. 이래 가지고 밥이나 제대로 먹고살겠어? 쌀자루 옆에 두고 굶어죽겠다, 이놈!"

오흥복은 마른 얼굴에 어울리지 않는 밝은 미소를 지으며 뒤통수를 긁적였다.

"에이, 그 정도는 아니야. 집안일 해줄 사람은 없지만 밥 먹는 집은 있어 꼬박꼬박 먹는다구. 황자 전하 귀궁하셔서 갑자기 할 일이 많아졌거든. 피곤해 보이기는 하겠지만, 나 괜찮아. 형! 춥다. 들어가자."

오흥복은 두 팔을 교차하여 어깨를 감싸고 장난스럽게 떠는 시늉을 했다. 우쟁천은 한시라도 놓기 싫어서 오흥복의 어깨를 감싸고 안으로 들어갔다.

있는 것이라고는 낡은 침상과 두 사람이 앉을 수 있는 작은 탁자, 그리고 책이 가득 쌓인 책상이 전부여서 방 안에 들어서도 냉기가 가시지 않았다.

우쟁천은 방도렴 등을 오흥복에게 인사시키고 그와 함께 침상에 걸터앉았다. 그렇게 했음에도 방 안에 의자라고는 세 개밖에 없어서 옥유산은 어쩔 수 없이 책상 위에 걸터앉았다.

오흥복은 책상 오른쪽 모서리에 있는 화로에서 주전자를 들었다가 곤란한 표정으로 중얼거렸다.

"찻잔이 모자라네. 이렇게 많은 사람이 한 번에 온 적이 드물어서……."

"됐어, 이놈아! 차는 무슨 차야? 너희들 마시고 싶으면 알아서 따라 마셔라."

우쟁천은 쓴웃음을 짓는 오흥복의 손을 잡아끌어 다시 옆에 앉혔다.

"어떻게 된 거냐? 너 이렇게 사는 거 아저씨, 아주머니 아셔?"

오흥복은 혀를 쏙 내밀고 고개를 저었다.

"신객만 보내고 못 오시게 했어. 자식이 한림학사라고 동네방네 자랑하고 다니시는데 이 모습 보여 드릴 수가 있어야지."

"네 녀석도 처지를 자각은 하고 있구나. 안 되겠다. 너 그만 둬라. 내가 말이다, 태원에 작은 방파 하나를 세웠다. 안 그래도 사람이 모자라서 죽을 지경이다. 똑똑한 놈이 필요해. 거기라면 네 부모님도 자주 뵐 수 있을 거 아니냐? 이 꼴이 뭐냐? 말라죽은 나무도 아니고. 가자, 응?"

오흥복은 미소를 지으며 고개를 저었다.

"형! 우리 어릴 때 약속했지? 우리 서로 문무의 정상에 서기로 했지? 나 이 일 계속할 거야. 명색은 시강학사지만, 지금은 동서창의 서기나 마찬가지 신세이긴 해. 하지만 언젠가는 반드시 내 뜻을 펼칠 거야. 그냥 잘 먹고 잘살 거면 왜 이 고생을 하겠어? 사내가 한 번 책을 폈으면 마지막 장까지 다 읽고 덮어야지. 안 그래?"

우쟁천은 오흥복의 눈빛에서 강한 의지를 확인하고 다시 권하지 않았다. 하지만 안쓰러운 건 어쩔 수 없었다.

"좋아. 네 뜻이 그렇다면 두 번 권하지 않겠다만, 아저씨, 아주머니에게는 말을 해야겠다. 네가 자리잡을 때까지 함께 계시라고 해야겠다."

"혀엉!"

"안 돼! 얼마 전에 하남 가는 길에 들렀다. 너 보고 싶어 하시면서도 혹시라도 네게 짐이 될까 봐 못 와보신다 하더라. 두 분 정정하시다. 벌어놓은 돈도 제법 되는 것 같고 기술도 가지고 계신다. 경사에서 함께 살아도 두 분 큰 고생 안 하셔. 너, 부모한테 체면 따지는 거 아니다. 그리고 이제 장가도 가야지. 그 모습 보면 누가 딸 주려 하겠어? 아침마다 산은 보는지 모르겠다. 보냐?"

오홍복은 피식 웃으며 자신의 사타구니 사이를 내려다보았다.

"내가 좀 말랐어도 원기까지 상한 건 아니야. 왜 있잖아, 형이 가르쳐 준 오행연환권. 아침마다 그거 해. 마보도 일각씩 하는 걸. 겉은 비리비리해도 나 통뼈야."

"그래도 안 돼. 곽주에는 연락할 거다. 너 뵙고 싶지 않니?"

오홍복은 눈을 감고 잠시 침묵했다. 그리고 다시 눈을 뜬 후 선선히 고개를 끄덕였다.

"그래, 보고 싶어. 대신 연락해 주면 고마워할게."

우쟁천은 환하게 웃고 오홍복의 어깨를 두드렸다. 그리고 자리에서 일어나 책상 위에 앉은 옥유산을 밀어버리고 편지를 썼다. 편지가 마른 후에 봉투에 넣고 봉하여 오홍복에게 건넸다.

"이걸 어쩌라고?"

우쟁천은 진지한 표정으로 말했다.

"너 지금부터 내가 하는 말 잘 들어라. 이번에 말이다, …중략……. 그래서 내가 친분이 좀 있다. 일단 황 장군에게 부탁드릴 테니까 연락이 되면 내 의조부께 인사 올리고 편지 전해라. 별 내용 없어. 한동안 뵙기 힘드니까 안부 편지 쓴 거야. 하지만 네가 의조부를 뵈면 자연히 황자를 만나게 될 거다. 황궁 안에 마음 놓고 이야기 나눌 사람이 없고, 또 내 의동생이라는 걸 알면 틀림없이 네게 말을 걸 거야. 드러내 놓고 청탁은 할 수 없으니 내가 해줄 수 있는 건 여기까지다. 중간에 죽지 않으면 황제가 될 소년이야. 그리고 의조부 계시는 한 죽을 리 없어. 그러니 만나봐. 인연이 될 것 같으면 조금은 더 빨리 네 꿈을 펼칠 수 있을 거다. 알겠니?"

황제가 될 소년과 인연을 맺을 수 있는 기회를 잡았음에도 불구하고, 오홍복은 담담한 표정으로 물었다.

"황자 전하는 어떨 것 같아?"

"똑똑하고 착하다. 황자가 지금의 마음가짐을 잃지 않는다면, 이정웅이나 황충길 같은 양반들이 권력을 잡고도 지금과 마찬가지라면 황자는 명군, 현군 소리 들을 수 있을 거다. 너도 그렇게 되도록 일조해야지?"

오흥복은 묵묵히 고개를 끄덕였다.

우쟁천이 밝게 웃으며 말했다.

"나가자! 한잔 하자꾸나."

가만히 듣고만 있던 옥유산이 눈을 치떴다.

"으응? 목 떨어질지 모른다 했잖소?"

"이놈도 술 잘 못해. 음식점 문 연 곳 없을 테니, 안주빨이라도 세우라는 거야. 하도 부실해 보이니까."

오흥복이 웃으면서 우쟁천의 손을 지그시 쥐었다.

"형! 됐어. 나 내일 새벽에 등원해야 해. 그런데 어쩌지, 잘 곳이 마땅찮은데?"

우쟁천은 방을 둘러보며 씁쓸하게 웃었다. 혼자 사는 집의 주인 방이 황량한데 남은 방은 어떻겠냐 생각하니 또다시 가슴이 아팠다.

"됐다. 황 장군 집 좋아."

"못 가. 통금시간이잖아?"

우쟁천은 미소 지으며 품속에서 종이부채처럼 접힌 통행증을 꺼내 보였다.

"나 항상 대비하는 사람이야. 걱정 마라."

우쟁천은 옥유산 등을 둘러보며 두 손을 내뻗었다.

"털어!"

방도렴을 제외한 세 사람은 즉시 주머니를 털었다. 그때서야 방도렴도 무슨 말인지 알아듣고 전낭을 열었다.

오홍복은 난처한 기색을 드러내며 우쟁천의 팔을 잡았다.

"혀, 형!"

우쟁천은 오홍복의 팔을 슬쩍 뿌리치고 자신의 전낭에 모든 돈을 털어넣었다.

"받아! 이 돈 아끼지 말고 살이 되고 피가 되는 거 많이 사먹어라. 아저씨, 아주머니 눈에서 눈물 빼내기 싫지? 한 달 정도 여유 두고 두 분께 연락드릴 테니까 그 사이에 피둥피둥 살이나 쪄. 알았어? 아! 혹시 동홍루 알아?"

오홍복은 마지못해 전낭을 받아 이불 위에 내려놓고 대답했다.

"응. 홍명대로에 있는 음식점 말이지? 한 번 가봤어. 왜?"

"거기 여주인이 내 엄마! 음식 맛 괜찮더라. 이왕이면 거기서 팔아주고 자주 가봐."

아무렇지도 않은 듯 말하는 우쟁천과는 달리 방 안에 있는 사람들은 모두 놀라서 입을 쩍 벌렸다.

오홍복이 대표로 물었다.

"살아 계셨어? 만나는 봤어?"

"손님인 척 얼굴만 보고 왔지, 뭐. 나름대로 눈물 짤 사연 있었고 충분히 고생하셨더구먼. 말년이라도 행복한 것 같아서 모르는 척했어."

"못 알아보셔? 아저씨랑은 발가락까지 닮았다며?"

"나만 봤어. 가끔씩 가봐줘. 주변에 문제가 있다거나 이 세상 싫증내시는 것 같거든 소식 좀 보내."

오홍복이 고개를 끄덕이자 우쟁천은 밝게 웃으며 그의 어깨를 두드렸다.

"밤 늦었다. 갈게. 편히 자."

"내일 당장 태원에 가?"

"음! 또 다른 일행이 있어. 다음에 오면 오래 있어주마. 제발, 제발 건강 챙겨. 너 죽으면 네 세상뿐만 아니라 네 부모 세상도 끝장나는 거다."

우쟁천은 다시 한 번 오홍복의 어깨를 꽉 쥐어주고 나서 밖으로 나섰다.

오홍복은 아쉬워서 어찌할 바를 모르고 문 앞까지 따라 나왔다. 또다시 잘 가라는 말과 잘 있으라는 말을 주고받았다. 막 발길을 돌리려는데 방도렴이 오홍복을 보면서 한참 망설이다가 품속에서 봉지 하나를 꺼내어 건넸다.

"궁금할 때 먹게. 맛있는 거네."

방도렴은 얼떨결에 봉지를 받은 오홍복의 어깨를 두드려 주고 허전한 손을 비비며 우쟁천의 뒤를 따랐다.

귀향 중에 보복을 당할 수도 있다는 것이 모두의 걱정이었다. 그래서 자청 등은 나흘 동안이나 경사에 머물면서 상처를 돌보았고, 그것으로도 안심이 안 되어 우쟁천 일행과 무토군, 그리고 사대금강의 유일한 생존자인 일봉 스님과 동행한 것이다. 하지만 걱정은 기우로 끝났다. 경사를 떠난 지 이틀 반나절 만에 태원에 들어섰다.

자청은, 마음이 급한 듯 조금 앞서 가는, 우쟁천의 등을 빤히 바라보았다.

'묘한 사람이야.'

그 병약한 황자가 황자 본인이 아니었음을 알았을 때 자청 등은 허탈함과 동시에 배신감마저 느꼈다. 하지만 결과적으로 봤을 때 이정웅의 금선탈각지계는 불가피했다. 실제로 황자는 아니었지만 어쨌든 두 거파의 경호는 실패했으니 배신감을 분노로 표출할 수 없었다. 또한 당한 입장이 아니라면, 은밀한 일을 행할 때 아는 사람을 줄이는 것은 당연하다고 이해했을 것이다. 더구나 금선탈각지계의 수행자였던 우쟁천이 모든 공을 두 거파에게 떠넘겼으니 죽은 사람만 억울할 뿐, 두 거파는 어쨌든 기대했던 성과를 거둔 셈이었다.

'젊은 사람이 공명심도 없나? 아니야. 그렇게 단순하게 생각할 건 아니야. 공을 내세우면 만 귀비와 제검전의 눈총 역시 감당해야 해. 영악하게 피한 거다?'

자청은 고개를 저었다. 상대방 또한 살아남은 사람들이 있었다. 드러내지 않아도 어차피 알게 될 일이었다.

'그렇다면 희생에 대한 배려이자 보상인가?'

역시 판단 내리기가 쉽지 않았다.

'하기야 스스로를 알기도 어려운데 남의 마음을 어찌 헤아릴 수 있을까.'

한 가지 분명한 것은 있었다. 그가 혼몽 중에 보았던 우쟁천의 무공만큼은 틀림없는 진실이었다. 아무리 유가전이 자청 그와의 대결에서 지쳤다고 하더라도, 우쟁천은 호신강기를 발할 여력이 있던 유가전을 맹렬하게 밀어붙였고 쉽게 이겼다.

자청 그가 알기로는 호신강기를 공격의 수단으로 사용할 수 있는 사람은 전 강호에 단 두 사람, 제검전주와 혼원당주뿐이었다. 그 같은 경지를 서른도 못된 우쟁천이 보여주었다. 비록 호신강기를 일으킨 후 몸통 전체를 휘돌려 강기의 전사경이라는 무식한 방식을 사용했지만, 적어도 자하강기로 유가전 같은 고수를 상대할 수 없는 자청, 그 자신보다는 우쟁천이 더 강했다. 그것만은 부인할 수 없는 일이었다.

자청은 고개를 흔들고 입가에 부드러운 미소를 지었다. 일단 생각을 정리하고 나니 그가 할 수 있는 일은 우쟁천의 구명지은에 감사하는 것뿐이었다.

'그래도 묘한 사람인 건 사실이야.'

천성이 말이 없는 자청이기에 이 박 삼 일 동안 많은 이야기를 나누지는 못했지만 우쟁천 일행 때문에 편한 분위기 속에서 올 수 있었다. 원래 분위기가 좋을 수 없는 상황이었다. 화산은 매화오엽검수 가운데 세 사람을, 혼원당은 부당주인 탕마신도 연녹당을, 소림은 사대금강 가운데 세 사람을 잃었으니 오히려 침울한 분위기였다. 하지만 경사를 떠나는 순간 표정 없는 자청 그마저도 미소를 짓지 않을 수 없었다.

"아! 어르신, 돈 없는데 어쩌죠?"
막유수가 말했다.
"나 돈 없어, 인석아. 너 믿고 왔단 말이다. 다른 놈들은 있을 거 아냐?"
우쟁천이 뒤통수를 긁적이며 말했다.
"같이 다 썼는데요. 어디 가서 좀 훔쳐 오시면 안 됩니까?"
"뭐야, 이 자식아! 너 일루 와!"
우쟁천은 머리를 감싸 쥔 채 막유수를 피해 다니며 소리쳤다.
"본업이잖아요? 태원까지 손가락만 빨고 갈 수는 없잖습니까?"
방도렴이 가슴을 툭툭 치며 미소를 지었다.

엄숙한 분위기와 바른 예절 속에서 무를 익힌 자청에게 있어 무인은 엄숙함의 표본이 되어야 했다. 하지만 우쟁천과 그 일행은 달라도 너무 달랐다. 단 한 사람 적무경이라는 청년만이 자청 자신의 분위기와 비슷했을 뿐, 나머지는 차라리 경박하다고 할 만큼 자유로워 보였다.
늘 모자란 것이 무엇일까를 고민하던 자청으로서는 한 번쯤 심각하게 생각해 보아야 할 문제였다.

'구애받지 않는다는 것, 그것이 내게 없는 것인가?

여동빈 같은 전설적인 도가의 선인들은 대부분 장난기가 많았던 악동으로 그려지고 있었다.

'하아! 내게 없는 것을 억지로 구하려는 것 또한 구애받는 것이겠지?

그때 우쟁천이 모두에게 들으라는 듯 소리쳤다.

"자! 내립시다."

그 소리에 깜짝 놀라 앞을 보니 어느새 시장통 입구에 이르러 있었다. 자청은 말에서 내려 고삐를 잡고 우쟁천 일행의 뒤를 따랐다. 허름한 객잔 앞에 이르니 열서너 살 정도 되어 보이는 점소이가 환하게 웃으며 인사하고 말고삐를 잡아채며 물었다.

"방주! 장으로 옮겨놓을까요?"

우쟁천은 점소이의 머리를 툭 치며 웃었다.

"저기 다섯 분 말은 놔두고 우리 말들은 보내라. 또 멀리 가야 할 말들이다. 잘 먹이고 잘 보살펴, 밥 먹고 올 테니까."

"예에! 걱정 마세요."

"자식! 요즘은 게으름 안 피워?"

"에이, 요즘은 안 그래요. 하고 나면 훨씬 덜 피곤한 걸요."

"그래. 열심히 해. 아! 지금 돈 없다. 나중에 주마."

다시 소년의 머리를 두드려 준 후 우쟁천은 자청을 돌아보며 환하게 웃었다.

"진인! 이틀 동안 얻어만 먹었으니, 거하게 사지요. 이 동네에서는 그럴 수 있거든요."

자청 등도 전염된 듯 미소를 지으며 우쟁천의 뒤를 따랐다. 멀리 가지 않았다. 시장통 한쪽에 멈춰선 우쟁천이 좌판을 벌여놓은 노파에게 다가가 소리쳤다.

"할머니! 곱빼기 열두 그릇이요. 아니다. 도렴이는 두 그릇이니까 열세 그릇!"

"아이고, 방주! 왜 이렇게 오랜만에 왔어? 어디 갔다 오시나? 잠깐만 기다려. 열세 그릇 얼른 준비하겠네."

황당할 수밖에 없었지만 주문은 이미 들어갔고 노파의 손은 나이답지 않게 빨랐다.

우쟁천은 잠깐 사이에 나온 열락면을 받아 양구동에게 먼저 건네고 멍한 표정으로 서 있는 자청 등에게 미소 지었다.

"이렇게 쌀쌀한 날에도 이 열락면 한 그릇이면 땀이 쭉 빠질 만큼 후끈해지지요."

자청 등에게도 열락면이 건네졌다. 송송 썬 파가 둥둥 떠 있는 자극적인 붉은 국물을 보는 순간 눈살이 찌푸려졌지만, 강호에서 이름 높은 선배들인 양구동과 막유수마저 맛있게 먹는 것을 보면서 안 먹을 수는 없었다.

시장기가 반찬이라고 한 젓가락을 집어 먹고 나니, 얼큰한 것이 보기보다 괜찮아서 국물까지 후루룩 마셔 버렸다. 때마침 그릇을 내려놓은 우쟁천이 빙긋 웃으며 말했다.

"맛있지요?"

자청은 이마에 송알송알 맺힌 땀방울을 훔치며 고개를 끄덕였다.

우쟁천은 자청의 그릇을 받아 노파에게 건네며 말했다.

"할머니, 돈 없어요. 나중에 보내줄게요."

노파는 없는 이빨을 드러내며 웃었다.

"그래? 그렇게 해."

"그런데 할머니! 혼자라고 그랬지요? 그만 하지 그래요? 혼자 쓸 만큼은 돈 벌었을 텐데."

“에이! 사지육신 멀쩡한데 놀면 뭐하나? 등 긁어줄 영감도 없는데 집에 혼자 있으면 뭐해. 여기 나와 있으면 사람 북적여서 좋아.”

“음! 그것도 그러네. 할머니! 제가 월삯 드릴 테니 홍락방에 와서 사실래요? 애들이 많거든. 가끔 이 열락면 먹여주면서 재롱떠는 모습 보고 살면 외롭지 않을 텐데, 어때요?”

막유수가 그릇을 건네며 고개를 끄덕였다.

“음! 그거 좋은 생각이다. 할멈, 그렇게 하시오! 정에 굶주린 아이들이 많다오. 이 추운 날에 이거 한 그릇 건네주면 할멈 인기 끝내줄 거요.”

노파는 이마에 주름살을 잡으며 생각에 잠겼다. 진지하게 받아들인 모양이었다. 바로 그때 등 뒤에서 그릇 깨지는 소리와 함께 호통 소리가 들려왔다.

“이게 뭐야? 이게 사람 먹으라고 내놓은 거야? 엉! 어쭈! 이 영감탱이 봐라! 눈도 깜짝 안 하네. 눈 깔아! 못 깔아?”

우쟁천이 얼굴을 구기며 돌아보니 건너편 산서제일화과에서 소란이 일고 있었다.

산서제일화과는 이름과 달리 시장통의 작은 가게로, 가게 안과 거리에 작은 탁자 네 개를 놓고 장사하는 오래된 화과 전문음식점이었다.

“쟤들 뭐야? 요새도 저런 놈들이 들락거려?”

노상의 좌탁 앞에 서서 화과를 뒤엎고 난리를 치는 이들은 화복을 입은 두 청년이었다. 비단 옷을 입고 시장통에서 밥 먹는 것도 조금 이상했지만, 옷차림에 어울리지 않게 허리춤에 싸구려 박도까지 차고 있어서 더 이상했다.

“그러게요. 이 금보가 어딘지 모르는 뜨내기들 같은데요. 형님! 처리할까요?”

“아니야. 밥도 먹었으니 내가 할게.”

옥유산이 마지막 한 모금의 국물을 남겨놓은 채 투덜거렸다.

"쳇! 재미있는 건 꼭 혼자만 해."

옥유산의 말이 끝나기도 전에 우쟁천은 두 청년의 뒤에 이르러 있었다.

두 청년은 우쟁천이 뒤에 와 있는 줄도 모르고 탁자를 발로 차며 소리쳤다.

"이런 염병할 영감탱이가 있나? 사람 말이 말 같지 않아? 양고기 듬뿍 챙겨서 다시 내오란 말이야. 영감! 죽고 싶어?"

갓 환갑이나 되었을 초로인은 두 청년의 협박에도 꿈쩍하지 않고 팔짱을 낀 채 바라만 보고 있었다. 그러다가 우쟁천을 알아보고 반갑게 눈인사를 건넸다.

우쟁천은 두 청년의 뒷목을 움켜쥐고 말했다.

"장 아저씨! 얘들 왜 이래요?"

"넌 또 뭐야! 이거 안 놔!"

우쟁천은 손아귀에 힘을 더했다. 갑자기 힘이 더해지자 발버둥치며 빠져나오려던 두 청년들이 어깨를 축 늘어뜨렸다.

우쟁천이 눈빛으로 다시 묻자 초로인이 고개를 저으며 대답했다.

"나도 모르겠소, 방주. 화과 달래서 줬더니 저러는구려. 에휴! 도대체 오십 문짜리 화과에서 뭘 기대한 건지. 쯧쯧쯔!"

우쟁천은 두 청년을 놓아주고 대신 손바닥으로 뒤통수를 후려쳤다.

"뭐가 불만이야, 이 자식들아?"

두 청년은 뒤통수를 잡고 급히 물러섰다. 둘 가운데 얼굴이 붉은 말상의 청년이 우쟁천에게 손가락질을 하며 소리쳤다.

"너 이 자식! 쳤어?"

우쟁천은 두 청년의 뺨을 후려치고 다시 말했다.

“그래, 쳤다. 어쩔래?”

소리친 청년이 더 세게 맞았는지 입술이 터져 피가 흘렀다. 청년은 박도의 도파를 쥐며 다시 소리쳤다.

“너! 실수한 거야. 내가 누군지 알아?”

우쟁천은 피식 웃으며 말했다.

“그래, 너 누구야? 누구의 아들이거나 손자라는 소리는 뱉지 마. 네가 얼마나 중요한 인간인지를 말해. 네가 이 세상에 얼마나 도움이 되는 인간인지만 말해. 쓸데없이 사돈에 팔촌을 팔거나 어느 파 누구 밑에 있다고 지껄이면 뒈진다.”

우쟁천의 안광이 번득이자 두 청년은 침을 꿀꺽 삼키고 서로 마주 보았다가 조심스럽게 물었다.

“혹시 이 시장통을 책임지고 있소? 며칠 살펴봤지만 따로 주인이 없는 것 같던데?”

“어이쿠! 이 자식들! 귀와 입은 장식이야? 넌지시 묻고 차분히 들으면 다 알 일이잖아? 며칠씩 왜 고생하니? 이 속에 똥만 들었어?”

우쟁천은 혀를 차며 다가가 손바닥으로 두 사람의 머리통을 후려쳤다. 두 청년들은 눈을 감고 그대로 무릎 꿇었다가 앞으로 꼬꾸라졌다.

우쟁천은 고개를 저으며 돌아섰다. 그때 등 뒤에서 초로인이 소리쳤다.

“방주! 가끔은 우리 집에도 좀 오시오! 만날 신 노파한테만 가지 말고!”

“이쪽이 더 맛있는 걸 어떡해요. 입맛 바뀌면 갈게요.”

자청 등은 우쟁천을 멍하게 바라보았다. 보면 볼수록 이상한 자였다. 시장통 사람 모두가 아는 체를 하는 사람이었다. 모르는 사람이 봤다면 시장에서 장사하는 사람이라고 생각했을 것이다. 그리고 시장통 좌판 상

인 대하는 것과 나라의 명장들을 대하는 것이 똑같은 사람이었다. 수하
들과의 관계를 보아도 위아래가 없었다. 어떻게 보면 정말 두꺼운 가면
을 쓴 위선자 같고, 또 어떻게 보면 오지랖 넓은 옆집 총각같이 순박해
보였다.

'정말 모르겠군.'

자청은 고개를 저으며 우쟁천을 이해해 보려 했던 시도를 포기했다.

우쟁천이 돌아와 자청 등에게 말했다.

"자! 자청 진인 일행 분들은 여기 적 당주가 복검방으로, 일봉 대사와
무토군 두 분은 여기 옥 당주가 남양표국으로 안내해 드릴 겁니다. 복검
방에는 북도련 사람들이 상주해 있으니 동행하시면 될 거고, 두 분은 남
양표국이 표행갈 때 함께 가시면 되겠네요. 혹시 태원에서 며칠 묵을 생
각이시면 폐방에도 한 번 방문해 주세요."

일봉과 무토군이 포권을 취해 두루 인사하고 먼저 떠났고, 자청도 인
사했다.

"우 방주, 구명지은에 다시 한 번 감사드리오."

우쟁천이 씩 웃으며 대답했다.

"그런 말씀 마시라는데도 자꾸 하시니, 마음 좀 편하게 해드려야 할
것 같네요. 북도련 왕 순찰께서 가형 되시지요?"

자청이 이채를 발하며 고개를 끄덕였다.

"그럼 전해주십시오. 이 우쟁천이 빚 갚았다구요. 그리만 전하시면 왕
순찰께서도 부담 갖지 말라 하실 겁니다. 자! 그럼."

우쟁천이 말할 기회도 주지 않고 포권을 취해 읍하자 자청도 어쩔 수
없이 읍했다. 그리고 바로 적무경이 앞서 걸으니 할 수 없이 그 뒤를 따
랐다.

우쟁천은 자청 일행이 객잔에 도착하는 것을 보고 나서 의미심장하게

웃었다.

"파하하하! 가현아! 나 지금 간다. 아야! 왜 때려요?"

막유수가 우쟁천을 째려보며 말했다.

"이놈아! 돌아왔으면 어르신들한테 먼저 인사부터 올릴 생각을 해야지, 바로 마누라 품속에 뛰어들 생각부터 하냐?"

양구동이 말했다.

"저놈이 원래 그런 놈이잖아. 우리끼리 그냥 가자고."

양구동과 막유수가 먼저 걸어가 버리자 우쟁천은 신 노파를 향해 잘 생각해 보라고 말하고 두 사람을 쫓아갔다.

■6장■
떨어지는 꽃잎에도 향기는 있다

　　　　　　　　화천상은 제세전 앞에서 몸가짐을
단정히 하고 문이 열리기를 기다렸다.

　'도대체 왜 우리들을 차례로 부르시는 건가? 후계 문제 때문인가?'

　제세전은 공적인 일에 이용되는 장소가 아닌 만검혼의 사택이나 마찬
가지인 곳이다. 공식적으로 제세전에 들락거리는 사람은 군사 사마공 한
사람 뿐이었고, 가끔 만검혼과 개인적 친분이 있는 사람이 방문했을 때
나 한 번씩 열릴 뿐이었다. 그런 곳에 지금 화천상이 불려온 것이다. 어
떻게 보면 제세전으로 불려온 것만으로도 영광스럽게 여겨야 했다.

　하지만 화천상 혼자만 불려온 것이 아니라 담철운과 사마염도 이미 들
어갔다가 나왔다. 세 사람을 비슷한 시기에 불러들였다는 것, 일일이 독
대를 하는 것을 생각하면 떠올릴 수 있는 것은 단 한 가지 후계자 선정
문제뿐이었다.

　무공에 입문한 이후로 오늘처럼 몸이 뻣뻣하게 느껴진 적은 없었다.

긴장을 풀어보려고 해도 압도적인 제세전의 앞에 서 있다 보니 쉬운 일
이 아니었다.

'시기가 너무 안 좋아.'

후계자 선정은 빨라도 천하일통이 마무리될 즈음에 이루어질 것이라
고 예상하고 있었다. 만검혼의 대계를 성취하는 그 과정이 곧 후계자들
의 경쟁의 장이 될 거라고 생각한 것이다.

'내가 섣불리 짐작하는 것일 수도 있지만, 나와 그들 두 사람을 동시
에 부를 일이 또 있을까?'

만소설을 제외한 세 사람, 담철운과 화천상, 그리고 사마염이 공식적
인 후계자 후보로 거론되고 있는 것은 아니었다. 다만 전의 인사들 대부
분이 심정적으로 그렇게 생각할 따름이었다. 아직까지는 그들 세 사람
외에 다른 대안이 없는 것 또한 사실이기 때문이었다.

문제는 성과였다. 담철운을 제외한 두 사람, 화천상과 사마염은 아직
공식석상에 모습을 드러낸 적이 없었다. 그 말은 결국 대외적으로 능력
을 증명해 보인 적이 없다는 뜻이다.

다행히 담철운의 대외적 활동은 그다지 두드러지지 않았다. 전의 인심
을 휘어잡을 기회를 얻었음에도 불구하고 마무리가 어설펐던 것이다. 사
마염 또한 마찬가지였다. 그는 '제무곡의 은둔자'라는 별명처럼 사람들
앞에 나선 적이 없었다. 그러니 그가 군사의 자식이라는 배경 말고는 평
가를 할 만한 객관적인 자료가 하나도 없었다.

그래도 불안했다. 그 나름대로 음지에서 활동을 했지만 대세에 도움을
준 것이 없었고, 나흘 전에는 황자의 제거에 실패했을 뿐더러 그 과정에
서 유가전까지 죽었다. 만소설이 넘어와 준다면 유리한 위치를 선점할
수도 있을 텐데, 확실한 언약을 해주지 않으니 그마저도 답답할 따름이
었다.

‘이렇게 고민해 봐야 무슨 소용이 있어. 만나보면 알겠지?’

화천상은 긴장으로 인해 바싹 말라 버린 입술에 침을 발랐다. 그때 문이 열렸다.

“화천상, 입전하시오!”

화천상은 다시 한 번 옷매무새를 살피고 조심스럽게 문을 지났다.

“실패했다고? 아쉽겠구나.”

만검혼은 남의 일처럼 말했다.

화천상은 만검혼이 등을 보이고 있음에도 감히 허리를 펼 생각을 하지 못했다. 만검혼이 기운을 완전히 풀어헤쳐 놓았음에도 불구하고, 공력을 모두 끌어올린 채 등 뒤에 바짝 다가선다 해도 화천상은 손을 쓸 자신이 없었다. 차라리 마주 보아주면 당당해 보려고 노력이라도 할 텐데, 그다지 넓지도 않은 등이 밑바닥에서 만장단애를 올려다보는 것처럼 아득하기만 했다.

“죄송하옵니다, 지존. 무능한 소생에게 벌을 내리소서.”

아득함이 어지러움으로 변하면서 전신에서 식은땀이 흘러내렸다. 화천상은 만검혼의 존재감을 홀로 감당한다는 것이 얼마나 큰 압박감인지 처음으로 깨달았다.

“벌을 내려달라? 신경 쓸 것 없다. 내가 지극히 원했다면 어렵지 않게 이루었을 터. 다만 유가전이 아깝다. 네게도 타격이 크지? 비록 내 사람은 아니었어도 야망이 없어서 쓰기에 좋은 사람이었는데.”

쿵!

입이 열 개라도 할 말이 없으니 이마로 바닥을 찧을 따름이었다.

만검혼이 돌아섰다. 그의 눈길이 정수리에 와 닿는 것을 느낀 화천상은 또다시 움츠러들었다.

“천상, 내가 오늘 이 자리까지 너를 불러들인 것은 두 가지 분명히 할
것이 있어서다.”

“세이경청하겠나이다.”

“황실의 일에 관여하는 것은 이제 그만두어라.”

화천상은 깜짝 놀라 고개를 들었다가 만검혼은 지그시 바라보는 눈빛
에 눌려 다시 고개를 숙였다.

“하나 귀비 마마께옵서…….”

“고승도는 네가 감당할 수 있는 사람이 아니다. 그는 복잡하게 살지
않는 사람. 그가 지키고자 하면 나를 제외한 천하의 그 누구도 황자에게
손을 대지 못 하리라. 그러니 앞으로 자휘의 일은 자휘가 알아서 하도록
내버려 두어라.”

숨이 멎을 것만 같았다. 만 귀비와 왕직의 협조가 없다면 만검혼의 말
대로 화천상은 고승도의 보호 하에 있는 황자의 손가락 하나 건드려 보
지 못할 것이다. 그렇게 되면 화천상은 야망의 반을 접어야 했다. 그렇게
되어서는 안 되는 일이었다. 하지만 만검혼의 말을 무시할 담량 또한 없
으니 참으로 곤란했다.

만검혼은 화천상에게 다른 생각을 못하게 하려는 듯 말을 이었다.

“네가 소설을 마음에 두고 있음을 알고 있다. 소설이 원한다면 굳이
반대할 생각 없다. 하지만 한 가지는 분명히 해두어야겠구나. 자휘라면
몰라도 소설은 이 자리를 감당할 그릇이 아니다. 애초부터 그 아이에게
물려줄 생각 없었다. 그러니 너 또한 내 집안사람이 된다는 것만으로 특
혜를 기대하지는 마라. 알겠느냐? 이 자리를 원한다면 능력을 증명하고
차지하라.”

당장이라도 허물어질 것만 같았다. 화천상은 억지로 기력을 짜내어 대
답했다.

“명심하겠습니다.”

“천상, 너는 똑똑한 녀석이다. 그 때문에 임기응변이 지나쳐. 진정으로 강한 자는 얕은 수를 쓰지 않는다. 지금껏 별다른 좌절을 하지 않았지만, 그 덕에 그동안 네가 이룬 것이 무엇인가를 생각해 보아라. 제천회는 혼마검 육헌 그자에게서 이어받은 것이니 네가 이룬 것이 아니고, 또 무엇이 있더냐?”

화천상은 엎드린 채 전신을 떨었다. 젊은 만검혼에게 패하여 폐인이 되어버린 혼마검 육헌에게서 제천회를 이어받았다. 그로 인해 야망을 가졌고 그 이후로 많은 일을 하였다. 그런 그가 지금 가지고 있는 것은 여전히 제천회뿐이었다.

여러 가지 일들을 성사시켰다고 생각했건만 결과적으로 얻은 것은 아무것도 없었다. 뼈아팠다. 다른 사람도 아니고 만검혼에게서 그런 소리를 들을 줄은 몰랐다.

‘이렇게 되면 제검전을 이어받으려고 해왔던 모든 일들이 헛고생이 되는 것인가?’

화천상의 심정을 느낀 듯, 만검혼은 조금 부드러워진 목소리로 말했다.

“내 나이 서른둘에 처음 강호에 발을 디뎌 오늘의 제검전을 이루었다. 그때의 나에 비하면 너는 젊다. 거기에 자질까지 뛰어나니, 빠른 길만 찾아가려 하지 말고 자질에 어울리는 힘부터 길러라. 천상, 나는 아직 누구에게도 제검전을 물려줄 생각이 없다. 무슨 뜻인지 알겠느냐?”

처음으로 숨통이 트이는 말이었다. ‘아직 누구에게도 제검전을 물려줄 생각이 없다’ 는 말을 달리 생각해 보면, 심중에 후계자로 점찍은 사람이 없다는 뜻이기도 했다. 기회가 남아 있다는 말이었다.

“네게는 지나치게 말이 많았구나. 물러가거라.”

　화천상은 엎드린 자세 그대로 머리를 조아렸다가 조심스럽게 뒷걸음 질쳐서 정자를 벗어났다.

　화천상이 제세전 밖으로 나가자 만검혼이 허공에 눈길을 두고 중얼거렸다.

　"승도, 자네 성격으로 어떻게 그런 용기를 냈나? 황궁에 들어갔다는 소리를 듣고 정말이지 깜짝 놀랐다네. 그래서 조금 전에 자휘, 아니, 명정의 한쪽 손을 잘라냈네. 조금은 편해졌을 게야. 어디 한 번 그 아이를 내게서 찾아가 보게. 어렵겠지만 행복하게 해줘봐. 그 아이가 행복해지든 더 불행해지든, 이제는 그 아이 곁을 떠나지 못하겠지? 허허! 자넨 평생 내게 칼을 겨눌 수 없는 운명을 타고났나 봐. 그러니 애써 오려고 하지 말게나. 내 일 다 끝내면 내가 찾아가지."

　만검혼의 입가에 차가운 미소가 걸렸다.

*　　　　*　　　　*

　황자가 귀궁한 것이 겨우 한 달 전이었다. 황자가 새로운 환경에 적응하는 일만으로도 짧은 시간이었다. 그럼에도 불구하고 그의 존재로 인한 변화의 격랑은 경사를 뒤엎을 정도였다.

　먼저 오랜 세월 동안 세사에 대한 관심을 끊고 칩거하고 있던 태후가 나서서 황자의 겨드랑이를 확인하여 황자의 진가(眞假)를 가려주었다. 이는 황자가 오랜 세월 황궁 밖에서 생활했다는 이유로 만 귀비 측에서 의문을 제기한 것인데, 태후가 황자를 궁 밖으로 내보낼 때 황자도 모르게 겨드랑이 밑에 새겨 놓은 문신으로 인하여 쉽게 확인되었다. 그로 인해 황자의 증표로 제시된 용봉패옥만으로는 진가를 확인할 수 없다 했던 만 귀비 측 대신들은 더 이상의 논란을 일으킬 수 없게 되었다.

일단 황자의 진위 여부가 가려지자 곤란하게 된 것은 만 귀비였다. 도대체 황제도 모르던 황자가 왜 나타났냐는 근본적인 의문이 생길 수밖에 없었기 때문이다. 만 귀비 측이 잔뜩 긴장한 순간, 그 곤란을 무마해 준 사람도 역시 태후였다.

태어날 때부터 워낙 병약한 데다가 황궁에 머물면 병사로 단명하니 열세 살까지는 황자 본인도 신분을 잊은 채 자연을 벗 삼아 살게 하라는 점괘가 있었다고 변명을 해준 것이다. 이는 만 귀비의 곤란을 해소시켜 주기 위한 것이 아니라 궁지에 몰린 만 귀비 측의 돌방 행위를 방지하려는 데 있었다.

태후의 현명함에 동조한 이가 또 다른 사람이 아닌 이정웅이었다. 적갑병단과 화산, 소림 측의 피해를 사실대로 보고한다면 황제가 진노하여 진상을 규명하라고 명할 것이 뻔했지만, 만 귀비 측에 약점을 잡는 셈치고 입을 다물어 버렸다.

하지만 그 대가로 만 귀비 측은 이정웅에게 중군도독의 자리를 돌려주어야 했고, 이신충에게 동창의 지배권을 빼앗겨야 했으며, 그 외의 파격적인 인사를 용인해 주어야 했다. 그 가운데 가장 파격적이라고 할 수 있는 것이 바로 고승도에 대한 처우였다. 그의 별호가 도마임을 내세워 시비를 걸 수도 있었지만, 고승도는 이정웅의 추천과 황자의 간절한 바람대로 황자의 무학사부 겸 보표로서 황자의 최측근에 자리잡을 수 있었다.

그 외에도 크고 작은 변화가 많았는데, 한림원 소속 종오품 시강학사였던 오홍복이라는 자가 황자의 학사(學師) 겸 비서로서 임명된 것도 그 변화 가운데 하나였다.

만 귀비는 찻잔이 깨질 정도로 거칠게 내려놓고 피가 나도록 아랫입술을 깨물었다.

"그놈이, 그 늙은이가 도대체 무엇이관데, 무엇이관데 나를 그런 눈으로 본단 말인가?"

태후까지 가담한 황자 측의 공세에 만 귀비는 일단 물러설 수밖에 없었다. 노화가 치밀었으나, 상대가 들추게 되면 불리할 일이 너무 많아서 참을 수밖에 없었다. 그런데 또 한 사람이 만 귀비의 심기를 크게 불편하게 만들었다. 바로 고승도였다.

나흘 전의 일이었다. 만 귀비로서는 그림자조차 보기 싫은 황자였지만 만날 수밖에 없는 이가 황자였다. 더구나 조정에서 아직 황태자의 논의도 시작되지 않았건만, 황제는 황자의 바른 심성과 총명함을 느끼고 황태자의 거처라인 덕화궁을 내렸으니 만 귀비로서는 형식적으로나마 축하를 하지 않을 수 없었다. 그래서 어쩔 수 없이 덕화궁으로 찾아갔는데 그때 유독 눈에 띈 자가 고승도였다.

명목은 황자의 무학사부, 하지만 실제로는 만 귀비로부터 황자를 보호하는 보표였기에 더 눈에 띄었는지도 모른다. 그렇다고 고승도가 만 귀비를 무례하게 대한 것은 아니었다. 오히려 눈에 띄지 않게 방 한구석에서, '강호의 불학무식한 무부라 예법을 잘 모른다' 하며 용서하시라는 말과 함께 정중히 절을 했을 뿐이었다.

만 귀비도 제검전에서 어린 시절을 보낸 사람이니, 고승도의 태도를 용납 못할 까닭이 없었다. 오히려 가식이 느껴지지 않는 그 정도 인사라면 예법 따위는 신경 쓸 필요도 없을 만큼 정중하다 생각했었다. 그녀도 고승도가 도마라는 사실을 알고 있었고, 다 알지는 못했지만 아버지 만 검혼과 좋지 못한 사연이 있다는 것도 알고 있었으니 그의 태도가 오히려 의외라고 생각했었다.

문제는 은근히 느껴지는 그 눈빛이었다. 황자의 보표로서 경계하는 눈빛이었다면 차라리 마음 편했을 것이다. 아버지를 생각하며 원독에 찬 눈빛을 드러냈다면 가볍게 비웃어주었으리라. 늙어도 사내랍시고 남모를 욕정을 담았다면 깔깔거리며 모르는 척 넘어갔을 것이다.

그런데 만 귀비는 그 눈빛 깊은 곳에서 정체 모를 슬픔과 애틋한 연민을 느꼈다. 애써 숨기려는 기색이 역력한 그 눈빛 하나로 만 귀비는 알지 못하는 슬픔의 격랑에서 허우적거려야 했고, 존엄으로 포장하여 숨겨두었던 소녀 시절 감상들을 확인하며 부끄러워해야 했다.

화가 나서 미칠 것만 같았다. 오랜 세월 동안 황제를 지키며 철혈의 여인으로 살아왔었다. 그녀의 속에 연약한 소녀의 감상들이 들어 있으리라고는 생각도 하지 못했었다. 치부를 들킨 것같이 부끄러워 어찌할 바를 몰랐었다. 그 눈빛을 뇌리 속에서 지워 버리려고 하면 할수록 또렷하게 떠올라 벌써 사흘 밤낮을 잊지 못하고 있었다.

"죽일 놈! 제놈이 무엇이관데 감히, 감히 나를 그런 눈으로 봐?"

쾅!

탁자를 두드리니 찻잔이 튀어 올랐다가 떨어져 쨍그랑 소리를 냈다. 찻잔은 무사했지만 찻물은 흘러 소녀의 눈물처럼 옷자락 위로 방울방울 떨어져 내렸다. 만 귀비는 옷이 젖은 것도 의식하지 못하고 탁자를 내려친 주먹을 부르르 떨었다.

"후우우우!"

만 귀비는 긴 한숨을 내쉬어 흥분을 가라앉히려고 노력했다. 아무리 생각해 보아도 과민반응이라고 여길 수밖에 없었다. 생전 처음 보는데, 그런 눈빛으로 자신을 볼 이유가 없었다. 원래 그런 눈빛이라고 생각하는 게 옳았다.

강호에서는 대단한지 몰라도 황궁 안에서는 별 볼일 없는 무부에 불과했다. 황자를 시해하라는 명을 다시 내리기 전에는 의식할 필요도 없는 인간이었다.

"계속해서 기분 나쁜 일만 생기니 감정이 격해진 거야."

황자의 귀환은 어쩔 수 없는 일이라고 쳐도, 그 이후의 일들에 대해서는 분노하지 않을 수 없었다. 이정웅과 이신충이 설쳐 대고, 국사니 법사니 하는 사이비들이 덩달아 큰 목소리를 내며, 죽은 듯이 지내던 조정의 밥버러지들이 허리를 펴고 다니는 것까지도 실패의 대가로 치부할 수 있었다.

하지만 그나마 위로가 되던 만소설이 제검전으로 소환되고, 영성왕과 화천상이 실패를 해놓고도 코빼기도 안 비치는 것은 용인할 수 없는 일이었다. 더욱더 분통이 터지는 일은 당분간 자중하자는 아버지 만검혼의 조언이었다. 그러한 일들이 쌓이고 쌓인 상태에서 고승도의 눈빛을 봐버린 탓에 과민반응하고 있는 것이었다.

"참아야 해. 분통이 터질 노릇이지만 아버지 말씀대로 한동안은 참아야 해."

쾅!

또다시 탁자를 치고 말았다.

쨍그랑!

탁자 밑으로 떨어진 찻잔은 마침내 산산조각이 나버렸고, 어떻게든 평정을 되찾아보려던 만 귀비의 노력도 찻잔처럼 부서져 버렸다. 한동안 자중해야 하겠다고 다짐해 보았지만, 시간이 흐를수록 만 귀비의 실권(失權)은 가속화될 수밖에 없는 상황이었다.

조만간 황자는 황태자로 책봉이 될 것이고, 황제의 건강 상태로 보아 대리청정이 시작될지도 모를 일이었다. 태후까지 뒷받침을 해주는 상황이니, 만 귀비는 힘없이 물러나야 할지도 모를 일이었다. 어떻게든 황후의 자리를 차지했었다면 맥없이 무너지지는 않을 텐데, 그녀는 귀비에 불과했다.

"내가, 내가 언제부터 문제를 회피하기 시작한 건가? 나 만자휘 그렇게 산 적 없다."

만 귀비는 두 손으로 탁자를 짚고 힘차게 일어서며 소리쳤다.

"게 아무도 없느냐?"

찻잔 깨지는 소리를 듣고도 만 귀비의 무거운 분위기에 감히 접근하지 못하던 여내관들이 급히 안으로 들어왔다. 찻잔이 치워지고 젖은 옷이 벗겨졌다.

옷을 갈아입은 만 귀비는 사람을 내려다보는 듯한 오연한 표정으로 말했다.

"덕화궁으로 갈 것이다. 앞장서라!"

"공을 세운 자에게 상을 내리는 것은 당연한데, 송 태조는 그 사람이 너무 싫었기에 계속 각하시켰습니다. 조진이 또다시 청하자 태조는 벌컥 화를 내며 '내가 아무래도 안 되겠다고 말한다면 어쩌겠느냐' 했습니다. 그때 조진이 다시 말하기를, '형벌은 악을 징벌하고 상은 공을 보상하는 것, 이것이 고금의 도리입니다. 더구나 형상(刑賞)은 천하의 것, 폐하 한 사람의 것이 아닙니다. 폐하의 희로(喜怒)에 의해서 좌우되어서는 안 되는 것입니다' 했지요. 태조는 너무 화가 나서 자리를 박차고 내정으로 들어가 버렸습니다. 하지만 조진은 내정 앞에서 허락할 때까지 꼼짝도 하지 않았고, 태조는 어쩔 수 없이 승진 인사를 허락했습니다."

오홍복의 말을 경청하고 있던 주우탱은 고개를 크게 끄덕이며 말했다.

"하! 조진이라는 사람은 참으로 대단하구려."

오홍복이 미소를 지으며 말을 받았다.

"물론입니다. 하지만 소신은 송 태조를 더 대단하게 여깁니다."

“응? 어째서요? 태조는 자신이 싫다고 정당한 인사를 하지 않으려 했소.”

“태조의 입장에서 조진은 정말 귀찮은 사람이지 않겠습니까? 싫다는데 끈덕지게 달라붙었습니다. 몇 번씩 화를 내고, 서류를 찢어발겨도 묵묵히 상주했으니, 태조가 절대권력을 행사하여 조진의 목을 베라 해도 크게 반대하는 사람은 없었을 겁니다. 하지만 태조는 그렇게 하지 않고 결국 조진의 상주를 재가해 주었습니다. 전하, 조진이 그렇게 끊임없이 충언을 올릴 수 있는 분위기는 과연 누가 만들었습니까?”

그때서야 주우탱은 다시 고개를 끄덕였다.

“아하! 그렇구려. 태조는 조진을 웅담으로 여긴 것이구려.”

오홍복이 눈을 동그랗게 뜨고 물었다.

“예? 웅담이라 하시면?”

주우탱이 빙긋 웃으며 품속에서 낡은 목갑 하나를 꺼내 보이고 거기에 얽힌 사연을 말해주었다.

오홍복은 우쟁천의 얼굴을 떠올리며 환하게 미소 짓고 고개를 끄덕였다.

“그렇습니다. 태조가 말하기를, ‘조진은 나에게 있어 오른팔이라기보다는 좌우의 두 팔인 거야’ 하셨습니다. 그렇게까지 신뢰를 보여주었기에 조진은 서슴없이 충언을 거듭할 수 있었던 것입니다.”

주우탱은 이제 막 열다섯 살이 된 소년답지 않은 진중한 표정으로 중얼거렸다.

“사람이 곧 재산이다. 웅담 같은 사람은 많을수록 좋은 것이고, 바른 인사는 내 재산을 불리는 데 있어 핵심이 되는 것이니, 신상필벌에 있어서는 사정에 치우침없이 만인을 동등하게 대해야 한다. 또한 절대권력이라고 책임을 도외시하면 간언을 일삼는 간신들만 늘어날 것이니 이는 곧

내 곳간에 썩은 쌀만 남기는 격이다."

오흥복은 흐뭇함을 감출 수가 없었다. 오흥복은 황자가 옆에서 잘만 받쳐 준다면 명군이 될 자질을 가지고 있다는, 우쟁천의 평가에 동의했다. 우선 배우겠다는 열의가 있었다. 무관인 추인량과 함께 산해관 너머에서 숨어살다 보니 배움이 모자란 것은 사실이었지만, 그것을 부끄러워하지 않고 배우기를 열망했다.

가르치는 사람의 입장에서는 배움의 정도보다 열의가 더 중한 것이니 오흥복으로서는 신이 날 수밖에 없었다. 또한 성정이 의젓하면서도 밝았다. 사내답게 키우려고 노력했다는 추인량의 말처럼 성장 과정과는 달리 그늘이 없었다. 가끔은 장난스럽게 농을 던지기도 하니 오흥복은 황자에게서 문득문득 우쟁천의 그림자를 엿보기도 했다.

'그래, 진도가 조금 늦은 듯하지만 지금처럼만 하면 수삼 년 내에 학문적인 바탕은 만들 수 있을 거다. 충분해.'

주우탱은 오흥복의 입가에 걸린 미소를 보고 장난스럽게 말했다.

"왜? 조금은 쓸 만해 보이오? 하지만 아는 것과 행하는 것은 다른 일이니 그렇게 드러내 놓고 웃지 마시오. 쑥스럽소. 나중에 못 하면 어쩌오? 창피하기까지 할 것 아니오."

"아닙니다, 전하! 아는 것과 행하는 것이 다르다는 것까지 아시니 지행합일 하지 않으실 까닭이 없지 않사옵니까?"

"후후후! 알겠소. 내가 성인군자 할 테니, 그대가 응답 하시구려."

주우탱과 오흥복은 심심상인의 경지를 드러내며 빙그레 웃었다. 바로 그 방 한구석에서 흐뭇하게 웃는 사람들이 또 있었다. 고승도와 염우빙, 그리고 고진이었다.

주우탱과 오흥복이 다시 공부에 빠지자 고승도는 염우빙에게 눈짓하여 잠시 나가 있겠다 하고 조용히 방을 빠져나갔다. 정원에 조성된 인공

호수를 바라보다가 그쪽으로 발길을 옮겼다. 호수를 가로지르는 다리를 지나 호수 한가운데 있는 정자에서 멈춰 섰다.

"후우!"

만감이 교차했다. 주우탱을 보면 절로 흐뭇해지고 만 귀비, 고명정을 생각하면 다시 가슴이 아팠다. 그가 황자를 위해 하는 일은 대의에 속하고, 딸의 장래를 생각하는 것은 사정(私情)이었다. 그래서 조금 전 오홍복과 주우탱이 이야기 나눈 송 태조의 일화가 그렇게 가슴에 와 닿았는지 모른다. 하지만 그는 황제가 아니었다. 강호의 일개 무부, 딸의 안위 때문에 평생을 고뇌와 슬픔 속에서 살아온 노인일 뿐이었다.

'그렇다고 내가 무엇을 할 수 있단 말인가?'

도와주고 싶어도 도와줄 방도가 없었다. 그의 온후한 성정으로 장차 명군이 될지도 모를 황자에게 위해를 가할 수 있을 리도 없고, 딸에게 그간의 모든 사정을 설명하고 이해를 구한 후 곁에서 위로해 줄 수도 없는 일이었다.

'이렇게 가슴이 아플 줄 알았다면 오지 않는 것이었는데, 이렇게 무력할 줄 알았다면 아예 모습을 드러내지 않았어야 했는데…….'

벌써 두 번씩이나 보았다. 두 번밖에 못 보았다고 할 수도 있겠지만, 보면 가슴 시리고 안쓰럽게 느껴지니 두 번도 많았다. 특히 지난 두 번째 상면에서는 실수까지 했었다. 처음 대전 앞에서 만났을 때와는 달리, 일 장도 안 되는 짧은 거리에서 보다 보니 안쓰러움과 애틋함을 그대로 드러내어 버렸고 그 순간 눈을 마주쳐 버렸다.

딸의 눈에서 분노를 보았다. 황자를 호위하는 보표에게 적의를 보인 것인지, 아버지라 믿고 있는 만검혼의 숙적 도마에게 적의를 보인 것인지 알 수 없었다. 그러나 그 차디찬 분노가 마치 왜 버렸느냐고 외치는 듯한 절규로 느껴져 가슴이 터질 것만 같았다. 그런 눈빛을 받아 마땅하

다고 자위해 보았지만 떠올릴 때마다 가슴 아픈 것은 어쩔 수 없는 일이
었다.
　고승도는 멍한 눈빛으로 호수를 내려다보며 무의식적으로 흥얼거렸
다.

　고명정이 기억도 하지 못하는 어린 시절, 고승도가 그녀를 업고 자주
부르던 노래였다. 울 때는 흥겹게, 졸 때는 조용하게 불렀어도 지금처럼
애절하게 부른 적은 없는 노래였다.

　만 귀비는 여내관들을 줄줄이 달고 덕화궁 앞에 이르렀다. 수문무사들
이 놀라서 고개를 숙이고 입을 벌리려는 순간, 만 귀비가 손을 저었다.
　"되었다. 지금 공부 시간일 터, 방해하고 싶지 않구나."
　수문무사들이 난처한 표정으로 조심스럽게 말했다.
　"마마! 오셨다는 연통 올리오리까?"
　만 귀비는 수문무사들을 차갑게 노려보고 낮게 소리쳤다.
　"되었다지 않느냐? 비키거라."
　여내관들이 팔을 뻗어 거치적거리는 수문무사들을 좌우로 밀어버리고
길을 텄다. 수문무사들은 정말로 곤혹스러웠다. 직무유기로 혼쭐이 날
수도 있는 일이었다. 하지만 상대는 만 귀비였다. 그리고 그녀 주위에는

여내관들 밖에 없었다. 결국 별 탈이 날 것 같지 않으니 어쩔 수 없다고
생각하며 뒤로 물러서서 고개를 숙일 수밖에 없었다.

만 귀비는 덕화궁 안으로 들어서자마자 바로 인공호수로 다가갔다. 호
수를 가로질러 가려 한 것이다. 하지만 그녀는 이내 발걸음을 멈춰 세웠
다. 낮고 애절한 노랫소리, 한 번도 들어본 적 없는 노래면서 익숙하게
들리는 소리, 노랫말은 몰라도 홍얼홍얼 따라 부를 수 있을 것만 같은 노
랫소리가 들려온 탓이었다.

만 귀비는 노랫소리의 주인을 찾았다. 고승도가 호수 중앙에 자리한
정자에서 고요한 호수를 내려다보며 노래를 부르고 있었다. 아버지 만겁
혼이 경계할 정도의 고수라면 대문의 낮은 목소리를 듣고 고개를 돌릴
만도 하건만, 그저 멍한 표정으로 홍얼거리며 호수만 내려다보고 있었
다.

만 귀비가 여내관들에게 말했다.

"너희들은 여기서 기다려라."

잘 되었다 생각했다. 덕화궁을 방문한 까닭은 고승도를 만나기 위함이
지, 황자를 보려는 게 아니었다. 이미 나와 있으니 남들의 눈총을 받으며
황자와 대면할 필요가 없었다.

만 귀비는 다리를 지나 정자로 향했다. 걸음 소리가 작지도 않았건만
고승도는 그녀의 존재를 눈치 채지 못하고 노래만 반복해서 부르고 있었
다.

만 귀비는 고승도의 옆모습을 뚫어져라 노려보았다. 세상 모든 슬픔을
한 곳에 모아놓은 듯한 눈은 금방이라도 눈물이 떨어질 것만 같이 붉어
져 있었다. 하지만 만 귀비가 신경 쓴 것은 그 눈빛이 아니라 넋을 놓아
버린 것 같은 고승도의 상태였다. 지금이라면 절정 수준에 겨우 달한 만
귀비라도 일격으로 치명상을 입힐 수 있을 것 같았다.

드러나게 손대지 말아야 할 사람은 황자이지, 고승도가 아니었다. 실력으로 그녀가 그를 죽일 수 없다는 것은 천하가 다 아는 일이니, 무례하게도 알면서 예의를 표하지 않았다는 이유를 대면 시비가 생기지는 않으리라.

만 귀비의 손끝이 파르르 떨렸다. 죽여 버리고 싶었다. 지난 나흘 동안 그녀의 마음을 고달프게 만들었던 눈빛의 주인을 치워 버리고 싶었다. 하지만 그럴 수가 없었다. 들은 적도 없는데 너무나 그리운 그 노랫소리가 그녀의 손을 휘감은 채 놓아주지 않았다. 그리고 노래가 끝났다.

"응?"

그때서야 정신을 차린 고승도의 감각에 만 귀비가 걸렸다. 고승도는 급히 몸을 틀어 만 귀비를 발견하고 멍하게 바라보다가 아차 하며 급히 장읍했다.

"미천한 강호의 무부가 귀비 마마를 뵈옵니다."

숙여진 고개는 다 들리지 않았다. 볼 수 없었기 때문이다. 보고 싶지 않았기 때문이었다.

"그 노래, 그 노래가 무슨 노래더냐?"

고승도는 고개를 숙인 채 눈을 감았다. 혹시라도 기억하고 있으면 어쩌나 하는 걱정 때문이었다. 하지만 대답하지 않을 수 없었다.

"시경상에 나오는 '싱싱한 복숭아나무' 라는 시에 곡을 붙인 것이옵니다. 딸 가진 백성들이 즐겨 부르는 노래랍니다."

만 귀비가 따지듯이 물었다.

"그 노래가 원래 그렇게 처연했더냐?"

고승도는 자신이 흥얼거렸다는 것만 알뿐 어떤 느낌으로 불렀는지 알지 못했다. 다만 가슴속에 슬픔이 그득했고, 만 귀비가 처연했냐고 물었으니 그런 줄 알고 애써 태연한 어조로 대답했다.

"이 미천한 늙은이가 노래인들 제대로 부르겠습니까? 원래 흥겹게도 부르고 자장가 삼아 조용히도 부르는 것 같습니다만, 이 늙은이가 곧 죽을 나이다 보니 처연하게 불렀나 봅니다."

만 귀비는 아무런 반응도 없이 고승도의 외면한 눈을 바라보고 있었다. 하지만 그녀는 사실 무언가를 보고 있는 것이 아니었다. 마음속으로 고승도가 불렀던 노래를 흥겹게 흥얼거려 보기도 하고, 조용히 불러보기도 했다.

분명히 귀에 익은 노래였다. 이상한 일이었다. 그녀가 기억하는 한 그런 노래를 들어본 적이 없었다. 아버지나 오빠가 안아서 재워주거나 손을 잡고 놀아준 적도 없었다. 그런 자상함을 표현하는 사람들이 아니었다. 그럼에도 불구하고 분명히 누군가가 해주었던 것 같았다. 아련하게 깔깔거리는 웃음소리가 들려오는 것도 같았다. 환청이리라. 하지만 그렇게 깔깔거리고 웃어본 적이 없다 보니 오히려 듣고 싶은 환청이었다.

만 귀비는 또다시 감정에 동요를 느끼고는 눈을 부릅떴다.

"고개를 들라!"

고승도는 고개를 들지 않았다. 너무 가까웠다. 눈으로 마음속 말들이 다 새어나갈 것만 같아서 두려웠다.

"고개를 들라 했다. 그 눈 봐야겠다. 고개를 들라!"

"미천한 늙은이가 어찌 감히 귀비 마마의 존안을 똑바로 바라볼 수 있나이까?"

"내가 허락한 일이다. 내가 명한 일이야. 고개를 들라!"

고승도는 다시 눈을 감고 마음속으로 불호를 외우며 흔들리는 눈빛을 바로잡았다. 그리고 천천히 고개를 들었다.

만 귀비는 노기가 가득한 눈으로 고승도의 두 눈을 뚫어버릴 듯 노려보았다. 하지만 아무것도 없는 눈이었다. 그녀가 처음 느꼈던 그 슬픔과 연민이 사라지고 없었다. 만 귀비는 그래도 포기하지 않았다. 기어이 찾아내어 그 눈빛을 지워 버리기로 작정했다.

집중하고 또 집중했다. 파고들고 또 파고들었다. 깊이 더 깊이 아주 깊이 빨려들 듯 고승도의 눈 속을 파헤쳤다.

"아!"

갑작스럽게 신음이 흘러나왔다. 슬픔과 연민을 찾을 수 없었지만 그 눈 깊숙한 곳에 따뜻함이 있었다. 너무나 따뜻해서 고승도의 품속을 파고들어 칭얼거리고 싶었다.

싱싱한 복숭아나무
복사꽃이 활짝 피었네.
이 아이가 시집가면
한 집안을 화락하게 하리.

만 귀비는 낮고 조용한 목소리로 노래를 흥얼거렸다. 알고 부른 것이 아니었다. 그 눈을 보고 있으니 절로 흘러나왔다. 그녀는 자신이 노래를 부르고 있다는 것조차 느끼지 못하는 듯 고승도의 눈을 멍하게 바라보고 있었다. 그 순간 고승도의 눈빛이 흔들렸다. 그 속에는 따뜻함뿐만이 아니라 그녀가 찾고 있던 슬픔과 연민, 그리고 희미한 기쁨까지 일렁이고 있었다.

만 귀비는 정신을 차리고 억지로 얼굴을 차갑게 굳혔다.

"요망한 늙은이 같으니라고!"

만 귀비는 당혹감을 감추려고 차갑게 소리친 후에 세차게 몸을 돌려 다시 대문 쪽으로 걸어갔다.

고승도는 눈을 감고 긴 한숨을 내쉰 후에 다시 눈을 떴다. 만 귀비는 이미 다리를 다 건너 여내관들과 합류했다. 그리고 곧 궁문을 향해 걸어 갔다.

고승도는 몸을 비틀어 정자의 난간을 굳게 쥐고 고개를 숙였다. 그때만 귀비가 고개를 돌려 고승도를 힐끔 보고서 사라져 버렸다.

＊　　　＊　　　＊

명 성화 22년 사월 열두 번째 날.

설도붕이 홍락방의 수련생으로 들어온 그날로부터 벌써 삼 년에 가까운 세월이 흘렀다. 이 년의 수련 기간을 무사히 마치고 홍락방도가 된 지도 팔 개월째 되어가고 있었다. 그리고 마침내 오늘 첫 강남행을 떠나게 되었다. 설도붕은 첫 강남행에 가슴이 설레어 잠도 제대로 자지 못했다. 손바닥으로 두 뺨을 후려쳐 정신을 차리고 스님의 바랑 같은 천 가방을 열어 빠진 것이 없는지 재확인했다.

"멀리 가는데 고차 세 벌로 될라나? 안 되면 뒤집어 입고 빨아 입으면 되지, 뭐. 전낭 들었고, 여벌의 경장 있고, 또 뭐가 필요한가? 봉한이 형! 또 뭐가 필요하지요?"

같은 방을 쓰는 조봉한이 가방을 들고 일어서면서 말했다.

"사내자식이 뭘 그렇게 꼼꼼히 챙겨? 칼 한 자루, 구슬 두 쪽이면 충분해. 빨리 가자."

"쳇! 자기도 잔뜩 싸 짊어져 놓고."

조봉한은 싱긋 웃으며 설도붕의 머리를 쓰다듬었다.

"다른 건 없어도 빌리면 돼. 하지만 이건 꼭 챙겨라."

조봉한이 배 앞쪽으로 찬 세 개의 대나무 통을 톡톡 두드리자 설도붕이 고개를 끄덕였다.

"그럼요. 내 생명줄이 될지도 모르는데 꼭 챙겨야죠."

설도붕은 전날 밤 당주 적무경에게 받은 세 개의 대나무통이 꽂힌 허리띠를 조심스럽게 허리에 찼다. 만족스럽다는 미소가 어렸다. 실력이 모자라는 상황에서 생존 가능성을 높일 수 있는 구명줄이기 때문이었다.

탈혼구침통(奪魂九針筒)!

삼 개월 전에 운도장에서 개발된 탈혼구침통은 독괴로부터 받은 환강 제조법의 성공으로 말미암은 암기였다. 살벌하게 탈혼이라는 이름이 붙었지만, 침끝에 묻은 것은 치명적인 독이 아니라 독괴의 독창적인 산공독인 봉력산공액(封力散功液)이었다.

하지만 한 대라도 맞으면 맥이 빠지고 공력이 흩어지니, 전투 중이라면 치명적인 것은 당연한 일. 탈혼이라는 이름도 크게 틀린 것은 아니었다. 반 자 길이의 대나무 속 구조는 의외로 간단하다고 했다. 눌러진 세 개의 용수철 위로 격발장치가 달린 얇은 판이 있고, 그 위로 세 치 길이의 침 아홉 개가 있으며, 흘러내리지 않도록 기름종이로 막고 그 위로 다시 대나무 뚜껑을 덧대어 놓았다.

일단 뚜껑을 벗기고 격발장치를 누르면 아홉 개의 침이 동시에 튀어나가는데, 십여 장의 거리 안이라면 세 치 길이의 침이 몸에 박혀 한 치만 남을 정도로 강력한 투사암기라고 했다.

설도붕은 탈혼구침통을 쓰다듬고 나서 가방을 들고 마지막으로 정성껏 손질해 놓은 도를 들었다.

"이 설도붕이 드디어 강남까지 진출하는구나."

잠도 제대로 자지 못 했지만 피곤하기는커녕 감격스러웠다. 수련 기간만 이 년이었다. 원래 일 년으로 예정되어 있었던 수련인데, 분타로 돌아가지 않고 본 방에 남기로 한 사람 육십여 명은 각 분타와 기타 산서 전

역에서 몰려온 백사십여 명의 이차 수련생들을 이끌면서 일 년을 더 수
련했다. 마침내 정식으로 홍락방도가 된 설도붕은 내심 원하던 대로 적
무경이 이끄는 천왕대에 소속을 명받았지만, 그때는 경험 부족을 이유로
방 안의 잡무를 돌보거나 운도장의 일로 운성에 몇 번 다녀왔을 뿐이었
다. 그런데 오늘 처음으로 산서를 벗어나 강남표행에 나서게 된 것이다.

"지금껏 공짜 밥 먹은 거나 다름없으니, 이제부터 진짜 밥값 좀 해보
자."

주먹을 불끈 쥔 설도붕은 문을 열고 밖으로 나섰다. 바로 눈앞이 연무
장이었다. 한쪽에는 열 살 남짓한 아이들이 목도를 잡고 기본도세팔형을
연습하고 있었고, 다른 한쪽 구석에서는 청죽단이라고 불리는 열서너 살
정도의 소년들이 고상락의 지도 아래 벌써부터 홍락도법을 수련하고 있
었다.

'하긴 쟤들이 나보다 먼저 시작했잖아. 열심히 해야지. 쟤들한테 따라
잡히면 쪽 팔려.'

청죽단 아이들은 대개가 기존의 방도들과 운도장 사람들의 자식들이
었다. 홍락학당과 홍락무관을 다니던 아이들 가운데 무공에 관심이 있고
자질이 엿보이는 아이들을 따로 모아 가르치는 것이니 진도가 빠를 만도
했다.

설도붕은 청죽단 아이들을 보며 빙긋 미소 지었다. 미래가 보인 탓이
었다. 실력을 기르고 경험을 쌓은 후 팽현으로 돌아갈 생각이었다. 팽현
분타에 새로 마련된 홍락무관의 책임자가 되어 아이들을 가르치면, 그
아이들이 자라서 다시는 팽현에 철장방 같은 무리들이 날뛰지 못하게 하
리라.

"도붕아! 빨리 안 오고 뭐해? 당주 오신다."

설도붕은 깜짝 놀라 어깨를 떨고 급히 달려갔다. 조봉한의 옆에 서자

마자 적무경이 무리 앞에 서서 열한 명의 천왕대원을 살폈다.

"어디 가는지는 다들 알지?"

"예!"

"그래. 알다시피 금보상단의 강남행을 호위하는 거다. 이번 일은 평소와 좀 다르다. 남양표국과 같이 움직일 때는 따라다니기만 하면 되지만, 이번에는 상단 전체의 안전은 물론이고, 물건까지 챙겨야 해. 다른 때하고 달리 내려갈 때도 남경과 소주에서 주문한 병장기들을 운송해야 하니 표국 일과 다를 것이 하나 없어. 정신들 바짝 차리고, 무사히들 돌아와라. 소 부당주!"

소기진이 절도있게 목례했다.

"기정이와 도붕이는 첫 출행이니 조금 더 신경 쓰세요."

"걱정 마십시오, 당주! 다녀오겠습니다."

두 사람은 동시에 포권을 취해 인사했다.

적무경이 잘 다녀오라는 말을 남기고 돌아서자 설도붕이 조봉한에게 소곤거렸다.

"형! 우리 당주, 장가가시더니 좀 변한 것 같지 않아? 전보다 말도 몇 마디 더해주시고 표정도 온화해진 것 같아."

그 순간 걸어가던 적무경의 발걸음이 흠칫거렸다. 그러나 그것을 눈치채지 못한 조봉한이 소곤거렸다.

"당연하지, 인마! 방주님 말씀 못 들었어? 우리 당주 장가간 후에 무공이 많이 늘었다 하시더라. 여자의 사랑을 듬뿍 받으면 경직되었던 심신이 풀리면서 유자결에 진전이 생기니, 우리보고도 빨리들 장가가라고 하셨단 말이야. 하! 나는 언제 여자 하나 건지나? 강남에는 예쁜 여자들이 많다던데, 이번에 가서 한 사람 훔쳐 올까? 유능제강이라… 유자결이 능숙해지면 천수불영도법도 욕심내 볼 만한데."

설도붕이 손목을 휘돌리며 고개를 저었다.

"에이! 유자결만으로는 안 되지요. 공력이 달리는데."

흠칫했던 적무경의 발걸음이 한층 빨라졌다. 소기진은 그 모습을 보면서 빙긋 웃다가 돌아섰다.

"긴말 하지 않겠다. 일단 운도장으로 가서 상단과 합류한다. 출발!"

설도붕은 가슴 설레는 기분을 발에 담아 힘차게 일보를 내디뎠다.

적무경이 방문을 열자마자 말했다.

"구산 형님, 소 부당주 떠났소."

서류를 잡고 씨름하고 있던 좌구산이 고개를 들고 말했다.

"그래? 어? 무경아! 네 얼굴도 붉어진 게 표시 나네. 그 검은 얼굴이 그렇게까지 붉어진 이유가 뭐야? 제수씨가 아침부터 뜨겁게 해주든? 하기야 날이 아직 차가우니까 배려심 많은 제수씨라면 그럴 만도 하지."

적무경은 고개를 모로 비틀고 한숨을 내쉬었다.

"휴우… 왜 모두들 나만 보면 못 놀려서 안달이오? 장가간 지가 벌써 세 달이나 지났소. 이제 그만 할 때도 되었잖소."

적무경이 장가간 후에 변한 것처럼, 좌구산도 관록이 붙은 듯 미소가 여유로웠다.

"그게 어디 내 맘인가, 방주 맘이지. 그 양반이 그만 둬야 우리도 재미없다고 그만두지. 어이! 그렇게 노려보지 마, 무섭잖아. 오늘은 이쯤에서 끝낼게. 그래, 그럼 이번에 다녀오면 한 삼백 냥쯤 남을까?"

적무경은 탁자에 앉아 찻잔에 식은 차를 따르고 나서 대답했다.

"운도장 물건들 생각하면 조금 더 남지 않겠어요? 왜요? 적자예요?"

"설마! 적자 벗어난 지 일 년이 넘었어. 너희 천왕대만 해도 오늘까지 벌써 세 개조나 출방했잖아. 여유있어. 하지만 방도들이 계속 늘고 있다.

태원 밖에서 오는 방도들의 비율이 늘어나다 보니 이제 남는 방이 몇 개 없어. 삼차 수련생들 들어오면 모자랄 거야. 그래서 제대로 확장 좀 하려고 예산을 가늠해 보는 중이야."

우쟁천이 황자의 귀환을 돕고 난 후 이 년이 조금 더 지났다. 그사이에 홍락방은 안정기에 접어들었고 방도들도 늘어 이제 정식 방도만 일백 칠십여 명에 이르렀다. 그 외에 좌구산의 재물당과 자비원, 그리고 홍락학당에서 일하는 여인들과 문사들도 삼십여 명에 이르고 있다.

구 개월 후, 그러니까 올해 말이면 이차 수련생들 가운데 가려 뽑은 칠십여 명의 수련생들 또한 정식방도가 될 것이고, 그때가 되면 홍락방 주변에 조금씩 건물을 확장하는 지금의 방식으로는 여유 공간이 남지 않을 것이다.

적무경은 고개를 끄덕이고 나서 식은 차를 홀짝거리며 방 안을 둘러보았다. 그가 비어 있는 고서인의 탁자를 바라보면서 물었다.

"형수는 어디 가셨소?"

"응? 방통이 밥 먹이러 갔다."

"오! 방통이가 벌써 밥 먹소?"

"젖도 먹고 밥도 먹는다."

"으음… 그 나이 때 애들은 그러는구나."

"그 나이 때 애들이 다 그러는지는 모르겠는데 우리 방통이는 그래. 그 녀석 엄마 때문에 말이야."

"무슨 소리요?"

"성패(成覇), 아니, 소방주 말이야, 우리 방통이보다 아홉 달이나 늦잖아? 그런데 벌써 우리 방통이만 하다고 그 사람 속상해서 죽으려고 해. 그래서 요즘 마구 먹이는 것 같아."

적무경이 혀를 차며 고개를 저었다.

"형수가 뭔가 잘못 생각하는 것 같소. 성패 그 녀석은 방주 닮아서 태어날 때부터 컸잖소. 부방주께서 그 녀석 낳을 때 얼마나 고생하셨는지 잘 알면서, 어떻게 성패하고 방통이를 비교해요? 형님 체구 생각하면 방통이도 나름대로 우량아 아니에요?"

꼬박꼬박 대답하던 좌구산이 입을 다문 채 턱을 괴고 적무경을 빤히 쳐다보았다. 대답을 기대하던 적무경은 피식거리는 좌구산을 보며 눈살을 찌푸리며 말했다.

"왜 그런 식을 봅니까?"

"너 정말 말랑말랑해졌다. 철가면 적무경이 이제는 푼수가 되어버렸어. 역시 여자는 위대해."

적무경은 고개를 숙이고 한숨을 내쉰 후에 벌떡 일어났다.

"그만 좀 합시다. 내가 다시 여기 오나 봐라."

"그거 싫거든 못난이 삼형제들 가운데 아무나 장가보내. 그럼 넌 사람들 관심에서 금방 사라질 거야."

적무경은 심각하게 고개를 끄덕이며 중얼거렸다.

"그래, 바로 그거야. 소축보고 빨리 찾아보라고 해야겠다."

"풋! 정말 진지하게 받아들이는군. 근데 말이야, 너 방주가 떼어놓고 갔는데도 멀쩡한 걸 보니 정말 안 심심한가 보다. 사는 게 그렇게 재밌니?"

"에잇! 그만 좀 하라니까."

적무경은 문을 벌컥 열고 밖으로 나가 버렸다.

"어이! 적 당주! 문 좀 닫고 가! 아직은 바람이 차단 말이야. 아이구! 내가 왜 이러지? 내가 이런 사람이 아닌데 무경이만 보면 입이 근질거린단 말이야. 놀리는 보람이 있어서 그런가?"

좌구산은 고개를 저으며 다시 서류로 눈을 돌렸다.

용세강은 엄지손가락을 잘근잘근 씹으며 부산스럽게 방 안을 오락가락했다. 한때 산서사대공자의 하나로 꼽혔던 그가, 이제는 양천 비도회의 회주가 된 그가 극도로 긴장하여 어릴 적 버릇을 되풀이하고 있는 것이다.

그 원인은 어제저녁 늦게 도착한 배첩 때문이었다. 오늘 사시 중반 경에 방문하겠다는 간단한 내용의 배첩이었다. 평소라면 '누가 오는가 보다' 하면 그만일 내용이었다. 하지만 사색이 된 수하의 손에 들린 배첩 주인 이름을 확인한 용세강은 어제저녁 새로 들인 첩의 옷고름을 풀다가 경기를 일으켰다.

분명히 홍락방주 우쟁천이라고 적혀 있었다. 평생 찾지도 않던 온갖 신들의 이름을 주워섬기고 몇 번씩 다시 읽어보아도 바뀌지 않는 이름이었다. 그 이름 앞에서 '나는 용세강이다' 해봤자 용기 낼 수 있는 상대가 아니었다. 그의 이름도 모를 천하제일고수 만검혼은 안 무서워도, 그에게 현실적인 위협이 되는 우쟁천은 공포 그 자체였다.

십 년 전만 해도 용세강은 무형비도수라는 과분한 별호를 당연하게 여기던 자신만만한 청년이었다. 그도 그럴 것이 그가 속한 비도회는 산서사대문파의 한 자리를 차지하고 있었고, 그 자신은 산서무림을 이끌어갈 것이 틀림없는 후기지수로 꼽히고 있었다. 그때는 비도회의 회주이며, 아버지였던 용천호가 왜 빨리 은퇴하지 않느냐고 속상해했었다. 비도회만 물려받으면, 오래지 않아 명실상부한 산서제일방파로 만들 것이라는 호기에 차 있었다.

그렇게 기다리던 회주의 자리를 차지한 것이 삼 년 전이었다. 그때 용세강의 나이는 서른넷. 창창한 나이였다. 하지만 그는 뜻을 펼 수 없었다. 산서제일방파의 자리는 이미 홍락방이라는 신흥방파가 예약한 상태였고, 홍락방은 그때 이미 용세강이 부딪쳐 볼 생각도 할 수 없을 만큼 높은 곳에 있었다. 그래도 그때만 해도 은인자중 하다 보면 기회가 오지 않을까 하는 기대는 했었다. 하지만 홍락방의 기세는 한마디로 욱일승천이었다.

들려오는 소문은 모두 거짓말 같은 것들뿐이었다. 어제 우쟁천이 구마의 하나인 좌릉을 죽였다더라 하는 소리를 듣고 나면, 오늘 우쟁천이 패검문을 멸문시켰다더라 하는 식이었다. 당연히 믿지 않았다. 하지만 얼마 지나지 않아 소문은 모두 사실로 확인되었고, 뒤이어 그 사실보다 더 충격적인 소문들이 다시 들려왔다.

홍락방에 도마와 강호사괴는 물론이고, 산동제일권과 흑룡창의 전인이 있다는 소리를 들었고, 우쟁천의 무위가 강호십대고수에 필적한다는 소문도 들었으며, 그 휘하에 있는 자들도 하나같이 고수 아닌 자들이 없다는 풍문도 들었다.

용세강 그에게 가장 충격적인 소문은 홍락방이 산서무림의 사파들을 정리하기 시작했다는 소리였다. 그리고 그 소문은 지난 이 년 동안 꾸준히 이뤄진 사실로 확인되었다. 이제 산서무림에 사파 성향의 문파는 용세강 그가 이끄는 비도회뿐이었다.

비도회를 산서제일방파로 키우겠다는 원대한 꿈을 꾸며 회주가 되었던 용세강이 할 수 있는 일이라고는 부하들에게 사고 치지 말라고 주의를 주는 것뿐이었다. 그럼에도 불구하고 세 달 전 몇몇 수하들은 기어이 사고를 치고 말았다. 당주 급 수하 몇몇이 관여하던 차양현 대붕채가 홍락방의 미수에 걸렸을 때 참지 못하고 비도를 날려 버린 것이었다.

결과라도 좋았으면 조금은 기분이 나아졌을 테지만, 결과를 듣고 난 후 용세강은 입에 게거품을 물어야 했다. 당시에 대붕채를 찾은 열한 명의 홍락방도 가운데에는 알려진 고수 급 인물은 하나도 없었다. 그럼에도 불구하고 막내들이라고 불리던 세 청년에게 육십여 대붕채 사람이 작살이 나버렸다.

호랑이 코털을 뽑았다고 생각한 용세강은 지난 삼 개월 동안 악몽 속에서 살아야 했다. 홍락방주의 처가인 운도장에서 만든 비도가 난무했다 하니 그 비도의 출처는 뻔한 것. 용세강으로서는 처분만 기다리는 심정이었다.

삼 개월이 지나도 찾아오지 않아 겨우 마음을 가라앉히고 바깥출입을 하기 시작했다. 우연히 홍루에서 안으면 부러질 것 같은 야리야리한 계집을 발견하고 다른 놈들 손 타기 전에 재빨리 첩으로 들어 앉혔다. 바로 그때 그 문제의 배첩이 전달된 것이다.

"차라리 어제저녁에 오지. 우쟁천, 이놈! 왜 사시 중반이야, 어중간하게?"

용세강은 중얼거린다고 뺐던 엄지손가락을 다시 입에 물었다. 정말 어중간한 시간이었다. 저녁에 오면 굽실굽실 비비적비비적해 가며 근사한 저녁 식사에 아리따운 기녀들 꽉꽉 안겨주고 어떻게든 넘겨볼 수 있을 것이다. 그것이 안 된다면 차라리 이른 아침이 나았다. 저녁처럼 상다리 부러지게 차리지는 못하겠지만, 양 대신에 질로 대접하고 옥함에 금이니 옥이니 꾹꾹 눌러 담아 자신이 얼마나 후한 사람인지 드러내 보일 수 있을 것이다. 그런데 하필 사시 중반이었다. 그 시간에 아침 안 먹은 사람 어디 있을까? 그 시간에 점심 먹는 사람 어디 있을까? 우쟁천은 그리 생각하지 않겠지만 적진에 와서 낮술 마시는 사람 또 어디 있을까? 차 한 잔 가지고는 분위기 부드럽게 풀기가 참으로 난망했다. 결국 깽판 치러 온다는 소리로밖에 해석할 수 없었다.

용세강의 부산스러움이 참으로 보기 곤란했는지, 함께 고뇌하고 있던 부회주 독심도(毒心刀) 진무충이 낮게 호통 쳤다.

"회주, 진정하시오!"

용세강은 진무충의 염소수염을 잡아 뜯어먹을 듯 노려보았다. 안 그래도 잘라 버리고 싶은 사람이었다. 아버지가 두 눈 시퍼렇게 뜨고 살아 있는 바람에 어쩔 수 없이 가만히 놓아두는 사람이었다.

회가 위급존망지추(危急存亡之秋)에 있는데, 느긋하게 앉은 채로 차를 홀짝이는 중늙은이가 소리까지 치니 열화가 머리로 뻗쳐 두개골을 들썩이게 만들었다.

용세강이 품속의 비도로 손을 뻗어야 하나 말아야 하나 갈등하는 순간, 진무충이 왼쪽 수염을 비비 꼬며 말했다.

"좀 앉으시오, 회주. 알아보니 홍락방이 여기저기 마수를 뻗치면서 배첩을 미리 보낸 적은 단 한 번도 없더이다. 그런데 우리에겐 보냈소. 그게 무슨 뜻이겠소?"

용세강은 꼼지락거리던 오른손을 진정시키고 진무충의 맞은편에 슬그머니 앉았다.

"무슨 뜻이오?"

"회주, 저들이 우리를 치겠다고 작정을 했다면 그냥 와서 다 없애 버렸을 것이오. 왜 그놈들 있잖소? 뒤끝에 무사한 인간이 없다는 그 적백쌍괴라는 놈들 말이오. 그놈들만 보내도 회주와 나는 살아남을 방도가 없소. 확실히 하겠다면 흑룡창까지 보내겠지요."

일 년 전, 북도련의 공적으로 몰려 산서로 도주했던 전 한중지단주 공만수와 열세 수하의 비참한 최후는 유명했다. 가진 것도 없이 몸만 피해 나오느라고 돈 한 푼 챙기지 못했던 그들은 결국 월서회 산하의 상단 하나를 털려다가 호위단과 맞붙었다. 그런데 그 호위단이라는 것이 하필이면 파견 임무를 교대하려던 순간의 방도렴과 옥유산, 그리고 십여 명의 홍락방도들이었다.

공만수 정도나 되는 사람이 상대가 만만치 않다고 느끼지 못한 것은 아닐 테지만, 벼랑 끝까지 몰린 데다가 산서무림의 상단 호위단이 강해 봤자라는 자만심까지 겹쳐 손을 써버리고 말았다.

결국 그들은 옥유산과 방도렴, 단 두 사람에게 몇 합 버텨보지도 못하고 고혼이 되어버렸다.

일이 끝난 후 화산검법을 떠올리고 이상하다고 생각한 옥유산이 홍락당에 연락했고, 복검방에 파견 나와 있던 화산파 제자들이 시신을 확인했다. 그날 이후로 두 사람은 적백쌍괴라는 별호를 얻게 되었다.

"어허! 다 아는 사실 늘어놓지 말고 결론만 말씀하시오. 속 타 죽겠소."

진무충은 속 타 죽으라는 듯 찻잔을 들어 입술을 축였다. 용세강의 뺨이 경련을 일으키자 진무충은 급히 입을 열었다.

"배첩을 보냈다는 것은 적어도 실력 행사를 하기 전에 대화할 의향이 있다는 소리 아니겠소? 회주, 그들이 오면 귀를 활짝 열고 허리를 유연하게 쓰며, 입을 다물고 금은보화로써 대답을 대신합시다. 그리 하면 어떻게든 살길이 열릴 것이오."

"그렇구려. 배첩을 먼저 보낸 데에는 분명 깊은 뜻이 있을 것이오. 시비가 생기면 좋은 말로 풀어야지, 쓸데없이 비도를 날릴 필요 있겠소? 그렇게 합시다. 준비할 것 미리 준비하고, 시간 전에 문 앞으로 나가서 정중하게 맞이합시다."

용세강은 상대가 진무충이라는 생각을 하지 못하고 그의 손을 굳게 잡았다.

사시 초반부터 대문 앞에서 얼쩡거리던 용세강은 문을 향해 다가오는 세 사람을 보자마자 그들이 우쟁천 일행임을 깨달았다. 다른 것은 볼 것

도 없었다. 우쟁천 본인의 얼굴은 알지 못했지만 뒤에 따라오는 두 사람
이 오 척 단구의 적의인과 칠 척 장신의 백의인이었다.

용세강은 진무충이 옆구리를 찌르자마자 앞으로 튀어나가 포권을 취
하고 장읍했다.

"방주! 어서 오십시오. 제가 비도회를 책임지고 있는 용세강입니다."

우쟁천은 담담하게 고개를 끄덕이며 가볍게 포권을 취했다.

"오! 용 회주께서 직접 나와 반겨주시는구려. 반갑소. 나 우쟁천이
오."

용세강은 우쟁천의 목소리와 표정이 의외로 밝은 것을 확인하고 안도
의 한숨을 내쉬었다. 그때서야 눈치를 보고 있던 진무충이 달려와 장읍
했다.

우쟁천은 말없이 고개를 끄덕이고 나서 대문 안으로 손을 뻗었다.

"자! 들어갑시다."

모르는 사람이 봤다면 우쟁천이 집주인인 줄 알았으리라.

우쟁천은 한 번 권하고 먼저 성큼성큼 걸어 들어갔다. 용세강과 진무
충은 옥유산과 방도렴이 들어간 후에야 허리를 펴고 뒤를 따랐다.

대문 안에 들어서자 우쟁천이 잠시 걸음을 멈추고 장원 안을 둘러보았
다.

"집 좋다! 우리 홍락방보다 훨씬 크네."

그 순간 용세강과 진무충은 하얗게 질린 얼굴로 식은땀을 쏟아내었
다.

"아! 용 회주! 어디로 가면 되오?"

용세강은 급히 우쟁천 앞으로 나아가 영빈관 격인 회붕전(會朋殿)으로
손을 뻗었다.

"이리로 걸음을 옮겨주시지요."

방 안에 들어섰을 때 이미 손님 맞을 준비는 다 되어 있었다. 대리석으로 만든 원탁 위에 다과가 준비되어 있었고, 방 한쪽 구석에 두 명의 예쁘장한 시비들이 차를 준비하고 있었다.

우쟁천은 방을 둘러보고 고개를 끄덕이다가 상석에 앉았다.

"자! 다들 앉읍시다."

우쟁천이 두 손을 들어 시늉을 하자 옥유산과 방도렴이 앉고, 두 사람으로부터 한 자리씩 건너에 용세강과 진무충이 조심스럽게 앉았다.

우쟁천이 빙긋 웃으며 말했다.

"용 회주께서 이렇게 환대해 주실 줄 알았다면 진즉에 찾아왔을 것인데, 아쉽소. 난 또 본 방이 개파할 때 오시지 않았기에 회주께서 나를 백안시하는 것으로 알았소이다."

"그럴 리가 있겠습니까? 오라는 말씀도 안 하시는데 찾아갈 수는 없고, 그저 언제 불러주실까 기다리면서 기회만 엿보고 있었습니다."

"아! 그렇소? 그렇다면 내가 먼저 결례를 했구려."

"결례라니요? 별말씀을 다하십니다."

말이 잠시 끊겼다. 시비들이 조심스럽게 찻잔을 내려놓은 탓이었다.

우쟁천은 차받침을 들고 뚜껑을 열어 차향을 맡은 후에 미소를 지으며 말했다.

"향이 좋구먼. 듭시다."

우쟁천이 차를 한 모금 마시자 옥유산과 방도렴도 차를 마셨다.

와구작! 와구작!

거칠게 다과를 씹는 소리가 들리자 우쟁천은 눈썹을 씰룩이며 방도렴을 바라보았다.

"방 당주, 맛있어?"

방도렴은 두 손을 번갈아 사용하여 그 귀하다는 인삼정과까지 포함된

아홉 가지 다과를 계속해서 입에 넣었다. 그리고 다과를 입에 넣은 채 우쟁천을 멀뚱히 바라보며 대답했다.

"으예? 예! 맛있습니다, 방주!"

우쟁천은 눈을 감고 고개를 젓다가 다과 쟁반을 빼앗아 시비에게 건넸다.

"소저! 부탁 하나 합시다. 이 다과들, 봉지에 싸서 이놈에게 가져다주시오."

다시 방도렴에게로 눈길을 돌린 우쟁천이 말했다.

"나중에 많이 먹어라."

방도렴은 입을 놀리고 혀를 돌려 입 안에 남아 있던 다과를 삼키고 나서 고개를 끄덕였다.

우쟁천은 다시 용세강을 바라보았다.

"용 회주! 조금 전 그 다과들 참 비싸 보이오. 한 스무 냥이면 살 수 있겠소?"

식은땀을 삐질삐질 흘리고 있던 용세강이 고개를 모로 저었다.

"제가 산 것이 아니라서……."

"용 회주! 홍락방주인 이 우쟁천의 월삯이 한 달에 스무 냥이오. 많지요? 품위 유지하라면서 많이 주더이다. 많아요. 너무 많아서 쓸 데가 없소. 해서 사나흘에 한 번씩 수하들 술 사주는 데 쓰지요. 그래도 남고 남아서 지금 내 전낭에 팔십 냥이 넘게 들어 있구려."

용세강과 진무충은 우쟁천의 말이 무슨 의도를 담은 것인지 몰라 식은땀을 흘릴 수밖에 없었다. 그때 옥유산이 물었다.

"어? 방주는 왜 스무 냥입니까? 난 서른 냥 주던데?"

"난 마누라가 부자잖아. 말 끊지 마."

우쟁천이 다시 용세강을 바라보며 말했다.

"용 회주 부자지요? 죽을 때 싸 짊어지고 갈 생각 아니면 지금 있는 돈만으로도 평생 쓸 만큼 부자일 거요. 그러니 적당히 법시다."

"예? 무슨 뜻이온지?"

"비도회 산하에 주루도 있을 거고, 도박장도 있을 거고, 객잔도 있을 거요. 거기서 나오는 돈만으로도 충분하지 않느냐는 말이오. 없는 사람 등치며 살지 말고, 있는 사람 전낭만 털어먹고 살아도 괜찮지 않느냐는 말이오. 어떻소? 그 정도만 해도 먹고사는 문제는 충분히 해결하지 싶은데? 지금까지 피를 너무 많이 보았소. 홍락당이 추구하는 바가 아무리 '힘없는 사람도 협객질하는 데 주저함이 없는 세상'이라지만, 비도회 산하에 목숨 걸고 있는 사람들이 기백이나 되는데 다 죽일 수는 없는 거 아니오?"

용세강이 우쟁천의 눈을 외면하며 힘겹게 입을 열었다.

"그, 그, 그게……."

"용 회주! 이 우쟁천이 과거에 이미 용 회주를 한 번 살려 드렸소."

"예? 어, 언제 적 말씀이신지?"

"용 회주는 잘 모를 거요. 거 왜 있잖소? 진두수하고 일 벌이기로 하고 태원 근처 십구곡재에 온 적 있지요? 그때 우리도 거기 있었소. 진두수 형제들 잡아놓고 기다리려 하다가 귀찮아서 그냥 떠났소이다. 온다는 거 알고 있었으니 그때 우리가 반 각만 그 자리에 더 있었더라면 슬픈 분위기 속에서 첫 만남을 가졌을 것이오."

"허억!"

용세강과 진무충은 하얗게 질린 얼굴로 서로 마주 보았다. 두 사람 모두 그때 그 자리까지 갔었다. 그 당시라면 우쟁천 일행이 무명일 때였으니 거리낌없이 손을 썼을 것이고, 결과는 우쟁천의 말대로 슬펐을 것이다.

우쟁천은 냉정한 얼굴로 용세강을 쏘아보며 말했다.

"비도회가 돈이 많소, 아니면 복검방이 돈이 많소? 내 생각에는 복검방이 더 부자지 싶은데?"

"그, 그럴 것입니다."

"나 사실 용 회주 싫어하오. 하지만 복검방의 방주님과 소방주는 존경하오. 무슨 말인지 알겠소? 복검방 또한 그 방도들이 비도회와 마찬가지로 흑도인들이오. 하지만 복검방은 없는 사람 등치지 않아도 비도회보다 많이 벌지. 더구나 복검방은 운도장, 남양당과 함께 공존하면서도 그렇게 돈을 버오. 비도회는 물 좋기로 소문난 이 양천 일대를 독점하고 있지요? 차 맛도 좋지만, 좋은 술도 나오겠네."

용세강은 급히 일어나 우쟁천을 향해 포권을 취하고 장읍하며 말했다.

"이 용세강, 앞으로 복검방을 거울 반대편의 비도회로 생각하고 열심히 배우겠습니다, 방주!"

우쟁천은 냉정하던 얼굴을 환하게 펴며 고개를 끄덕였다.

"좋소. 내가 바라던 말이 바로 그것이오. 자! 우리 같은 산서무인들끼리 사이좋게 지내봅시다. 혹시라도 태원 쪽으로 장사해 볼 생각이 있다면 이 우쟁천이 기꺼이 돕겠소. 그리고 언제 태원 한 번 오시구려. 내 복검방의 소방주를 소개시켜 드릴 테니 수하들을 어떤 방식으로 다뤄야 효율적인지 한 번 알아보시오. 복검방보다는 비도회가 조건이 좋으니 따라만 해도 큰 부자 될 것이오. 또 가끔씩 푼돈 풀어서 생색 좀 내다 보면 양천현민들이 하나같이 회주를 존경할 것이오. 그거 좀 쑥스럽기는 해도 한편으로는 기분 좋소이다."

"기꺼이, 기꺼이 그리하겠습니다."

우쟁천은 밝게 웃으며 고개를 끄덕이다가 갑자기 차갑게 표정을 굳히고 진무충을 바라보았다. 좋은 방향으로 해결되어 간다고 미소를 짓고 있던 진무충이 움찔하며 고개를 숙였다.

"그리고 진무충 당신은 그만 은퇴하시오. 지은 죄가 너무 많소. 내 오늘 용 회주의 태도가 아주 마음에 들어서 피 볼 생각을 하지 않는 것을 다행으로 아시오. 알겠소?"

전대의 비도회가 자리를 잡기 위해 갖은 패악을 저질렀을 때, 그 선봉에 섰던 이가 바로 진무충이었다. 그 덕에 부회주의 자리에 올랐고, 아직도 회 내에서 그 영향력이 적지 않아 용세강도 함부로 하지 못하고 있었다.

진무충은 기어들어 가는 목소리로 고개를 조아렸다.

"예? 예! 방주!"

우쟁천은 무겁게 고개를 끄덕이고 다시 용세강을 바라보며 미소 지었다.

"회주, 내가 회주께 작은 부탁 하나 해야겠소. 이 양천에 말이오, 우리 홍락방이 작은 지부 하나를 내도 되겠소?"

용세강이 참지 못하고 살짝 눈살을 찌푸렸다.

우쟁천이 말했다.

"아! 걱정하실 것 없소. 회주께서 조금 전에 말씀하신 대로만 한다면 개입을 한다거나, 이권을 가지고 충돌할 일은 없을 거요. 홍락학당과 홍락무관에 대해서 들어는 보셨지요? 마을은 마을 사람이 지킨다. 뭐 그 정도요. 그러니 서로 존중해 가며, 서로 도와가며 이 양천현민들이 웃고 살 수 있도록 노력하면 되지 않겠소?"

"좋은 취지로 하시는 일인데 제가 어찌 그 길을 막을 수 있겠습니까?"

"고맙소. 자! 그럼 가보겠소."

우쟁천이 자리에서 일어서자 용세강은 급히 탁자 밑으로 몸을 숙여 두 손으로 편히 들 수 있는 정도의 옥함을 들어올렸다.

“좋은 일 많이 하시니 우리 비도회도 그 일에 일조하려 합니다. 성의라 생각하시고 받아주시지요.”

우쟁천은 눈을 똥그렇게 뜨고 옥함을 바라보며 말했다.

“이, 이거 이럴 필요 없는데……. 옥 당주! 고맙게 받으시게.”

옥유산은 웃으며 목례를 하고 옥함을 받아들었다.

용세강은 모든 근심을 덜은 듯 밝게 웃으며 문을 향해 손을 뻗었다.

“저녁까지 모시고 싶으나 바쁘신 듯하니 굳이 잡지는 않겠습니다. 다음에 태원 가서 제대로 모시지요.”

“아! 아니오. 손님은 주인이 모셔야지요. 가겠소.”

우쟁천이 먼저 방을 나서자 옥유산이 뒤를 따랐고 방도렴이 시비에게서 봉지를 받아들고 방을 나섰다.

용세강은 고개를 푹 수그리고 있는 진무충을 힐끔 보고서 방을 나섰다.

대문으로 향하면서 우쟁천이 말했다.

“그런데 용 회주, 우리 마누라가 말이오, 요즘 비도회에서 주문이 뚝 끊겼다면서 혹시 다른 거래처 잡은 거 아니냐고 하던데?”

용세강은 찔끔하며 대답했다.

“그럴 리가 있습니까? 요즘 이 양천 일대가 편안하여 비도를 사용할 일이 없습니다.”

우쟁천이 웃으며 포권을 취했다.

“그렇구려. 알겠소. 그리 전하겠소. 그럼 다음에 뵐 때는 같이 거나하게 취해봅시다.”

용세강도 포권을 취하고 장읍했다.

“편히 가십시오.”

우쟁천은 낮은 안도의 한숨 소리를 들으며 비도회에서 멀어져 갔다.

한참을 걸어 대문이 안 보이는 곳에 이르자 우쟁천이 옥유산에게 말했다.

"열어봐."

옥유산이 옥함을 열어보니 갖은 보석들과 금자가 그득했다.

"족히 금 천 냥은 되겠소."

옥함을 넘겨보던 우쟁천은 손을 뻗어 금자 네 개를 꺼내 들었다.

"그건 왜 꺼내오?"

옥유산이 묻자 우쟁천은 금자를 품속에 넣으며 말했다.

"우리 경비하고, 다음에 용세강이 태원 왔을 때 쓸 접대비. 나머지는 척 대협한테 주면 될 거고. 하! 이거 양천분타 낼 돈 굳었네. 좋아! 가자. 어서 가서 우리 성패하고 놀아야겠다. 빨리 가자. 야! 방가야, 넌 그만 좀 먹어라."

우쟁천은 방도렴이 막 봉지에서 꺼낸 인삼정과를 빼앗아 먹고 걸음을 옮겼다.

*　　　　*　　　　*

사마공은 마차에 올라타려는 만검혼을 보고 황급히 달려와 물었다.

"전주! 어디를 가시나이까?"

만검혼이 발받침에 올렸던 오른발을 내려놓고 흐릿한 미소를 지었다.

"내달이면 이사를 가야 하니 그 후에는 바빠지겠지? 여유가 될 때 유람이라도 다녀오련다. 바쁜 네가 신경 쓸 일 아니다. 일 봐라."

하루를 수련으로 시작해서 수련으로 끝내는 사람이었다. 난데없는 유람이라는 말에 사마공은 멍한 눈으로 만검혼을 바라볼 뿐이었다.

"왜? 내가 유람 간다 하니 이상하냐?"

사마공은 대답 대신 고개를 조아렸다.

만검혼이 웃으며 말했다.

"그렇기도 하겠지. 하지만 오랜 세월을 보냈던 석가장이다. 떠나기 전에 한 번 둘러보는 것도 괜찮지 않겠느냐?"

달리 의심할 수 없는 말이었다. 사마공은 마차의 경비를 살폈다. 담령의 사람들이었다. 방갓을 쓴 두 명의 마부와 여섯 명의 호위. 실력이 뛰어나다는 것을 알면서도 허전해 보이는 것은 어쩔 수 없었다.

"금벽단이라도 이끌고 가시지요."

"허! 신경 쓸 일 아니래두. 근처 나돌아다니는데 금벽단까지 데리고 가서 어디다 쓰겠느냐? 눈길만 끌지. 고생해라."

만검혼은 사마공의 어깨를 한 번 두드리고서 마차 안으로 들어갔다. 하지만 그 즉시 문을 다시 열고 얼굴을 드러냈다.

"아! 제무곡은 언제 비울 테냐?"

"이미 곡을 비우는 작업은 시작되었습니다. 근처 마을과 산 등지에 분산하여 배치할 것이니, 이전을 하여도 전의 사람들은 눈에 띄게 늘지 않을 겁니다."

"그래? 알았다. 가자!"

마차 문이 다시 닫히는 순간 마차 곁에 시립해 있던 금벽단의 두 중년인이 먼저 몸을 날리며 소리쳤다.

"전주시다! 길을 비켜라! 전주시다! 길을 비켜라!"

이윽고 마차는 출발했고 사마공은 마차가 사라질 때까지 자리를 지켰다.

초단홍이 눈을 부릅뜨고 소리쳤다.

"상대해서는 아니 되오이다, 당주!"

여곤은 대답하지 않고 탁자 위에 놓여 있는 붉은 배첩을 뚫어지게 바라보다가 눈을 감아버렸다.

초단홍과 혼원당의 중추들은 무거운 표정으로 여곤의 얼굴만 바라보았다.

여곤은 오랜 시간이 흘렀건만 눈을 뜨지 않았다. 참지 못한 초단홍이 다시 말했다.

"당주, 이것은 저들의 얄팍한 술책입니다! 상대하시면 안 됩니다!"

새로 사대천왕의 자리를 채운 사십대의 열혈검객 철혈검왕 이세운도 따라서 소리쳤다.

"차라리 잘 되었습니다. 호굴인 줄 알고 들어왔으니 대가 치를 각오도 했겠지요."

여곤은 여전히 묵묵무답이었으나 초단홍은 생각이 다른 듯 눈을 부릅뜨며 호통 쳤다.

"자네 지금 그게 무슨 소린가? 제 발로 찾아왔으니 무리 지어 몰려가서 죽여도 할 말이 없다, 그 뜻인가? 배첩을 전달하고 정식으로 비무를 청하는 사람이네. 그런 사람을 무리의 힘으로 죽여? 혼원당의 명예가 땅에 떨어질 일이야. 말도 안 되는 소리 말게."

이세운도 지지 않고 호목을 치떴다.

"크게 보셔야 합니다. 만검혼은 제검전 전력의 반을 차지하는 인간입니다. 그를 오늘 죽일 수 있다면 강호무림이 우리 혼원당을 비난하여도 강호의 피바람은 막을 수 있습니다. 전쟁을 막는 겁니다. 압니다, 그리하면 평생 지켜 오신 당주의 명예로운 이름이 더럽혀질 것을. 그간 혼원당이 쌓아온 명예가 신기루처럼 흩어질 것입니다. 나아가서 소림의 청청한 이름에까지 흙탕물을 튀기게 될 것입니다. 하지만 그깟 명예가 무슨 소용입니까? 수많은 생명이 끊어지는 것을 미연에 막아보자는 건데, 가치가 없다 여기십니까?"

초단홍은 물러서지 않았다. 그는 책상을 치며 세차게 고개를 흔들었다.

"암! 가치가 없지. 만검혼을 죽이려면 하남혼원당 전체가 나서야 해. 죽음을 두려워하는 게 아니라, 명예롭지 못한 죽음을 두려워하는 걸세. 대의를 위해 죽으면서도 강호인들의 비난을 면치 못한단 말일세. 생각해 보게. 유리할 때는 정정당당함을 외치고 불리할 때는 떼로 몰려가 힘을 쓴다면, 그게 과연 우리가 지키는 정의라고 말할 수 있는 건가? 편법을 쓰지 않는 것이 정도일세. 그래서 정도를 지키는 게 어려운 일이고, 그래서 그 희생이 명예로운 걸세."

두 사람의 언쟁이 점점 격화되어 가고 있었다. 두 사람을 제외한 모든 사람들은 혼란스러운 표정으로 언쟁을 지켜보고만 있었다. 그도 그럴 것이 두 사람의 언쟁은 현실과 원칙에 관한 문제라서 누가 옳고 누가 그르다고 쉽게 판단할 수가 없었다.

논쟁을 종식시킨 사람은 역시 여곤이었다. 그가 낮은 목소리로 말했다.

"그만 하게. 이보게, 초 아우, 남아 있는 속가나한들을 모두 풀어 근동의 매복 가능한 모든 지역을 샅샅이 살펴보게."

초단홍이 깜짝 놀라 소리쳤다.

"정녕 세운 아우 말대로 만검혼을 주살하시렵니까?"

여곤은 쓴웃음을 지으며 고개를 저었다.

"그게 아닐세. 그럴 것 같지는 않네만, 혹시라도 만검혼이 자신을 미끼로 전격적인 공격을 하겠다는 뜻이 아닌지 확인해 보라는 것일세."

여곤의 말에 이번에는 이세운이 눈을 부릅떴다.

"하면 정녕 만검혼과의 비무를 받아들이시겠다는 것입니까?"

여곤은 이번에도 쓴웃음을 지었다. 하지만 그의 고개는 위아래로 끄덕여겼다.

이세운과 초단홍은 물론 방 안에 있는 모든 이들이 동시에 소리쳤다.

"당주! 그건 안 됩니다."

"허허허! 자네들은 내가 진다고 확신하고 있구먼."

두 사람은 대답하지 못했다. 그 같은 반응이야말로 여곤의 말을 긍정한다는 뜻이리라.

여곤은 고개를 끄덕이며 말을 이었다.

"맞네. 내가 지난 몇 년간 각고의 노력을 하기는 했네만, 성취라는 면에서 보면 미미할 따름일세. 아마도 이기지는 못할 거야. 하지만 하지 않을 수 없어."

이세운이 못마땅한 눈빛으로 말했다.

"설마 명예 따위에 연연하시는 겁니까?"

무례한 질문이었다. 하지만 여곤은 허허로운 웃음으로 받아넘겼다.

"아니라고는 말 못하겠네만, 명예는 작은 것일세. 누가 그러더군. 남들이 대협이라 부르지만 대협답지 못했다고. 하남은 내 집이나 마찬가지, 집을 지키는 일에 집안의 가장이 나서는 것은 당연한 일이지 자랑할 일은 아니라더군. 맞는 말 아닌가? 마지막 가는 길만이라도 강호에 공도(公道)를 세우고 싶네. 공도가 무너져서는 안 돼. 무엇이든 흥망성쇠가 있는 법. 우리 혼원당의 시간이 다 되어서 제검전이 천하를 제패하게 된다 해도, 제검전 역시 세월을 이기지 못하고 쇠하겠지. 하지만 강호는 영원한 거야. 공도가 무너진 강호는 끔찍하지 않은가? 협의는 사라지고 이해득실만 남는 힘의 세계는 지옥이나 마찬가지겠지. 그래서 공도가 살아 있어야 하는 걸세."

초단홍은 암울한 눈빛을 드리우며 기대감없는 목소리로 물었다.

"그냥 비무를 거절하시면 안 됩니까?"

여곤은 환하게 웃으며 초단홍의 어깨를 토닥였다.

"초 아우, 아니, 단홍, 말했다시피 이길 수 있을 거라고는 생각하지 않네. 하지만 말일세. 나도 지난 몇 년간 그냥 놀고 먹은 건 아닐세. 홀로 가면 외로우니 만검혼 그자와 함께 가려 하는 걸세. 천하제일고수 정도면 훌륭한 길동무 아닌가? 뒤를 부탁하네. 우리는 이미 약해졌고, 호광혼원당이 너무 뒤로 물러나 있어. 나 가거든 혼원당주는 호광혼원당에서 하라고 하게."

초단홍은 어깨에 올려진 여곤의 손등을 감싸 쥐고 힘겹게 고개를 끄덕였다. 고개를 끄덕인 여곤이 이세운을 바라보았다.

"세운, 만 전주에게는 네가 전달해다오, 내일 진시 시작 무렵에 백원평에서 보자고. 내 뜻을 꺾지 않을 테지?"

이세운은 피가 나도록 두 주먹을 움켜쥐고 눈을 질끈 감았다.

여곤이 부드러운 어조로 다시 말했다.

"내 뜻을 꺾지 않을 테지?"

여곤이 진다고 했으면 지는 게 기정사실이었다. 여곤의 성격상 이길 자신이 있었다면 지지는 않을 거라고 말했을 것이다. 그렇다면 살아 있는 여곤을 볼 날은 오늘이 마지막이다. 이세운은 그것을 알고도 고개를 끄덕일 수가 없었다. 눈을 감고도 여곤의 따뜻한 눈길이 느껴지자 이세운은 참지 못하고 뜨거운 눈물을 흘리고 말았다.

여곤은 벙긋 웃으며 이세운의 어깨를 쓰다듬었다.

"아니, 이 사람 왜 이래? 조금 전만 하더라도 우리 혼원당이 다 죽더라도 만검혼 하나를 죽이자 하던 사람이 나 혼자 그자를 데려간다는데 왜 울어? 얼마나 많이 남는 장사인가? 어린애처럼 이게 무슨 짓이야?"

이세운은 옷소매를 들어 눈물을 훔쳤다. 그 순간 그의 투박한 입술이 벌어지면서 눈물을 흘리면서도 참고 참았던 울음소리가 터져 나왔다.

"허허허, 당주! 으허허허허허헝!"

여곤은 사나이의 뜨거운 눈물을 대하고 기분 좋게 너털웃음을 터뜨렸다.

*   *   *

명 성화 22년 시월 초닷새.

주우탱이 황태자로 책봉된 지도 벌써 이 년이 넘었다. 지난 이 년 사이에 권력 구도에는 지각 변동이 일었고, 황자 측 인물들이 대대적으로 등용되고 있었다. 그와는 반대로 만 귀비 측은 왕직만이 여전히 서창을 장악하고 있을 뿐, 나머지는 된서리를 맞을까 봐 납작 엎드리고 있었다. 이는 주우탱 측이 적극적으로 권력 장악에 나선 탓도 있지만, 만 귀비가 언제 권력에 관심이 있었냐는 듯 뒷전으로 물러나 버린 탓이 더 컸다. 그같은 만 귀비의 움직임을 황태자 측은 의외라는 눈으로 바라보면서도 당연한 수순으로 여겼지만, 조심성 많은 사람들은 폭풍 전야의 고요함이 아닐까 하는 짐작을 하기도 했다.

그리고 보름 전, 황태자 측의 권력 장악에 쐐기를 박는 일이 생겼다. 병약하던 황제가 마침내 병석에 누워 일어나지 못하게 된 것이다. 주우탱은 결국 대리청정에 나서게 되었다. 이는 곧 만 귀비의 몰락으로 이어졌고, 그녀는 이제 황태자가 있으니 황제의 신변에 위협이 될 만한 일은 없을 것이라는 말을 남기고 조용히 후궁으로 물러났다.

사람들은 만 귀비가 조용히 물러난 이유를 알지 못했고, 지난 이 년 동안 주우탱을 위해 성심을 다했던 왕직의 행동을 이해하지 못했다. 혹자는 간사한 왕직이 권세를 유지하기 위하여 만 귀비를 배반했다고 비난했다. 하지만 그들은 금세 자신들의 발언을 철회해야 했다. 주우탱이 대리청정에 나서는 순간 왕직은 서창제독의 자리에서 조용히 물러나 만 귀비의 곁으로 돌아갔기 때문이다.

왕직은 멍한 눈빛으로 인공호수를 바라보며 이상한 노래를 흥얼거리는 만 귀비를 조용히 지켜보고 있었다. 그러한 모습을 처음 봤을 때는 혹시라도 만 귀비가 정신을 놓아버린 것이 아닌가 하는 불안감을 느꼈지만, 요즘은 늘 반복되는 일이라서 그저 바라만 볼 따름이었다.

갑자기 바람이 세지더니 인공호수에 잔물결이 일었다. 왕직은 왼쪽 어깨에 한기를 느끼는 순간 처음으로 만 귀비에게서 시선을 떼고 곁에 서 있는 궁녀에게서 비단 누비옷을 받아 만 귀비에게로 다가갔다. 조용히 어깨에 옷을 걸쳐 주니 만 귀비가 노래를 멈추고 흐릿한 미소를 지었다.

"고맙구나, 직아. 안 그래도 한기가 들려 했었다."

"바람이 차옵니다. 이만 들어가시지요."

"아니야. 여기가 좋아."

만 귀비는 입가에 희미한 미소를 물고 다시 콧노래를 불렀다. 왕직은 그녀의 등에서 다시 한 발 물러섰다. 그의 눈이 흔들렸다. 제대로 다듬어지지 않은 만 귀비의 귀밑머리에서 몇 가닥의 하얀 물결이 일렁이는 것을 본 탓이었다.

왕직은 두 눈에 너무 차가워서 오히려 불타는 듯한 한기를 담고 돌아섰다. 묵묵히 시립하고 있던 여내관들이 그 눈을 보고 사시나무처럼 몸을 떨었다. 왕직은 여내관들이 불쌍하지도 않은 듯 살기를 그대로 드러낸 채 그녀들에게로 다가갔다.

상궁이 급히 왕직의 앞을 막아서며 속삭이듯 물었다.

"공공, 무슨 일로 이렇게 노여움을 드러내시는 겁니까?"

왕직도 만 귀비에게 들리지 않을 정도의 작은 목소리로 말했다. 그러나 그 노기만큼은 그대로 담겨 있었다.

"어떻게 된 것인가? 마마의 귀밑머리에 세치가 드러나 있지 않은가?"

상궁은 가슴에 손을 얹고 안도했다는 듯 한숨을 내쉬었다.

"손질을 해드리려 했으나 갑갑하다고, 누가 볼 거냐고 하시면서 손대지 못하게 하시었습니다."

왕직은 심각한 표정으로 만 귀비를 돌아보았다가 상궁에게 다시 물었다.

"정녕 그러하셨는가? 하면 또 평소와 다른 점은 없으신가?"

"크게 달라지신 점은 없으나, 많이 관대해지시고 많이 여유로워지신 듯하옵니다."

만 귀비는 원래 완벽주의자에 가까웠다. 남에게 절대 흐트러진 모습을 보이는 사람이 아니었다. 그로 인해 그녀의 수발을 드는 여내관들은 늘 긴장한 채 살아야 했다. 왕직은 왜 요즘 여내관들의 얼굴이 풀어져 있는지 이제야 알게 되었다.

"직아, 아이들 물리고 잠깐 이리로 오너라."

만 귀비의 말에, 왕직은 상궁에게 눈짓을 보내고 바로 그녀에게로 다가갔다.

"불러 계시오니까?"

만 귀비는 어깨 위로 손을 올려 앞으로 오라는 듯 손짓을 하며 말했다.

"내 눈에 보이는 곳으로 오너라."

왕직은 두 걸음 더 걸어 만 귀비의 왼쪽 어깨 앞쪽으로 가서 섰다.

만 귀비가 미간에 잔주름을 잡으며 물었다.

"직아, 넌 내 사람이냐, 아니면 아버지 사람이냐?"

왕직은 갑작스런 질문에 당황했으나 지체하지 않고 대답했다.

“이 직이는 지금까지 마마의 사람이었고, 앞으로도 그러할 것이옵니다. 소인이 전주를 공경하는 까닭은 단지 마마의 부친 되시기 때문이옵니다.”

만 귀비는 왕직의 눈을 뚫어지게 바라보며 다시 물었다.

“정말 그러하냐?”

왕직은 또다시 지체없이 대답했다.

“다시 묻지 마옵소서. 이 직이는 마마의 사람이옵니다.”

만 귀비는 쓰게 웃으며 고개를 끄덕였다.

“그래, 너는 내가 마지막까지 믿을 수 있는 유일한 내 사람이다. 쓸데없는 걸 물어서 미안하구나.”

왕직은 황망하여 급히 고개를 숙였다.

“마마! 이 직이에게 사과를 하시다니요? 거두어주십시오.”

만 귀비는 웃으며 호수로 눈길을 돌렸다. 그리고 스치듯 물었다.

“내가 아버지 딸이 맞는 것 같으냐?”

왕직은 깜짝 놀라며 급히 대답했다.

“어이하여 그런 황망한 말씀을 하시옵니까? 전주께서는 마마를 버린 것이 아니옵니다. 마마께서 물러선다 하시면, 그분께 무슨 도움이 되오리까? 그분은 천상의 믿지 못할 성정을 알고 계시옵니다. 유도락이라는 자가 황제로 화신한다 해도 마마에게는 큰 덕이 되지 못할 것을 짐작하시고 그리 조치하신 것이지요. 소인 그 뜻을 받들어 지난 이 년 간 황태자를 성심성의껏 받들었습니다. 황상이 붕어하시면 마마는 이 황궁을 떠나 자유롭게 사실 수 있습니다. 조금만 더 참으소서.”

“그래, 네가 고생했구나. 하지만 말이다, 내가 물은 것은 그것이 아니다. 내 이 겉모습이 아버지를 닮은 구석이 있느냐는 것이었어.”

왕직은 별다른 생각 없이 대답했다.

"외탁하셨다 들었습니다."

만 귀비는 천천히 고개를 저었다.

"아니야. 내 비록 어릴 적에 어머니를 잃었지만 그 모습만큼은 기억해. 선모와 나 역시 닮은 구석이 없어. 차라리 선모와 아설이 많이 닮았지. 하지만 나는 아설이나 오라버니와도 닮은 구석이 없어."

왕직은 문득 만검혼과 만정산, 그리고 만소설의 얼굴을 연이어 떠올렸고, 그의 기억 속에 희미하게 남아 있는 만 귀비의 모친 서연의 흐릿한 얼굴을 억지로 되새겨 보았다. 확실히 이상했다. 만씨 집안의 특징은 턱 선이 날카롭게 느껴진다는 것이었다. 하지만 만 귀비의 턱 선은 후덕하다는 느낌의 부드러움이 두드러졌다. 서연의 얼굴은 흐릿했지만 그래도 만 귀비와는 다른 느낌이었다. 만소설을 다시 떠올리자 서연의 얼굴도 조금 더 확연해졌다. 역시 아니었다.

만 귀비가 웃으며 말했다.

"그렇지?"

왕직은 대답하지 못하다가 되물었다.

"어찌하여 그런 생각을 하게 되셨사옵니까?"

만 귀비는 포근한 미소를 지으며 왕직을 바라보았다. 왕직은 눈을 감고 싶었다. 오랜만이었다. 아니, 수십 년 만이었다. 웃는 얼굴이야 자주 보았으나 왕직이 늘 가슴속에 품고 있었던 만 귀비의 미소는 바로 지금의 포근한 미소였다. 하지만 눈을 감을 수 없었던 왕직은 억지로 참아내며 대답을 기다렸다.

만 귀비는 호수로 눈길을 돌리며 다시 예의 콧노래를 불렀다.

"이 노래가 뭔지 아느냐?"

"모르오나, 들으면 들을수록 마음이 편해지옵니다."

"맞아. 그래서 나도 모르게 자꾸 부르게 돼. 그런데 말이야, 이 노래

고승도 그 사람, 그래, 이제는 감히 늙은이라고 부를 수 없는 그 사람에게 훔쳐 배웠어."

왕직은 너무나 황당하여 입을 쩍 벌리고 말았다.

"예에?"

만 귀비는 왕직의 반응을 보고 입을 가리지도 않고 남자처럼 웃었다.

"하하하! 네 그 표정, 정말 오랜만에 보는구나. 제검전에 있었을 때 보고 처음인 것 같아. 그래, 맞아! 훔쳐 배웠어. 단 한 번 훔쳐 들었을 뿐인데 이 가슴에 각인되어 잊혀지지 않아. 아니야. 이미 각인되어 있었던 것이 이제 떠오르는 것 같은 느낌이야. 내 무의식 속에 침잠해 있던 포근한 느낌이 되살아나는 것 같았어. 그 노래를 듣는 순간 나는 누군가의 넓고 따뜻한 가슴에 안겨 있는 것만 같았어. 직아, 너는 이해가 되니? 그 사람, 날 보는 눈이 너무나 슬프고 또 따뜻했어. 이해가 돼? 나 그 사람과 원수인 사람의 딸이잖아? 그 사람이 목숨 걸고 보호하는 황태자의 정적이잖아? 어떻게 날 그런 눈으로 볼 수 있지? 어떻게? 혹시나 나를 기만하는 게 아닐까, 나를 희롱하는 게 아닐까 하여 몇 번씩이나 더 찾아가 봤어. 하지만 늘 똑 같았다. 미안함, 애처로움, 따뜻함. 내가 느낄 수 있는 것은 그런 것들뿐이었어. 내 앞을 막아섰기에 증오하려 하였는데, 그럴 수가 없었어. 자꾸 보고 싶어. 그 눈 속에 뛰어들어 위로받고 싶고, 위로해 주고 싶어. 어떻게 된 걸까? 왜 하필이면 그 사람에게 그런 느낌을 받을까? 직아, 어떻게 된 거야? 넌 알겠니?"

쉬지 않고 쏟아내는 만 귀비의 말을 한 구절 빼지 않고 듣고 있던 왕직은 설마 사랑일까 생각했다가 이내 고개를 저었다. 만 귀비의 눈에 떠오른 감정은 아련한 그리움일 뿐, 뜨거운 사랑의 열정은 아니었다. 겨우 질투심을 가라앉힌 왕직은 고승도의 얼굴을 떠올려보고 나서 속으로 뜨끔하여 금세 표정을 관리했다.

만 귀비가 한숨으로 들떴던 마음을 진정시키고 나서 다시 말했다.

"직아, 부탁 하나만 들어다오."

"명하소서, 마마!"

"아니야. 부탁하마. 만나다오. 만나서 물어다오. 도대체 그 사람이 누군지 알아봐 다오. 왜 나를 그런 눈으로 봤는지 알아봐 다오. 이 그리움의 정체를 알지 못하면 나는 미치고 말 거다. 알아봐 다오. 제발!"

왕직은 그가 조금 전에 떠올렸던 뜬금없는 생각을 확인하기 위해서라도 그렇게 해야겠다고 다짐했다.

"오늘 저녁에 다녀오겠습니다."

만 귀비는 그때서야 편안한 얼굴이 되어 미소를 지었다.

『쟁천구패』 8권에 계속…